Inhalt

Switch Hitters 7
Lawrence Schimel & Carol Queen

Vorspiel 11
Rainer Falk & Sophie Hack

Der Wolf ist mein Hirte, mir wird nichts mangeln . . 15
Pat Califia

Anke 31
Marcus Brühl

Lederhaut 43
Robin Sweeney

Cowgrrrl im Clubbe Darkke 61
Thomas Roche

Die dunkle Hälfte des Mondes 79
Karen-Susan Fessel

Pussy Pier 91
William J. Mann

Ibiza 109
Barbara Krantz

Trockenlauf 119
Lawrence Schimel

Winteraugen 129
Antje Wagner

Großstadtdschungel 137
Lutz van Dijk

Selbst ist der Mann 147
Carol Queen

Angel 159
Stephan Niederwieser

Raubtiere 169
Wickie Stamps

100% biologisch abbaubar 179
D. Travers Scott

Sören 193
Stephanie Kuhnen

I Fucked a Girl 207
Matthew Rettenmund

Geballte Lust, oder: Des Mannes beste Freunde . . . 221
Corinna Gekeler

die anderin 231
Peter Tschiche

Brian auf der Farm 241
Laura Antoniou

Katzenzungen 257
Peter Hofmann

Aus der Einleitung zu

Switch Hitters

Als wir klein waren, haben wir mit Matchbox-Autos und Barbies gespielt, und manche von uns spielen auch als Erwachsene noch gerne – mit *gender.* Statt Fummel oder Umschnalldildo benutzen die Autorinnen und Autoren dieser Anthologie dazu zwar die Sprache, aber die spielerische Lust an der Verwandlung, die Neugier, zu sehen, wie die anderen so leben, bleibt die gleiche. Das ist der Stoff, aus dem *genderfuck* und Solidarität sind, der Versuch, sich eine Kultur anzueignen, und es scheint auf seltsame Weise einleuchtend, daß Lesben und Schwule einfach mal probeweise in eine andere sexuelle Rolle schlüpfen möchten.

Unser gemeinsamer Nenner ist Homoerotik; was uns trennt, sind unsere *gender*-bestimmten Kulturen. Aber trotz der zuweilen sehr strengen Geschlechtertrennung in unseren *communities* haben wir mehr gemein als viele heterosexuelle Frauen und Männer. Daher sollte es nicht so sehr überraschen, wenn selbst die Sechser auf der Kinsey-Skala, die nicht das Geringste mit Heterosexualität am Hut haben, doch mehr als nur flüchtiges Interesse für die sexuellen Gebräuche und Neigungen der anderen aufbringen.

Mit diesem Buch wollen wir einige Fragen aufwerfen, die der Eigenart unserer Kulturen entspringen: Dreht sich unser erotisches Schreiben eher um unser Geschlecht – den männlichen Körper, den weiblichen Körper – oder eher um unsere sexuelle

Orientierung? Erforschen wir, wenn wir schreibend die Geschlechtergrenzen überschreiten, andere Facetten der Erotik und des erotischen Körpers? Nehmen wir (zumindest homosexuelle) Männer und Frauen als sehr verschieden voneinander wahr? Wie können wir uns Erotik auf der anderen Seite einer Kluft vorstellen, von der die Gesellschaft beharrlich behauptet, sie sei besonders für Lesben und Schwule so unüberwindlich, daß diese Vision unmöglich sei?

Gibt es eine unabhängige homoerotische Ästhetik, die auf einer von *gender* verschiedenen Achse existiert? Bekommen wir, Lesben und Schwule, sozusagen im Vorübergehen genug von der Erotik der anderen mit, um den literarischen *gender*-Wechsel zustande zu bringen, um den wir hier gebeten haben? Wir können diese Fragen nicht endgültig beantworten, aber wir glauben, daß sie gestellt werden sollten und daß diese Geschichten eine überraschende, fesselnde und den Horizont erweiternde Art von literarischem *drag* darstellen.

Zahlreiche Schriftstellerinnen haben dazu beigetragen, daß sich so etwas wie eine schwule Ästhetik entwickeln konnte. Die Romane Mary Renaults, Patricia Nell Warrens *Der Langstreckenläufer* und Marion Zimmer Bradleys *Trapez* sind Grundsteine der schwulen Literatur und Kultur aus einer Zeit, in der nur sehr wenige homo- und bisexuelle Männer die Gelegenheit hatten, schwule Romane für ein breiteres Publikum zu veröffentlichen, ganz besonders, wenn am Ende der Geschichte alle Figuren immer noch am Leben und immer noch andersrum waren. Die homoerotischen Bestseller von Anne Rice haben Vampire wieder populär gemacht, aber nicht alle wissen, daß sie unter dem Pseudonym A. N. Roquelaure mit der *Beauty*-Trilogie auch pansexuelle S/M-Erotika mit vielen expliziten mann-männlichen Sexszenen geschrieben hat. Anne Rices Freundschaft mit John Preston, unserem vielleicht bekanntesten schwulen Pornographen, führte dazu, daß sie regelmäßig Beiträge in den schwulen Pornomagazinen und Anthologien veröffentlichte, die Preston im Lauf der Zeit herausgab. Da Rice sich nicht als lesbisch bezeichnet, haben wir uns entschieden, keinen Text von ihr in diese Sammlung aufzunehmen. Dennoch faßte ihr Schreiben in scharfe Bilder, wofür Renault, Warren und Bradley noch etwas mehr Weichzeichner verwandt hatten. Für alle, die den Blick einer Frau auf schwulen Sex fesselnd finden, ist Rices/Roquelaures Werk ein Muß.

Pat Califia, die geistige Patin dieses Projekts, hat mit ihrer Kolumne in *Advocate* die sexuelle Identität vieler Schwuler geformt und beeinflußt. Falls die schwule Welt einen Widerspruch darin gesehen haben sollte, daß eine Lesbe schwulen Männern Tips für besseren Sex gibt, hat das den jahrelangen Erfolg ihrer Kolumne jedenfalls nicht beeinträchtigt. Zweifellos liegt ein Reiz in Califias radikaler Perspektive auf Sex, die wahrhaftig die *gender*-Grenzen überschreitet. Das ist um so bemerkenswerter, als Califia zu einer Zeit zu schreiben begann, in der Separatismus unter Lesben noch weit verbreitet war.

Lesbische Unterhaltungsliteratur konzentriert sich traditionell auf die romantische Liebe. Etwas eindeutigere Erotik ist oft in Geschichten über die Suche nach einer dauerhaften Beziehung eingeflochten, und selbst solche Titel wurden jahrelang nur als Billigtaschenbuch publiziert. Explizite Erotika, die erregen sollen und gerade dafür geschrieben werden, sind eher jüngeren Datums. Dennoch wären die meisten Lesben nie auf die Idee gekommen, wegen der expliziten Sexszenen, die sie in den eigenen Bücherregalen vermißten, Schwulenpornos zu lesen – mit Ausnahme der Frauen aus der Lederszene.

Lange Zeit gab es kein weibliches Äquivalent zu dem Magazin *Drummer* oder Prestons Klassiker *Mr. Benson*, und viele Frauen lasen schwule Lederliteratur wegen des S/M-Sex, der ihnen in lesbischen Geschichten und Büchern fehlte. Selbst als Pat Califias Texte und die anderer Frauen diese Lücke füllten, fühlten sich S/M-Lesben oft stärker von schwuler Sexualität angesprochen und wohler damit als ihre nicht an S/M interessierten Schwestern.

So dürfte es kein Zufall sein, daß viele der Frauen, die auf unsere Anfrage reagierten, der Lederszene verbunden sind, unabhängig davon, ob sie tatsächlich über Ledersex beziehungsweise S/M geschrieben haben oder nicht. Lesben und Schwule aus dieser Szene teilen eben nicht nur die homosexuelle Orientierung, sondern auch die Vorliebe für Leder und S/M, weshalb es gar nicht so erstaunlich ist, daß die Grenzen der Selbstdefinition hier etwas durchlässiger erscheinen.

Daß Schwule für lesbische Leserinnen geschrieben haben, ist bislang viel seltener vorgekommen, als daß schwules Pornomaterial aus der Feder von Lesben veröffentlicht wurde. Ein Umstand, der viele schwule Autoren sicherlich entmutigt hat, dürfte die schlechte Bezahlung auf dem lesbischen Markt sein – sofern es überhaupt einen gibt. Umgekehrt können Lesben und andere Frauen, die schwule Pornographie schreiben, mit einer besseren Vergütung und einem größeren Markt rechnen.

Ob und wenn ja, wieviele der Autorinnen und Autoren dieser Anthologie auch im wirklichen Leben sexuelle Erfahrungen mit dem anderen Geschlecht gesammelt haben, wissen wir nicht. Auf jeden Fall läßt sich die Kenntnis der Flächen und Konturen, des Inneren und Äußeren eines anderen Körpers nicht automatisch in die Fähigkeit umsetzen, aus seinem Blickwinkel zu schreiben, seine Erotik und sein sexuelles Verlangen zu transportieren. Es ist schon eine Menge Schund von Menschen aller *gender* geschrieben worden, die dem Leser oder der Leserin nicht mal die Dynamik ihrer eigenen sexuellen Identität nahebringen konnten. Daß so viele der *cross-writer* in *Switch Hitters* mit Erfolg die Erotik ganz anderer Körper als dem eigenen heraufbeschwören, beweist ihr Können und ihre Vorstellungskraft – und das unbändige Potential der erogenen Zone zwischen den Ohren.

Trotz allen Beharrens unserer Kultur darauf, daß Frauen und Männer zutiefst verschieden, ja „gegensätzlich" sind, kann die Mauer, die uns trennt, wo nicht überwunden, so doch erklommen werden; der Blick von oben erweist sich manchmal als überraschend klar. Schwule und Lesben sind imstande, Männlichkeit und Weiblichkeit auf ganz neue Weise zu sehen, und Angehörige anderer *gender* aus dem Blickwinkel der eigenen Femme- oder Butch- oder androgynen Wahrnehmung zu betrachten. Selbst wenn unsere Porträts voneinander sich als Zerrbilder erweisen sollten, sind unser Blick und unsere Projektionen doch einzigartig „queere" Momentaufnahmen von Sexualität und Geschlechterrollen.

Wir stehen in der Schuld bei vielen, die mit ihrer Arbeit geholfen haben, den kulturellen Raum zu erschließen, in dem wir schreiben. Ganz besonders Pat Califia und Dorothy Allison haben so radikal geschrieben (und gelebt), daß damit ganz neue erotische Horizonte eröffnet wurden. Sie haben außerdem die Liebe und Solidarität bestärkt, die Lesben und Schwule, insbesondere Lederfrauen und -männer, für- und miteinander empfinden. Auch John Prestons und Joan Nestles Anthologie *Sister and Brother* stellt eine Dokumentation dieser Liebe und Anerkennung dar. Daß diese Liebe manchmal einen erotischen Ausdruck findet (oder zumindest zu einer erotischen Phantasie wird), ist ein zwar schlechtgehütetes, aber nach wie vor unangenehmes Geheimnis in unseren *communities*. Aber selbst wenn wir unsere Finger bei uns behalten, ist es doch nicht verwunderlich, daß unsere Gedanken streunen gehen. In *Switch Hitters* sind sie direkt unter die Gürtellinie gewandert.

Carol Queen und Lawrence Schimel

Vorspiel

Als der Querverlag auf Carol Queens und Lawrence Schimels Anthologie *Switch Hitters* aufmerksam wurde, waren man und frau dort ebenso neugierig wie begeistert: Wohl kaum ein Buch schien wie dieses geradezu prädestiniert, in einem Verlag veröffentlicht zu werden, der sich der lesbisch-schwulen Zusammenarbeit verschrieben hat. Aber wie wäre es – lautete der nächste Gedanke –, das Experiment des *cross-writing* auch hierzulande zu wagen? So entstand die Idee, in einer deutschen Ausgabe zehn der US-amerikanischen Geschichten und weitere zehn von deutschsprachigen Autorinnen und Autoren zu versammeln.

Lesbisch-schwule Literatur aus Deutschland und den USA nebeneinander zu stellen und einem direkten Vergleich auszusetzen ist schwierig und in gewissem Sinne auch unfair. Viel zu oft wird dabei vergessen, wie unterschiedlich die literarische Kultur hier und dort ist. Das „Land der unbegrenzten Möglichkeiten" bietet eben auch eine weitaus vielfältigere Publikationslandschaft: eine Reihe von Verlagen, die bereit sind, lesbisch-schwule Literatur nahezu jedweden Genres zu veröffentlichen, und eine schier unübersehbare Anzahl von Zeitschriften und Magazinen, in denen regelmäßig Kurzgeschichten erscheinen. Schriftstellerinnen und Schriftsteller haben daher bessere Chancen, veröffentlicht zu werden, ein größeres Forum für ihre Kreativität, mehr Anreiz für ihre Arbeiten und vermutlich auch mehr konstruktives Feedback. (In *Sexperimente* läßt sich das recht deutlich an den bibliographischen Angaben ablesen, die wir aus Platzmangel bei vielen US-amerikanischen Autorinnen und Autoren nur in Auswahl präsentieren können.)

In der US-amerikanischen lesbisch-schwulen Literatur haben sich deshalb Erotika nicht nur als eigenständiges, produktives Subgenre entwickeln können; viele Autorinnen und Autoren schreiben nahezu nichts anderes – so viele vermutlich, wie hierzulande für namhaft gelten dürfen, wenn man alle Genres zusammenrechnet. Und so konsumieren deutsche Lesben und Schwule weiterhin hauptsächlich Übersetzungen oder, wenn das möglich ist, die Originaltexte, und es hält sich hartnäckig das Gerücht, in Amiland sei alles besser. Wir hingegen glauben, daß das kreative Potential im deutschsprachigen Raum noch lange nicht ausgeschöpft ist, und wünschen uns, daß sich die schwule und lesbische literarische Kultur – als wichtiger Teil unserer Kultur überhaupt – in jedem Genre, also auch dem erotischen, weiterentwickelt.

Das Experiment, das wir angestellt haben, war also gleich ein doppeltes, denn wir baten die Autorinnen und Autoren nicht nur um pornographische Texte, sondern auch darum, über ein anderes *gender* als das eigene zu schreiben.

Als das *Literarische Quartett* vor einiger Zeit den Roman einer (heterosexuellen) Autorin besprach, die sich einen männlichen, heterosexuellen Protagonisten gewählt und auch seine Sexualität beschrieben hatte, erklärte Marcel Reich-Ranicki im Brustton der Überzeugung, das sei schlichtweg unmöglich. Bestimmte Dinge könnten Männer und Frauen nur von ihrem eigenen Geschlecht glaubwürdig erzählen, und dazu gehöre nun einmal Sexualität. Ein unmögliches Unterfangen also?

Das Gelingen eines solchen „Sexperiments“ läßt sich, so meinen wir, nicht danach bemessen, ob sich die Leserin oder der Leser nach der Lektüre einer Geschichte zurücklehnt und sagt: „Hm, könnte glatt von einer Lesbe/einem Schwulen geschrieben sein!“ Eine Tunte im Fummel ist nicht die – mehr oder weniger überzeugende – Kopie einer Durchschnittsfrau, sondern eben eine Tunte im Fummel und gleichzeitig vielleicht eine weitere Spielart von „Weiblichkeit“, was immer wir darunter verstehen wollen. *Cross-writing* wäre wohl falsch verstanden, wenn als Ergebnis nur eine makellose Eins-zu-eins-Kopie, eine verblüffend echte Imitation akzeptiert würde, obwohl auch das einigen Autorinnen und Autoren gelungen ist – unserer Meinung nach z.B. Karen-Susan Fessel mit *Die dunkle Hälfte des Mondes.*

Was uns jedoch besonders interessiert hat, war der Blick aufs andere „andere Ufer", und wir wollten wie Carol Queen und Lawrence Schimel fragen: Wieviel und was nehmen Lesben und Schwule voneinander wahr? Bei einigen Geschichten entsteht beim Lesen das Gefühl, hier seien schwule Lebenswelten auf lesbische Verhältnisse übertragen worden und umgekehrt, es habe eine Art Projektion stattgefunden. Spannend bleibt, was dabei herauskommt. Eine Bereicherung für die Projektionsfläche? Eine Kritik daran? Ein Mißverständnis, und wenn ja, weshalb? Entdecken wir aus der Perspektive eines anderen *genders* Dinge, die ansonsten verborgen blieben? Zeigen sich Gemeinsamkeiten oder Unterschiede? Ist es „realistisch", wenn William J. Mann seine Protagonistinnen unter den *Pussy Pier* schickt, erzählt er über schwule Verhältnisse im lesbischen Gewand oder entwirft er so etwas wie eine Utopie lesbischen Umgangs mit Sex? Ist es entlarvend oder bloß amüsant, wenn Corinna Gekeler in *Geballte Lust* einem von seinen Eiern besessenen Schwulen einen gewissen Busenneid unterstellt?

Für viele Autorinnen und Autoren war die Arbeit an ihrem Beitrag für *Sexperimente* nicht so sehr eine Frage der Identifikation mit dem anderen *gender*, sondern einfach eine schriftstellerische Herausforderung. Uns ist aber auch oft bestätigt worden, daß die geteilte Erfahrung der Homosexualität, des „Andersseins" mit all seinen Konsequenzen, das Hineindenken in das andere *gender* erleichtert oder gar erst ermöglicht. Ein eigenes erotisches Interesse muß damit nicht unbedingt verbunden sein.

Und dennoch wird es richtig spannend, wenn letzteres noch hinzukommt. Über das mögliche Interesse der Schwulen an lesbischer Pornographie wissen wir erstaunlich wenig. Dokumentieren ließe sich höchstens ein ausgeprägtes Desinteresse an der weichzeichnerischen *Zärtliche Cousinen*-Manier, die viele Schwule mit lesbischen Erotika und lesbischem Sex assoziieren. Diese Wissenslücke zu schließen wird vermutlich erst dann möglich, wenn es mehr und vielfältigere lesbische Pornographie gibt. Ein gut gehütetes Geheimnis hingegen ist, daß die schwulen Pornos in der Videothek nebenan des öfteren von Lesben ausgeliehen werden. Dieses Geheimnis zu hüten besteht Grund genug, denn der „reinen lesbischen Lehre" zufolge ist einerseits Pornographie grundsätzlich verdammungswürdiger Schmuddelkram, und darf andererseits eine „echte" Lesbe kein (erotisches, sexuelles) Interesse an Männern – homo wie hetero – zeigen, will sie nicht ihre Identität gehörig ins Wanken bringen.

Für das allen Ge- oder Verboten zum Trotz bestehende Interesse lesbischer Frauen an Schwulenpornos gibt es offenbar mindestens zwei Gründe. Die einen können so ihre eigene maskuline oder sogar „schwule" Seite – z.B. als „butch on butch" – zumindest in der Phantasie ausleben. Die anderen lassen sich mangels entsprechend heißer Lesbenpornos von dem direkten, unverblümten Sex anmachen, der zumindest die gleiche homoerotische Dynamik beinhaltet wie ihr eigenes lesbisches Begehren, und dabei gerät ihre lesbische Identität augenscheinlich nicht ins Wanken. Offenbar bringen diese Frauen die bemerkenswerte Fähigkeit mit, die Lust aus einer konkreten Situation zu abstrahieren und sich von ihr stimulieren zu lassen, denn Schwänze und erst recht Sperma sind gerade nicht das Objekt ihrer Begierde und werden es auch nicht durch den Konsum schwuler Pornos. Ob sich das Interesse daran, wie Carol Queen und Lawrence Schimel meinen, auf S/M-Lesben beschränkt, wagen wir zu bezweifeln.

„Lust ist subversiv", resümierte einer unserer Autoren mit den Worten Michel Foucaults, und wir teilen seine Meinung. Sie in erotischen oder pornographischen Texten zu feiern stellt eine Möglichkeit dar, die Grenzen des eigenen sexuellen Erlebens und des eigenen *genders* schreibend – und lesend! – zu überschreiten.

Wir sind uns sicher, daß es noch viele, viele andere schreibende und experimentierfreudige Schwule und Lesben gibt, die spannende Beiträge zu diesem Buch hätten liefern können, die wir aber leider nicht erreichen konnten. Vielleicht stellt für die eine oder den anderen dieser Band auch erst die Inspiration dar, die bislang gefehlt hat. Sollte das so sein, würden wir uns freuen, davon zu erfahren.

Rainer Falk und Sophie Hack

Der Wolf ist mein Hirte, mir wird nichts mangeln

Pat Califia

Wir eröffnen *Sexperimente* mit dem Beitrag Pat Califias, der geistigen Patin unseres Projekts. Sie lebt in San Francisco, und dorthin führt uns auch ihre Geschichte. Die Lederbars und Sexclubs der Folsom Street in den siebziger Jahren sind eine Legende für sich. Ulrich, Califias vampirischer Antiheld, durchstreift sie mit einem Hunger, der selbst Anne Rices Lestat zum Erröten bringen dürfte.

Califia hat als Autorin und Herausgeberin eine ganze Reihe von Sachbüchern zum Thema Sex veröffentlicht. Auf deutsch sind davon *Das Schwule 1x1* (Bruno Gmünder), *Sinnliche Magie* (ikoo), *Das S/M Sicherheitshandbuch* (ikoo) und *Wie Frauen es tun* (Orlanda) erhältlich. Darüber hinaus seien noch *Coming to Power* (Alyson) und ihre Essaysammlung *Public Sex* (Cleis Press) genannt. Mit *Macho Sluts, Melting Point* und *Doc and Fluff* (alle Alyson) liegen auch drei Bände ihrer Kurzgeschichten vor. *Der Wolf ist mein Hirte* ist unseres Wissens nach die erste Story, die ins Deutsche übersetzt wurde.

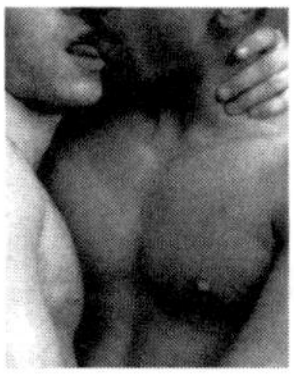

Ulrich erwachte. Ein Fieber hatte von ihm Besitz ergriffen. In ihm brannte ein Hunger, der seine Zehen und Finger schmerzen und seine Eier zusammenschrumpeln ließ. Die Dunkelheit, die ihn jenseits der glänzenden Fensterscheiben rief, reichte nicht aus, um die Hitze und das Licht der Glut in seinem Bauch zu verbergen. Wenn er in diesem Zustand ausginge, würden die Leute ganz sicher in den nächsten Hauseingang flüchten und sich verbarrikadieren. Aber dies war San Francisco, und ein Winternebel hatte die Stadt eingehüllt, elegant und kokett wie die Federboa einer Drag Queen. Durch die dunstigen Straßen konnte Ulrich sich so sicher wie ein Phantom bewegen, und das Feuer, das ihn antrieb, würde ihn vor der Kälte des Nieselregens schützen, die sich anderen in die Knochen fraß.

Seine Wächterinnen umkreisten seine Schlafstatt und streiften mit ihren eleganten Körpern an seinen Knöcheln und Waden entlang, als er sich aufsetzte und reckte, um die Steifheit von acht bewegungslosen Stunden aus seinen Gliedern zu vertreiben. „Hunger!" riefen sie allesamt, und das Wort schien ihm in seinem Geist ebenso greifbar wie ein Kelch AB-negativ in seiner Hand. Es hatte keine Eindringlinge gegeben, sonst hätten sie jetzt wehleidig von ihm verlangt, daß er sich erheben und das Haus von den Überresten des Herumtreibers befreien möge.

Da war Luna, eine mystische Abessinierin; Anastasia, eine königliche Russisch-Blau; Charley, ein riesiger Straßenkater mit langem, schwarzem Pelz und einer weißen Halskrause, und Hecate, eine zierliche, aber äußerst resolute Schildpattkatze. Ulrich liebte Hecate ganz besonders, weil sie sich als einzige von allen Katzen noch die Mühe machte, laut mit ihm zu sprechen, obwohl es ihm weitaus schwerer fiel, ihr Jaulen und Grummeln zu entschlüsseln, als die eindringlichen mentalen Bilder der unmittelbaren Bedürfnisse zu verstehen, die er von den anderen empfing.

Heute nacht war es an Hecate, das Haus zu bewachen, während er auf die Jagd ging. Die anderen Katzen ließ Ulrich durch die Hintertür hinaus, ohne Furcht, daß sie vom Auto eines Rasers überfahren oder zwischen den Kiefern eines Pitbull zermalmt würden. Hecate wartete hoheitsvoll, bis er ihr die Trickkiste brachte, die ihr Abendessen enthielt – ein halbes Dutzend gewitzter weißer Mäuse. Er änderte die Kombination des Schlosses und stellte die Kiste auf den Boden, und als er sich abwandte, konnte er Hecate bereits eine Strategie austüfteln hören, wie sie in den kleinen Käfig einbrechen und die leckeren, lebendigen Pelzstückchen befreien wollte. Doch zunächst galt es, der Kiste einen Hieb zu versetzen und sie auf diese Weise ins Rollen zu bringen. Zusammen mit den Mäusen waren ein paar Glöckchen darin, die Hecate die Jagd noch vergnüglicher gestalten sollten.

In seinem Körper erhob sich der Hunger wie eine Schlange, die sich zum Angriff aufrichtet, aber Ulrich vermochte ihn für eine kleine Weile in Schach zu halten, indem er ohne bestimmtes Ziel das Haus durchstreifte, hier ein Buch und dort ein Gemälde berührte, sich versicherte, daß seine Schätze alle noch an ihrem Platz waren. Ungleich seiner Schwester Adolpha, die den behaglichen Tand der Sterblichen verachtete und es vorzog, auf Speichern und in dunklen Höhlen zu schlafen, schuf Ulrich sich stets ein prunkvolles Heim. Er fand, daß Wohlstand eine mindestens ebenso effektive Tarnung bot wie Adolphas Verstecke, die sie mit Fledermäusen, Eulen und Waschbären teilte.

Er ging ins Bad, das sich an sein Schlafzimmer anschloß, und machte sich für die Festlichkeiten des Abends zurecht. Anders als viele Männer seiner Zeit hatte er es mit der Körperpflege immer sehr genau genommen. Er badete, wusch sich das Haar und widmete der Reinigung seiner Zähne besondere Aufmerksamkeit. Der Badezimmerspiegel reflektierte einen weiteren Unterschied zwischen ihm und seiner Schwester, und Ulrich seufzte. Adolphas Haar hatte die Farbe von Weizen, und peinlich genau schor sie es sich jeden Abend, so daß es bis zur Morgendämmerung nur ein paar Zentimeter nachgewachsen war. Ulrichs Haar hingegen war schwarz wie das Gefieder eines Raben und fiel ihm bis auf die Schultern. Es ringelte sich ein bißchen, ebenso wie die

Enden seines blauschwarzen Oberlippen- und Kinnbartes. Rasierte Adolpha sich noch immer den Schädel? Lebte sie weiterhin in Absteigen und Bruchbuden und spöttelte über seine Camouflage mit Antiquitäten und Perserteppichen? Besser vielleicht, nicht auf dem neuesten Stand zu sein. Ulrich schüttelte sich und begab sich ins Ankleidezimmer.

Die Ledersachen, die er anzog, schmiegten sich vom häufigen Tragen hauteng und weich an seinen Körper. Gute maßgeschneiderte Kleidung ist leicht zu bekommen, wenn das Körpergewicht nie auch nur um ein halbes Pfund schwankt. Hosen fand er immer noch ein bißchen unpraktisch, aber wer nicht mit der Zeit geht, geht nun einmal mit der Zeit. Druckknöpfe jedenfalls hielt er für eine große Verbesserung gegenüber der lästigen Schnürerei oder Knöpferei, und nahezu alles, was er trug, konnte mit einem hellen Klicken dieser überaus nützlichen Metalldinger an- und abgelegt werden. Was würden sie sich wohl als nächstes ausdenken? Ulrich strich die Fransen an den Ärmeln und an den Nähten seiner Lederhose glatt. Ein Mann weiß ein wenig Eleganz zu schätzen, das kleine *je-ne-sais-quoi*, das gewisse Etwas, das den Schwanz des Pfaus in voller Pracht zur Geltung bringt.

Sein Haar schien Wasser abzuweisen wie das Fell eines Elchs. Es war schon fast trocken. Er hatte ein paar lästige kleine Krämpfe im Magen, Vorboten dessen, was käme, wenn er nicht bald buhlen ginge. Er öffnete ein Fenster und ließ eine Brise herein, um seine Toilette zu vervollständigen, und er spürte, wie sein Haar sich noch stärker ringelte. Bis er auf die Straße trat, würde er einem Piraten ähneln. Dann sah er den vollen Mond durch den Nebel scheinen, wie eine mit Gaze verschleierte Lampe, und er wußte, warum sein Hunger heute nacht so besonders beißend war. Bildete er sich das nur ein, oder hörte er irgendwo über den grünen Hügeln dieser schönen Stadt einen Wolf heulen? Zum zweiten Mal in dieser Nacht erschauderte Ulrich, und entschlossen verbannte er den Gedanken an Adolpha aus seinem Kopf.

Er zog seine Stiefel an, hakte sein Schlüsselbund rechts an einer Gürtelschlaufe fest und hielt nur noch einmal kurz inne, um Hecate aufmunternd zu liebkosen. Die kleine Katze legte sich auf den Bauch, nahm seine Hand zwischen die Zähne und warf ihm einen arroganten Blick zu, mit dem sie ihn herausforderte, sich doch zu rühren. „Du bist die Königin meines Hauses und meines Herzens“, bekannte Ulrich, und gnädig entließ sie ihn, ohne seine Haut auch nur zu ritzen.

Sein Motorrad wartete in der Garage. Ulrich startete es und fuhr auf die Tür zu. Im allerletzten Moment schwang sie auf.

Leise lachend fuhr er weg und hörte hinter sich das Tor ins Schloß fallen. Adolpha, diese trübe Tasse! Nie war die Welt so voller amüsanter Spielzeuge gewesen, und er besaß Geld genug, um sich alles zu leisten, was ihm Vergnügen bereitete. Wie gut, im Jahre 1975 am Leben zu sein.

In der Market Street gab es einen Laden für Fister und eine brandneue Lederbar unten im Mission. Aber Ulrich interessierte keiner dieser Orte. Er wollte sich mit anderen Hengsten umgeben und einer von vielen in einer Herde wilder Pferde sein. Also fuhr er in Richtung South of Market und in die Folsom Street, wo vor den vielen Bars und den noch zahlreicheren Sexclubs Männer in Jeans und Leder Schlange standen, soweit das Auge reichte. Der durchdringende Geruch von Sex und der beißende Duft von Poppers übertünchten beinahe den schwachen Abwassergestank aus der maroden Kanalisation. Musik ergoß sich aus den Bars und Clubs auf die Straße, und es schien, als hätte sich das ganze Viertel einem sexuellen Exzeß hingegeben. Kein Wunder, daß viele der Männer nicht warten konnten, bis sie drinnen waren, bevor sie sich miteinander vergnügten.

Das alles erinnerte Ulrich an seine Jugend und die sexuelle Raserei von Kriegern nach der Schlacht. Sein wildes, attraktives Äußeres und seine harten Muskeln machten ihn zu einer begehrten Ware in diesem Teil der Stadt. Wenige seiner Onenight-Stands konnten sich eines so eindrucksvollen Körpers rühmen. Allerdings hatten sie auch nie acht Stunden lang in voller Rüstung trainiert. Und das war Ulrichs Erziehung gewesen, unter den strengen Augen der Teutonischen Ritter, die die meisten seiner Leute niedergemetzelt und nur die anmutigsten der Kinder verschont hatten. Nach ihrer schmählichen Niederlage im Heiligen Land hatte sich der Orden in Polen niedergelassen; ihr Großmeister rief kurz darauf einen Kreuzzug gegen die Heiden aus, die im nahegelegenen Preußen lebten, und verdoppelte damit den Besitz des Ordens.

Die Erinnerung an jene Zeiten ließ Ulrich noch immer die Fäuste ballen, und wütend über die eigene Unfähigkeit, seine Leute oder wenigstens sich selbst zu retten, raste er die Folsom Street hinunter. Die Ritter hatten ihm weismachen wollen, daß Christus nicht anders sei als all die anderen Heldengötter, die an Bäumen aufgehängt und ins Leben zurückgebracht worden waren, aber der Heiland des Großmeisters war nicht Ulrichs Heiland. Eines Tages, das wußte er, würden die Banner der christlichen Armeen im Dreck zertrampelt, und niemand würde auch nur einen Finger krümmen, um sie davor zu bewahren. Diese Hoffnung erhielt ihn am Leben – auch nach so vielen Jahren.

Und natürlich die Hoffnung, daß diese Nacht einen ungewöhnlichen Festschmaus für ihn bereithalte, etwas, das aus dem alltäglichen Rahmen fiel. Der Hunger dröhnte in Ulrichs Ohren, und er schwitzte trotz des kühlen Windes, der seinen Oberkörper umwehte. Er hielt vor dem *Eagle's Lair* an und stellte seine Maschine wie im Traum auf einem Parkplatz ab. Sein Bewußtsein schien jenseits seiner körperlichen Hülle zu treiben, als ob er sich selbst in Trance handeln sah.

Ein *Eagle* gab es in jeder Großstadt; das wußte Ulrich, denn danach suchte er zuerst, wenn er neue Jagdgründe erkundete. Selbst im Maschinenzeitalter erinnerten sich Männer an ihr wahres Erbe. Das Kriegertotem des Adlers lebte weiter und würde vielleicht noch überleben, lange nachdem der letzte Adler vom vergifteten Himmel gefallen sein würde. Schon lange hatte Ulrich sich nicht mehr zu einer Frau hingezogen gefühlt. Hätte er darüber nachgedacht, er hätte sich eingestehen müssen, daß er sich selbst davon abhielt, Frauen nachzusehen. Nun ja, er war weder der erste noch der letzte Mann, der ein gebrochenes Herz hinter seinem Ständer versteckt. Doch was er jetzt brauchte, war die einfache, direkte Berührung des Fleisches eines anderen Mannes, unter seine Brüder zu schlüpfen, wie ein schwarzes Schaf in eine Herde eingeschleust wird, um seine dämlichen weißen Artgenossen zusammenzuhalten.

Die schwitzenden, geölten Körper, mit denen das *Eagle* vollgestopft war, erwiesen sich tatsächlich als so schlüpfrig wie Wolle voller Lanolin. Ulrich holte sich ein Bier, ein nützliches Requisit, an dem man sich gut festhalten konnte. Er mußte zugeben, daß er sich freute, seinen Lieblingsbarmann, Alain, zu sehen. Alain war einen Kopf größer als Ulrich und hatte zwanzig Pfund mehr Muskeln. Gesicht und Schädel, auf dem das Haar sich allmählich zur Glatze lichtete, trug er glattrasiert, aber sein Haar wuchs so dick und schwarz, daß der Ansatz sich deutlich von seiner weißen Kopfhaut abhob. Sein Ohrschmuck bestand aus massivem Gold, dicke Ringe des Wohlstands und der Verachtung für die heterosexuelle Konvention. Alains übergroße Ohrläppchen sprangen obszön hervor, als wollten sie sagen: Fick dich selbst! Wie immer hatte er seine Lederweste und dreckige Levi's an. Ringe so groß wie die in den Ohren waren durch seine himbeergroßen Brustwarzen gestochen. Den untersten Knopf seiner Jeans trug er offen, nicht weil Alain vorgeben wollte, er habe einen großen Schwanz, sondern weil er tatsächlich einen großen Schwanz hatte und es ausgeschlossen war, daß der mitsamt seiner Eier in die enge Jeans hineinpaßte, wenn er sie ganz zuknöpfte. Auf der linken Seite trug er einen dicken

Schlüsselbund und eine aufgerollte Peitsche. Ulrich witterte eingetrocknetes Blut an ihrer Spitze.

Alain war Sadist. Sein Ruf sorgte dafür, daß er sogar in dieser bottom-reichen Stadt am Wochenende oft leer ausging. Er sah Ulrich immer an, als wisse er irgendwelche Geheimnisse über ihn. Ulrich war sich nie sicher, ob er wirklich bekäme, was er bei Alain bestellt hatte, und es widerstrebte ihm, sich von einem solchen Häuptling bedienen zu lassen. In einem anderen Zeitalter wäre Alain Führer einer Kriegerschar und ein großer König gewesen. Ulrich vermutete, daß Alain sein Bestes getan hatte, um sein eigenes Reich zu finden. Der Teil in ihm, der noch immer ein Grünschnabel war, sehnte sich danach, Alain zu gefallen, ihm seine Dienste zu erweisen, ihm zu gehorchen und große Taten zu vollbringen, um sich seine Gunst zu verdienen. Aber die große Gefahr, in Alains eiserne Ketten geschlagen zu werden, ließ Ulrich seine unruhig flackernden Augen niederschlagen und seine Zunge im Zaum halten.

Alain reichte ihm das Bier mit einem kleinen Kopfschütteln, als wollte er sagen „Jammerschade!“, und Ulrich riß es ihm fast aus der Hand. Er wandte sich von diesem unmöglichen Mann ab und rollte das beschlagene Glas über die Stirn, versuchte, sein schweißgebadetes Gesicht zu kühlen. Die Krämpfe in seinem Magen breiteten sich in seinem Körper aus, so daß seine Hände kleine, unwillkürliche Bewegungen machten und er seine Oberlippe im Zaum halten mußte, damit sie sich nicht nach oben zog und seine Zähne entblößte. Ulrich überließ das Bier einem Kerl, der zwanzig Minuten dafür angestanden hatte, griff ihm, der Sitte entsprechend, in den Schritt, ließ das gleiche mit sich geschehen und folgte dann seiner Nase und seiner Erinnerung in Richtung Darkroom.

Je tiefer man ins *Eagle's Lair* vorstieß, desto dunkler wurde es. Zu dunkel für Videospiele oder Billard, zu dunkel, um sicherzugehen, daß man auch traf, was oder wen man gerade anpißte. Aus der Dunkelheit drang Seufzen und Stöhnen, Bellen und Winseln, als würde eine Horde Männer langsam geröstet. Es war die Mischung aus Lust und Schmerz, die Menschen zu so idealen Opfern machte. Und heute nacht wollte sich Ulrich diesem Zustand selbst nähern, so dicht an den Flammen wahrer Unterwerfung knien, wie er nur konnte. Er nahm an, daß jeder, der von seiner körperlichen Stärke und seinen sonstigen Kräften wußte, erwarten würde, daß er der Dominante sei, und manchmal war er das auch. Aber öfter noch verspürte Ulrich das Verlangen, sich in einen Zustand der Passivität sinken zu lassen. Er wollte ergriffen und mitgerissen werden, sich fühlen, als hätte er keine Wahl. Der Hunger hatte ihn das gelehrt. Er war ein strenger Lehrmeister, dieser Schmerz in seinem Herzen und seiner Kehle, und jetzt würde er Mittel und Wege finden, sein Verlangen zu stillen.

Er ging ein Stückchen weiter in den Raum, der doppelt so groß wie der Rest der Bar war, und fiel auf die Knie. Jetzt befand er sich in einem Wald von Stiefeln – hochgeschnürte Holzfäller- und Kampfstiefel, Cowboystiefel, Knobelbecher, hohe Reitstiefel und Dehners. Levi's, Lederchaps, Jodhpurs, Polizeihosen und hüfthohe Feuerwehr-Gummihosen ragten um ihn herum empor wie Baumstämme. Er fuhr mit der Hand das nächstbeste Bein hinauf und umfaßte die Eier, die aus einem aufgeknöpften Hosenschlitz hingen. Das Gesicht das Mannes sah er nicht. Er erkannte ihn an dem herben Duft seiner Lenden, den prallen Muskeln seiner Schenkel und dem dichten Pelz, der sich an Sack und Schwanzwurzel schmiegte. Die Berührung wurde ihm gestattet, und so brachte Ulrich sein Gesicht näher, leckte erst und schluckte dann beide Eier. Das brachte ihm zur Belohnung zwei Hände, die sich hinter seinem Kopf falteten, und ein überraschtes Stöhnen aus den Tiefen des Bauchs.

Es gelang ihm, seine Zunge ins Spiel zu bringen, und er drehte den Kopf zur Seite, erhöhte den Druck und preßte die Hoden so zusammen, daß die Haut sich dünn, straff und empfindlich darüber spannte. Dehnend und leckend widerstand er so lange wie möglich den stummen Aufforderungen des anderen, die Eier auszuspucken und dem Schwanz Aufmerksamkeit zuteil werden zu lassen, und erlangte eine kurze Gnadenfrist, indem er das pralle Organ mit der Hand molk. Der Schaft war dick, lang und bereits halbsteif. Als Vorsaft Ulrichs Handfläche glitschig machte, begriff er, daß dieser Mann zu denen gehörte, die gerne stundenlang spielten, bevor sie kamen. Es würde ein echter Triumph für Ulrich sein, ihn zum Abspritzen zu bringen. Seit Öffnung der Bar hatten schon einige Schwanzlutscher ihr Glück darin versucht. Möglicherweise hatte unter anderem die leicht wunde Haut, die von der Eichel des Mannes zurückglitt, Ulrich in der Dunkelheit angezogen.

Andere Männer spürten die Leidenschaft und versammelten sich um sie. Ulrich konnte hören, wie in der Nähe gewichst wurde, konnte den Voyeurismus und die Anerkennung der Menge riechen. Also spie er die Eier seines Opfers vorsichtig aus und schluckte – langsamer als jeder Kerl bei Sinnen es je zugelassen hätte – die tropfende Länge des Geschlechts. Die in seinem Nacken verschränkten Hände vermochten ihn nicht anzutreiben; Ulrich war jetzt so nahe daran, das zu bekommen, was er wollte, daß kein Sterblicher ihm etwas hätte anhaben können.

Bis jetzt hatte Ulrich weder im Geist des anderen Mannes noch in dessen Sinneseindrücken herumgepfuscht. Es machte ihn auf perverse Weise stolz, gut in dem zu sein, was er hier tat, auf den Knien, in der Dunkelheit, und er hatte sich noch nie mit dem Gedanken anfreunden können, mogeln zu müssen, um seine Beute anzulocken. Aber jetzt mußte er den Dingen ein klein wenig nachhelfen und für etwas Ablenkung sorgen. Deshalb rief Ulrich die Männer um sie herum dazu; sie knöpften dem Kerl das Hemd auf, leckten in seinen Achselhöhlen und saugten an seinen Brustwarzen. Jemand küßte den Mann. Vom vorsichtigen Knabbern an den Eiern des Mannes wußte Ulrich, daß er Schmerz nicht völlig abgeneigt war. Seinen Schwanz stundenlang in den Schlund eines anderen zu schieben, scheuerte letztlich ebensoviel wie Saugen.

Ulrich ließ seine Zähne den Schaft hinaufgleiten und setzte sie sanft an der Eichel ein. Er spielte gerade so lange daran herum, daß die Verlockung dieser Empfindung den Mann die Verletzungsgefahr vergessen ließ. Zudem ermutigte Ulrich die anderen Männer, den behaarten Arsch seines Opfers zu erforschen. Erst Zungen, dann Finger und schließlich ein Schwanz wurden zwischen die harten, kompakten Backen geschoben. Ulrich hielt es für einen Vorzug, daß der Mann es sonst eigentlich nicht genoß, gefickt zu werden. Um so mehr ein Grund, ihm ganz exzellent einen zu blasen und ihn von seinem Unwohlsein abzulenken.

Als er seinen Mund wieder über die gesamte Länge des wunden, aufrechten Schwanzes gleiten ließ, wurde er schließlich mit dem köstlichen Geschmack von etwas belohnt, das heißer, salziger und süßer war als Sperma: das rote, rote Blut, das Ulrich vor so langer Zeit versklavt hatte, als der Großmeister ihm das unwillkommene Geschenk der ewigen Finsternis gemacht hatte. Nach all den Jahren war jedes Mal so herrlich wie das erste. Dafür war Ulrich wiedergeboren worden, um diesem kräftigen, männlichen Tier, das ihm das Leben ermöglichte, zu huldigen und sich an ihm zu sättigen.

Der Schwanz in seinem Mund wurde plötzlich sogar noch steifer, und Ulrich riß überrascht die Augen auf. Ein-, zwei-, dreimal pulsierte das Fleisch und füllte seinen Rachen mit bitterem Saft. Zwar mischte sich genug Blut darin, um es schmackhaft zu machen, aber Ulrich konnte einen Aufschrei der Enttäuschung nicht ersticken. Jetzt, ohne den benebelnden Rausch der Erregung, würde es praktisch unmöglich sein, sich zu stärken, bis er befriedigt war.

Er stand auf und begab sich in eine andere Ecke des Raums, leckte sich frustriert über die Zähne und fauchte wie eine nasse Katze. An den Mann, der ihm beinahe alles gegeben hätte, verschwendete er keinen weiteren Gedanken. Irgendwo in seinem Hinterkopf konnte er die Verwirrung und den Selbsthaß des Mannes hören, der jetzt auf alle viere gezwungen wurde, während ein zweiter schon begann, ihm in den Arsch zu rammen, und ein dritter seinen Rachen in Besitz nahm. So hatte der Abend eigentlich nicht verlaufen sollen, dachte der Mann: Das gefiel ihm nicht, das wollte er nicht, er war nicht so einer, warum half ihm denn niemand?

Fick dich selbst, dachte Ulrich. Na, wie fühlt es sich an, in der Menge unterzugehen?

Er beruhigte sich genug, um nach einem zweiten Opfer Ausschau zu halten. Diesmal durfte ihm kein Fehler unterlaufen. In der Vergangenheit war diese Bar immer so gut zu ihm gewesen. Tatsächlich, stellte Ulrich fest, vermochte er sich nicht zu erinnern, wie oft genau er seinen Hunger hier gestillt hatte. Siebenmal, oder öfter? Morgen konnte er einen anderen Ort finden, um sich zu sättigen. Aber für heute war es zu spät, um ganz von vorn anzufangen. Es mußte einfach jemand in der Bar sein, der eine leichte Beute abgeben würde.

Die Atmosphäre im Darkroom war plötzlich zum Ersticken. Ein Anfall von Klaustrophobie packte Ulrich, und er schob sich in Richtung Ausgang. Um zur Hauptbar zu gelangen, mußte er an den Pissoirs vorbei. Ein blonder Junge mit schlechtem Haarschnitt, der ihn als Frischfleisch aus dem Mittleren Westen auswies, kam gerade schwankend auf die Füße. Seine Haare und sein Oberkörper stanken nach Pisse. Aber Ulrich fand diese dem Blut verwandte menschliche Ausscheidung eher anziehend, wenn nicht gar verheißungsvoll. Der Kleine hatte auf Knien Pisse getrunken. Er war völlig fertig vor Scham und der Aufregung, etwas Verbotenes getan zu haben, und außerdem völlig high von Acid, Kokain, MDA und dem Alkohol, den er zusammen mit der Pisse und Unmengen von Sperma geschluckt hatte.

Ulrich machte sich nicht einmal die Mühe, die Schlüssel nach links zu hängen. Er nickte dem benebelten jungen Mann einfach zu und packte ihn am Arm. Er hatte nicht vor, ihn mit zurück in die Dunkelheit zu nehmen und das Risiko einzugehen, seine Beute an andere Jäger mit unbedeutenderem Appetit zu verlieren. Nein, mit dem hier mußte er raus in eine Seitenstraße, ihn schnell erlegen, und dann könnte er den Rest der Nacht auf dem Motorrad durch die Gegend fahren oder zu Hause Musik hören.

Die Gasse war menschenleer, ein kleines Wunder. Aber solange die Kneipe mit ihrem Darkroom geöffnet war, kamen nur wenige Kunden auf die Idee, ihre Ficks mit nach draußen zu nehmen. Selbst eine Drecksau würde diesen Schauplatz abschreckend schmutzig finden. Aber was scherte das einen Jungen, der als menschliche Toilette benutzt worden war?

Ulrich hatte gerade genug Blut bekommen, um seinen Schwanz zur schmerzhaften Imitation einer menschlichen Erektion anschwellen zu lassen. Erregung machte ihn grob; er stieß den Kleinen zu Boden, und der Junge, völlig unempfindlich gegen den Müll, streckte auf dem Pflaster alle viere von sich, verrenkt wie eine achtlos weggeworfene Marionette. Seufzend hievte Ulrich ihn auf die Knie. Der Junge rieb seine Nase an Ulrichs Hosenschlitz, was dieser mit einer Ohrfeige unterband. Einfacher und sicherer, ihn selbst auszupacken, dachte Ulrich, und holte seine Ausstattung an die frische Luft. Sein Schwanz hatte kaum Zeit, kalt zu werden, denn der wollüstige Farmjunge schluckte ihn ganz, und das mit einem Enthusiasmus, der seinen Mangel an Erfahrung wettmachte. In solchen Situationen fühlte sich Ulrich immer hin- und hergerissen. War es der Mühe wert, dem Kleinen etwas Nachhilfe zu geben, wenn ihm das nur höchst unwahrscheinlich bei zukünftigen Begegnungen zugute kommen könnte?

Wie dem auch sei, dieses Geschlabber und Genage mußte ein Ende haben. Ulrich schlich sich ohne viel Feingefühl in die Gedanken des Jungen und erteilte ihm ein paar kurze Befehle. Der Druck auf seinen Schwanz wurde gleichmäßiger, die Zunge energischer und die Zähne weniger lästig. Ja, viel besser. Ulrich ließ seinem Frust jetzt freien Lauf; er fickte den Kleinen tief in den Hals und legte einiges von seinem Mißvergnügen darüber hinein, seine erste Wahl verloren zu haben. Der junge Mann schluchzte und wichste seinen eigenen Schwanz, und Ulrich knurrte: „Wenn du einen Tropfen von deinem Abschaum auf meine Stiefel fallen läßt, bring ich dich um." Unschlüssig, ob er über seinen eigenen Witz lachen oder dem plötzlichen Bedürfnis zu kommen nachgeben sollte, entschied er sich schließlich für letzteres. Ulrich ließ den Jungen nicht einmal seine ganze Ladung schlucken, bevor er ihn vom Boden hochzog und sich auf seine Halsschlagader stürzte.

Ulrichs Zähne gruben sich schneller in den Hals des Jungen, als zuvor die Pisse daran hatte herunterlaufen können. Was für eine Befriedigung! Das Blut war dick und nahrhaft, ein einzigartig edler Tropfen, unvergoren, aber dennoch höchst berauschend. Das lodernde Feuer, das ihn den ganzen Abend lang in tiefe Qualen zu stürzen gedroht hatte, verlosch. Er konnte beinahe fühlen, wie jede Zelle seines Körpers sich satt trank. Das Leben war großartig, jedenfalls für denjenigen, der weiterleben durfte.

Die Hintertür der Bar öffnete sich, und heraus trat Alain mit einer doppelläufigen Schrotflinte. „Laß den Hurensohn los!“ befahl er. Ulrich tat, wie ihm geheißen, mit Haß im Herzen und mit Haß auf das bittersüße Verlangen, das er danach verspürte, sich in den Müll zu werfen, der von Alains dicken Stiefelsohlen plattgedrückt wurde.

Er sah in die vollkommen runden Nüstern der abgesägten Schußwaffe und fragte sich, ob dies das letzte Gesicht sei, das er jemals erblicken würde. Ulrich hatte in all den Jahren einige furchtbare Wunden überlebt, doch er wußte, daß ein Pflock ins Herz ihn töten könnte, und dachte, ein paar Ladungen Schrot in die Brust würden vielleicht dasselbe bewirken. Natürlich konnte er nicht sicher sein und wollte es lieber nicht auf einen Versuch ankommen lassen.

Dann krachte das Gewehr, und er glaubte, sein letztes Stündlein hätte geschlagen. Er brauchte lange, um zu begreifen, daß sein eigener Körper unversehrt war. Alain hatte Ulrichs Opfer das Gesicht weggepustet. Dann zog er eine Rasierklinge aus der Westentasche, wickelte sie aus und reichte sie Ulrich. „Wisch deine Fingerabdrücke ab und leg sie ihm in die Hand“, sagte er barsch.

Ulrich führte die ihm abverlangte Aufgabe aus; mit einem Zipfel vom T-Shirt seines Opfers schützte er den Stahl vor Fingerabdrücken. Er dachte sogar daran, seine Abdrücke von den abgekauten Fingernägeln des toten Jungen zu wischen.

„Das Geschäft läuft ziemlich gut, seit du hierherkommst“, bemerkte Alain. Ulrich fuhr herum und starrte ihn an. Der riesenhafte Barmann entzündete ein Streichholz an der Sohle seines Stiefels und drehte die Spitze einer Zigarre in der blauen Flamme. „Seit es sich rumgesprochen hat, daß im Darkroom irgend jemand Typen umbringt, ihnen praktisch die Schwänze abbeißt, haben wir jede Menge neue Kundschaft. Ehrenwort, es gibt Abende, da glaube ich, uns geht das Bier noch vor Mitternacht aus.“ Er zeigte mit der Zigarre auf Ulrich, der nach diesem wahrhaften Festschmaus wieder hart war und weich in den Knien vor Schock und Angst.

„Du warst das, oder? Du bist der Bastard, der das ganze erstklassige Fleisch in Aas verwandelt hat.“

„Was willst du?“ flüsterte Ulrich.

„Ich will nur hören, daß du es zugibst.“

Ulrich hob die Hände, zeigte seine Handflächen zum Beweis, daß er mit offenen Karten spielte. „Ich bin derjenige", bekannte er.

Alain schürzte seine brutalen Lippen, blauer Zigarrenrauch schoß auf Ulrich zu und kringelte sich träge um ihn herum. Der Barmann schien auf irgend etwas zu warten. Schließlich ertrug Ulrich das Schweigen nicht länger: „Was hast du mit mir vor?"

Ein Defilee widerstreitender Emotionen zog über Alains Gesicht. Er wollte diesen dandyhaften, langhaarigen Bikerrebellen mit seiner piratenhaften Schönheit. Schon seit er Ulrich zum ersten Mal gesehen hatte, wollte er ihn anketten, ihn wundpeitschen und seinen schmalen Arsch reiten. Jetzt, da er wußte, daß Ulrich mehr war, als er schien, bekam sein Verlangen eine neue Wendung, als ob eine Schlinge um seinen Hals sich ein Stückchen enger zöge. Die Gegenwart echter Gefahr bedeutete eine Herausforderung. Und dann gab es da noch Alains andere Seite, die er vor vielen Jahren schreiend in eine Zelle eingesperrt hatte.

Die beiden Männer starrten einander an und bemerkten nicht einmal, wie sie sich langsam näherkamen. Auch ihre Schwänze drängten aufeinander zu, beulten den Hosenstoff aus, als ob sie sagen wollten: Laßt uns raus! Wir finden schon eine Lösung für dieses Patt!

Ulrich konnte die Spannung nicht aushalten. Also setzte er alles auf eine Karte. „Was ist Euer Begehr, mein Gebieter?" fragte er leise und ließ damit die höfische Ausdrucksweise des Pagen und des Schildknappen wieder aufleben, der er einst gewesen war.

Alains Gesicht verschloß sich wie eine Bibel, die der Pastor nach der Predigt zuschlägt. „Wenn sich das erst mal rumgesprochen hat", sagte er und stieß dem Toten mit seiner Schrotflinte in die Seite, „wird alles wieder seinen normalen Gang gehen. An deiner Stelle würde ich mich für eine Weile vom *Eagle's Lair* fernhalten. Gönn der Folsom Street eine Pause, wenn du dein hübsches Gesicht behalten willst."

Ulrich zuckte mit den Schultern und wandte sich zum Gehen. So war es immer zwischen ihm und der Menschheit. Letzten Endes waren sie immer noch seine natürlichen Feinde. Seine Suche nach einem Seelenverwandten unter ihnen konnte man nur erbärmlich nennen; ein Puma, der einem Reh Liebeslieder singt, könnte nicht verrückter sein. Einsamkeit war ihm als Schicksal bestimmt und angemessen, und wenn er nur halb soviel Verstand wie Adolpha hätte, würde er das akzeptieren. Er hatte schon fast sein Motorrad erreicht, als Alain noch etwas sagte, das Ulrich dazu brachte, anzuhalten und sich umzudrehen.

„Vielleicht kommst du in fünf, sechs Jahren wieder“, räumte Alain ein. „Vielleicht muß das Geschäft dann mal wieder angekurbelt werden. Ich hab nichts dagegen, mehr Alk zu verkaufen.“ Er blies Ulrich noch mehr Rauch ins Gesicht, den dieser wie einen Kuß empfing. Sein ganzer Körper spannte sich und zitterte vor Verlangen. Ein einziges Wort - bitte! - hallte wieder und wieder in ihm, aber er konnte es nicht laut aussprechen, biß sich auf die Lippen, bis sie bluteten, um sich davon abzuhalten.

Alain hatte nicht den leisesten Schimmer, daß ihm gerade eine seltene Art Tribut gezollt worden war. Er ließ ein kurzes, bellendes Gelächter hören und wedelte mit der Hand, als wolle er Ulrich verscheuchen. „Hinfort mit dir“, sagte er laut, mit der Hand auf der gesegneten Tür, die ihn zurück zur Musik und dem rasenden Balztanz führen würde. Wie leicht man sich doch daran gewöhnt, niemals zu bekommen, was man wirklich will, wie leicht man das Wunderbare in der Welt zu sehen verweigert - und wie schwer diese Gewohnheiten abzulegen sind.

Kopfschüttelnd stieg Ulrich auf sein Motorrad und machte sich auf den Heimweg. Ohne sich nach Alain umzusehen, hielt er eine Hand in einer würdevollen Geste des Abschieds und der Kapitulation erhoben. Die Vibrationen des Motors ließen seine Eier pochen wie einen kariösen Zahn. Er sehnte sich danach, eine angemessene Nische für seinen schmerzenden Schwanz zu finden, bevor der Sonnenaufgang ihn impotent machen würde, doch das, so wußte er, war ein aussichtsloses Verlangen.

Anke

Marcus Brühl

Die Grenzen des eigenen *genders* zu überschreiten, ist für Marcus Brühl nichts Neues. Zwar ist *Anke* die erste Lesben-Sexgeschichte aus seiner Feder, aber als Tunte Penelope beschäftigt er sich schon seit langem lebend und schreibend mit „Weiblichkeit". Seine Titelheldin erlebt einen One-night-Stand der wohl ungewöhnlichsten Art.

1997 hat Brühl als Penelope im Querverlag die *Lebensansichten einer gepflegten Tunte* veröffentlicht. Zwei weitere seiner Kurzgeschichten sind – zu gleicher Zeit wie die vorliegende – in den Anthologien *Hildegard! Storno! – Einsendungen zum Literaturpreis der schwulen Buchläden 1998* (MännerschwarmSkript-Verlag) und *Toll! Toll! Toll! Berliner Tuntenbuch* (Verlag rosa Winkel) erschienen.

Brühl lebt in Berlin, wo er – wie Anke – Literaturwissenschaft studiert.

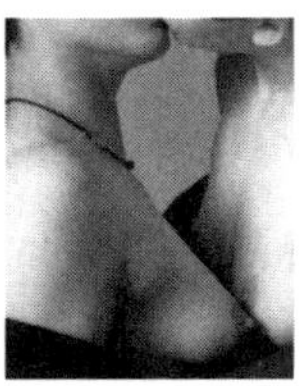

Vor kurzem ist sie in eine süße, kleine Wohnung gezogen. Ein paar Kartons stehen noch in der Ecke, die Vormieterin hat ihr Klavier noch nicht abgeholt, aber alles in allem ist sie fertig.

Sie hat eine langsame, altmodische Leidenschaft: Sie liebt grüne Nelken. Sie besorgt sich weiße im Laden und träufelt grüne Lebensmittelfarbe in die Vase. An langen Abenden sitzt sie an ihrem Schreibtisch, die Kühlung des Computers brummt vor sich hin, und sie sieht zu, wie die Nelken langsam grün werden.

Unglücklich ist sie nicht, wenn sie so dasitzt. Es dauert Stunden, doch fühlt sie sich außerstande, aufzustehen. Sie stellt sich vor, daß das Wasser klar wird, während sich die Nelken färben. Wenn die Klärung des Wassers beendet ist, schließt sie erschöpft und befreit die Augen und sinkt zufrieden gegen die Stuhllehne. Jedesmal ist es wie eine Erlösung.

Sie geht einen vollkommen leeren Gang im Hauptgebäude der Uni entlang. Ankes Haar ist lang, braun und gelockt, ihre Figur sportlich, sie ist eine eher große Frau mit einer Adlernase, die ihr gut steht. Sie trägt Kleider und Röcke – nicht aus Prinzip, aber oft. Sie redet lebhaft und viel.

Die Romanistikfete kündigt sich durch leise Geräusche an. Die Geräusche werden lauter im Vergleich zum Klappern ihrer Schritte, übertönen ihre Schritte schließlich, und Anke hat das Gefühl, vollkommen in das Gewaber der Frequenzen einzutauchen. Zusammen mit den anderen Leuten spielt sie das Tonstück dieser Fete. Es ist einer der Abende, an denen die Frauen schimmern und leuchten.

Anke bleibt erst einmal kurz in der Tür stehen und schaut sich um. Wenn sie in einen neuen Raum mit neuen Leuten kommt, bleibt sie gerne eine Weile am Rand, um sich an die neue Stimmung zu gewöhnen. Von den Leuten, die sie sieht, kennt sie niemanden, aber der Raum ist voll, und alle stehen dicht gedrängt, vor allem in der Nähe der Theke und des Büffets.

Ein Sessel wird frei. Anke nutzt die Gelegenheit, schwimmt durch die Geräusche hin. Eine überarbeitete Doktorandin winkt ihr im Vorbeigehen zu. Anke taucht auf den Sessel runter. Weil es das Sommerfest ist, hat sie sich eine Nelke zwischen die Brüste gesteckt. Findet sie jetzt albern. Hier sind alle nach der Kleiderordnung von vor 68 angezogen, bis auf die, die auffallen. Anke lacht leise vor sich hin und läßt die grüne Blüte auf den Boden fallen. Einem Dreier von Erstsemester-Mädels erklärt sie ein paar praktische Funktionen von Winword, ohne sich dabei zuzuhören. Die eine von den dreien gefällt Anke. Stupsnäschen, Girlie-Look. Die wachküssen! Wenn sie nicht naiv ist, dann spielt sie verdammt gut. Ihr bunter Plastikblumenschmuck erzählt Anke davon, wie es war, sich mit achtzehn auf die Welt zu freuen und die halb ausgestreckten für offene Arme zu halten. Anke hätte damals gerne eine Frau gehabt, die ihr die Welt zeigt, mit ihr durch den Dschungel reitet. Eine Frau hätte sie auch jetzt gerne. Dschungelführerin muß sie nicht mehr sein, ginge aber auch in Ordnung. Vielleicht sollte sie selber mal die Führungsrolle übernehmen. Bei Stadtrundfahrten zum Beispiel. Straßenpläne kann man schließlich überall kaufen, denkt sie, und die Musik kreiselt in komplizierten Schleifenmustern durch den Raum; die tiefen Bässe lassen sie erzittern. Sie sieht die Musik nicht wirklich vor sich, aber sie hat ein deutliches Gefühl, wie die Musik aussehen müßte, wenn sie tönend-bewegt sichtbar wäre.

Anke starrt auf die runde Brust der Kleinen. Ein bißchen mollig ist das Mädel, griffig eben. Die Brust wird ganz bedeckt von dem Oberteil, das eng anliegt und ziemlich hochgeschlossen ist. Fest sieht sie aus und warm. Anke bemerkt, daß sie sich immer weiter vorgebeugt hat in Richtung dieser Brust, und lehnt sich wieder ein Stückchen zurück.

Aber warum soll die Kleine auch nicht merken, daß sie Anke gefällt. Sie kann schließlich nicht ja sagen, wenn sie nicht gefragt wird. In Gedanken packt Anke schon mal den Stadtplan aus. Die Unterhaltung ist angeregt und lustig. Fast kicherig. Die drei rutschen und rücken in einer Tour hin und her, blicken um sich, drehen die Hälse, machen Gesichter. Ein paarmal sieht Anke der Kleinen in die Augen.

Da ist das Kribbeln, nicht zu wissen, ob die Kleine sich freut, gefunden worden zu sein, oder ob sie entsetzt ignoriert, daß Anke sie anbaggert.

Anke sieht der Gruppe von Mädels zu. Sie hat die Hände auf ihre Schenkel gestützt und wiegt sich langsam vor und zurück. Die drei scheinen in absehbarer Zeit weiterziehen zu wollen. Wen interessiert Winword? Anke steht auf und läßt sich an der improvisierten Theke einen Kaffee geben.

Manchmal sind auf dem Stadtplan in ihrem Kopf Wege mit Textmarker nachgezeichnet. Sie geht raus auf den Flur und setzt sich auf eine eiserne Bank. Hier ist kein Mensch, nur die Geräusche der Uni laufen den Flur hoch und runter. Anke streicht sich mit der Hand über den Bauch, die Schenkel. Die Hand schlüpft unter ihr Oberteil, das lose über dem langen, engen Rock hängt. Eigentlich ist die Kleine wie sie selbst, denkt Anke. Die Hand umgreift ihre Brust von unten, fühlt, wiegt, kehrt zurück unter den Rock, fährt fest über ihre geschlossenen, runden Schamlippen unter dem Schlüpfer, streicht wieder zurück bis zur leichten Welle ihres Bauchs. Anke schiebt ihre Hand vorwärts unter den Schlüpfer. Ihr Schamhaar. Sie fühlt mit der ganzen Hand. Der ausgestreckte Zeigefinger arbeitet sich Millimeter um Millimeter vor und zurück und zwischen ihre Schamlippen. Sie liebt es, wenn sie so feucht sind wie jetzt.

„Du hast deine Blume vergessen", sagt die Kleine von eben.

Anke zuckt zusammen. Sie hat sie nicht kommen gehört. Das lose Oberteil verbirgt so deutlich, wo sie gerade ihre Hand hat, daß die andere es genauso gut ignorieren kann, wenn sie will.

„Steck sie mir rein!" fordert Anke sie auf. Die Kleine beugt sich vor und lugt Anke schüchtern kurz in den Ausschnitt. Anke kommt ihr entgegen und preßt das Becken dabei fest gegen die eigene Hand. Unwillkürlich atmet sie laut aus. Sie stöhnt der Kleinen ins Gesicht. In einer Bewegung lehnt sich Anke wieder zurück und zieht die Hand langsam über ihren Venushügel ans Tageslicht. Ihr Oberteil rutscht hoch. Sie läßt die Hand auf ihrem Bauch liegen. Der Zeigefinger glänzt noch, und die Nelke duftet.

„Du hast so komisch gekuckt eben. Bist du okay?" erkundigt sich die Kleine.

Will die mich verarschen, fragt sich Anke, oder ist das die mütterliche Tour?

„Klar, mir geht's gut. Nett von dir! Ich bin Anke, und wie heißt du?“

„Annette.“

„Fängt ja beides mit A an!“ lacht Anke begeistert. Und beißt sich fast auf die Zunge wegen ihrer blöden Anmache. Die Kleine legt die Stirn in Falten. Das Näschen kräuselt sich mit. Hoffentlich hat sie das nicht bescheuert gefunden; sie sieht so süß aus, denkt Anke. Sie riecht praktisch noch frischgebacken. Wie soll man die nach Hause kriegen? Die Stirn entspannt sich wieder, und Annette lächelt. Irgendwie muß man schließlich eine Unterhaltung anfangen, und ein dummer Spruch ist auch ein Anfang. Sie hat von der Älteren etwas Ernsthafteres erwartet. Also beginnt sie selbst, über Unibelange zu plaudern. Die Professur, die ausgeschrieben ist, die Frauenbeauftragte, die sich abeiert, damit sich viele Frauen bewerben, damit schließlich auch eine genommen wird, Vokabeln, Hausarbeiten. Anke amüsiert sich über die ungebrochene Begeisterung der Kleinen, die immerhin im zweiten Semester ist. Im zweiten Semester war Anke schon völlig abgenervt. Die Meinungen über Personalpolitik und Frauen, die Annette sich angeeignet hat, klingen noch ein bißchen altklug aus ihrem Mund.

Annette hat sich neben Anke auf die Bank gesetzt. Anke macht auf abgeklärt und erfahren. Die Unterhaltung läuft gut. Anke spürt ihre Lust.

„Ich hab meinen Schlüssel verloren“, sagt Annette unvermittelt.

Wunderbar, denkt Anke. „Das is ja Scheiße. Was machstn jetzt?“

„Na ja, mal sehn.“

„Du kannst doch sicher bei deinen Freundinnen pennen.“

Annette sieht Anke kurz zweifelnd an. „Die sind schon nach Hause“, erklärt sie. Ihre Hände liegen in ihrem Schoß.

„Du kannst natürlich auch mit zu mir kommen“, schlägt Anke vor. Und muß schlucken. Jetzt hat sie's gesagt. Irgendwie muß ich's ja sagen, denkt sie. Der Weg zu Ankes Wohnung leuchtet deutlich auf dem Stadtplan. Hin finden sie auf jeden Fall, kein Problem, aber was macht sie dann dort mit der Kleinen?

„Ja. Laß uns bald gehn.“

Anke sieht ihr in die Augen und lächelt. Annette sieht Anke auch in die Augen. Anke senkt den Blick. Die Kleine scheint auf einmal zu wissen, was sie will, denkt Anke. Kurz fragt sie sich, ob sie selbst noch will, was sie wollte. Sie stellt sich Annette im Grundriß ihrer Wohnung vor: Sie paßt rein und sieht gut aus darin. Dann holt sie tief Luft, steht auf und meint: „Okay!“, legt

Annette den Arm um die Schulter, geht schnell, um die Oberhand zu behalten, und zieht Annette hinter sich her.

Der Schlüssel dreht sich im Schloß. „Willst du 'ne Zahnbürste, oder trinken wir noch was?“ Annette will Kaffee. „Setz dich schon mal rein. Das ist das Zimmer“, erklärt Anke und öffnet die Tür zum Wohn- und Schlafzimmer. „Ich mach welchen.“ Anke geht in die Küche. Sie hat wohl das Licht angelassen.

„Hi!“ sagt eine weibliche Stimme. Anke stößt einen erstickten Schrei aus. An ihrem Küchentisch sitzt eine Frau und sieht sie an. Die Stimme hallt in ihrem Kopf. Anke faßt sich wieder. „Wie kommst du in meine Küche?“ fragt sie tonlos.

„Mit dem Schlüssel“, antwortet die andere Frau. Anke hat sie noch nie gesehen. Ruhig, tiefes Timbre: „Ich bin deine Vormieterin. Ich will das Klavier abholen.“

„Dann nimm dein Klavier und verschwinde! Ich glaube, du spinnst!“ Anke spricht jetzt laut und bestimmt, um ihren Schrecken zu verbergen.

„Du gefällst mir!“ erwidert die andere. Steht auf und geht ohne Kommentar durch den Flur und aus der Wohnung. Anke hört die Tür hinter der Einbrecherin zufallen. Sie setzt sich auf den nächsten Stuhl und stößt einen Fluch aus.

Annette steht in der Tür. „Was ist denn los?“

Anke hat keine Lust mehr, die Abgeklärte zu mimen. „Da saß auf einmal eine Frau in der Küche, die Vormieterin – behauptet sie. Hast du sie nicht gesehen?“ Anke holt Luft. „Ich hab mich total erschrocken.“

„Wie kommt die denn rein?“

„Offenbar hat sie 'nen Schlüssel behalten. Um ihr Klavier zu holen.“ Annette nimmt einen Stuhl, trägt ihn zur Wohnungstür, holt einen Stapel Bücher aus Ankes Zimmer und klemmt sie unter die Klinke. „So!“ sagt sie. Anke bedankt sich: „Gute Idee!“

„Du siehst ja ganz bleich aus, Anke!“

„Ich hab mich einfach total erschrocken.“

„Na, das is ja klar!“ meint Annette. Sie geht zu Anke und fährt ihr mit der Hand durchs Haar. Anke läßt den Kopf auf die Tischplatte sinken. Annette streichelt sie. Nimmt den Kopf in beide Hände, spielt mit den Ohrläppchen, streicht den Hals runter. „So ein Schrecken!“ sagt sie. „Mach dir keine Sorgen! Jetzt kommt niemand mehr rein.“ Annette streichelt Anke weiter. Die steht nach einer Weile auf, öffnet einen Schrank, holt Kaffeepulver raus, schmeißt die Maschine an.

„Paß auf!“ sagt Anke plötzlich und dreht sich zu Annette um. „Ich weiß nicht, wer du bist und was du willst. Ich will mit dir schlafen. Deshalb hab ich dich gefragt, ob du mit zu mir willst. Aber ich hab jetzt keine Lust mehr auf Verführen und komische Geschichten. Warum bist du mitgekommen?" Die kleine Annette zieht ihr Schlüsselbund aus der Hosentasche und wirft es lässig auf den Küchentisch. Sie dreht sich um und verläßt wortlos die Küche. Anke geht ihr hinterher. Annette ist im Bad, hat die Dusche aufgedreht, steht im BH vor Anke. Sie knöpft sich langsam die Hose auf und sieht Anke dabei fest in die Augen. „Du solltest bei Levi's anfangen!" haucht Anke und grinst. Ihre Augen leuchten. Sie geht auf Annette zu und faßt sie um die Hüfte. Annette riecht gut nach ihrem frischen Schweiß. Die Brüste der beiden reiben aneinander. Anke hebt Annette unter die Dusche. Die blaue Jeans färbt sich dunkelblau. Dann steigt Anke selbst unter die Dusche. Annette lehnt sich an die Wand, wirft den Kopf zurück. Sie fährt sich mit der Zunge über die Lippen. Sie muß grinsen. Sie schiebt die geöffnete Jeans genüßlich nach unten. Anke sieht Annettes weißes, unschuldiges Höschen und ihr Grinsen. Sie macht den einen Schritt auf die Jagdgöttin zu und läßt sich gegen sie fallen. Preßt sie an die Wand. Ihr Becken reibt an Annettes Bein hoch und runter. Ihre Hand fährt langsam über die Pobacke der anderen. Annette stöhnt: „Ich hab's noch nie mit 'ner Frau gemacht. Zeig's mir." Anke will antworten: „Ich zeig's dir! Ich mach's dir!", aber nur noch Stöhnen kommt über ihre Lippen. Mit dem Mittelfinger gleitet sie tief in Annettes Spalte.

„So", sagt Annette, „jetzt bist du dran", und spreizt ihr die Schenkel. „Laß mal sehen, wie du aussiehst." Kaum hat sich Annette zwischen ihre Beine gekniet, schon spürt Anke eine Zunge auf ihrer Klit. Anke stöhnt laut. Nach einer Weile zieht sie die Kleine hoch, preßt sie an sich und fickt sie mit der Hand. Annette ist ganz hingegeben. Wild klammert sie sich an Anke. Ihre Hände umschlingen den warmen Körper. Fest streichelt sie den Körper, der ihr diese Lust bereitet. Als würde sie Halt suchen, denkt Anke.

Annette stößt kleine, wunderbare Schreie aus, als sie kommt. Sie läßt sich fallen, ihre Knie sacken weg, ihr Becken vibriert noch gegen Anke. Sie schlingt die Arme um Anke und hält sich an ihr fest. Anke umarmt sie. Beide spüren die Wärme der anderen. „Meine Kleine", flüstert Anke. „Meine Kleine", flüstert Annette. Sie klettert auf Ankes Hüften und besteht darauf, die Größere zu sein. Anke trägt sie ins Bett.

Der Wecker klingelt in aller Frühe. Annette muß zeitig aufstehen. Anke ist sofort hellwach. Annettes Beine liegen verschlungen mit ihren. Anke schlägt die Bettdecke zurück und schaut sich Annette an, spürt die junge, weiche Haut an ihren Beinen. Anke lächelt zufrieden in sich rein. Sie spürt die wohlige Wärme, nicht alleine geschlafen zu haben. Sie kuschelt sich dicht an Annette, weckt sie, indem sie ihr die Brüste streichelt, die Nippel bearbeitet. Anke küßt stolz die Knutschflecken auf dem Hals der jungen Frau, ihrer jungen Frau. Ihrer Frau von gestern nacht. Mal sehn, wie's weitergeht, denkt sie. Hoffentlich geht's weiter!

Annette setzt sich auf, sagt: „Guten Morgen, Anke.“ Sie klettert aus dem Bett und wankt ins Bad. Anke blickt ihr verdutzt hinterher, weil sie so schnell verschwunden ist. Ratlos geht sie in die Küche und deckt den Frühstückstisch. Sie hört das Rauschen der Dusche. Sie stellt noch das Marmeladenglas auf den Tisch und folgt dem Geräusch ins Badezimmer. Sie öffnet den Duschvorhang. Annette sieht ihr in die Augen. Sie lächelt. Anke will nur zusehen, wie dieser Körper sich bewegt unter dem Wasser. Anke lehnt sich gegen den großen Spiegel an der Badezimmerwand, in dem sie sich selbst beim Duschen betrachtet, wenn sie wissen will, wie eine Frau beim Duschen aussieht. Annettes Becken bewegt sich mehr als ihres, Annettes Brüste machen andere Bewegungen, wenn sie frei schwingen, langsamer und mehr zu den Seiten hin. Beim Abtrocknen läßt sie sie allein. Annette kommt in die Küche nach.

„Entschuldige! Ich bin ein Morgenmuffel, aber jetzt geht's eigentlich schon.“ Sie setzt sich. „Die sind ja schrill“, ruft sie. Sie meint den Strauß grüner Nelken, der auf dem Küchentisch steht. „Sind mir gestern gar nicht aufgefallen.“

„Nimm sie mit, wenn sie dir gefallen. Ich schenk sie dir.“

„Ich kann doch nicht mit einem Blumenstrauß ins Sprachlabor gehen“, ziert Annette sich.

„Dann hast du einen Grund wiederzukommen“, meint Anke und nimmt sich vor, nicht nach der Nummer der anderen zu fragen, sondern abzuwarten, bis sie wiederkommt – abzuwarten, ob sie wiederkommt.

Annette erkundigt sich nach der Wohnung: Quadratmeter, Miete, wie Wohnungssuche funktioniert. Anke erläutert verschiedene Kautions- und Abstandssysteme, erklärt die seltsamen Abkürzungen in Wohnungsannoncen, erzählt von den beiden Frauen in der WBM, die nett sind, und mit welchen sie gar nicht klargekommen ist. Annette wirft einen Blick auf ihre Uhr und will los. Anke fragt nach der Nummer der anderen. Annette lächelt. Sie tauschen Nummern aus. Annette schreibt auch ihre Adresse auf. Anke bringt sie zur Tür. Zum Abschied küssen sie sich auf den Mund. Dann linke Backe, rechte Backe, linke Backe, als Romanistinnen. Nicht mehr und nicht weniger.

Anke schließt die Tür hinter ihr zu. Sie lehnt sich dagegen. Die Wohnung ist leer. Sie haßt ihre süße, kleine, leere Wohnung.

Anke geht unter die Dusche und macht sich zurecht für den Tag. Sie hat nichts weiter vor, Einkaufen und Haushalt sind heute angesagt – und vielleicht liest sie noch ein paar Dutzend Seiten in Prousts verflixter *Recherche*. Die getragenen Klamotten wirft sie in die Wäschekiste. Das ist jetzt einfach nicht ihre Zeit, halb neun Uhr morgens. Sie will nackt bleiben und sich wieder hinlegen. Die Sachen vom Frühstück müssen noch schnell in den Kühlschrank. Sie geht in die Küche. Eine Tasse Kaffee am Mund, sitzt die Frau von gestern an ihrem Küchentisch. Anke ist noch zu schlaftrunken, um zusammenzufahren. Sie stemmt eine Hand in die Hüfte, stützt sich mit der anderen gegen den Türrahmen. Sie sieht kraftvoll und selbstbewußt aus. Das weiß sie. Sie hat die Geste geübt.

„Reg dich nicht auf!" raunzt die andere sie an.

„Was bildest du dir ein! Das ist meine Wohnung! Du klingelst gefälligst, wenn du was willst. Ich wechsle sofort das Schloß aus. Nimm dein verdammtes Klavier und hau ab!" Ankes Hände zittern vor Erregung.

Die andere spreizt die Beine. „Du gefällst mir, Kleines." Anke ist überfordert. Sie geht zur Anrichte und schenkt sich Kaffee ein.

„Ich werd dich noch öfters besuchen. Du gefällst mir!" Die Stimme hallt in Ankes Kopf. Abrupt dreht sie sich um. Milchkaffee schwappt aus der Tasse und fließt ihr übers Schlüsselbein den Körper runter. Rinnt über ihre Brust, verteilt sich auf dem Hof um ihre Brustwarze. Ihr Nippel richtet sich unwillkürlich auf. Die andere sitzt nicht mehr auf dem Stuhl, sie steht dicht vor Anke. Sie beugt sich vor, streckt die Zunge raus und leckt den Kaffee von Anke. Genüßlich folgt sie jeder Kurve ihres Körpers. Sie umkreist Ankes Brustwarze, zingelt sie mit ihrer Zunge ein. Als sie anfängt, heftig an der Brust rumzuknabbern, und Ankes linke Arschbacke kräftig massiert, gibt Anke jeden Widerstand auf. Sie stöhnt laut. Sie stellt die Tasse ohne hinzusehen auf die Anrichte. Die Tasse kippt um, und der Kaffee fließt über die Anrichte, läuft an Ankes Hintern entlang und ihr Bein runter. Anke ist nur noch geil. Sie will nicht wissen, wer die andere ist, sie kennt die fremde, kräftige, scharfe Frau nicht. Sie gibt sich hin, ohne zu überlegen, was die andere von ihr denkt. Anke stützt sich auf die Anrichte, die andere drängt sich zwischen ihre Beine. Sie sieht Anke fest und herausfordernd in die

Augen. Sie ist vollkommen siegessicher. Gierig steckt sie drei Finger in Ankes Möse. Zu schnell und zu fest. Anke schreit auf. „Ja, los! Schrei mich an! Ich will dich hören. Ich will hören, wie du stöhnst! Gib mir dein Stöhnen, du geiles Stück!" Sie zieht ihre Finger langsam aus Anke heraus, beugt sich vor und küßt Anke. Sie fährt mit der Zunge in Ankes Mund und mit der Hand in Ankes Möse. Langsam vor und zurück. Anke lehnt sich hingebungsvoll gegen die Anrichte. Die andere fickt sie. Schnell vibriert ihre Hand in Anke. Rein und raus. „Los, ich will dich hören!" Anke fängt an zu stöhnen und wird lauter und lauter. Sie geilt sich an ihrem eigenen Stöhnen auf, sie ist vollkommen bei der Sache. Die andere gibt keinen Laut mehr von sich, sie starrt in Ankes Augen, beobachtet sie. Anke kommt mit einem tiefen, langgezogenen Stöhnen, das in grunzende Schreie übergeht. Ohne ihren Willen zuckt ihr Becken vor und zurück gegen die andere.

„Das hast du sehr gut gemacht", sagt die andere und streicht ihr mit der Hand über den Kopf. „Komm jetzt mit." Sie schiebt Anke von der Anrichte. Ohne die Hand aus Anke zu nehmen, steuert sie sie ins Schlafzimmer zum Bett.

Im Bett führt die andere Ankes Hand an ihren Kitzler und läßt sich bedienen. Anke spürt, wie die Wellen der Lust durch die andere branden und zu ihr rüberschwappen. Sie ist ganz gelöst und zufrieden. Die andere bleibt auf ihr liegen, und die beiden Frauen streicheln einander. Anke döst weg, will aber noch nicht schlafen, sie will diesen Körper genießen. Für sie war es der geilste Sex, den sie je hatte. Eine Maske ist zum ersten Mal gefallen. Die reine Ekstase. Die Ekstase der Nacht, die den Tag umschlingt und sich vom Licht durchdringen läßt. Wenn sie die Augen schließt, sieht sie entfernte Traumbilder, wenn sie die Augen öffnet, sieht sie die andere im Licht glänzen. Sie riecht den frischen Schweiß. Sie fühlt sich vollkommen geborgen im Raum dieses Duftes. Sie sieht die andere aufstehen, will sie zurückrufen, da fühlt sie den Körper der anderen auf sich liegen. Beruhigt saugt sie den Geruch ein, drängt sich gegen den anderen Körper. Halb schlafend sieht sie die andere zu dem Bodenspiegel in ihrem Zimmer gehen. Sie steht unmittelbar davor. Sie geht in den Spiegel. Anke sieht den Rücken der anderen im Spiegel. Sie geht weg. Anke stürzt zum Spiegel. Ungläubig befühlt sie das kalte Glas. Die andere geht weg. Sie wird immer kleiner. Anke schreit ihr hinterher. Sie stemmt sich gegen den Spiegel. Sie preßt Nase und Stirn dagegen. Die andere ist verschwunden. Eine Träne rinnt Ankes Backe runter.

Das Telefon klingelt. Anke wird langsam wach. Schlaftrunken hört sie Annette auf den AB quatschen: Daß sie die Blumen am Abend abholt und zu Besuch kommt, wenn Anke noch will.

Anke lächelt. Sie hat seltsam geträumt, fällt ihr ein. Einen geilen Traum hat sie gehabt. Sie streckt sich und steht auf.

Auf dem Weg in die Küche fällt ihr Blick in die Ecke des Zimmers. Das Klavier fehlt. Anke zuckt zusammen. Das Klavier fehlt. Ankes Herz beginnt zu rasen. Hat sie die andere geträumt oder nicht? Das Klavier fehlt. Der Spiegel hat einen Sprung. Anke ist vollkommen durcheinander.

Sie setzt Kaffee auf. Dann ruft sie bei der WBM an und verlangt ein neues Schloß, weil ihre Vormieterin eingebrochen ist. Frau Sommer von der Verwaltung holt ihre Unterlagen. Vermutlich aus dem Nachbargebäude. Das sei schlecht möglich, ertönt schließlich wieder ihre Stimme am anderen Ende der Leitung. Frau Christiane Heinke habe das Mietverhältnis durch ihren Tod beendet. Sie sei leider vor drei Monaten bei einem Motorradunfall ums Leben gekommen. Anke läßt den Hörer auf die Gabel fallen und setzt sich. Ein Schluchzen schnürt ihr die Kehle zu.

Sie wählt Annettes Nummer.

Lederhaut

Robin Sweeney

Wie bei Califia und Brühl begegnen uns auch in der folgenden Geschichte Geister – jene Geister, von denen die meisten in der *queer community* viel zu viele haben. Robin Sweeney erforscht die Nuancen des Schmerzes, der es so schwer macht, loszulassen – ohne den es aber auch nicht möglich wäre, sich der Vergangenheit und der Gegenwart, den Lebenden und den Toten zu öffnen. *Lederhaut* handelt vom Überleben und den Auswirkungen von Aids auf die Sexualität schwuler Männer, beschwört aber auch Sweeneys eigene und die Geister anderer Frauen herauf.

Sweeney hat zusammen mit Pat Califia *The Second Coming* herausgegeben, den Folgeband zu der Anthologie, die ein Meilenstein der lesbischen S/M-Literatur war, *Coming to Power* (beide Alyson). Ihre Geschichten sind u.a. in *Leatherfolk* und *Leatherwomen II* erschienen. Als Scott Robbins hat sie für schwule Erotikanthologien wie *Auf Hochtouren* und *Sportsfreunde* und auch für Magazine wie *Drummer* geschrieben.

Sie lebt in der Nähe von San Francisco.

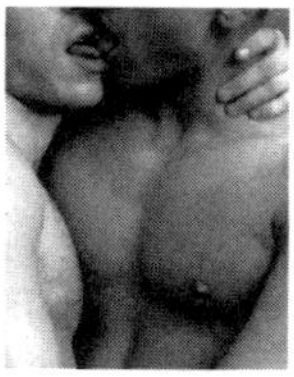

Ich stehe hier, habe nichts an außer meine Socken und den Jockstrap, den mir der Boy im Zimmer nebenan gekauft hat, und heule mir die Augen aus. Ganz der dominante, furchteinflößende Top, nicht wahr?

Diese verdammten Toten und ihr verdammtes Leder! Heute abend suchen sie mich alle gleichzeitig heim, statt mich wie sonst einer nach dem anderen morgens um vier zu wecken, um mich dann mit dem schmerzlichen Verlangen nach Reden wieder alleinzulassen. Sie sind alle auf einmal hier, lehnen an der Wand meines Schlafzimmers, fummeln verstohlen aneinander rum und machen sich nahezu über mich lustig.

Und laut sind sie heute abend. Klingt es verrückt, wenn ich sage, daß ich sie hören kann – und sehen? Sprechen nicht alle Toten zu ihren Hinterbliebenen?

„Hör auf, Trübsal zu blasen, Chris, und zieh dich an. Nebenan wartet ein scharfes Stück Fleisch auf dich“, sagt Jake. „Oh, und außerdem wird dein Arsch immer fetter, Mann.“ Erzählen alle Toten ihren Hinterbliebenen dauernd Scheiße übers Fettwerden? Ob es Jake ist oder mein eigenes Gehirn, spielt keine Rolle. Ich höre auf zu heulen und fange an, mir die Ledersachen anzuziehen, die ich den Boy vorhin habe rauslegen lassen.

Diese Männer stehen hier neben mir, während ich mein Leder anlege, und sie sind alle zugegen, wenn ich mit einem anderen

Mann Sex habe. Sie alle haben mich auf meiner Reise vom Jungen zum Jugendlichen und zum Erwachsenen begleitet, und alle sind jetzt tot. Ich kann keinen küssen oder ficken oder mit einem Mann im Arm im Bett liegen, ohne daß einer von ihnen in meinen Gedanken herumspukt.

Es ist fast zu morbide, um weiterzumachen, oder? Ich bereite mich darauf vor, den Boy in meiner Folterkammer zu schlagen und zu ficken, der mich „Daddy" nennt und dessen Lebensgeschichte so völlig anders verlaufen ist, daß wir schon beinah zwei verschiedenen Spezies anzugehören scheinen. *Homosexualis americanus,* vor und nach der Seuche. Ich bin gerade mal über Vierzig, und meine ganze Welt ist verschwunden. Der Boy, erst zweiundzwanzig, erinnert sich nicht an die Saunen. Ich habe ihn für seinen ersten Flat-top mit zu Louie's Friseurladen genommen, und ich habe seinen Arsch sechs Monate lang ins Fitneßstudio geschleift. Er wird langsam breiter, sieht mehr wie ein Mann aus und weniger wie ein Rotzlöffel. Außerdem hat er sich einen Schnurrbart wachsen lassen, obwohl das nicht nach viel aussieht, weil er so blond und blaß ist. Trotzdem ist er stolz darauf, und das ist auch für mich das Wichtigste daran. Und mit seiner blassen Haut bekommt er leicht blaue Flecken, und das ist mir auch wichtig. Obwohl ich der Daddy bin, sehen wir nicht aus wie Vater und Sohn: Er ist kleiner und schmächtiger als ich, und meine Vorfahren kommen aus Italien und Portugal, nicht aus England und Wales. Trotzdem ist er der Boy, den ich will, jetzt. Trotz all der Unterschiede.

Er hat nie einen Schwanz ohne Gummi in seinem Arsch gehabt, nie Pisse geschmeckt. Als ich ihn das erste Mal in meiner Badewanne gefesselt und auf seine Brust gepißt habe, fing er an zu schluchzen. Nicht aus Erlösung oder Erleichterung, wie ich sie in den Schreien einiger Männer gehört habe, wenn sie eine Phantasie ausleben konnten oder ein Verlangen gestillt wurde. In dieser Nacht war es pures Entsetzen. Wir sprachen über HIV und Safer-Sex, aber er hatte immer noch so eine Scheißangst vor Körperflüssigkeiten.

Später an jenem Abend sah er mich an, voller Ehrfurcht, nachdem ich ihn beruhigt und – safe, safe, safe – gefickt hatte, und hörte mir zu, wie ich die Geschichte der Nacht erzählte, in der Jake mich mit ins *Mineshaft* nahm und mich in einer der Badewannen ankettete. Ich schwamm und tauchte in der Pisse jedes Mannes und schluckte und trank von jedem Mann, der an diesem Abend an mir vorbeikam. Jeder, der dort pissen wollte, fand mich und ließ mich vollaufen. Später nickte Jake einer Handvoll Männer zu, und sie füllten mich auch auf jede andere

Art, während die Menge vorbeiströmte und sich noch immer über mich entleerte. Ich erinnere mich an diese Nacht und an Hunderte wie diese mit der Patina der Nostalgie, die durch zuviel Tod entsteht. Ich nehme an, daß all diese Männer, die mich benutzt und mir Vergnügen bereitet haben und die mich lehrten, daß alles möglich ist, tot sind. All diese namenlosen Männer. Weg. Und ich der Hinterbliebene.

Ich habe keinen Schimmer, warum ich nicht tot bin, warum die Tests, denen ich mich alle sechs Monate unterziehe, immer negativ ausfallen. Nicht, daß ich nicht gefickt worden wäre, obwohl ich den Hosenlatz seltener hinten trug als viele andere, die ich kannte. Ich habe all das gemacht, was diese toten Männer gemacht haben, mehr noch, und hier bin ich, immer noch am Leben, und sie sind immer noch tot. Ich vermisse auch die flüchtigen Bekanntschaften, die Männer, deren Namen ich nicht kannte, aber denen ich im Bus begegnete, in den Bars und Saunen, oder die, denen man beim Brunch zunickte. Diese Männer ohne Namen vermisse ich beinah genausosehr wie die Männer, die mir etwas bedeutet haben.

Aber die vier, die wirklich in meinem Herzen sind – Jake, Albert, Steve und Paul – hätten mich bis in mein hohes, tatteriges, queeres Alter begleiten sollen. Wir hätten alle zusammen in einem Heim für ältere Perverse landen sollen, um dort von unseren Rollstühlen und Gehhilfen aus S/M-Spiele zu machen. Ich habe noch immer das Bild von Jake vor Augen, wie er eines Abends im *Ambush* von seinem Barhocker fällt, als es noch ein *Ambush* gab, in dem man sich besinnungslos besaufen konnte, damals, als ich das noch tat. Wir hatten eine Szene entworfen, die wir als Greise zusammen durchziehen wollten, in der wir mit einem imaginären geilen Pfleger namens Bruce spielten und unsere Hörgeräte abstellten. „Lauter, Boy, ich kann dich nicht hören!" rief ich zwischen Bier und Zigaretten immer wieder, und Jake konnte nicht anders, er lachte und lachte.

Jake war ein Glückspfennig, und das war, wie er zu erklären pflegte, jemand, den man zufällig aufliest, den man aber länger als eine Nacht in der Nähe behalten will. Ein dunkler Typ, gefährlich wild aussehend, Haare bis über die Schultern, leichter Gang, und dem perfekten Siebziger-Jahre-Ledertrinen-Look. Ein vollkommener Schwanz, ein vollkommener Gärtner, und, in mancherlei Hinsicht, mein vollkommener Lover. Zum Teil, weil er so sehr die Antwort auf alle meine Fragen war. Ausgenommen die natürlich, die ich mir jetzt stelle, darüber, wie man ein Leben leben soll, das so lange dauert wie meins vielleicht, ohne all die Gefährten, von denen ich dachte, sie würden für immer bei mir sein.

Mein Boy kniet im Zimmer nebenan, und ich schwöre, wenn ich das Irrenhaus zwischen meinen Ohren für einen Moment zum Schweigen bringen könnte, würde ich ihn beinahe atmen hören. Unmöglich, natürlich; ich habe das Spielzimmer selbst schallgedämmt, als ich das Haus nach Jakes Tod erbte.

Heute abend soll ich den Boy als mein Eigentum zeichnen, ein bleibendes Mal auf ihm hinterlassen. Nur, wie soll ich mich diesem Boy versprechen, wenn alle Männer, die mir Versprechen gegeben haben, tot sind?

Während ich mich ankleide, die Ledersachen anlege, die ich David zuvor herauszusuchen befohlen habe, kann ich nicht anders, als die Männer zu vermissen, die sie in mein Leben gebracht haben. Ich schlüpfe in die Lederhose, die Jake mir gekauft hat, und schnüre sie über dem Schritt zu. Trotz meiner Tränen und meiner Wut und meiner Hilflosigkeit kriege ich jedesmal einen Ständer, wenn ich sie anziehe.

Ich steige in die hohen Schnürstiefel, die Albert mir zu unserem Jahrestag geschenkt hat, nur wenige Monate, bevor er starb. Ich hatte sie mir sehr lange gewünscht, und er freute sich so darüber, daß sie mir gefielen. Das war die letzte Nacht, die er zu meinen Füßen schlief – es ging bergab mit ihm, und unser allnächtliches Spiel, ihn in Fesseln zu legen, bevor wir schlafen gingen, hörte auf, weil er solche Schmerzen hatte. Seit dem Augenblick unserer ersten Begegnung – wir stolperten im Oscar Wilde-Buchladen im wahrsten Sinne des Wortes übereinander – waren wir unzertrennlich. Schon als wir an diesem Nachmittag zu ihm gingen, wußte ich, daß er mehr war als nur ein schneller Fick. Ich fürchtete mich, ihm zu erzählen, daß ich auf S/M stand – was, wenn dieser unglaublich wundervolle Mann nicht pervers wäre? – bis wir dann bei ihm waren und er mir ein Hundehalsband reichte und mich fragte, ob ich es ihm anlegen würde. Von dieser Minute an liebte ich ihn – Mozart aus der Stereoanlage und sein Körper an meinem, und ich habe niemals aufgehört, ihn zu lieben, auch heute nicht, sieben Jahre, nachdem er gegangen ist.

„Süßer, du trödelst", höre ich ihn sagen, auf die gleiche Art, wie er solange genörgelt hatte, bis ich endlich ins Fitneßstudio ging, zum Arzt, raus in den Rest der Welt, der nichts mit ihm zu tun hatte. Jetzt nörgelt er, damit ich endlich den Abend beginne. Ich frage mich, was Albert von David gehalten hätte, und warum sowohl er als auch Jake heute abend zu mir gesprochen haben.

Ich stehe auf, und Alberts Bild verschwindet. Die plötzliche Schärfe des Verlusts erschreckt mich. Manchmal, selbst Jahre später noch, kann ich es kaum fassen, daß er nicht mehr da ist. Ich erkenne den Schmerz inzwischen und weiß, daß er vorübergehen wird, wenn ich nicht dagegen ankämpfe. Einfach weiteratmen, dann steht man es durch.

Ich streife das Uniformhemd über, das ich so sehr liebe und das mir auch nach all den Jahren noch paßt. Wenn ich die Druckknöpfe schließe, sitzt es perfekt um die Schultern, und ich stelle bestürzt fest, daß ich heute abend auch Steve vermisse. Er war der Frustrierende, Steve Manos. Er war schön, verrückt und schrecklich, und ich habe in den letzten Jahren nicht oft an ihn gedacht. Bei den ersten Anzeichen der Epidemie brachte er sich um. Im Januar 1982. Er war eher ein Freund als eine Fickbekanntschaft, ein Speedfreak, der in unserem ersten Jahr in San Francisco ein Stockwerk unter Albert und mir wohnte. Doch er besuchte mich an Abenden, an denen Albert bis spät in der Bücherei arbeitete, und rollte sich zusammen, wenn die Dämonen zu schreckenerregend wurden, um ihnen ins Gesicht zu sehen. Manchmal fickte ich ihn, aber meistens hielt ich ihn im Arm und sagte ihm, daß alles gut würde. Er war die schwule Ausgabe der verrückten Tante, die auf dem Dachboden lebt.

Als er sich aufhängte, war ich derjenige, der ihn fand, und Albert und ich räumten seine Wohnung aus. Einiges von seinem Kram gaben wir Freunden, einiges behielten wir, und mit einigem wußten wir nichts anzufangen. Es gibt Kisten mit Steves Zeug, die ich immer noch bei jedem Umzug von Haus zu Haus schleppe. Wir fanden keine Angehörigen, mit denen wir hätten Kontakt aufnehmen können, und seine war die erste Beerdigung, die ich je organisiert habe. Ich hatte keine Ahnung, daß das die Generalprobe für den Rest meines Lebens als offizieller Überlebender sein sollte.

„Siehst gut aus“, sagt Steve, als ich sein Hemd anziehe, und leckt sich die Lippen auf diese anzügliche Art, die er immer hatte.

Ich will raus, ich will nach nebenan und den Boy schlagen und ficken. Ich will das hier nicht fühlen. Ich nehme meine Ledermütze und mache mich bereit, das Schlafzimmer zu verlassen.

Und dort, ein blasser Schatten des Boys aus Fleisch und Blut, der da auf mich wartet, kniet der erste Boy, den ich jemals hatte. Paul Daniels, der hübsche Junge mit dem südkalifornischen Aussehen, dem muskulösen, sonnengebräunten Körper und den dunkelbraunen Augen. Er bot sich mir in der ersten Nacht an, in der ich nach Alberts Tod wieder in eine Bar schlich. Der erste Boy, mit dem ich geschlafen habe, der sein Coming-out nach Aids hatte, der erste Boy, der darum bat, mich „Daddy“ nennen zu dürfen, der erste, der mich zu einem Treffen der Anonymen Alkoholiker mitnahm, der erste Boy, der mir sagte, er wolle zu Hause sterben. Er brachte mir mehr darüber bei, mich selbst inmitten einer Epidemie in meiner Haut wohlzufühlen, als irgendwer sonst das gekonnt hätte.

Er war mein Boy, und ich hielt ihn in meinen Armen, als er starb. Er kaufte mir die Ledermütze zum Vatertag und sagte, ich sähe damit väterlicher denn je aus, außer wenn ich ihn fickte. Dann sähe ich am väterlichsten überhaupt aus, sagte er mir und legte seinen Kopf auf mein Knie.

„Daddy“, sagt Paul, „der Boy wartet. Bitte geh zu ihm, er macht sich schon Sorgen.“

Ich muß aus diesem Zimmer raus, weg von all den Bildern meiner toten Männer. Ich brauche festes, lebendiges Fleisch, das auf meine Berührung reagiert. Ich brauche meinen Boy, der für mich bettelt und weint und blutet. Ich brauche es, daß mein Schwanz hart wird, weil er sich mir hingibt, und ich brauche es, wieder und wieder in ihn hineinzustoßen.

David ist auf den Knien, wie ich es ihm befohlen habe, auf dem Fußboden vor dem Bondage-Tisch. Er trägt das Halsband mit dem Vorhängeschloß, das ich ihm umgelegt, und die Hand- und Fußfesseln, die ich für ihn bereitgelegt habe. Sein Rücken ist meiner Peitschensammlung zugewandt, und falls er einen Anfall von Abenteuerlust gehabt haben sollte, hätte er den Kopf heben und auf das Andreaskreuz vor ihm schauen können, an dem er in Kürze einige Zeit verbringen wird.

Er will, daß ich ihn liebe und behalte, und ich denke, oft genug will er, daß ich ihm weh tue, weil ich ihn hinterher in den Arm nehme. Er hat noch immer nicht gelernt, wie man um liebevolle Aufmerksamkeit ohne Schmerz bittet, und hat bis jetzt nicht herausgefunden, noch nicht, wieviel von dem Schmerz Zuneigung ist. Er muß noch viel lernen – darüber, ein Mann zu sein und queer und pervers. Heute nacht werde ich ihm etwas davon beibringen. Aber so voller Trauer und alter Erinnerungen, was kann ich ihn da lehren?

Dieser Bengel, er lehnt sich auf sein Gesäß zurück, sein Hintern berührt kaum die Fersen, und mit noch immer gebeugtem Kopf schiebt er die Hüften vor, um mir seinen Schwanz zu präsentieren. Sein schöner, unbeschnittener, entzückender Schwanz. Zwar nicht der größte, den ich je gesehen habe, aber auch nicht gerade mickrig. Sein Schwanz paßt zu ihm, wie mein Halsband, wie die

Handschellen. Er erhebt sich aus dem kleinen Haarbüschel, die Eichel ist dunkelrot und lugt durch die Vorhaut. Er ist hart vom Knien, vom Warten. Er ist hart für seinen Daddy, und in diesem Moment, in dem der erste Wonnetropfen auf seinem Boyschwanz glänzt, will ich ihn so sehr, daß mir die Hände zittern.

Unterwerfung ist wundervoll und beruhigend, und Masochismus ermöglicht mir, mein Bestes zu geben. Aber Verlangen bei einem Bottom, das Begehren eines Mannes, der auf mich wartet, das ist es, was meinen Atem beschleunigt und meinen Schwanz in den Ledersachen zucken läßt. Das ist es, was mich in vielerlei Hinsicht durch die Alpträume der letzten Jahre gebracht hat. Selbst als ich voller Kummer und Angst war, haben Männer sich noch an mich gewandt und sich mir angeboten, mich in die Arme genommen und an meiner Brust vor Erleichterung geweint. Da gab es immer noch harte Schwänze, die meine Berührung ersehnten, wie der dieses Boys.

„He, Arschgesicht."

Ich stehe jetzt vor ihm, und er fürchtet sich. Zitternd vor Aufregung, zitternd vor Angst – das tut nichts zur Sache. Ich beginne, gemein und schmutzig mit ihm zu reden, wie er es liebt und wie es ihm trotzdem immer noch peinlich ist. Als ich ihn zum ersten Mal „Schwanzlutscher" nannte, schoß er mir seine Ladung quer über die Stiefel, ohne daß sein Bolzen überhaupt berührt worden war.

„Ja, du. Boy. Boyfleisch. Mein Boy. Du da auf den Knien, der nur drauf wartet, daß sein großer Daddy kommt und ihn sich holt, daß er kommt und dir weh tut. Du wartest auf mich, und dein Schwanz ist ganz hart, wenn du nur dran denkst. Hast du hier drin gewichst, oder warst du ein braver Junge?"

Die Art, wie ich mit ihm rede, bringt ihn so durcheinander, daß er meine Regel vergißt, derzufolge er immer laut zu antworten hat. Er schüttelt verneinend den Kopf. Natürlich nicht, er darf nicht wichsen, nein, Daddy, ich habe nicht gewichst.

Ich packe ihn an den Haaren und ohrfeige ihn.

„Sieh mich an und benutz deine Stimme, Boy. Du bist doch kein sprachloses Stück Dreck, oder? Sprich mit mir."

Währenddessen ohrfeige ich ihn weiter. Langsam, rhythmisch vor und zurück, Schlag um Schlag, und mache damit, wenn das überhaupt noch geht, seinen Schwanz noch härter.

„Nein, Daddy. Ich hab nicht gewichst. Ich habe versucht, brav zu sein, wirklich. Ich hab einfach nur gewartet, wie du es mir befohlen hast", preßt er zwischen den Ohrfeigen heraus.

„Und wieso ist dann dein Schwanz ganz steif? Hm? Was hat dich so hart gemacht, mein Kleiner?" Das läßt ihn innehalten. Er haßt es, zuzugeben, wie sehr ihm das gefällt. Er muß es mir jetzt sagen, ich brauche es.

„Er ist hart für dich, Sir. Bitte, Daddy. Er ist hart, weil ich dein Boy sein will."

„Und was noch?"

Er zögert, und ich ohrfeige ihn noch einmal.

„Er ist hart, weil es mir gefällt, Sir!"

Das stimmt ganz offensichtlich, denn sein Schwanz ist immer noch hart, und er selbst ist rot im Gesicht und ganz durcheinander. Er spielt das nicht nur, mein Boy, er empfindet das wirklich. Das ist real für ihn, und ich liebe es.

„Und was willst du dann, Boy? Jetzt, in diesem Augenblick, was willst du?"

„Bitte, Daddy, darf ich deine Stiefel küssen?"

Was für ein guter Junge. Das werde ich ihn jetzt noch nicht wissen lassen, aber er hat mich gerade wirklich glücklich gemacht. Für jeden Mann gibt es einen kritischen Punkt in S/M, die eine Sache, die ihn am geilsten macht, von der er sich nie wirklich vorstellen kann, sie mit irgend jemandem zu teilen, zu der er sich jahrelang einen runtergeholt hat. Und das ist für gewöhnlich auch das, wogegen er am meisten ankämpft, wogegen der Widerstand am wichtigsten ist. Wenn du ihn einmal soweit hast, dir das zu geben, dann hast du ihn.

Stiefellecken war der kritische Punkt dieses Boys. Er versäumt nie, darum zu bitten, um mir zu zeigen, daß er bereit ist, mit mir auf die Reise dorthin zu gehen.

„Ja, Arschgesicht. Liebkose meine Stiefel mit deinem Mund." Ich spüre jede Berührung seiner Zunge. Wie schade, daß ich viel zu angespannt bin, um es zu genießen. Später vielleicht. Ich muß ihn jetzt schlagen, ihn zum Weinen bringen, denn das erwartet er von mir.

Ich will ihn schlagen, ich brauche es, ihn zu schlagen, ich muß ihn schlagen, auf jede nur erdenkliche Art. Ich will, daß er sich so gut fühlt, daß er nie mehr aufhören will, und ich will ihm so weh tun, daß er vor Schmerz weint.

Ich packe ihn im Nacken und drücke ihn ans Kreuz. Jetzt schon muß er sich bemühen, nicht in Panik zu geraten, und ich weiß nicht, ob mich das kümmert. Ich befestige seine Fesseln am Kreuz, so daß er mir, alle viere von sich gestreckt, ganz ausgeliefert ist. Ich stehe hinter ihm und fahre mit den Händen über seinen Rücken und seinen Hintern. Ein kleiner, erschreckter Laut kommt tief aus seiner Kehle, aber er ist noch brav genug, um nicht laut aufzuschreien. Es gefällt mir besser, wenn er mit sich ringt, brav zu sein. Es gefällt mir besser, wenn er schreit und sich dann bei mir dafür bedankt, daß ich ihn zum Schreien gebracht habe, alles in einem tiefen, tränenerfüllten Atemzug.

„Mein Boy. Mein braver Boy, der Daddy so glücklich machen wird. Nicht wahr, Boy? Du wirst mir doch geben, was ich will?“

Er atmet tief durch und sagt ja. Keine blumigen Formulierungen, keine Erörterungen darüber, was er glaubt, noch lernen zu müssen. Einfach nur ein Ja.

Ich lege meine Arme um ihn, drücke ihn an mich, lasse ihn durch meine Lederhose spüren, wie hart mein Schwanz ist. Ich presse meinen Kolben gegen seine Spalte, und er erwidert den Druck. Er reckt mir den Arsch entgegen, und ich beiße ihm in den Nacken. Ich reibe meinen Bart an seinem nackten Fleisch, kaue an der Kette um seinen Hals. Mein Schwanz schmerzt, so sehr will ich ihn in meinen Boy hineinrammen. Es ist lange her, daß ich einen Mann im Stehen, an ein Kreuz gekettet, gefickt habe. Ich will, daß es dieser Junge ist, der sich gegen meine Lederhosen reibt und bei so einem flüchtigen sexuellen Kontakt schon leise stöhnt. Was S/M anbelangt, leidet er unter Schubladendenken, in jeder Schublade eine andere kleine Perversion. Es verwirrt ihn, zuviel mit einem Schwanz zu tun zu bekommen, wenn er sich auf eine andere Art Leiden eingestellt hat. Und ich mag es, wenn er verwirrt ist.

„Oh, Daddy“, haucht er.

„Gefällt dir das, Boy? Gefällt dir das, gefesselt zu sein und auf meine Peitsche zu warten, auf meine Hand, auf meinen Schwanz? Gefällt dir das, so verfügbar zu sein, damit ich dich benutze?“ Ich drücke mein ganzes Gewicht gegen ihn und ziehe an seiner Brustwarze.

„Ja, Daddy. O ja, Sir.“

„Gut.“

Ich trete zurück und fange an, seinen Rücken zu schlagen, ein methodisches, gleichmäßiges Einfärben seines Körpers mit meiner Hand. Ich schlage seinen Rücken, seinen Arsch, seine Oberschenkel. Ich gehe um ihn rum, bis ich vor ihm stehe, und lasse meine Hand auf seine Brust und seine Flanken klatschen. Heute abend will ich ihn nicht ruhig und artig. Er soll sich so nervös und verrückt fühlen wie ich.

Man sagt, es sei keine gute Idee, S/M zu praktizieren, wenn man durcheinander ist. Man solle Kontakt zu seinen Gefühlen herstellen und sichergehen, daß man ruhig und vernünftig ist, bevor man die Peitschen und Ketten auspackt.

Ich halte das für großen Mist. Der einzige Weg, mich trotz alledem jemals besser zu fühlen, ist der, jemandem äußerlich den Schmerz zuzufügen, den ich innerlich empfinde. Und genau das wird dieser Boy heute abend für mich tun.

Jetzt boxe ich ihn. Er fängt an, leicht zu schwitzen, und das ist gut so. Ich stehe hinter ihm und verpasse ihm abwechselnd Schläge auf den Arsch und den Rücken. Ich will ihn zu einer einzigen Fläche aus Rot und Schweiß machen. Ich will ihm weh tun. Ich will ihn weinen sehen.

Statt dessen grunzt er. Das ist immer das erste Geräusch, das er von sich gibt, wenn man ihm weh tut. Es kommt tief aus seiner Kehle, ein Warnsignal, das bedeutet, daß er es zu spüren beginnt. Gut so.

Ich werde heute abend nur drei Dinge an ihm benutzen. Ich habe ein ganzes Arsenal nützlicher und geheimnisvoller Gegenstände, um einen Mann damit zu schlagen, aber keinen davon will ich verwenden. Alles, womit ich heute abend spielen werde, sind Toys und Werkzeuge von Toten: meine erste und liebste Peitsche mit den flachgeflochtenen Riemen, die mir Albert geschenkt hat, Jakes Signalpeitsche und vielleicht mein Gürtel, das erste Utensil meiner perversen Ausrüstung, das ich überhaupt besaß.

Die Flachgeflochtene ist verführerisch. Dieses Spielzeug kann sich ebenso sanft wie hart anfühlen, stechend und dumpf und raffiniert. Ich streiche meinem Boy damit über den Rücken, und er seufzt und entspannt sich in die Berührung hinein. Soweit bin ich mit seiner Erziehung glücklich und zufrieden. Er erkennt jede Peitsche, die ich besitze, am Gefühl und weiß, wie er sich hinstellen muß, damit es für uns beide funktioniert. Er ist ein guter Junge, aber ich habe diese Peitsche noch nie so an ihm benutzt, wie ich es heute abend vorhabe. Ich trete einen Schritt zurück und fange an, sie zu schwingen. Das wird keine freundliche Tracht Prügel. Ich werde ihn auseinandernehmen. Ich will ihn aufbauen, ihn Schritt für Schritt auf einer Leiter aus Empfindungen und Schmerz aufsteigen lassen, bis er abhebt und ich ihm jedes Gefühl bereiten kann, das ich will. Ich will ihn soweit bringen, daß ich ihm mehr Schmerz zufügen kann, als nehmen zu können er sich je zugetraut hätte.

Die Schläge kommen jetzt schneller, verschlagen ihm beinahe den Atem. Das überrascht ihn, aber er grunzt nur leise. Ich schmettere die Peitsche auf seine Schultern, und er spannt seine Rückenmuskeln an, kommt jedem Schlag entgegen. Schließlich bekomme ich diesen Schweißschimmer, auf den ich gewartet habe, und der Boy ist so bleich, daß ich jetzt schon erkennen kann, wo später die Striemen zu sehen sein werden.

„Ich werde dir weh tun, Boy. Ich werde dich in ein Stück geschundenes, blutiges Fleisch verwandeln. Durch deinen Schmerz wirst du mir gehören, Boy", sage ich ihm, und er stöhnt nur.

Ich peitsche seinen Rücken und seinen Arsch. Er atmet jetzt schwer und schnell und regelmäßig, und auch ich kann langsam loslassen. Es ist ein Mythos, daß Tops nicht so abheben wie Bottoms, wenn die Szene geil ist und in die gewünschte Richtung läuft. Das hier ist ein Tanz zwischen mir, dem Boy und der Peitsche, und alles kommt aus einem weiten Schwung meines Arms, die Flachgeflochtene ist nur seine Verlängerung.

Er jault ein bißchen. Ich beginne, ihm wirklich weh zu tun, und ich bin froh. Er hat großes Potential, aber er bemüht sich so unglaublich verbissen darum, nicht zu versagen. Bottoms sind manchmal so. Sie geben sich solche Mühe, brav zu sein, daß sie am Ende dem Top keinen Raum mehr lassen, in dem er arbeiten kann. Bottoms müssen ihrem Top genügend vertrauen, denn nur so können wir ihnen ihr Versagen ermöglichen und sie dann wieder auffangen, sie trösten und ihnen zeigen, daß es okay war, das Risiko einzugehen.

„Oh, Daddy, bitte", stöhnt er, und ich weiß nicht, ob das ein „Bitte hör auf!" oder ein „Bitte hör nicht auf!" ist. Doch das spielt keine Rolle – das alles ist jetzt für mich.

Ich rolle meine Einschwänzige aus und lasse sie ihn kurz streifen. Jetzt wird er aufhören, abzudriften oder sich zu wehren oder wegzutreten. Er wird dieser Sache jetzt seine volle Aufmerksamkeit schenken. So sind Einschwänzige.

Diese hier hat Jake gehört, und ich erinnere mich noch, wie er daran arbeitete, seine Schläge zu perfektionieren. Ein Kissen nach dem anderen, dann ein Teddybär, alles in Fetzen zerrissen. Und schließlich ich, in Chaps und Gewichthebergürtel, als er lernte, mich mit seinem Lieblingswerkzeug auszupeitschen. Diese Peitsche ist anderthalb Meter lang und geflochten und inzwischen so geschmeidig, daß sie einem langen, feurigen Finger gleicht. Der Boy hat noch keine Bekanntschaft mit ihr gemacht, aber er weiß, wie sie aussieht, und hat gesehen, wie ich sie an anderen Männern benutzt habe. Und er ist auch schon mit der Zunge über die Narben gefahren, die Jakes Übungen auf meinem Rücken und meinem Arsch hinterlassen haben. Er weiß, was sie anrichten kann.

Dennoch überrascht ihn die erste Berührung. Sie überrascht jeden bei Sinnen, und das bringt meinen Schwanz zum Pochen. Das ist es, was ich will: diesen Boy auf die heftigste Art berühren und quälen. Man kann die menschliche Haut auf tausend verschiedene Arten schlagen, aber nichts ist wie der Hieb einer einschwänzigen Peitsche. Sie bringt einen Bottom zum Zittern und Weinen, und sie läßt einem Mann keine Würde. Er tanzt und schreit und fleht um Gnade, aber vergeblich. Zumindest heute nacht. Heute nacht gibt es nur Feuer und Schmerz und die Berührung der Peitsche, die einen Augenblick früher auftrifft, als ihr Knall in den Ohren des Bottoms ertönt. Sie bringt einen Mann dazu, vor Schmerz zu singen.

Und genau das tut der Boy. Das leise Knurren von vorhin wird zu einem Jaulen, sobald die Peitsche ihn erst berührt, dann küßt und schließlich mit Macht auf ihn niederfährt. Bis ich einen Schritt zurücktrete und mit voller Kraft aushole, meine ganze Wucht in jeden Schlag lege und die Spitze der Peitsche ihn aufschlitzt, schreit er bereits.

Ich sagte, ich würde ihn heute abend zeichnen. Mir schwebte ein kleines Cutting vor, vielleicht sogar ein Ring. Aber offensichtlich wollte irgendein Teil von mir mehr als das, und als ich uns beiden die letzten Schläge abverlange, ist sein Rücken ein Gewirr aus blutenden Linien. Diese Peitschenstriemen werden Narben hinterlassen. Er ist gezeichnet. Es ist gut.

Ich lasse ihn vom Kreuz runter, nehme ihm die Fesseln ab und küsse ihn. Sein Blut läuft mir über die Hände, und das macht mich mehr an, als ich es für möglich gehalten hätte. Er öffnet seinen Mund für mich, ganz so, wie er den Rest von sich öffnet, und ich bin so stolz auf ihn und sage ihm das.

„Danke, Daddy“, sagt er. „Danke, daß du mich geschlagen hast.“ Und plötzlich ist das nicht mehr nur ein Augenblick der Transzendenz. Mein Schwanz ist steif, und ich brauche meinen Boy, damit er ihm seine Aufmerksamkeit widmet.

„Runter“, befehle ich, und er fällt auf die Knie. Das muß schmerzhaft sein, aber er zeigt es nicht; er schnürt mit den Händen meine Hosen auf, sein Mund ist offen, bereit, meinen Schwanz aufzunehmen. Ich bremse ihn, ziehe ein Kondom aus der Tasche und stülpe es mir über. Das war ein Kampf mit ihm. Sobald er sich entschieden hatte, mein Boy sein zu wollen, wollte er auch meinen Schwanz ohne Gummi lutschen. Ich lasse das nicht zu, teils, weil es mir egal ist, was andere sagen: wenn's nach mir geht, ist es nicht safe, und teils, weil ein Daddy etwas haben sollte, worum ein Boy mit schöner Regelmäßigkeit betteln kann.

Aber heute abend versucht er nicht zu diskutieren. Er verschränkt die Hände hinter dem Rücken und öffnet seine Kehle. Mein Schwanz gleitet in ihn hinein, als wären wir füreinander geschaffen, sein Schlund melkt mich. Ich greife ihm ins Haar und spüre, wie ich mich entspanne. Ich liebe es, einen Mann auf den Knien vor mir zu haben, der mich sein Gesicht ficken läßt. Und dieser Boy kann das außerdem noch gut. Es hat Monate gekostet, aber er hat gelernt, den Würgereflex zu unterdrücken, und ist jetzt imstande, meine ganze Länge aufnehmen. Er beobachtet mich die ganze Zeit, und so kann ich sehen, wie seine Augen sich mit Tränen füllen und überlaufen, als ich mich tiefer in seine Kehle schiebe.

So herrlich das ist, es ist nicht genug. Ich will ihn ficken. Ich will ihn unter mir, seinen Arsch voll mit meinem Schwanz. Ich will mein Fleisch in ihn reinrammen, spüren, wie mein Boy zittert und ächzt und Angst hat, daß er es nicht schafft, über den Punkt hinaus, an dem es schmerzt, bis zu dem, wo es beginnt, sich gut anzufühlen. Ich ziehe ihn von meinem Schwanz runter und sehe ihm in die Augen.

„Ich werde dich ficken, Boy. Dafür ist mein Boy da, um richtig durchgefickt zu werden, von mir, seinem Daddy."

Einiges von seiner Erziehung hat er jetzt vergessen. Er nickt einfach nur und schaut sich unschlüssig um, wohin er gehen soll.

Ich packe ihn am Halsband und ziehe seinen Kopf zu Boden.

„Hier und jetzt. Ich werde dich ficken, Boy. Halt still!"

Und, Gott segne ihn, er hört auf mich. Er beugt den Kopf, spreizt die Beine und atmet tief durch.

„Bitte, Sir, bitte. Daddy, bitte fick mich. Bitte laß mich dein Boy sein."

Jetzt halte ich mich nicht an die Regeln. Ich habe mir das Gleitmittel geschnappt und gieße es mir in die Hand. Ich stecke meinen Finger in ihn rein und dehne sein Arschloch, aber ich ziehe keinen Handschuh an. Ich kann einfach nicht, nicht jetzt, nicht in diesem Moment. Ich muß ihn von innen um meine Finger spüren, erst einer, dann drei, spüren, wie sein Schließmuskel sich dehnt und spannt und mich dann verschlingt. Und ich muß seinen Rücken mit meiner Hand schlagen, fest, meine Finger mit seinem Blut bedecken und sie ihm in den Arsch schieben.

Ich muß diesen Boy jetzt ficken, in seinem eigenen Blut, in ihn reinspritzen, und ihn so real für mich werden lassen wie die toten Männer, die mich heimsuchen.

Ich schmiere meinen Schwanz mit Gleitmittel ein, er ist noch immer hart vom Blasen, lasse ihn am Arschloch des Jungen ruhen und packe ihn bei den Hüften. Er wimmert, nur ein kleines bißchen, und ich ziehe ihn auf mich. Meine Eichel gleitet mühelos in seinen Arsch, und langsam, vorsichtig, presse ich meine ganze Länge in seinen Körper. Ich ziehe meinen Schwanz fast ganz heraus und tröpfele, noch immer in ihm, mehr Gleitmittel darauf, dann fange ich an zu ficken.

Ich liebe diesen Boy, und ich liebe seine Art, sich mir zu öffnen. Er hat einen der hübschesten Ärsche, die ich je gestopft habe. Ich will ihn für immer so wie jetzt, wie er auf meinen Schwanz gepfählt ist und sich ficken läßt.

Langsam, gleichmäßig, dann schneller, und ich kann nicht aufhören. Ich befehle ihm, sich seinen Schwanz zu greifen und für Daddy zu wichsen, aber wag es ja nicht zu kommen, bevor du mich um Erlaubnis gefragt hast. Er packt sich seinen schönen Schwanz und beginnt ihn für mich zu bearbeiten, und wir sind wie eine Maschine, zwei Teile, die perfekt ineinandergreifen. Er schiebt mir seinen Arsch entgegen, und ich knalle in ihn rein. Jeder Stoß ist härter und schneller, und ich bin den Tränen nahe, weil einfach alles zu schön ist, hier, mit diesem Boy, und meine Freunde und Geliebten sind noch immer tot.

„Schönes Arschloch", höre ich Jake sagen – warum kann er nicht aus meinem Kopf verschwinden?

„Arschloch, fick das Arschloch, fick den Boy", sagt Jakes Stimme, und ich spüre etwas meine Brustwarzen berühren, das sich anfühlt wie Alberts Mund. Meine Augen sind geschlossen, aber Tränen fallen jetzt auf den Rücken des Boys. Ich bohre mich tiefer in ihn hinein und höre ihn stöhnen.

Und dann sind da Hände überall auf meinem Körper. Ich schwöre, ich kann fühlen, wie sie mich überall berühren, und ich vermisse sie. Pauls süße Boy-Stimme sagt, ich solle mich gehenlassen, „Sir, fick den Boy. Los, Daddy, bitte." Seine Lippen streifen über meine Wangen. Unter mir stöhnt der Boy und sagt: „Bitte hör nicht auf, Daddy, bitte hör nicht auf."

Ich kann nicht, ich wäre gar nicht in der Lage dazu, obwohl ich all diese Männer vermisse. Steves Stimme wetteifert mit der des Boys, sie sagt mir ja, ja, ja, und ist das nicht seine Hand an meinen Eiern, die sie bis kurz vor der Schmerzgrenze knetet und sie von meinem Körper wegzieht, als ich merke, daß ich bald kommen muß.

Das ist verrückt. Das alles hier ist total verrückt, meine toten Freunde und Liebhaber, die mich besuchen; aber ich fühle Albert und Jake neben mir, sie lachen und brüllen mir ins Ohr, sagen mir, ich soll kommen, sagen mir, ich soll bleiben, sagen mir, ich soll leben. Sie geben mir ihren Segen und ihre geisterhaften Berührungen, und das macht es noch süßer.

Der Boy ist kurz davor. Ich fühle ihn unter mir erschaudern, der Geruch seines Bluts mischt sich mit dem seines Geschlechts. Er winselt, sein Gesicht auf dem Boden meines Kerkers, unten zwischen den Stiefeln und Füßen meiner toten Männer. Er will mich um Erlaubnis bitten, kommen zu dürfen, aber er ist so weit weg, daß er die Worte nicht richtig herausbringt.

„Ja, Boy, ja. Komm für mich, komm mit mir. Komm für Daddy."

Und das tut er, bäumt sich unter mir auf, und ich komme auch, begleitet von der liebevollen Aufmerksamkeit meiner Toten, die mich anfeuern.

„Oh, danke, Daddy“, grunzt der Boy. Er atmet schwer unter mir.

„Ja, das ist mein braver Junge. Daddy liebt dich“, sage ich. Und zum ersten Mal heute abend habe ich das Gefühl, daß nur wir beide hier sind und daß ich endlich Frieden finden kann.

Cowgrrrl im Clubbe Darkke

Thomas Roche

Thomas Roche macht sich in seinen erotischen Geschichten gerne über Verhaltensweisen und Identitäten lustig, die andere für sakrosankt halten. In *Cowgrrrl im Clubbe Darkke* amüsiert sich Roche – nicht zum ersten Mal – über die Clubkultur der Goths und steuert den einzigen Transgender-Charakter zu *Sexperimente* bei: eine Frau, die ein *grrrl* ohne jeden Zweifel zu nehmen weiß.

Roche ist Herausgeber von *Noirotica* (Masquerade), einer Sammlung erotischer Kriminalgeschichten, und, zusammen mit Michael Rowe, von *Sons of Darkness* (Cleis Press), einem Band mit schwulen Vampirgeschichten. Seine Arbeiten sind in den Anthologien *Dark Angels: Lesbian Vampire Stories, By Her Subdued, No Greater Tribute, Ritual Sex* und in Magazinen wie *Black Sheets* und *Boudoir Noir* erschienen.

Unter Pseudonym finden sich Beiträge von ihm in schwulen Sammlungen wie *Auf Hochtouren* und *Sportsfreunde*. Außerdem hat er unter den verschiedensten Namen über zwanzig pornographische Romane verfaßt.

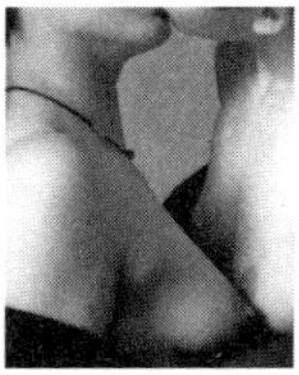

Wieder im Sattel: Bianca mußte zugeben, daß es eine gewisse Chuzpe erforderte, in dieser halblesbischen Crypto-gothick-multi-gender-Welt des apokalyptischen Post-Techno-Untergrunds – seinen Stammgästen als der *Clubbe Darkke* bekannt – ein Cowgirl-Outfit zu tragen. Aber Bianca selbst, obwohl beeindruckt, war mehr von der Horde katholischer Schulmädchen fasziniert, die versuchten, zur Musik der Hausband *Dirge Sadness* zu slammen, etwas, das seine eigene Sorte *cojones* erforderte und das man mehr oder weniger ekelhaft retro finden konnte, je nachdem, von welchem Standpunkt aus man es betrachtete.

Dennoch bemerkte das Cowgirl Biancas Blick; binnen weniger Minuten war sie ihr auf die Pelle gerückt und auf den Barhocker neben Bianca geglitten, grinste wölfisch und schob ihren schwarzen Stetson nach hinten. Und sie wußte, wie man einen Stetson trägt.

Abgesehen davon war Katholizismus sowieso dermaßen passé, daß es die Aufregung schon fast nicht mehr lohnte. Bianca war ziemlich sauer auf ihre Verabredung und nicht gerade zum Flirten aufgelegt. Mitzi war eine Dreiviertelstunde zu spät und Bianca drauf und dran, das Warten aufzugeben.

Selbst schuld, Mitzi! Sie tat das Bianca jedes verdammte Mal an, wenn sie zusammen in einen Sexclub gehen wollten. Ihr Outfit mußte unbedingt genau stimmen, ihr Haar und Make-up makellos sein, der Schmuck in Nabel, Septum und Klit perfekt zu dem passen, was sie an diesem Abend zu verkörpern gedachte. Sie und Mitzi spielten auf diesen Partys sowieso nie miteinander. Mitzi war mehr daran interessiert, sich zu zeigen und das bizarrste, von allen bewunderte Fetischkostüm des Abends zu haben.

Bianca grübelte: Selbst Mitzi wäre nicht durchgeknallt genug, sich auf so einer Party als Cowgirl zu verkleiden.

Bianca warf einen kurzen Blick auf das Cowgirl, gerade lange genug, um zu sehen, daß ihre Unterlippe gepierct war und daß sie ein Paar riesenhafte Dildos in den Holstern auf beiden Seiten ihres engen Lederrocks stecken hatte. Süß. Dann war sie also eigentlich kein richtiges Cowgirl, schließlich würde kein Cowgirl schwarzes Leder tragen – oder doch? Bianca nahm einen Schluck von ihrem Black-Lily-Cocktail und schüttelte eine filterlose Nightmare aus der Packung.

„Feuer, Schwester?“ Das Cowgirl hielt ihr ein Zippo hin.

„Seh ich etwa aus wie deine Schwester?“ Bianca gab ihr nicht die geringste Chance, mehr aus Bosheit denn aus Desinteresse.

„Ein bißchen. Außer daß meine Schwester nur ungefähr 1,78 ist. Aber ich hab mir sagen lassen, daß das an der Ernährung und so liegen kann. Ihr könntet Zwillinge sein, find ich. Weißte, bei der Geburt getrennt oder so.“

Darüber mußte Bianca lachen. Sie schüttelte ihr langes schwarzes Haar und strich mit der Hand darüber. „Du mutmaßt zuviel, *compadre*, das find ich irgendwie tröstlich. Ich und eine Schwester aus Texas – das ist wirklich sehr unwahrscheinlich.“

„Eigentlich Jersey.“

Keine Gefühlsregung, aber Bianca meinte, eine Spur von Nervosität unter diesem sonnenverwöhnten Äußeren zu entdecken.

Bianca beugte sich vor und hielt die Spitze der Nightmare in die angebotene Flamme. Das erlaubte ihr einen näheren Blick auf das Cowgirl, und sie ließ ihn auf sich wirken. Enges, weißes Hemd im Westernstil – kein BH; harte Brüste zeichneten sich durch den verschwitzten Stoff ab. Enger, schwarzer Lederrock, der die Anstandsgrenze um gerade mal zehn Zentimeter unterschritt – wie züchtig! – und der sich vorne bewunderungswürdig ausbeulte. Glatte, blasse Schenkel, die in kniehohe schwarzlederne Cowboystiefel mit Sporen mündeten. Ein schmales, androgynes Gesicht, auf eine undurchschaubare Art eigentlich recht schön; wasserstoffblondes Haar fiel dem Cowgirl glatt über die Schultern. Im Gesicht trug sie ein paar ausgesuchte Piercings. Sie war etwa fünfundzwanzig, vielleicht dreißig. Am Hutband des Stetson prangte ein weißer Totenkopf.

Das Cowgirl zündete sich auch eine Zigarette an, eine Gold Mine – natürlich, was sonst. Sie tat das mit unaufdringlicher Anmut und Eleganz und ließ Bianca dabei nicht aus den Augen.

Bianca war sich der Anziehung zwischen ihnen beiden deutlich bewußt.

„Danke für das Feuer", sagte Bianca und blies Nightmare-Rauch aus. „Ich bin Bianca."

„Ich weiß."

Bianca kam gar nicht erst darauf, das Cowgirl zu fragen, woher sie ihren Namen wußte; alle hier kannten sie.

„Ich bin Virginia."

Bianca mußte ein ziemlich süffisantes Lachen unterdrücken.

Immer noch schaute das Cowgirl Bianca an. Bianca wußte, daß diese Frau ihre volle Körpergröße nicht ermessen konnte, solange sie auf dem Barhocker saß; sie konnte auch die Vorderseite von Biancas Kleid nicht sehen, das die Anstandsgrenze um weit mehr als nur ein paar Zentimeter unterschritt und nicht im entferntesten so viel der Vorstellungskraft überließ wie das des Cowgirls. Aber Bianca wußte auch, was den Augen des Cowgirls nicht verborgen blieb: die Wölbung ihrer Brüste, die üppige milchkaffeefarbene Rundung des Ansatzes, wo sie in dem engen Spitzen-BH verschwanden, ihr flacher Bauch – Bianca trug kein Hemd –, das schwarze Lederhalsband um ihre weiche Kehle, die großen schläfrigen Augen, die vollen Lippen. Bianca lächelte. Das Cowgirl lehnte sich zu ihr herüber; Bianca roch ihr Parfum, und das war nicht gerade butch.

„Du bist 'n echtes Cowgirl?"

„Das heißt ‚Cowgrrrl', Pardner. Drei R, kein I."

„Oh, na klar. Ich habe einen Artikel über euch Girls gelesen – 'tschuldigung, Grrrls – in *Deathslutte*, glaub ich; entweder in *Deathslutte* oder in *Devourment.* Ihr hört Gallows und Nephilim und dieses New-Western-Goth-Zeug und leckt euch gegenseitig zu Ennio-Morricone-Soundtracks die Mösen."

Virginia dachte einen Moment nach. „Ähm ... so ungefähr. Aber so festgelegt sind wir da nun auch wieder nicht."

Bianca zuckte mit den Schultern. „Das sagen sie alle."

Ihre Augen verweilten auf Virginias Gesicht, das, entschied sie, mehr als nur atemberaubend hübsch war. Es war sogar ansatzweise interessant.

Die Stille, die darauf folgte, war ebenso unangenehm wie unnütz. Sie befanden sich schließlich in einem Sexclub, auch wenn es sich strenggenommen nicht um einen Lesbenladen handelte.

„Und, woher kommst du, Bianca?"
„Puerto Rico. Aber das ist schon sehr lange her."
Wieder unangenehmes Schweigen, viel zu lang für einen Sexclub.
„Du hast keinen Akzent."
Bianca verdrehte die Augen. „Sehr richtig, Jersey Grrrl, du aber auch nicht. Am Flughafen gelassen, wie?"
Bianca fühlte sich ein bißchen schuldig für diesen Spruch, also brach sie als nächste das Schweigen, indem sie verlegen fragte:
„Is' Virginia dein richtiger Name?"
„Gibt's in dem Laden hier einen Darkroom?"
Biancas rotgemalter Mund lächelte breit und sehr einladend. Sie lachte kurz, mit nur einem leichten Hauch Herablassung in ihrem Tonfall.
„Du bist nicht von hier", stellte Bianca fest.
„Texas, du erinnerst dich."
„Ich dachte, Jersey", sagte Bianca, schnappte sich die Rechnung und rutschte vom Barhocker runter. Sie steuerte auf die Dunkelheit hinter der Tanzfläche zu.
Das Cowgrrrl wartete einen Moment und folgte ihr dann.

Laßt alle Hoffnung fahren: Virginia vermochte kaum Schritt zu halten. Um Ecken herum und durch die Dunkelheit behielt sie Biancas statuenhafte Gestalt im Auge, die in Strobolicht und Zerrspiegeln aufblitzte. Jetzt bemerkte Virginia, wie groß Bianca eigentlich war; sie fühlte ein Kribbeln tief in ihrem Bauch und eine Schwäche in ihren Schenkeln.
Sie schienen sich in das Zentrum des großen Lagerhauses zu bewegen. Bianca blieb vor einer Doppeltür stehen. Der Türsteher, ganz in Schwarz, trug eine Henkersmaske und ellenbogenlange Netzhandschuhe. *Stigmata* von Ministry schallte aus den Lautsprechern.
„Wie läuft's, Tommy?"
„Wo ihr jetzt hier seid, kann's losgehen, meine Liebe! Was hast du denn da Entzückendes aufgerissen?" Tommy sah Virginia an und pfiff anerkennend.
„Hüte deine Zunge!" sagte Bianca unnachsichtig. „Ein bißchen Respekt, wenn ich bitten darf, Tommy-Boy!"
„Verzeihung, meine Liebe, vergesse ich manchmal. Kommen ja nicht alle aus Frisco."
„Sie ist aus Texas. Virginia, das ist Tommy. Er spielt hier den Türsteher. Prima Kerl, wenn er sich nicht gerade selbst zum Arschloch macht. Gib dem netten Mann einen Zwanziger."

Virginia kramte einen Schein heraus und steckte ihn Tommy zu, der Bianca zuzwinkerte.

„Gut erzogen“, neckte er. Das entging Virginia, denn sie las gerade die Inschrift über der Tür. Dort stand: „Clubbe Darkker Darkke: Laßt, die ihr eingeht, alle Hoffnung fahren.“

„‚Reingehen‘ meinen wir im anatomischen Sinne, das liegt wohl auf der Hand“, erklärte Bianca und nahm Virginia sanft am Arm. „Keine Sorge, Gott ist tot. Du hoffentlich nicht.“

Bianca führte Virginia durch die Doppeltür. Ihre Augen weiteten sich, als sie durch einen Korridor mit lauter großen Fenstern gingen, hinter denen sich eine Reihe kleiner Räume befanden. Die ersten drei zu beiden Seiten waren besetzt; verschiedene unappetitliche Handlungen wurden darin gerade vorgenommen.

Zwei der Szenen drehten sich um Nonnen und Bauarbeiter, zwei beinhalteten eine Pseudo-Kreuzigung, die verbleibenden zwei waren schlichte Hetero-Leck-und-Fick-Szenen, bloß daß es unmöglich war, die Geschlechter der Beteiligten zu erkennen. Virginia fühlte Biancas Hand auf ihrem Schwanz.

„Nicht so schüchtern, Grrrl“, sagte Bianca und betrachtete die Beule vorne in Virginias Rock. Sie langte hinunter und rieb Virginias Schwanz so nachdrücklich, daß die Bewegungen dem Cowgrrrl bis ins Schambein krochen. Dann drehte Bianca sich um, und ihre 15-Zentimeter-Absätze klickten über den harten Boden. Virginia sah Biancas wackelnden Hintern in einem der dunklen Räume verschwinden. Sprachlos stand sie da und betrachtete einen Moment lang die erotischen Szenen, die sich ihrem Auge darboten.

Bianca erschien in der Tür des letzten Raums und hielt sich mit erhobenen Armen im Türrahmen fest. Sie mußte sich etwas ducken, um rausschauen zu können. Ihre Beine waren leicht gespreizt, so daß sich das schwarze Kleid einladend hochschob.

„Komm schon“, sagte Bianca. „Ich kann's dir schließlich nicht gleich hier im Flur machen! Beweg deinen Arsch hier rein, und laß mich an die Arbeit gehen!“

Bianca verschwand wieder im Zimmer und der Dunkelheit, und diesmal folgte ihr Virginia und schlug die Tür zu. Aus unsichtbaren Lautsprechern ertönte *Highway to Hell.*

Ihr, die ihr in sie reingeht: „Machst du mal das Licht an?“ hauchte Bianca. „Da neben der Tür.“

Virginia tastete unbeholfen umher und fand schließlich den Schalter; ein schwaches Licht ergoß sich durch den Raum.

Bianca lag ausgestreckt und noch immer ihr winziges schwarzes Täschchen umklammernd auf dem schmalen, versifften Bett; ihre gespreizten Beine boten Virginia etwas, das unter anderen Umständen eine Großaufnahme in einem Pornofilm hätte sein können. Biancas Körper war fest, groß und glattrasiert. Sie hatte zwei Tätowierungen, eine schwarze Rose gerade oberhalb des Nabels und ein kryptisches Zeichen auf der linken Brust. Die Wölbung ihrer Brüste und die Rundung des Bauchs konnte man bestenfalls uneindeutig nennen. Sie könnte mal ein Mann gewesen sein – abgesehen von diesen großen Titten, die aus dem schwarzen Spitzen-BH quollen, und der vollen Blume ihrer rosafarbenen Möse zwischen den gespreizten Beinen. Ihr Gesicht war stark geschminkt, reichlich schwarzes Mascara, die Lippen mit dunklem Rot zu einem lüsternen Schmollmund nachgezogen. Langsam fuhr sie sich mit der Zunge darüber.

„Mann-zu-Frau, natürlich", sagte Bianca. „Vor fünf Jahren. Ich bin zweiunddreißig. Falls du dich das gerade fragst."

„Tu ich nicht", log Virginia.

„Oh, wie süß", lächelte Bianca. „Du verstehst es, einem Mädchen zu schmeicheln. Spielt das eine Rolle?"

Virginia lachte. „Sag du's mir."

„Ich fürchte, die Medizin hält nicht ganz, was sie verspricht", erklärte Bianca. „Du kannst meine Möse ficken – uuh, Baby –, aber wenn du willst, daß ich komme, brauch ich's in den Arsch."

Virginia wurden die Knie weich, ihr Gesicht rötete sich.

Wieder eine unangenehme Stille. Bianca ließ die Hände einladend über ihre Brüste wandern.

Schließlich brachte Virginia mit zitternder Stimme heraus: „Naja, sieht aus, als wär's Zeit, ähm ... zur Sache zu kommen."

„Ab ins Heu!" gab Bianca schlagfertig zurück. „Käme es dir sehr ungelegen, den Pistolengürtel abzulegen? Diese *pistolas* machen mich nervös. Mehr als Kaliber achtunddreißig schaffe ich nicht."

Virginia löste den Gürtel und ließ die ganze Ausrüstung – Dildos inbegriffen – zu Boden fallen. Egal – der, auf den es ankam, steckte immer noch unter ihrem Rock.

Bianca sah sie von oben bis unten an und lächelte so verführerisch, wie sie nur konnte. „Irgendwelche Vorlieben, Cowgrrrrrl?" Bianca dehnte das „Cowgrrrrrl" zu einem geilen, ausgehungerten Stöhnen, dem Knurren einer Löwin. „Irgendwelche kranken Perversionen, die uns beide demütigen und entwürdigen und unseren Weg in die Hölle besiegeln? Ein psychopathologischer Hunger, der sich danach sehnt, mit meinem zarten Transgenderfleisch gefüttert zu werden? Irgendwelche verkorksten Gelüste, von denen ich wissen sollte? Cowgrrrrrrrrrowwwwwrrrrowrl! Rrrrowr! Rrrrowr." Bianca winselte, hauptsächlich aus Gründen des Effekts.

Virginia mußte schlucken. „Auf die Knie", sagte sie etwas kläglich.

Bianca war gerührt. „Uuuh, sie ist eine Perverse! Ja, Ma'am", seufzte sie. Sie lächelte breit mit ihren angemalten Lippen, glitt vom Bett und fiel auf die Knie. „Das hat noch nie jemand so nett zu mir gesagt." Bianca kroch unterwürfig zu Virginia und neigte den Kopf, um ihr die Cowboystiefel zu lecken. „Bringen Sie mich dazu, Ihnen zu dienen, Master. Oder Mistress. Bringen Sie mich dazu, Ihnen zu huldigen, ich existiere, um von Ihnen geschändet zu werden. Darf ich Ihnen Freude bereiten, Sir, würden Sie mir erlauben, Ihren großen, pochenden Ständer zu liebkosen, etc., etc.?" Bianca schien nur halb zu spaßen, vielleicht sogar weniger als zur Hälfte, vielleicht auch gar nicht. Virginia fühlte Blut durch ihren Schritt wallen. Ihre Hände hörten schließlich auf zu zittern, als sie ihren schwarzen Lederrock mit beiden Händen bis zur Taille hochzog. Der große Gummischwanz sprang hervor, und Bianca sah, daß das Cowgrrrl keine Unterwäsche trug.

„Wie hübsch", sagte sie atemlos. „In Texas mögt ihr's wirklich groß, nicht wahr? 'tschuldigung, in Jersey. Werden Sie dieses Ding in mich reinstecken, Master? Oder muß es Mistress heißen?"

„Mistress", konnte Virginia noch knurren, bevor Biancas Gewicht sie nach hinten gegen die Wand drückte. Ihren nackten Hintern gegen die Plexiglasscheibe gepreßt, sah sie zu, wie Biancas Lippen sich um die dicke Spitze des Dildos weiteten, sah, wie ihre Zungenspitze sich langsam vorschob und mit der naturgetreu gearbeiteten Eichel spielte. Unterdessen waren Biancas kurze Nägel die Innenseite von Virginias Schenkel hochgewandert, eine Fingerspitze neckte versuchsweise die geschwollenen Schamlippen, wo sie sich um den Lederriemen herum öffneten. Virginias Möse kribbelte erst, dann durchfuhr sie ein schmerzlicher Stich des Verlangens.

Virginia spürte ein seltsames Aufbrausen von Macht in ihrem Inneren. „Mistress", flüsterte sie. „Das kannst du glauben, daß ich dieses Ding in dich reinstecken werde, du schlampige kleine, ähm, Hure – oh!" Biancas Fingerspitze war unter den Riemen geschlüpft und hatte den Eingang zu Virginias Tunnel gefunden. Der Szene entsprechend stöhnte Virginia: „Ja, fick mich, du kleines – ähm – Miststück! Ich werde dieses Ding in dich reinrammen, bis es dir zum – öhm – Hals rauskommt!"

„Uuuuh, Baby", sagte Bianca noch, bevor ihre Lippen wieder über die dicke Gummi-Eichel herfielen. „Ja, sag mir schmutzige Sachen ..."

Logistische Herausforderungen: Als Virginia an sich runtersah, entdeckte sie zu ihrem Erstaunen ein unbefeuchtetes Kondom über dem Dildo. Bianca verwöhnte den Schwanz ihrer Mistress, sie fuhr mit der Zunge an der Unterseite rauf und runter, nahm die ganze Spitze in den Mund und stülpte ihre Lippen so weit wie möglich über den Schaft. Beide ließen sich von der Szene mitreißen; Virginia raunte ihrer Sklavin zügellos Befehle zu, während Bianca ihr diente. Bianca hatte unterdessen von Gottweiß-woher einen Latexhandschuh und Gleitmittel hervorgezaubert und steckte ihre Hand unter Virginias Rock. Zuerst spielte sie mit der Klit des Cowgrrrls.

Das war anfangs nur als Experiment gedacht gewesen, aber das Cowgrrrl schien voll und ganz darin aufzugehen. Gegen das Plexiglas gedrückt, wand sie sich, stöhnte vor Lust und gab Bianca schmutzige Namen. Die dachte unterdessen darüber nach, wie sie es bewerkstelligen sollte, den großen Schwanz des Cowgrrrls zu schlucken. Ein menschlicher Schwanz hätte kaum Probleme bereitet – aber Gummi war eben nicht so biegsam wie Fleisch. Egal, Bianca entschied sich, es zu versuchen, einfach nur, um Virginia zu zeigen, daß es ging. Vier Anläufe waren nötig, und bis Bianca das ganze Ding geschluckt hatte, lief ihr schon das Mascara die Wangen herunter.

„O ja, nimm ihn, nimm ihn ganz!" preßte Virginia hervor, als der Schaft in Biancas Kehle verschwand. Ein Finger glitt sanft in Virginias Möse und rief ein lautes, lustvolles Stöhnen hervor. Um ein Haar verlor sie ihren Stetson.

Virginia begann mit den Hüften gegen Biancas Hand zu schnellen und ihre Finger rein und raus zu zwingen. Bianca ließ sich von dem Cowgrrrl leiten, bewegte ihre Hand synchron zu Virginias lüsternen Stößen. Virginias Möse war glitschig und nachgiebig, ein hungriges Raubtier, das noch mehr von Biancas Fingern verschlingen wollte. Bianca liebte Fingerficken fast genauso sehr, wie selbst mit Fingern gefickt zu werden. Ein zweiter Finger gesellte sich zu dem ersten, und das Cowgrrrl winselte und bettelte um mehr. Bianca fickte sie so lange, bis ihr Flehen unerträglich wurde. Dann gab sie Virginia einen dritten, stieß ihn tief in sie hinein, und Virginias Möse zog sich fest zusammen, umklammerte gierig Biancas Finger.

Bianca wollte das glücklose Cowgrrrl fisten, ihre ganze Hand in diese saftige Möse schieben, fühlen, wie sie nachgab, wie sie sich etwas so Enormem wie ihrer Hand überließ, aber das war kaum die Stellung dafür, und überhaupt, wer war hier eigentlich die Mistress? Bianca entschloß sich, es Virginia nur mit drei Fingern zu besorgen, und machte sich ans Werk, ihr alles zu geben, was sie von Zeige-, Mittel- und Ringfinger nehmen konnte.

Zugleich lutschte Bianca ohne Unterlaß den Schwanz und versprengte schwarze Tränen über Virginias Schenkel und ihre weißen Hemdschöße. Es war ebensosehr das aufregende Erlebnis, Bianca beim Schwanzlutschen zuzusehen, wie die körperliche Erfahrung, mit den Fingern gefickt zu werden, und der Druck des Riemens auf ihrer Klit, die Virginia sich schließlich krümmen und mit einem knurrenden Stöhnen kommen ließen. Ihre Knie gaben beinahe nach, und ihre Beine zitterten nicht eben wenig, während Bianca ihr immer weiter Lust bereitete. Fast schon hyperventilierend, legte Virginia eine Hand auf Biancas Kopf.

Mit einem hörbaren Ploppen glitt der Schwanz dick mit Lippenstift beschmiert und glänzend vor Spucke aus Biancas Mund. Der Stetson war Virginia wegen der heftigen Spasmen ihres Orgasmus vom Kopf gefallen, ein paar Meter über den Boden gerollt, war wie eine Münze getrudelt und dann in der Nähe des Bettes zum Stillstand gekommen.

„Mmmmmmh", sagte Bianca und küßte dem Cowgrrrl sanft die Schenkel. Ohne aufzustehen oder sich aus ihrer Position halbherziger Unterwürfigkeit zu den gestiefelten Füßen ihrer Mistress zu bewegen, zog sie von irgendwoher einen Taschenspiegel und einen dunkelroten Lippenstift hervor und frischte ihr Make-up auf.

Mit dem Ergebnis zufrieden, sah Bianca zum Cowgrrrl auf und lächelte schüchtern. „Stimmt es, daß nur Butches im Stehen kommen?"

„Hüte deine Zunge, Schlampe", drohte Virginia.

Bianca dachte: Schrankbutch, nehme ich an.

Abermals verschlang sie Virginias Schwanz, und Virginia stöhnte leise, als der Sockel des Dildos an ihrem Schambein rieb und oh-so-zart ihre überempfindliche Klit stimulierte.

Biancas Hand verschwand erneut in ihrem Handtäschchen und tauchte mit einer kleinen Tube Gleitmittel wieder auf, die sie Virginia in die Hand drückte.

Bianca kroch in Richtung Bett. Auf halbem Weg hielt sie inne, gerade lange genug, um ihren BH aufzuhaken, ihn abzuschütteln und ein Paar Brüste mit von dicken Stahlringen durchstochenen Warzen zu präsentieren. Sie kroch weiter, hob den Stetson auf und setzte ihn sich auf ihre seidige, schwarze Mähne. Sie blickte zurück, um dem Cowgrrrl zuzuzwinkern. „Hüa", wisperte sie mit nur einem leichten Anflug von Sarkasmus in der Stimme. Dann wand Bianca sich aus ihrem engen Rock und ließ ihn neben dem BH auf dem Boden liegen. Auch sie trug kein Höschen. Virginia behielt Bianca im Auge, die schließlich ihr Ziel erreichte und sich über die Bettkante reckte. Sie spreizte auffordernd die Schenkel und enthüllte eine Möse, die, zumindest von außen, der Stolz eines jeden Chirurgen gewesen wäre. Bianca robbte übers Bett und streckte sich mit weit offenen, netzbestrumpften Beinen aus. Strapse umrahmten einladend ihren festen, runden Hintern. Schultern und Titten noch immer ans Bett gedrückt, reckte sie den Po verführerisch in die Luft, was den Stetson erneut in Gefahr brachte. Sie griff mit beiden Händen um sich herum, zog die Lippen ihrer Möse sanft auseinander und bot Virginia ihre willige Weiblichkeit dar.

Hungrig rieb sich Bianca mit einer Fingerspitze über den Möseneingang; einen Moment lang spielte sie dort herum, als ob sie Virginia hereinbitten wolle.

Dann schob sie den Finger weiter vor, drang Stückchen für Stückchen in sich ein, indem sie ihn kreisend tiefer gleiten ließ, ihn bis zum Knöchel versenkte und mit ihm ein lubrizierendes Zäpfchen. Virginia beobachtete fasziniert und mit wachsendem Hunger, wie Bianca ihren kleinen Tanz auf dem Bett vollführte. Die fühlte unterdessen das Gleitmittel schmelzen, steckte zwei Finger in sich hinein und spürte, wie es sie in die nasseste, verlottertste Schlampe diesseits des Rio Grande verwandelte, nasser, als die Natur das jemals hervorbringen könnte. Das Gefühl überwältigte sie, und sie begann, sich schmerzlich nach Virginias Schwanz zu sehnen.

„Los, mach schon, Cowgrrrl", ächzte sie. „Dein kleines Hündchen will zur Sache kommen."

„Für dich immer noch ‚Mistress'", brachte Virginia krächzend heraus und schüttelte die Faszination ab, die sie völlig vereinnahmt hatte. Diese kleine Vorführung hatte sie dermaßen geil gemacht, daß sie schon fürchtete, sie werde einen Herzinfarkt erleiden. Hastig knöpfte sie ihr Hemd auf und riß dabei die untersten zwei Knöpfe ab. Den Reißverschluß des Rockes zog sie mit etwas mehr Finesse auf, darin hatte sie schließlich auch mehr Erfahrung. Ein seltsames Gemisch aus Biancas Lippenstift und Spucke tropfte von Virginias Fingern, als ihre Hand sich um den gummiüberzogenen Schaft ihres Schwanzes legte und gierig daran pumpte.

Bianca betrachtete ihr Cowgrrrl, das jetzt mehr als zuvor zu einem Fetischgegenstand geworden war. Virginia, mit nichts als ihren Netzstrümpfen, Cowboystiefeln und diesem Umschnalldildo bekleidet, war schon ein ziemlicher Anblick, wie sie so dastand und wichste. Mit den rosafarbenen, leicht nach oben zeigenden Nippeln sahen auch ihre Titten recht malerisch aus. Bianca fickte weiter ihre eigene Pussy und schaute Virginia zu, die den Verschluß des Gleitmittels aufschnippte, es auf die Spitze ihres Schwanzes tröpfeln ließ und über den Schaft verteilte, bis der Dildo schließlich großzügig damit eingeschmiert war. Bianca zog die Finger aus ihrer Möse, stützte sich auf und wand sich einladend auf dem Bett.

Virginia kletterte auf die Matratze, so daß ihr Schwanz knapp unterhalb von Biancas Möse schwebte. Leise wimmernd rieb Bianca sich daran.

„Wirst du das spüren können?" fragte Virginia, als sie hinter Bianca kletterte. „Ich dachte ..."

„Genetik", sagte Bianca atemlos, „moderne Technologie und ganz allgemein gutes Karma. Das ist ein Ja. Wirst du mich jetzt unbarmherzig mit diesem Ding vergewaltigen, oder löcherst du mich für den Rest des Abends mit medizinischen Fragen – oh!"

Bianca ließ sich auf Virginias Schwanz nieder, und Virginia legte als Antwort darauf die dicke Spitze zwischen Biancas feuchte Mösenlippen. Bianca schloß die Augen und fühlte, wie das Cowgrrrl die Eichel allmählich in ihr enges Loch schob. Der Dildo war fast schon zu groß, oder zumindest schien es ihr so, aber vielleicht meldete sich da nur die gute alte Größenwahnsinnige in Bianca, die ihn gerade riesig wollte. Virginia beugte sich vor, griff nach Biancas Brüsten und spielte mit den gepiercten Nippeln, während sie ihre Hüften vor und zurück bewegte und den Schwanz immer tiefer in Biancas Möse pumpte.

„Jaah", knurrte Bianca, als Virginia sie fickte.

Mit einem Stöhnen schob Virginia den glitschigen Bolzen ganz hinein, und Bianca wurde ein bißchen schwindelig, als sie fühlte, wie er in sie eindrang. Das Gleitmittel erleichterte die Passage und lief Virginia über die Gummi-Eier, aber Bianca fürchtete sich immer ein bißchen, wenn sie gefickt wurde, ein Überbleibsel aus den vielen Monaten, in denen sie alle sechs Stunden zwanzig Minuten mit einem unangenehmen Dilatator in der Möse hatte verbringen müssen. Aber sie hatte gelernt, diese Angst in Erregung umzumünzen.

Virginia schlug Bianca so fest auf den Hintern, daß sie ihren massiven Kolben fast aus seiner Lage riß. Sie fickte Bianca jetzt schneller, um sie zum Kommen zu bringen, legte wieder ihre Arme um sie, liebkoste erst sanft die Titten, kniff dann grob in die gepiercten Brustwarzen und gab ihr noch eins hinten drauf.

„Komm schon, nimm ihn!“

Aber Bianca war jenseits geistreicher Neckereien. Sie konnte nur noch „Ja!“ murmeln, als Virginia ihre Brüste drückte und sanft knetete, während sie den Gummischwanz in ihre Möse rammte. Biancas Hüften kreisten wild, passend zu Virginias Fickbewegungen. Virginia erwischte Biancas Klit und rieb sie, doch Bianca gefiel die Hand des Cowgrrrls auf ihren Titten besser. Kaum, daß sie das noch brauchte – für Bianca war es Zeit zu kommen, und dafür gab es nur einen absolut sicheren Weg. Sie wandte sich zu Virginia um und bettelte mit den Augen und ihrer Zungenspitze zwischen den geöffneten Lippen: „In den Arsch“, winselte sie. „Schieb ihn mir in den Arsch!“

Virginia hatte nicht viel Erfahrung mit Arschficken, aber allein Biancas Anblick, wie sie darum bettelte, ließ sie fast selbst kommen. Bianca gelang es, einen Handschuh und eine weitere Wegwerftube Gleitmittel aus ihrer Handtasche zu fischen, und Virginia fühlte, wie ihr beides in die Hand gedrückt wurde. Sie ließ ihren Schwanz aus Biancas Möse gleiten, streifte den Handschuh über und öffnete die Tube. Sie begoß ihre Hand mit dem Gel, rieb es über den Dildo und träufelte den Rest zwischen Biancas gespreizte Backen. Mit einem Finger rieb Virginia über Biancas Arschloch, beschrieb Kreise um den sich öffnenden Eingang. Dann schob sie sanft ihren Mittelfinger hinein, und Bianca stöhnte.

„Zwei“, flehte sie.

Also gönnte Virginia ihr einen zweiten Finger und rieb die Schwanzspitze neben ihrer Hand an Biancas Spalte rauf und runter. Ihre Finger glitten hinein und zogen sich wieder zurück, und Virginia fragte sich, wie Bianca wohl beim Orgasmus aussehen würde. Während Virginias Finger Biancas Arsch fickten, schien er sich zu öffnen und Platz zu machen, bereit für Virginias Schwanz. „Okay“, sagte Bianca schließlich. „Ich bin so weit.“

Sie schob ihren Hintern auf Virginia zu, die die dicke Spitze des Dildos in Biancas Loch führte. Bianca keuchte; sie fühlte die gleiche instinktive Furcht, wie wenn ihre Möse gefickt wurde. Sie hechelte einen kurzen Moment und hielt den Hintern dort – und dann schob Virginia sanft ihre Hüften vor, so daß auch der Schaft in Biancas Arsch verschwand.

„Langsam!“ flehte Bianca. Der Dildo war so groß, es wurde ihr fast zuviel. Aber bald begann ihr Hintern im gleichen Rhythmus wie Virginias Stöße zu schwingen. Biancas Arsch verschlang den Riesendildo, schon jetzt war sie am Rande des Höhepunkts. Die Kontraktionen begannen tief in ihrem Arsch, schienen dann ihren ganzen Körper auszufüllen, und ihr Unterleib zog sich voller Lust zusammen. Bianca sackte nach vorn und riß das Cowgrrrl mit sich. „Aaah!“ gurgelte Virginia verzweifelt, als der Schwanz aus Biancas Hintern glitt.

Diesmal verlor Bianca den Stetson. Sie rollte sich auf die Seite, und Virginia ließ sich neben ihr nieder, so daß der arschfeuchte Schwanz gegen Biancas Bein drückte. Bianca angelte sich den Stetson vom Boden und setzte ihn Virginia wieder auf.

„Laß alle Hoffnung fahren“, wisperte sie und schmiegte sich an Virginias Hals. Dann preßte Bianca ihre Lippen zum ersten Mal auf Virginias, hart zuerst, dann warm und zarter; ihre Zunge glitt begierig in die Feuchtigkeit und traf auf Virginias geöffnete Lippen und ihre hungrig neckende Zunge.

Virginia biß Bianca sanft in die Unterlippe, und Bianca schnappte ein bißchen nach Luft. Ihre Hand ruhte auf Virginias Schwanz und streifte dann geschickt das Kondom ab.

„Hör mal“, flüsterte Bianca. „Dieses Mistress-und-ihr-schwanzlutschender-Sklave-Zeug ist klasse, aber ... Ich bin schon aus gutem Grund Lesbe geworden.“

„Ach ja?“ sagte das Cowgrrrl lächelnd. Sie griff an sich runter, öffnete die Schnallen ihres Harness, nahm ihn ab und schmiß ihn auf den Boden. Bianca beugte sich vor und küßte sie. Wieder trafen sich ihre heißen Zungen, aber diesmal gab keine von beiden nach; bald war Bianca obenauf, bald Virginia, dann wieder Bianca, die schließlich ihr Knie hart zwischen Virginias Beine schob.

Sie küßte das Cowgrrrl noch einmal rauh, umfaßte ihre kleinen Brüste und bearbeitete die Nippel mit den Daumen. Virginia lag da und bog den Rücken durch, drückte ihre Titten noch fester in Biancas Griff. Bianca kniff ziemlich grob hinein, und Virginia wimmerte.

Biancas Mund sank hinunter und malte einen dicken Lippenstiftkuß um Virginias rechte Brustwarze. Ihre Zunge schnellte darüber, machte sie härter, spielte damit. Bianca nuckelte eine ganze Weile an Virginias Titten, während sie ihren Körper auf dem Cowgrrrl in eine etwas bequemere Lage brachte. Dann machte sie sich leckend auf den Weg über Virginias Bauch und weiter nach unten. Virginia wußte nur allzu gut, was sie erwartete. „Das ist zu schön, um wahr zu sein“, seufzte sie innerlich, und schon die Vorahnung allein war nahezu schwindelerregend.

Bianca kniete sich zwischen Virginias Schenkel, die über die Kante des versifften, alten Bettes gespreizt lagen. Sie vergrub ihr

Gesicht zwischen Virginias Beinen, roch sie, schmeckte sie. Biancas Zunge schlängelte hervor; Virginia spürte sie zwischen ihre geschwollenen Schamlippen gleiten, die Spitze sich in ihr Loch hineinarbeiten, als sei sie dafür geschaffen, und Virginias Finger krallten sich in Biancas Haar. Die Zunge zog eine lange, gerade Linie über Virginias Eingang hinweg, langsam ihr feuchtes Zentrum hinauf bis zu ihrer Klit, die darauf mit dem angenehmen Ziehen antwortete, das nur ein fachkundig ausgeführter Cunnilingus hervorrufen kann. Virginias schmale Hüften hoben sich vom Bett, sie preßte ihre Möse in Biancas Gesicht, fickte sachte vor und zurück, so daß Bianca förmlich in sie einsank.

Biancas linke Hand bewegte sich sachte über Virginias Brüste, widmete sich den Brustwarzen, zwickte sie behutsam. Langsam wanderte sie zu Virginias Gesicht hoch, ihre Fingerspitzen wurden von Virginias begierigem Mund geküßt, während Biancas Zunge sich tief in Virginias Möse vergrub. Bianca sah sich vor, die Klit nicht zu fest zu bearbeiten, damit ihr Cowgrrrl nicht zu schnell abging. Eigentlich wäre es wirklich göttlich gewesen, Virginia dazu zu bringen, darum zu betteln, ihre Verzweiflung hinauszustöhnen, bevor sie kam.

Aber für den Moment wollte Bianca nur spüren, wie Virginia sich unter ihr wand, den schweren Duft ihrer Möse auf ihrer Zunge und ihren Lippen schmecken. Sie tat sich an Virginias Pussy gütlich, während Virginia an den beringten Fingern von Biancas linker Hand nuckelte – mit der Rechten hatte Bianca sich einen weiteren Handschuh und noch mehr Gleitmittel beschafft. Sie plante noch ein Experiment.

Finger hatten sich ihren Weg zwischen Virginias glatte Pobacken gebahnt und sie gerade eben genug geteilt, daß Bianca das enge Arschloch unter ihrer Fingerspitze ertasten konnte. Sie streichelte es zart und zog kleine Kreise um die empfindsame Stelle. Zu Biancas Entzücken ergoß sich ein Schwall Mösensaft in ihren Mund, und sie spürte den interessierten Druck in Virginias Hüftbewegungen, spürte, wie Virginias enger Arsch sich ihr überließ. Langsam arbeitete Bianca sich voran. Die Muskeln in Virginias Arsch zogen sich zusammen und öffneten sich wieder, gaben den Widerstand auf, als Virginia sich entspannte. Virginia riß die Augen auf, und ein schwaches Keuchen entfuhr ihr, als Biancas Finger in ihren Arsch glitt.

„Richtig so, Schwester, nichts ist echt – alles ist erlaubt.“

Virginia war zu beschäftigt, um darüber zu lachen. Bianca verschlang wieder hungrig ihre Möse, schob die Zunge tief in sie hinein, leckte sie begierig von außen und bearbeitete dann wieder die Klit. Währenddessen erlaubte sich ihr Finger mehr

Freiheiten und erforschte sachte Virginias Loch. Virginia wackelte mit dem Hintern und gab Bianca zu verstehen, daß dieser Arsch ganz ihr gehörte, ebenso wie ihre Möse, mehr noch. Bianca ließ einen zweiten Finger sich zu dem ersten gesellen, und es bedurfte nur der allergeringsten Anstrengung, Virginia dazu zu bringen, auch noch diesen aufnehmen. Dennoch beließ sie es dabei und genoß die sinnliche Spannung und das köstliche Nachgeben. Sie wußte, das Cowgrrrl war kurz vorm Orgasmus. Bianca konzentrierte sich auf ihre Finger in Virginias Arschloch, während sie gleichzeitig an ihrer Klit nuckelte. Der Rhythmus, den ihre Zungenspitze vorgab, verschlug Virginia den Atem. Bianca zwickte Virginia hart in die Brustwarze; das schien ihr vorhin schon gefallen zu haben, und jetzt sogar noch mehr. Bianca spürte die Kontraktionen in Virginias Möse und klammerte sich an sie wie ein Cowgrrrl ehrenhalber, als sie wild mit den Hüften zu stoßen begann. Bianca blieb an ihr dran, die Finger in ihrem Arsch und auf ihren Titten, der Mund tadellos über ihre Möse gestülpt, bis Virginias Orgasmus verebbte, sie eine Hand auf Biancas Kopf legte und ihn verzweifelt, aber sanft wegstieß.

Virginia bebte. Bianca befreite ihre Finger aus Virginias Arsch und entsorgte gewandt den Handschuh. Sie kletterte auf das Cowgrrrl, rollte sich dann neben ihr zusammen und küßte Virginias zerschundene Lippen. Bianca zog Virginia dicht zu sich heran, knuddelte sie und flüsterte: „Grrrrrrrrrrrrrrrrrrrrrrrrrrrl."

Die dunkle Hälfte des Mondes

Karen-Susan Fessel

Karen-Susan Fessel macht uns mit Willem bekannt, dem sicherlich so mancher gerne mal im Mondschein begegnen würde – im wörtlichen wie möglicherweise auch im übertragenen Sinne.

Daß Fessel über Sex zu schreiben versteht, wissen ihre Leserinnen spätestens seit *Heuchelmund* (konkursbuch), ihrer Sammlung erotischer Erzählungen. Sie experimentiert auch nicht zum ersten Mal literarisch mit schwulen Lebenswelten, wie in der Anthologie *einmal wars schön – Einsendungen zum Literaturpreis der schwulen Buchläden 1996* (MännerschwarmSkript) und in ihrem Erzählband *Was ich Moira nicht sage* (Querverlag) nachzulesen ist. Zu ihren weiteren Veröffentlichungen zählen die Romane *Und abends mit Beleuchtung* (konkursbuch) und *Bilder von ihr* (Querverlag). Zusammen mit Axel Schock hat sie *OUT! 500 berühmte Lesben, Schwule und Bisexuelle* für den Querverlag herausgegeben.

Fessel lebt als freie Schriftstellerin in Berlin.

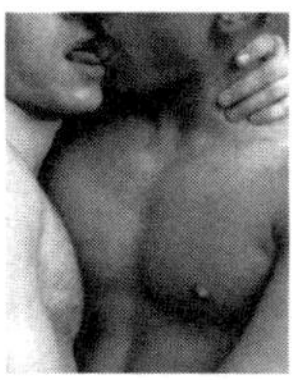

Manchmal, im Winter, wenn der Mond halbrund am Himmel hängt, dann tut er mir irgendwie leid. Er tut mir leid, weil ich daran denken muß, daß er so gar keinen Einfluß hat auf das, was mit ihm geschieht. Er hängt einfach da oben, ohne jegliche Macht, den Strahlen der Sonne preisgegeben, eine Hälfte von ihm im ewigen Dunkel des Weltalls. Dunkel, kalt, trist muß es dort sein, und das tut mir irgendwie leid. Ich weiß, daß das Unsinn ist, aber trotzdem, so ist es nun mal. Ich meine, natürlich, der Mond ist kein Lebewesen, er fühlt nicht, denkt nicht und leidet erst recht nicht. Aber das heißt nicht, daß er nicht einsam ist.

Zum Glück denke ich derlei Unsinn nur gelegentlich, meistens dann, wenn ich im Spätherbst oder Winter nachts durch die Straßen gehe und die aufsteigende Kälte mir ungemütlich in den Kragen kriecht. So wie gestern. Gestern habe ich dieses Zeug mit dem Mond wieder mal gedacht, gestern nacht, als ich mich endlich dazu aufgerafft hatte, meine Wohnung zu verlassen und noch ein bißchen auf die Jagd zu gehen. Ich weiß das deshalb so genau, weil ich auf dem Weg zum Bus meinen Kragen hochschlug und dabei in den trüben Oktoberhimmel sah, und dort hing dieser Mond, dieser halbrunde, einsame Mond. Es war, als ob mir sein Anblick ins Gehirn ritzte, für einen Moment tat es weh, ich fühlte mich verletzt, ohne zu wissen, warum und von wem, und das war ein Vorgeschmack auf das, was ich Stunden später erlebte, mit diesem Kerl, diesem unglaublich geilen Kerl mit den unglaublich hellgrauen Augen, an die ich eigentlich gar nicht denken will.

Augen wie schmelzendes Eis. So kalt wie die dunkle Hälfte des Mondes.

Reto hatte mich zu der Party überredet. Obwohl ich eigentlich nicht auf Partys gehe, zu denen ich nicht persönlich eingeladen bin. „Mensch, Willem, nun sei nicht so. Komm mit", hatte er gesagt. Ich stand in der *Bonbonbar* am Ende des Tresens, mit einer Arschbacke halb dagegen gelehnt, bereit, abzuhauen, woandershin, irgendwohin, wo wenigstens ein paar scharfe Typen herumlungern, die einem kurzen Ritt nicht abgeneigt sind. „Mensch, Willem", sagte Reto noch einmal, und ich sagte: „Okay."

Wenn Reto mich um etwas bittet, sage ich selten nein. Das ist ihm oder überhaupt jemandem wahrscheinlich noch gar nicht aufgefallen, aber es stimmt. Vielleicht, weil er mein Freund ist, und davon habe ich nicht viele.

Wen ich mag, den will ich auch ficken, so ist das bei mir. Und wen ich ficke, den halte ich auf Abstand. Schlechtes Klima für Freundschaften. Aber von Reto habe ich die Finger gelassen. Obwohl er verdammt gut aussieht – er ist groß, dunkelhaarig und hat ein herbes Gesicht mit knallblauen Augen, die dir glatt die Eier anheben, wenn er dich ansieht. Trotzdem, ich lasse ihn in Ruhe. Keine Ahnung, warum.

Reto zahlte, und wir machten uns auf den Weg. Es war noch ein Typ dabei, ein kleiner, drahtiger Typ mit schiefen Zähnen und einer rot-weiß gestreiften Pudelmütze auf dem Kopf, die ziemlich beknackt aussah. Aber der Typ war okay.

„Ich bin Ralf. Hallo, hallo, hallo", sagte er und grinste mich mit seinen schiefen Zähnen an, und ich nickte ihm zu.

Der Kleine stieß Reto den Ellbogen in die Seite. „He, ist der immer so cool?"

„Willem", sagte Reto und steckte die Hände tief in die Taschen seiner Lederjacke, „Willem, der ist nicht nur cool, der ist sogar obercool. Aber immerhin hat er genickt, oder nicht?"

„Jawohl, kurz und knapp, jawohl, jawohl, genau", sagte der Kleine und machte einen albernen Luftsprung, und sogar ich mußte lächeln.

Reto hat immer so komische Typen. Ich habe noch nie einen von seinen Kerlen kennengelernt, der nicht irgendwie häßlich aussah oder ein bißchen abgedreht war. Auf so was steht Reto: je schräger, desto besser. Ich kann damit nichts anfangen, aber eins muß ich ihm lassen – seine Typen sind meistens echt schwer in Ordnung.

Wir mußten nicht weit laufen. Wir gingen den Kottbusser Damm hinunter, überquerten die Brücke und bogen links ins Fraenkelufer ein, und dann waren wir auch schon da. Ralf zog die Eingangstür eines heruntergekommenen Altbauhauses auf.

„Ist ganz oben, im Dachgeschoß. Die Jungs haben den geilsten Blick auf die Stadt, den ich kenne."

Er hatte recht. Das erste, was mir ins Auge stach, als wir die fünf Stockwerke hochgestiegen waren und die überfüllte Wohnung betraten, war der Ausblick. In fremden Wohnungen gehe ich meistens sofort ans nächstbeste Fenster; ich muß immer wissen, wie es draußen aussieht, bevor ich mich in den Räumen selbst umsehe. Ich glaube, weil ich mich sonst nicht richtig orientieren kann. Reto allerdings ist der Überzeugung, daß ich instinktiv nach Fluchtmöglichkeiten Ausschau halte, aber das stimmt nicht. Jedenfalls nicht ganz.

In dieser Wohnung brauchte ich gar nicht erst ans Fenster zu treten. Die Aussicht war fantastisch. Über die Köpfe der Anwesenden hinweg konnte ich durch die hohen Fensterwände direkt in den Nachthimmel sehen. Ab und zu, wenn sich eine Lücke zwischen den dicht an dicht gedrängten Leibern auftat, entdeckte ich weiter unten die Lichter der Stadt. Und ganz oben hing der Mond, dieser halbrunde, einsame Mond.

„Super, was?" Der Kleine stieß mir den Ellbogen in die Seite, dann war er auch schon im Getümmel verschwunden. Ich spürte Retos Augen auf mir.

„Masse statt Klasse", sagte ich, und Reto lächelte leicht.

„Ich hoffe, du findest was Passendes."

„Das hoffe ich auch."

Reto schüttelte kaum merklich den Kopf, dann mischte auch er sich unter die Leute.

Ich schaute mich um. Wenn ich eins hasse, dann sind es schwule Milchgesichter: glattäugige, glatthäutige Bubis mit knabenhaften Körpern und Gesichtern ohne Kontur. Jungs mit schwachen Muskeln und schwachem Willen. Burschen, die niemals Kerle werden, sondern einfach nur alt. Und genau solche Milchgesichter liefen dort, in dieser riesigen Wohnung mit der wunderbaren Aussicht, in Scharen herum. Es wimmelte nur so von ihnen. Sie lachten und kreischten und redeten mit hohen Stimmen, schwenkten ihre mit glänzenden Hosen bedeckten winzigen Hintern und ihre Sektgläser, und meine Laune sank. Ich ballte die Hände in den Taschen meiner Lederjacke zu Fäusten.

„Huh, Daddy, guck doch nicht so böse!" Ein besonders dämliches Milchgesicht tänzelte an mir vorbei und warf mir einen

Kußmund zu. Ich sah auf seinen kleinen, knackigen Arsch, der in der dünnen Khakihose besonders gut zur Geltung kam. Für einen kurzen Moment dachte ich daran, mir den Burschen zu schnappen. Ihn zu schnappen, raus in den Flur zu zerren, ihm seine Khakihose runterzureißen und meinen Schwanz bis zum Anschlag reinzuschieben. Solange, bis der Bursche Anstand und Respekt gelernt hätte. Aber ich habe so etwas schon zu oft getan, als daß ich daran noch Gefallen finden könnte. Diese kleinen, knackigen Ärsche interessieren mich nicht mehr. Nicht mal für Erziehungsmaßnahmen.

Ich will richtige Kerle; Kerle, die schon gelebt haben und denen man das auch ansieht. Kerle mit groben Muskeln, nicht fein ziselierten, mit Muskeln, die nicht mühsam in Fitneßstudios hochgezüchtet worden sind, sondern daher stammen, daß diese Kerle Dinge anpacken. Richtig anpacken. Hart anpacken. So wie ich sie.

Ich richtete meine Augen wieder auf das Getümmel vor mir und setzte mich in Bewegung.

Reto lehnte neben der Bar an der Wand und kippte sich ein Bier hinter die Binde. Ralf war nicht zu sehen, aber ein anderer Typ mit einem rotgefärbten Irokesenschnitt stand neben Reto und himmelte ihn an. Er sah aus, als würde ihm gleich einer abgehen, und Reto fuhr sich genüßlich mit dem Daumen über den straff gespannten Hosenschlitz, während er so tat, als ob er dem Dummlaberhans zuhörte. Reto hat ein ordentliches Paket in der Hose, und der Typ mit dem Iro hatte echt Schwierigkeiten, weiterzureden, ohne zu sabbern. Ich schob mich in Retos Blickfeld, er nickte mir zu und drehte den Daumen nach unten, und wir grinsten uns an. Ich legte dem Burschen den Unterarm um den Hals und drückte kurz zu. „Finger weg", sagte ich leise, und der Typ zuckte zusammen und schnappte erschrocken nach Luft. Reto lachte und wandte sich ab.

Der Typ mit dem Iro starrte mich zwar wütend an, nachdem ich ihn losgelassen hatte, aber er traute sich nicht, auch nur einen Ton zu sagen, und ich beachtete ihn nicht weiter. Ich ließ mir ein Bier geben und taxierte noch mal das Angebot. Nichts Vernünftiges, bloß jede Menge Frischfleisch. Keine Kerle, nur ein paar alte Ledertrinen in der Ecke, und dahinter eine große Glastür, die Tür zur Dachterrasse; eine Dachterrasse, genau das Richtige für mich. Weg, raus hier; ich schob mich weiter, auf die Tür zu. Ein Typ tauchte vor mir auf, ein kräftiger Typ, heftige Muskeln, hartes Gesicht, fieses Grinsen. Einen Moment hing er in meinem Fangnetz, dann zog er die Lippen auseinander, zeigte bräunliche Zähne und fiel durch. Ich machte die Tür auf und ging raus.

Neukölln lag unter mir, dunkel, mit Lichtern durchsetzt. Ich stand da und starrte in die Nacht, und erst nach einer Weile bewegte ich mich. Es war nicht gerade warm, und ich stand allein auf der weitläufigen Terrasse, die so groß war, daß ich das Geländer am Rand kaum ausmachen konnte. In der Mitte stand eine Art Verschlag, ein Stück dahinter ein Stapel Stühle, und während ich noch überlegte, ob ich mir einen nehmen sollte, um mich ganz an die Brüstung zu setzen, entdeckte ich einen Schatten daneben. Es war ein Typ, der einfach so dastand, unbeweglich im Dunkel, genauso wie ich. Ich konnte ihn nicht richtig erkennen, ich sah nur, daß er groß und kräftig war und schwarze Klamotten trug. Schlagartig spürte ich ein Ziehen im Bauch; kann sein, daß ich manchmal an Energien glaube, die man spürt und denen man folgen muß, aber mehr noch glaube ich an meine Neugier, und deshalb ging ich los, langsam auf ihn zu.

Er stand ruhig da, und als ich mich näherte, sah ich, daß er kurze, dunkle Haare hatte und eine Lederjacke trug und schwarze Lederchaps. Das schwache Licht reichte gerade eben aus, um die Umrisse seiner Züge zu erkennen, wie in Stein gemeißelte Züge, in die sich die Zeit schroff eingefräst hatte, und die Haare auf meinen Unterarmen stellten sich auf. Meine Schritte klangen laut auf dem nackten Beton, als ich weiterging. Er wandte langsam den Kopf und sah mir entgegen, und an der Art, wie seine Halslinie sich gegen das Dunkel der Nacht abhob, las ich ab, daß er verdammt stolz war, zu stolz für das Gewimmel da drinnen. Zu stolz überhaupt. Aber vielleicht nicht für alles. Ich sah runter und auf sein Paket, und er blickte auf meins, und wenn es nicht so dunkel gewesen wäre, dann hätte ich auf seinen Lippen das gleiche durchtriebene Grinsen gesehen wie er auf meinen.

Einen Schritt von ihm entfernt blieb ich stehen. Sein Gesicht lag immer noch im Schatten, und er streckte eine Hand aus, packte meinen Kragen und zog mich näher an sich heran. Dann trat er langsam zurück, ohne mich loszulassen, und als wir uns aus dem Schatten des Verschlags herausbewegten, fiel der Mondschein voll auf sein Gesicht, und ich sah seine Augen. Hellgraue Augen, kalt wie schmelzendes Eis. Ein Schauder lief mir den Rücken hinunter.

„Du kommst spät", sagte er, ohne eine Miene zu verziehen. Seine Augen musterten mich kühl, und ein höhnischer Zug war um seinen Mund.

Ich glaube, das war das erste Mal in meiner langen Laufbahn als Macker, daß ich nicht wußte, was ich zu tun hatte. Früher, als ich jung und unerfahren war, hatte ich manchmal Anlaufschwierigkeiten; damals wußte ich nicht immer genau, wie ich die Kerle dazu kriegen sollte, mir zackig den Arsch hinzuhalten, aber das ist lange her. Normalerweise kann ich auch den störrischsten Esel mit einer Behandlung handzahm machen, aber diesmal war es anders. Dieser Kerl starrte mich mit seinen hellgrauen Augen an, und ich zögerte. Nur ein paar Sekunden, aber ein paar Sekunden zu lang. Denn er packte meinen Kragen fester und drückte mich langsam nach unten, während er mich immer noch ansah, und erst, als ich schon halb in die Knie gesunken war, begriff ich, was da passierte.

Ich schoß hoch, riß seine Hand runter, drehte sie ihm blitzartig auf den Rücken und schlug ihm hart ins Gesicht, und im nächsten Moment hockte er auch schon am Boden und beugte den Kopf, von meinem Knie brutal nach unten gezwängt.

„Mach das nicht noch mal", flüsterte ich, und dann griff ich mit der freien Hand unter sein Kinn, zerrte sein Gesicht nach oben und preßte ihm den Daumen hinter den Kiefer, so, daß es weh tun mußte. Verdammt weh tun mußte. In seinen Augen sah ich den Schmerz.

Er stöhnte auf. Ein knallroter Striemen breitete sich auf seiner Wange aus, noch während ich hinsah. Ich warf einen Blick zur Fensterfront, auf die vielen Typen dahinter, die sich miteinander amüsierten. Keiner sah zu uns rüber, alle waren miteinander beschäftigt, ich hatte freie Bahn; ich konnte tun, was ich wollte. Ich sah mir wieder diesen Kerl an, der da vor mir hockte, mit diesen kalten, hellgrauen Augen voll Schmerz. Und voll Stolz. Zuviel Stolz, für meinen Geschmack.

Ich gab ihm einen Tritt, und er wich folgsam zurück, bis er mit dem Arsch an die Wand des Verschlags stieß, und dann ließ ich ihn los, knöpfte meine Jeans auf und holte meinen Dicken raus.

Ich habe ein ziemliches Kaliber in der Hose; es gibt nicht viele Kerle, die auch nur annähernd soviel zu bieten haben. Ganz früher, als ich noch manchmal Frauen gefickt habe, hatte ich oft Ärger deswegen; bei einigen habe ich ihn einfach nicht reingekriegt, oder wenn, dann nur mit mehr oder minder sanfter Gewalt. Ich vermute, damals habe ich mein Sadotalent so richtig ausgefeilt. Mit den Kerlen ist es ein bißchen anders, die meisten können nicht genug davon kriegen, aber manchen Jungs bleibt echt der Mund offenstehen, wenn sie meinen Prügel sehen; macht nichts, dann schieb ich ihn eben da rein. Doch einigen ist sogar das zuviel.

Aber dieser Kerl da sah meinen Hammer einfach nur ausdruckslos an, und dann lehnte er den Hinterkopf an die Wand des Verschlags und öffnete langsam den Mund. Ich schob mich näher an ihn heran, mein Schwanz schaukelte schwer in der Luft, für einen Moment hielt ich inne, unsere Blicke begegneten sich, und dann stieß ich mit der Spitze an seine Lippen. Er schob seine Zunge ein Stückchen weit raus und hielt meinen Schwanz damit in der Waage, und dann hob er die Hände und tastete nach meiner Eichel. Im Dämmerlicht sah ich, daß er ein Kondom in den Fingern hielt. Er war geschickt, er war so geschickt, daß ich mich beherrschen mußte, nicht sofort abzuspritzen, während er mir das Teil langsam über die prall geschwollene Eichel zog.

Ich legte meine Hände flach an die Wand und sah zu ihm runter, und er sah zu mir auf, mit diesen hellgrauen Augen, aber jetzt lag kein Schmerz mehr darin, jetzt sah ich nur Stolz. Und noch etwas sah ich: den Mond, der sich in ihnen spiegelte, diesen halbrunden Mond weit über uns am Himmel. Ich sah die Falten längs der Nase des Kerls und die kleine Narbe an seiner Stirn, und dann stieß ich zu.

Er konnte nicht schreien, mein Schwanz steckte zu tief in seiner Kehle. Er würgte, aber das störte mich nicht. Seelenruhig sah ich zu, wie er seine Augen weit aufriß und Panik sich in ihnen breit machte, Panik, die den Stolz verdrängte, und ich zog meinen Schwanz raus und stieß sofort wieder zu, und diesmal knallte sein Hinterkopf an die Wand.

Für einen Moment dachte ich, daß es zuviel war. Aber er gab mir ein Zeichen. Er legte seine Hände um meine Schenkel und grub seine Finger hinein, und erlöst schloß ich die Augen und legte den Kopf in den Nacken. Ich schob ihm meinen Schwanz langsam tief in die Kehle, zog ihn ein Stückchen weit raus und rammte ihn mit voller Wucht wieder rein.

Ich habe keine Ahnung, was mich an ihm so irre machte, daß ich zustieß wie ein Berserker. Vielleicht war es die Tatsache, daß er mich hatte zögern lassen, vielleicht einfach die Situation, aber ich glaube, es waren die Augen. Diese seltsamen Augen. Ich habe nur wenige Kerle gefickt, die so sehr mein Geschmack waren, daß es schon weh tat, und er war bei weitem der Beste. Ich hämmerte ihm meinen Schwanz in die Kehle, und er würgte und keuchte. Ab und zu hielt ich inne, so lange, bis er mit den Fäusten gegen meine Beine schlug, im verzweifelten Versuch, sich zu befreien, um nicht zu ersticken. Dann zog ich ihn langsam raus und hielt ihn ihm hin, und sobald seine gierigen Lippen meinen zum Bersten geschwollenen Hammer berührten, stieß ich ihn wieder rein. Bis zum Anschlag. So tief, wie es nur ging.

Mit halbgeschlossenen Augen sah ich auf ihn herunter. Sein Haar war feucht und wirr, Speichel lief ihm über die Wange, und seine straff um meinen Schwanz gespannten Lippen glänzten.

„Gut so“, sagte ich heiser. „Gut so, Boy.“ Ich sah seine Augenbrauen zucken und wußte, daß er mich gehört hatte, und im nächsten Moment ließ er es mich auch spüren. Ich hatte meinen Schwanz gerade bis zur Spitze rausgezogen, als er zubiß. Ich weiß nicht, wie er das schaffte; ich schrie auf, ein Ring aus Feuer legte sich um meine Eichel, auf einmal hatte ich einen scharfen Geschmack im Mund. Meine Eier zogen sich zusammen, und fast hätte ich meine Ladung abgeschossen. Aber nur fast. Irgendwie kriegte ich meinen Bolzen gerade noch raus und hielt zitternd inne; meine Hüften erstarrten, und in dieser kurzen Zeitspanne glitt dieser Kerl behende die Wand hoch und streifte sich die Jeans mitsamt den Chaps runter. Ich zögerte keine Sekunde. Er hatte mich nicht um Erlaubnis gefragt, aber ich dachte noch nicht einmal daran, ihn dafür zu bestrafen. Ich wollte nur eins: ihn ficken, so heftig ich konnte.

Er stützte sich mit den Handflächen an der Wand ab und senkte den Kopf. Als ich ansetzte, schob er sich mir noch weiter entgegen. Ich riß seine Arschbacken hart auseinander und bohrte mich ruckartig in ihn hinein.

Diesmal schrie er, und sein Schrei stieg in den nachtschwarzen Himmel hinauf. Ich faßte nach vorn und griff mir seinen Schwanz, der schon zitternd in die kühle Nachtluft ragte; er war wirklich gut bestückt, seine Eichel hatte kaum Platz in meiner hohlen Hand. Ich hielt ihn einfach nur fest, dann beugte ich mich zurück und sah mir selbst dabei zu, wie ich meinen fetten Schwanz erneut in seinem geilen Arsch versenkte, und wieder schrie er auf.

Ich legte den Kopf in den Nacken und versuchte, mich zu konzentrieren; ich wollte noch nicht, wollte noch nicht, noch nicht. Über mir hing der Mond, einsam und kalt, so kalt wie die Luft rings um uns her, und dennoch brannte ich, brannte von innen, und sein Fleisch war um mich herum und in meiner Hand, heiß wie ich selbst, heiß wie der kochende Saft in meinen Eiern.

Ich schloß die Augen und öffnete sie wieder, und dann sah ich schräg vor uns an der Seite des Verschlags ein Gesicht, ein wütendes, bleiches Gesicht, das ich zuerst nicht erkannte, und im nächsten Moment doch. Der rote Iroskesenschnitt wogte, als Retos verhinderter Verehrer die Hand mit der Bierflasche hob; ich sah, was er tat, ich wußte, was kam, aber ich konnte nicht reagieren. Wieder schob ich meinen Schwanz tief in diesen festen, muskulösen Arsch hinein, der Kerl vor mir schrie auf, wilder als jemals zuvor, und krümmte sich krampfartig zusammen. Die

Flasche zischte über meinen Kopf hinweg, verfehlte mich knapp, in meinen Eiern begann es zu ziehen, und dann spritzte ich ab, eine volle, wuchtige Ladung in diesen knallgeilen Arsch, und eine Sekunde später schoß sein heißer Saft in meine Hand und klatschte zwischen meinen Fingern hindurch gegen die Wand.

Irgendwo hinter mir klirrte Glas, aber ich machte die Augen nicht auf. Ich preßte mich gegen den Kerl, diesen unglaublichen Kerl, in dem ich immer noch steckte, und legte die Arme um ihn, und auch er hielt mich fest. Kurz, nur ganz kurz drehte er den Kopf, ich spürte seine Lippen an meiner Wange und auf meinem Mund, und plötzlich wurde mir die Kehle eng. Ich räusperte mich, er richtete sich auf, dann lösten wir uns voneinander. Als ich meinen Dicken aus ihm rauszog, griff er nach hinten und streifte mir mit einer geschmeidigen Bewegung das Kondom ab. Mein Schwanz glitt ein letztes Mal durch seine kräftigen Finger, und währenddessen hob er den Kopf und sah mich kurz an. Seine hellen Augen flackerten im Mondlicht, bevor er sich wieder umdrehte.

Im Halbdunkel sah ich mich um. Ein paar Schritte hinter uns lag die zersplitterte Flasche, dahinter drängten sich Gestalten am Fenster, Gesichter preßten sich gegen die Scheibe und spähten zu uns hinaus; sie konnten nichts sehen, hier draußen war es zu dunkel. Ich wandte mich wieder um, während ich meinen Schwanz in der Hose verstaute. Der Kerl, dessen Saft an meinen Fingern klebte, war nicht mehr da.

Reto und Ralf standen neben dem Typen mit dem Iro und hielten ihn zwischen sich fest. Sie hatten ihm die Arme auf den Rücken gedreht, und er starrte mich wütend an. „Arschloch“, zischte er. „Blödes Arschloch.“

„Kein Grund, mit Flaschen zu werfen“, sagte ich lässig. Ich ging rüber und stellte mich vor ihn hin. Reto grinste, und Ralf sah mich bewundernd an. „Wow, was für 'ne Keule!“ Er verzog anerkennend den Mund. „Selten so eine geile Fickshow gesehen. Leck mich, Kerl! Wow.“

Fast hätte ich gelacht, aber irgendwie war mir die Kehle immer noch eng. Mit den Augen suchte ich die Dachterrasse ab. Der Typ war tatsächlich fort, verschwunden, weg, einfach weg. Blasses Mondlicht schien auf die Wand des Verschlags. Ich hätte gern eine Spur entdeckt, einen Streifen aus Schweiß, Flecken von Sperma. Aber das Licht reichte nicht aus.

Ich hob den Kopf und sah mir den Mond an. Eine Weile stand ich so da, dann knöpfte ich meine Hose wieder auf, zog meinen immer noch halbsteifen Schwanz raus und wog ihn schwer in der Hand.

Der Irotyp wurde bleich im Gesicht. „Nein“, flüsterte er. „Nicht das.“

Ralf riß die Augenbrauen hoch, und Retos Mundwinkel zuckten. Unsere Blicke begegneten sich, dann schob ich mein Becken vor und ließ es laufen, während Reto den Iro mit geübtem Griff in die Knie zwang. Ich ließ es laufen; ich pißte ihn voll, von oben bis unten, und während ich dem satten Platschen zuhörte und den wilden Verwünschungen des Typen, die erst verstummten, als mein Strahl seinen Irokesenschnitt schon längst umgelegt hatte und statt der platten Strähnen seinen offenen Mund traf, währenddessen legte ich den Kopf erneut in den Nacken und sah noch einmal zum Mond auf.

Der Anblick knallte mir voll ins Gehirn. Ich sah den halbrunden Mond, sah ihn leuchten, grell wie Feuer, und dahinter das ewige Dunkel des Weltalls. Und noch etwas sah ich: Augen wie schmelzendes Eis. So kalt wie die dunkle Hälfte des Mondes.

Pussy Pier

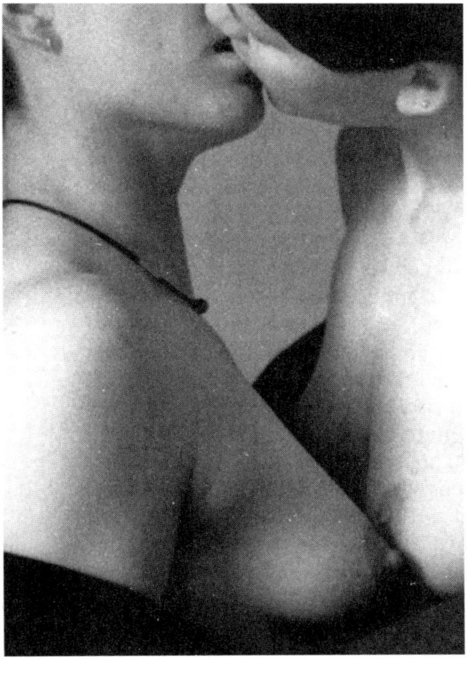

William J. Mann

William J. Manns Geschichte zeigt, daß zumindest einige schwule Männer Lesben nicht für unsichtbar halten – in *Pussy Pier* verwebt Mann das „klassische Liebesdrama“ mit dem konfliktbeladenen Aufeinanderprallen zweier lesbischer Generationen.

Mann hat seine journalistischen Arbeiten in *Advocate* und *Gay Community News* veröffentlicht. 1995 bekam er den Porn Press Award für seine Geschichte *Divide and Conquer*, die in *Stallions and Other Studs* erschienen ist. Weitere erotische Geschichten und Essays sind u.a. in den Anthologien *Sister and Brother, Looking for Mr. Preston, Queer View Mirror* und auf deutsch in *Auf Hochtouren* zu finden. Er ist Herausgeber von *Grave Passions* (Badboy Books), einer Sammlung schwuler Geistergeschichten.

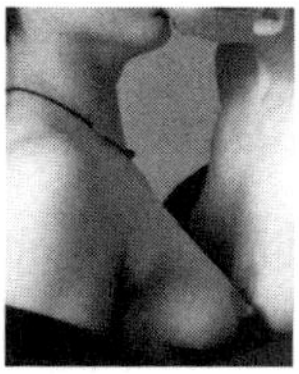

Wenn sie Georgeanns Augen sehen könnte, wüßte Karyn, ob sie lügt. Aber Georgeanns Augen sind hinter dieser Jackie O.-Sonnenbrille verborgen, die sie zur Zeit dauernd trägt. Also erklärt Karyn ihrer Freundin, daß sie ihr das nicht abnimmt, oder vielmehr, daß sie das Ganze für ein Gerücht hält. Karyn weigert sich zu glauben, daß es so einen Ort gibt.

Sie hat nicht all die Jahre gekämpft, damit es so endet. Georgeann muß sich irren. Das kann nur Sensationsmache sein, eine von Männern verbreitete Lüge – oder von diesen jungen Frauen mit ihren Nasenringen und ihrem Lippenstift, die so erpicht sind auf Rebellion.

„Und *wie* sagen sie dazu?“ fragt Karyn noch mal.

Die Sonne scheint heiß auf ihre Gesichter. Sie kann sich im Schwarz von Georgeanns Sonnenbrille sehen, und ihr gefällt nicht, was sich dort spiegelt: ein zerknittertes Gesicht, voller Falten. Sie versucht sich zu entspannen und die Augen nicht mehr zusammenzukneifen.

„*Pussy Pier*“, wiederholt Georgeann und lacht.

Neuerdings lacht sie dauernd, und Karyn findet es immer schwieriger, mit Georgeann zusammen zu sein, vor allem jetzt, wo sie Marcy verlassen und das mit Aimee angefangen hat.

„Ich finde das nicht besonders komisch", sagt Karyn schließlich und wendet den Blick von ihrem Spiegelbild ab.

„Ach, Karyn. Du bist nicht halb so alt, wie du dich benimmst." Georgeann zündet sich eine Zigarette an und inhaliert. Die Aussicht von ihrer Terrasse ist atemberaubend: der lange, sandige Bogen des Kaps, darüber ein wolkenloser Himmel und weiter weg das tiefere, düstere Blau der Bucht von Provincetown.

„Nein", sagt Karyn und schlägt die Beine übereinander. „Das Problem liegt genau andersrum, Georgeann. *Du* weigerst dich, erwachsen zu werden."

Die beiden sind gleich alt, mit nur einem Tag Unterschied. Georgeann ist die Ältere. Diesen Sommer werden es dreiunddreißig Jahre, daß sie geboren wurde, einen Tag vor Karyn. Früher, schon eine Ewigkeit her, ist Georgeann mal Karyns Geliebte gewesen, als sie beide gerade ihr Coming-out hinter sich hatten und die einzigen aktiven Feministinnen auf ihrem konservativen College-Campus waren. In den frühen Achtzigern, als sie noch zur Schule gingen, galt „Feminismus" als Schimpfwort. Eine Feministin mußte zwangsläufig auch eine Lesbe sein. Karyn und Georgeann hielten nichts vom damaligen Trend, das zu leugnen, und hatten ihr Coming-out gleich im ersten Jahr. Sie blieben drei Jahre zusammen, lange genug, um ihr Studium abzuschließen, zusammen nach Boston zu ziehen, eine Wohnung zu finden und zwei Kätzchen zu adoptieren.

Josephine, die schwarze Katze, ist jetzt schon lange tot, und Greta, die getigerte, wird bald sechzehn, eine weise alte Mutter mit nur noch wenigen Zähnen und einer knotigen Wirbelsäule. Zwei Trennungen hat Karyn mit Gretas Hilfe durchgestanden: die erste von Georgeann und die schwierigere, acht Jahre danach, von Rose.

Und hier sitzen sie nun wieder: Karyn und Georgeann, beide Singles, die sich für den Sommer ein Apartment in Provincetown teilen und sich streiten wie immer. Obwohl sie sich mit diesem Kind, Aimee, eingelassen hat, besteht Georgeann darauf, ebenso Single zu sein wie Karyn.

„Es gab Zeiten", sagt Karyn und blinzelt wieder, während sie sich über den Tisch lehnt, um ihren Worten mehr Nachdruck zu verleihen, „da warst du auch der Meinung, daß anonymer Sex uns zu bloßen Objekten macht."

Georgeann grinst. „Bin ich immer noch."

„Und wie kannst du dann über das hinwegsehen, was da unten vor sich geht?"

„Vielleicht glaube ich nicht mehr, daß es immer und unbedingt falsch sein muß, sich zum Objekt machen zu lassen."

Das stößt Karyn vor den Kopf; diese Argumentation hat sie nicht erwartet. Sie hat damit gerechnet, daß Georgeann, die diese ganze *Pussy-Pier*-Geschichte von Aimee erzählt bekommen hat, das Tun der Frauen da unten als irgendwie ... na ja, transzendent verteidigen würde. Als Stärkung des weiblichen Geistes. Statt dessen gibt sie zu, daß es die Frauen zu Objekten macht, und fragt auch noch, was daran falsch sein soll.

„Georgeann, Georgeann, Georgeann", seufzt Karyn und schüttelt den Kopf.

„Sieh mal. Die Jungs tun's doch auch. Warum nicht wir?"

„Die Jungs tun 'ne Menge, was wir ihnen bislang nie nachmachen wollten", entgegnet Karyn, wendet sich wieder von Georgeann ab und starrt auf die Bucht hinaus. „Das ist ein Scheinargument, und das weißt du auch."

„Es macht Spaß, Karyn. Darum geht es. Es geht um Frauen, die sich ihren Raum nehmen, die sicheres Territorium für sich beanspruchen. Da unten bestimmen wir die Regeln. Es geht um Sex, Karyn, du erinnerst dich?"

Das ist ein Seitenhieb. Georgeann weiß genau, daß Karyn seit ihrer Trennung von Rose keinen Sex mehr gehabt hat. Das ist jetzt fast zwei Jahre her.

„Es ist eine Reaktion auf etwas, das die Jungs schon lange haben", sagt Karyn. „Woher willst du wissen, daß wirklich Frauen dort die Regeln bestimmen?"

Georgeann sieht sie einige Sekunden lang an. Die Sekunden werden zu einer Minute, dann zu mehreren. Sie nimmt einen langen Zug und drückt ihre Zigarette im Aschenbecher aus. Schließlich erwidert sie ruhig: „Weil ich dort gewesen bin, Karyn."

„Du?"

„Was glaubst du, wie ich Aimee kennengelernt habe?" fragt Georgeann ohne jede Spur von Scham in der Stimme.

Das ist zuviel für Karyn. Sie steht auf und verläßt die Terrasse, rennt über den von der Sonne aufgeheizten Sand, der ihr die Fußsohlen versengt, und taucht in die Flut, die genauso kläglich gegen den Strand leckt wie Greta als Kätzchen ihre Milch.

Die schwule Variante nennt sich *Dick Dock*. Jeden Abend treffen sich ab Mitternacht bis zu den ersten rosafarbenen Strahlen der Morgensonne Männer unter diesem mit Entenmuscheln überkrusteten Pier, um sich gegenseitig ihre Genitalien in den Mund zu stecken. Oder in den Hintern. Sie gehen mit bierumnebeltem Gehirn dorthin, ihre Libido geschürt in der Menschenmenge vor dem *Spiritus*, einer bis spät in die Nacht geöffneten Pizzeria, wo die Schwulen - und eine ständig wachsende Anzahl von Lesben - sich versammeln, wenn die Kneipen schließen. Das *Dick Dock* ist ein Umschlagplatz für Körper, ein Ort für die schnelle, stumme Nummer in der Dunkelheit, wo nur gelegentlich ein Stöhnen durch das Rauschen der Wellen dringt. Am Morgen ist der Sand übersät mit Hunderten von Fußabdrücken, den Spuren eines langen, kreisenden erotischen Tanzes.

Und jetzt haben die Mädels das auch.

„Und es *sind* Mädels", sagt Karyn zu sich selbst und läßt einen kühlen Wasserstrahl Steinchen und Sand aus ihrem Haar und das Salz von ihrer Haut spülen. Oder „*grrrls*", wie sie es auf Postern gelesen hat. Wie sehr wir gegen dieses Wort gekämpft haben, und wie lange, denkt sie. Trotzdem, genau das sind sie: Kinder, Teenager, kaum über Zwanzigjährige. Wie wundervoll es sein muß, in diesem Alter so offen zu leben. Sie und Georgeann hatten zwar ihr Coming-out im College, aber nicht gegenüber ihren Eltern, nicht gegenüber der ganzen Welt wie diese *grrrls*. Heutzutage haben sie so viele Freiheiten, bewegen sich mit einer solchen Selbstsicherheit. Karyn hätte sich in diesem Alter eine solche Weltsicht nicht in ihren kühnsten Träumen ausmalen können.

Ganz bestimmt jedenfalls hätte Karyn sich keinen *Pussy Pier* vorstellen können.

Schon den Namen findet sie beleidigend. Und abgesehen von dieser abfälligen männlichen Wortschöpfung ist die ganze Idee eines *Pussy Pier* als Gegenstück zu einem *Dick Dock* bloß Teil der alten Tradition, das Leben der Frauen über das der Männer zu definieren. Warum will Georgeann das nicht einsehen? Wie kann sie, die die Kampagne „Frauen erobern die Nacht zurück" mitorganisiert hat, dort unten am Strand sein, in der Dunkelheit, nackt, mit all den anderen Frauen?

„Karyn?"

Vielleicht haben sie sich wirklich die Nacht zurückerobert, grübelt sie.

„Karyn?"

Es ist Aimee. Karyn taucht aus ihren Gedanken auf, stellt das Wasser ab und greift über die Duschwand nach ihrem Handtuch. Sie bemerkt, daß ihre Brustwarzen hart sind, in Habachtstellung. Normalerweise würde sie sich nicht die Mühe machen, ihre Brüste zu bedecken, aber jetzt wickelt sie sich von den Achseln abwärts in das große Frotteetuch. Sie öffnet die Tür der Duschkabine.

„Ich bin fertig, Aimee. Willst du unter die Dusche?"

„Nein", erwidert das Mädchen. „Ich will mit dir reden."

Aimee sieht sie mit großen, schwarzen Augen an. Sie ist der dunkelhäutige, südländische Typ, zwanzig Jahre alt, mit kurzgeschorenem schwarzen Haar und genau solchen weißen, regelmäßigen Zähnen, wie sie Karyn – eine Zahnärztin – liebend gerne photographieren und in ihre Praxis hängen würde. Ihr Körper ist stark, mit scharfen Konturen: Sie trainiert in einem Fitneßstudio in Provincetown und schwimmt mindestens zwei Meilen am Tag. Karyn hat ihre Brüste schon ein paarmal gesehen: Aimee kam oft vorbei, wenn sie und Georgeann auf der Terrasse lagen, und zog dann, ohne mit den langen schwarzen Wimpern zu zucken, ihr dünnes Netzhemd hoch und streckte ihre olivfarbenen Beine geschmeidig neben Georgeann aus. Ihre kleinen, runden Brüste sind fest und zeigen auch im Liegen noch zur Sonne. Ihre Brustwarzen stehen immer, so scheint es, und sind von einem tieferen Braun als ihre Haut. Oft hat Karyn ihre Lider gerade genug gehoben, um zu ihr rüberzuspähen, zu dieser schlafenden Kindfrau, und sich an eine Zeit erinnert, als ihr eigener Körper, wenn auch nicht ebenso stark, doch jedenfalls ebenso jung war.

Nicht, daß Karyn mit dreiunddreißig nicht gut aussieht. Sie joggt täglich und geht oft schwimmen. Ihre glatten blonden Haare sind länger denn je. Auf Georgeanns Drängen hin hat Karyn sie sich letzten Monat von einem Schwulen hier aus der Stadt stylen lassen. „Er ist klasse", hatte Georgeann gesagt: „Er wird dich in die Neunziger bringen." Und jetzt fällt es ihr in einem Schnitt auf die Schultern, den Georgeann „schick" findet.

Beim Anblick dieses Neunziger-*grrrls* spürt Karyn albernerweise einen Kloß im Hals. „Worüber willst du mit mir reden?" fragt sie und ist sich dabei ihrer Brustwarzen sehr bewußt, die sich gegen das Frottee noch härter anfühlen. Aber es ist ihr zu peinlich, den Kopf zu senken und zu kontrollieren, ob man sie sehen kann.

„Na ja, ich will nicht, daß du denkst, du bist zweite Wahl oder so was, aber Georgeann und ich wollten heute abend essen gehen, und wir haben zwei Freundinnen von mir gefragt ..."

„Und sie können nicht?"

„Die eine kann nicht. Und das andere Mädel ..." – da war das Wort wieder – „... will sich nicht wie das fünfte Rad am Wagen fühlen." Sie schenkt Karyn dieses unfaire Zahnpastalächeln. „Kommst du mit?"

Karyn atmet ein. Die salzige Luft brennt ein bißchen, aber sie mag das. „Eigentlich wollte ich heute abend einfach auf der Terrasse sitzen und lesen, aber ..." Damit wird sie beweisen, daß sie Georgeann nicht böse ist. „Na gut."

„Klasse. Danke." Aimee beugt sich vor, faßt Karyn bei den Schultern und küßt sie rasch auf die Lippen. Ihr Griff ist fest und stark. Karyn spürt einen seltsamen Schauder zwischen ihren Beinen, für den sie sich sofort schuldig fühlt. Das ist Georgeanns Freundin, sagt sie zu sich selbst. Dann: Nein, nicht wirklich. Sie schlafen nur miteinander. Sogar Georgeann betrachtet sich als Single.

Aber sie ist noch ein Kind, rügt sich Karyn.

Als Aimee weggeht, betrachtet Karyn ihren Hintern in den abgeschnittenen Jeans, die Rundung der Hinterbacken, die sich in einem beunruhigenden Rhythmus bewegen. Karyn steht da und sieht ihr lange hinterher, auch noch nachdem sie schon weg ist.

Das letzte Mal Sex mit Rose war so gut wie das erste.

„So, Karyn?"

Rose redete immer beim Sex. Doch in dieser letzten Nacht wirkte das seltsam. Nur ein paar Stunden zuvor hatten sie sich darauf geeinigt, sich zu trennen. Sie hatten sich auch darauf geeinigt, sich ein letztes Mal zu lieben, denn in ihren sieben Jahren war Sex das einzige gewesen, was nicht schal geworden war. Sie saugten einander noch immer gerne an ihren Klits und kneteten einander die Brüste, aber keine von beiden hatte inzwischen mehr die Geduld für die alltäglichen Macken der anderen. Rose hatte es satt, Waschfrau und Köchin zu sein, während Karyn sich durch ihr Zahnmedizinstudium kämpfte, und Karyn war Roses offensichtlichen Mangel an Ehrgeiz leid. Aber Sex blieb eine Konstante, und in dieser letzten Nacht war es so gut wie immer.

Roses Zunge war in Karyns Hintern, und Karyn stöhnte voller Dankbarkeit. Ein Gefühl, an das sie sich erst hatte gewöhnen müssen, aber deshalb nicht weniger köstlich. Roses Zunge schien einige Zentimeter zu wachsen, während sie zwischen Karyns Beinen leckte, erst das Arschloch, dann die Möse, dann wieder zurück, tiefer und immer tiefer. Karyn fühlte das Laken unter sich ständig nasser werden, feucht von ihren Säften und Roses Speichel. Sie griff zu Rose rüber und kniff fest in ihre Brustwarzen, drehte sie grob, so wie Rose es gernhatte.

Karyn würde niemals zu diesen kleinen Vorlieben stehen: dem Kniff in die Brustwarze, der Zunge in ihrem Arsch, dem Ringkampf im schlammigen Garten während eines Gewitters, bei dem Rose sie mit einer Zucchini direkt vom Strauch gefickt hatte. Ausgeschlossen, daß ihre Freundinnen das verstehen würden. Ganz bestimmt nicht Georgeann. Aber was gab es da zu verstehen? Sie hatten einfach nur gespielt.

„Ja, beiß mir in die Titten, Karyn, beiß rein!"

Karyn beugte sich rüber und fuhr mit ihren Zähnen über Roses große, harte Brustwarzen. Unter sich spürte sie, wie Roses Zunge einen Moment lang ihre Arbeit unterbrach, und hörte ein gedämpftes Stöhnen. Karyn biß ein wenig fester zu und fühlte das Blut in den Vorhof schießen. Rose fing wieder an zu lecken, ihre Zunge und ihre Lippen in ihr.

„Da! Ja, da!" entfuhr es Karyn, und sie fiel auf den Rücken, als Rose den Punkt traf. Diesen kleinen Punkt in ihr, genau auf der anderen Seite ihrer Klit, einen Punkt, den sie als Mädchen allein in ihrem Zimmer entdeckt hatte, als es ihr gelungen war, drei Finger ganz in sich reinzustecken. Und Rose hatte ihn wieder gefunden, sie fand ihn jedesmal, und Karyn kam in einem Schwall von Tränen und Schweiß, Lachen und Flüchen.

Es war das letzte Mal, daß sie Sex hatte. Und das war vor zwei Jahren.

Karyn ist eine recht erfolgreiche Zahnärztin. Sie hat eine große Klientel, sowohl Heteros als auch Lesben und Schwule. In ihrer Anzeige in der Lokalzeitung wirbt sie mit der Zeile: „Ein fraueneigenes Unternehmen". Sie arbeitet mit vielen sozial Benachteiligten und macht für Aidskranke eine Menge Behandlungen umsonst. Sie war an dem Kampf um das Anti-Diskriminierungsgesetz von Massachusetts beteiligt und hat Frauen an Demonstranten vorbei in Abtreibungskliniken eskortiert.

Sie hat ihren Beitrag als Lesbe geleistet.

Jetzt sitzt sie zwei Junglesben gegenüber und hört der einen zu, die sich die Haare leuchtend orange gefärbt und zu einem Flat geschnitten hat.

„Ich betrachte mich nicht als Feministin", erklärt Aimees beste College-Freundin gerade, und Karyn versucht, darauf nicht zu reagieren. Statt dessen greift sie nach ihrem Wasserglas und nippt daran. „Ich betrachte mich als Humanistin", fährt Michele fort. „Eine frauenliebende Humanistin."

Karyn ist sauer, daß Georgeann sich dazu nicht äußert. Es wäre wirklich an Georgeann, etwas zu sagen, schließlich ist es die Freundin ihrer Freundin, ihrer Verabredung oder ihres Was-auchimmers. Wenn Karyn irgend etwas sagt, könnte das feindselig wirken. Sie nippt noch mal an ihrem Wasser und entscheidet dann, daß sie sich zu Wort melden muß, feindselig oder nicht.

Aber das braucht sie gar nicht.

„Sieh es doch mal so, Michele.“ Zu Karyns Überraschung ist es Aimee, die spricht. „Vielleicht hast du die Freiheit, dich selbst als was immer du willst zu betrachten, weil andere vor dir sich eben *gerade* als Feministinnen definiert haben.“ Karyn muß ihre Hand ruhighalten, als sie ihr Glas abstellt.

Michele zuckt mit den Schultern.

Karyn stellt Augenkontakt mit Aimee her. Ist es Zufall, daß Aimee sie ansieht? Sie lächeln einander vorsichtig zu.

„Ich glaube“, meint Georgeann schließlich und scheint sich dabei aufzuraffen, „daß Michele einen Crashkurs in lesbischer Geschichte braucht.“

Alle lachen. Die Lage entspannt sich wieder.

„Und offen gesagt“, fährt Georgeann fort und zündet sich eine Zigarette an, „wäre ich bereit, diese Aufgabe zu übernehmen.“

Karyn registriert den Blickwechsel zwischen den beiden. Außerdem registriert sie, wie Aimee schnell die Augen niederschlägt. Doch in diesem Moment kommt der Kellner, um ihre Bestellung entgegenzunehmen.

Georgeann ist dicker geworden. Sie ist immer stämmig gewesen, schon auf dem College, aber in den letzten paar Jahren hat sie noch mehr zugenommen. Sie ist keine *fat dyke* und sieht sich selbst nicht als Teil dieser Bewegung, aber sie sympathisiert damit. Zumindest das gibt Karyn ein gutes Gefühl: daß ihre alte Freundin nicht den Drang verspürt, die Körper dieser Zwanzigjährigen nachzuahmen.

Und während sie Georgeann beobachtet, die vor ihnen die Commercial Street entlangschlendert und sich eifrig mit der hennahaarigen Michele unterhält, liebt es Karyn, wie sie geht, ihren anmutigen Gang, die stetige Folge ihrer Schritte. Es ist eine Bewegung von großer Weisheit: dieselbe Weisheit, die Greta zeigt, wenn sie einen Buckel macht und sich in der Sonne streckt.

„Ich hoffe, sie bringt Michele das eine oder andere bei“, flüstert Aimee ihr zu.

Der warme Hauch dieser Worte kitzelt Karyn am Hals. Ihr ist nicht bewußt gewesen, daß Aimee so dicht neben ihr geht. Als sie das Restaurant verließen, hatte sich die Paarbildung ganz von selbst ergeben; Georgeann nahm sich Micheles an wie eine Professorin ihres Schützlings, und so blieb Aimee nichts anderes übrig, als mit Karyn in Gleichschritt zu fallen. Obwohl bislang keine ein Wort gesprochen hatte, fühlte ihr Rhythmus sich gut an, echt.

„Sie hat eine Menge zu vermitteln“, räumt Karyn ein.

„Ich weiß. Ich habe davon profitiert.“

„Sieht so aus, als hättest du ihr auch ein bißchen was beigebracht.“

Aimee lächelt. „Ja? Was denn zum Beispiel?“

Karyn lacht. Jetzt fällt es ihr nicht mehr so schwer; sie hat einen ganzen Tag Zeit gehabt, sich auf all das einzustellen.

„Den *Pussy Pier*?“ sagt sie mit hochgezogener Augenbraue.

Aimee grinst breit und bedeckt ihr Gesicht in gespielter Verlegenheit. „Sie hat es dir also erzählt.“

„Ja“, nickt Karyn, „das hat sie.“

Aimee sieht ihre Begleiterin an. „Also, interessiert?“

„Woran?“

„Irgendwann mal dahinzugehen?“

„Ich?“ Karyn lacht lauthals. „Wohl kaum!“

„Es macht ziemlich viel Spaß.“

„Das ist nicht meine Welt“, sagt Karyn und will das glauben. Es ist einfacher, zu glauben, daß es ein Teil von etwas anderem ist, jenseits ihrer Erfahrung, als es für etwas Schlechtes oder gar Verräterisches zu halten.

„Na ja, wenn die beiden da vorne ...“ – Aimee deutet in Richtung Georgeann und Michele – „... heute abend miteinander im Bett landen – und ich habe so ein Gefühl, daß das passieren wird –, gehe ich vielleicht hin. Ich bin schon den ganzen Tag so scharf!“

Aimees Ausdrucksweise nervt Karyn. Sie ist auch scharf gewesen, viele Tage und Wochen in den letzten paar Jahren, scharf wie ein Anfall von Wahnsinn. Wie ein hartnäckiges, tiefsitzendes Jucken, das sie nicht kratzen kann – dessen Existenz sie aber auch nicht zugeben will.

Und plötzlich hat sie ihre Mutter im Kopf, die sie ermahnt, nicht mit gespreizten Beinen dazusitzen, wenn sie einen Rock trägt. „So benimmt sich eine Dame nicht!“ schimpft ihre Mutter.

Karyn denkt: Wessen Regeln sind das eigentlich? Sie erinnert sich, schon mal so gedacht zu haben, als sie mit Rose zusammen war, zu Tode gelangweilt auf irgend einem dieser nicht enden wollenden Polittreffen, auf denen sie die Versammelten so gerne angeschrien hätte: „Laßt uns endlich von hier verschwinden, damit wir nach Hause gehen können und ficken!“ Sie konnte sich das Entsetzen auf den Gesichtern der Frauen – und Männer? – nur allzu gut vorstellen. Wie oft hatte sie in den letzten zwei Jahren so schreien wollen, ohne Sex und allein, ihr trauriger, kleiner, rosafarbener Vibrator sorgsam unter dem Bett versteckt – außer daß da jetzt keine war, mit der sie hätte nach Hause gehen können. Es war nicht das Alleinsein, das sie störte, das an ihr nagte, das sie frühmorgens weckte. Sie hatte Freundinnen, gute Freundinnen sogar: Was das anbelangte, war ihr Leben erfüllt. Es war purer Sex, roh, lebendig und kraftvoll, der ihr fehlte. Anders als die Jungs hatten die Lesben in ihrem Umfeld keine reinen Fickverhältnisse. Ihr blieben nur ihr Verlangen, ihre geschwollene Klit und ihre verschwitzten Träume. Sie hatte dieser Frustration niemals Ausdruck verliehen, fühlte sich unfähig, das zu tun. Warum können Frauen nicht dazu stehen, daß sie scharf sind? Ganz besonders Lesben – warum können Lesben nicht dazu stehen, daß sie Sex mögen?

Scheinbar können sie es doch. „Diese Stadt ist voll mit schönen Frauen“, frohlockt Aimee gerade, „prachtvolle Lesben in allen Formen und Größen. Nicht wie auf dem Campus. Ich fühle mich hier wie ein Kind im Süßwarenladen.“

Ein entzückendes, wenn auch wenig überraschendes Bild. Karyn erlaubt sich schließlich doch ein Lächeln. „Ich hoffe, du findest, wonach du suchst, Aimee“, sagt sie.

Die junge Frau schaut sie an. Da ist dieses Lächeln wieder und dieser Augenaufschlag, der Karyn erzittern läßt. „Ich glaube, das habe ich schon“, meint Aimee, und Karyn, ertappt, kann ihre Worte fühlen wie das Salz im Meer.

Sie sitzen auf der Terrasse mit Blick auf die Bucht und knutschen – wie zwei Teenager, die Angst haben, die Eltern zu wecken. Doch in diesem Fall handelt es sich bei den „Eltern“ um Georgeann und Michele, die sich in diesem Moment wahrscheinlich gerade wechselseitig mit Dildo und Harness ficken.

Erst hatten sie geredet, und das führte zum Händchenhalten, und das zu sehr nah Beieinandersitzen, und das alles führte schließlich zum Knutschen. Tiefe, harte Küsse mit viel Zunge und nassen Lippen. Karyn fühlt, wie sich etwas in ihr anspannt, als müsse sie platzen. Ihr wird schwindlig. Aimee hat die Hände unter Karyns Hemd geschoben und knetet mit harten, starken Fingern ihre Titten. Sie massiert die Brustwarzen mit einer Bewegung von Daumen und Zeigefinger, die ebenso rauh wie sanft ist und heiße, schweißtreibende Schauder durch Karyns Körper jagt.

„Ein bißchen langsamer“, keucht sie, aber Aimee schiebt ihr das Hemd hoch und nimmt eine von Karyns Brüsten in den Mund, die sich dort, wo ihr Bikinioberteil gesessen hat, weiß von der sonst geröteten Haut abheben. Karyn stöhnt. Aimees

Zähne necken sie und schnappen zu. Da schließt Karyn die Augen und läßt den Kopf zurückfallen.

„Du machst mich an, Karyn", schnurrt Aimee ihr ins Ohr. „Schon als ich dich das erste Mal gesehen habe ..."

Das will Karyn nicht so recht in den Kopf: Wie kann *sie* mich attraktiv finden? Wie kann ich – eine dreiunddreißigjährige Birkenstocklesbe – dieses zwanzigjährige *riot grrrl* antörnen?

Aber es fällt schwer, sich auf derlei Fragen zu konzentrieren, wenn die Frau, der sie gelten, an deinen Brüsten saugt. Karyn tastet ihrerseits nach Aimees Brüsten. Sie sind genauso fest, wie sie es sich vorgestellt hatte, aber weicher als erwartet. Weich wie Schaum, und glatt. So unglaublich seidige Haut.

Sie liegen jetzt auf dem sandigen Holzboden der Terrasse, Aimee kniet über Karyn, küßt sie, saugt an ihrem Hals. Karyn ist nackt, Aimee noch immer in ihren abgeschnittenen Jeans. Karyns Hände stecken in ihren Shorts, spüren die feste Rundung von Aimees Hintern; Aimees Hände finden den weichen, zarten Punkt zwischen Karyns Beinen. Karyn stöhnt – ein Gefühl wie Eis, ein Schock, der sie ganz erfaßt. Aimee bettet ihre Finger in die feuchte Wärme zwischen den Falten von Karyns Vulva. Karyn läßt die Arme zur Seite fallen, unfähig, sich zu bewegen.

„Hast du meine Finger gerne da drin?" fragt Aimee.

Karyn kann nur nicken. Aimees Finger kommen dem Punkt quälend nahe.

„Ich wette, du hättest bestimmt gerne meine ganze Hand da drin", neckt sie.

Karyn öffnet die Augen.

Aimee lacht. Sie zieht die Hand weg – ebenso enttäuschend wie erleichternd für Karyn – und fährt Karyn mit ihren klebrigen Fingern über die Lippen. Dann probiert sie selbst davon. „Lecker", lächelt sie.

Karyn bekommt es plötzlich mit der Angst zu tun. Sie sieht Aimee zu, die sich die Shorts öffnet, die Knöpfe aufspringen läßt, um ihre eigene Möse zu zeigen; ein großer Busch pechschwarzen Haars drängt sich in Karyns Blickfeld. Eine Spur feiner, weicher Haare zieht sich von dort nach oben, ein Flaum auf dem Bauch. Aimee schlängelt sich über Karyns Titten hinauf und setzt sich ihr direkt vors Gesicht.

„Iß mich", sagt sie.

Und Karyn ißt, obwohl ihr der eigene rasende Herzschlag in den Ohren dröhnt und sie fühlt, wie ihr die Hitze die Wangen hoch- und über ihre Brüste hinunterkriecht. Sie kann den Knoten spüren, der sich in ihrem Bauch zusammenzieht. Aimee stößt ihr den Unterleib hart ins Gesicht. Das Haar scheuert ihr das Kinn und die Wangen wund.

Aber ihre Zunge darf nicht auf Erkundung gehen: Ihr bleibt nichts anderes übrig, als einfach nur ausgestreckt und entblößt zu bleiben, während Aimee sie mit den Hüften fickt. „Ja", stöhnt Aimee mit zurückgeworfenem Kopf, „ich reite dich."

Karyn dreht ihr Gesicht weg. „Aimee", bringt sie überwältigt hervor.

„Iß mich, Frau!" befiehlt Aimee.

Aber es wird Karyn jetzt alles zuviel. Sie rollt sich zur Seite und wirft Aimee ab. Wie aus einem halbgeschlossenen Auge sieht der Mond ihnen zu.

Karyn hätte auf keinen Fall weitermachen können. Ganz sicher hätte sie es nicht geschafft, mit ihr da runterzugehen. Es ist einfach alles viel zu kompliziert, denkt Karyn, als sie sich allein in ihrem Bett hin- und herwälzt. Heute morgen noch war Aimee in ihren Gedanken ein Kind gewesen, eine Verräterin, eine gottverdammte Verräterin an allem, wofür Karyn je gekämpft hatte.

Von wegen *Pussy Pier*!

Doch im Traum hat sie wieder Aimees Möse im Gesicht, und sie kann nichts anderes riechen als Möse und nichts schmecken als die süße Feuchte dieses Mädchens. Sie fühlt noch einmal die Kraft, mit der das Mädchen ihr die Schultern auf die Holzplanken drückt, fühlt ihre Wangen eingeklemmt zwischen Aimees Knien. Sie hört wieder, wie Aimee sie auffordert, sie zum *Pussy Pier* zu begleiten: „Es wird dich entspannen", lockt sie. „Na, komm schon. Komm mit. Ich werde doch auch da sein. Du mußt es mal versuchen." Aber im Traum hört Karyn auch wieder, wie sie sich weigert und sich entscheidet, das Spiel abzubrechen. „Ich kann nicht weitermachen", erklärt sie Aimee. „Das ist mir zu heftig." Und so sieht sie noch einmal, wie das Mädchen alleine weggeht, wie ihr runder, glatter Hintern bei jedem Schritt unter den abgeschnittenen Jeans hervorlugt.

Karyn wacht auf und kommt sich lächerlich vor.

Sie wirft das feuchte Laken zur Seite und zieht sich eine Jeans über die Beine. Ein T-Shirt reicht. Turnschuhe. Sonst nichts.

In dieser Nacht ist es kühl. Von Long Point ertönt das mahnende Warnsignal des Leuchtturms. Karyn erschaudert, als die Nachtluft sie willkommen heißt. Der tangige Geruch der Ebbe ist zuerst widerlich: toter Schellfisch und verrottende Algen. Aber er verändert sich und wird zum Duft ihrer Mädchenzeit an den Sandstränden der Küste Connecticuts, als sie ihren älteren Cousinen dabei zusah, wie sie einander lachend einen Volleyball zuwarfen, und darüber staunte, wie deren Brüste in den Badeanzügen herumhüpften.

Sie wird Aimee finden. Sie wird sie zurückholen. Sie wird sie mitnehmen und sie in ihr, Karyns, Zimmer bringen. Sie werden sich dort lieben, nicht auf der Terrasse, sondern in ihrem Bett, und am Morgen werden sie darüber reden, was ihnen das alles bedeutet hatte und was für eine verrückte Anziehungskraft sie aufeinander ausüben.

Sie findet den *Pussy Pier*, wie Georgeann es ihr beschrieben hat. Ein altes Dock außer Betrieb, genau auf der anderen Seite der Bucht gelegen, auf der die Jungs ihr Revier haben. Obwohl über ihr ein Halbmond schwebt, sind keine Sterne am Himmel. Man kann kaum erkennen, wo die Schwärze des Strandes auf die Schwärze der Bucht trifft. Etwas rührt sich in der Dunkelheit. Das trübe Mondlicht erfaßt einen Arm. Dann ein Bein. Dann ein Gesicht.

Karyn erinnert sich an ein Frauenmusikfestival, auf dem sie vor mehr als zehn Jahren war: nackte Frauen in einem See, alle lachten und bespritzten sich gegenseitig mit Wasser. Plötzlich hatte sie die Hand einer Frau auf ihrer Brust gefühlt und dann eine andere zwischen ihren Beinen. Eine Art Krampf hatte sie damals erfaßt, ihr Atem wurde zu einem schnellen, schnappenden Keuchen, und sie war ans Ufer gestolpert, hatte sich dort hingesetzt und war langsam wieder zu sich gekommen. Währenddessen beobachtete sie, wie sechs Frauen, vielleicht sieben, alle immer noch lachend, eng umschlungen zusammen den See verließen und sich in den Wald zurückzogen. Was, das hatte sie sich all die Jahre gefragt, was war dann passiert? Welches Idyll hatten diese Frauen da draußen im Wald gefunden?

Sie strengt ihre Augen an, um Aimee zu finden. Aber alles, was sie sieht, sind Gliedmaßen.

Schließlich gewöhnen sich ihre Augen genug an die Dunkelheit, um die Umrisse einer Frau auszumachen: Sie lehnt in einer Pose an einem hölzernen Pfeiler, die an das Martyrium des Heiligen Sebastian erinnert. Hinter ihr erscheint plötzlich schärfer eine andere: Sie hält die Arme der Frau hinter dem Pfeiler fest. Der zu Füßen entdeckt Karyn schließlich eine dritte, deren Kopf sich zwischen den Beinen der ersten hochbewegt, ihr Gesicht ist jetzt zwischen den Schenkeln der Frau verschwunden.

Das alles geschieht ohne ein Geräusch. Die Frauen geben kein wahrnehmbares Stöhnen von sich. Sogar die schwache Brandung klingt nur noch leise in Karyns Ohren. Nicht einmal das Nebelhorn draußen auf Long Point dringt in diese Stille. Es ist, als ob Karyn einen alten, körnigen Acht-Millimeter-Stummfilm sähe, auf einem Projektor, dessen eine Birne ausgebrannt ist. Zwischen den Schatten bewegen sich Frauen hin und her. Karyn ist wie versteinert.

„Aimee", gelingt es ihr schließlich zu flüstern.

Sie ist entsetzt. Sie ist dieser Szene zu nahe gekommen. Ein Alptraum ist Wirklichkeit geworden: Keine Frage, ganz bestimmt liegt sie noch in ihrem Bett und wälzt sich auf den verschwitzten Laken hin und her. „Aimee", flüstert sie wieder in die Nacht. „Los, komm. Laß uns hier abhauen."

Sie fühlt Finger sanft über ihren Arm kriechen, Hände, die ihre Brüste sachte durch das dünne T-Shirt umfassen. „Nein", murmelt sie. Hastig zieht sie sich in die Dunkelheit zurück und stolpert dabei über jemanden. In der Nähe eines Pfeilers sammelt sie sich wieder. Sie strengt ihre Augen an, um etwas zu erkennen. Sie muß Aimee finden. Das hier ist ein Abgrund: eine Schlangengrube voller sich windender Arme und Beine. Sie müssen hier weg.

Aber jetzt kommen Arme hinter dem Pfeiler hervor, mit Händen, die um sie herumgreifen und sich hart um ihre Brüste klammern, sie dort festhalten. Ein leises Geräusch entfährt ihr, doch plötzlich steht eine Frau vor ihr und küßt sie. Sie fühlt, wie sich die Hände auf ihren Brüsten entspannen und an ihr heruntergleiten, um ihre Jeans zu öffnen. Sie hört das Flüstern des Reißverschlusses, dann fühlt sie die kalte, feuchte Seeluft stechend auf ihrem Geschlecht.

Die Frau, die sie küßt, hat wunderschöne Lippen, solche süßen, herrlichen Lippen. Und ihre Zunge: Sie ist lebendig, die Schlange aus der Schlangengrube, und als sie in Karyns Mund eindringt, weckt sie in ihr eine solche Leidenschaft, als würde sie zwischen ihren Schamlippen hindurchfahren. Aber es besteht kein Grund, sich nur mit dem einen zu begnügen: Jetzt drückt sich eine zweite Zunge auf ihre anderen Lippen, und Karyn spreizt instinktiv die Beine, macht Platz für sie.

Die Frau hinter ihr, deren Gesicht sie nicht gesehen hat, fängt an, ihr köstlich fest in die Brustwarzen zu kneifen. Die Küssende ist zu ihrem Hals hinuntergewandert, zu ihrer empfindlichen Kehle. Die dritte Frau leckt vor ihr kniend ihre Möse. Karyn kann die Zunge in sich hineingleiten fühlen, und kurz darauf Finger: erst einer, dann zwei, ein Daumen und ein Zeigefinger. Sie finden ihre Klit und halten sie fest. Sie streichen über den Punkt, der so lange vernachlässigt worden ist. Karyn erschaudert, wird steif, greift nach dem Pfosten hinter sich. Die Frau an ihrem Hals hebt den Kopf, und ihre Blicke treffen sich. Sie lächelt, und Karyn entspannt sich.

Sie findet Aimee nicht mehr. Ob sie überhaupt hergekommen ist, nachdem sie Karyn verlassen hatte, läßt sich nicht herausfinden. Doch das ist jetzt nicht mehr wichtig. Spätestens als die kniende Frau ihre Klit leckt, kann Karyn sich nicht mehr erinnern, weshalb sie überhaupt hier ist. Die Frau hinter ihr rollt Karyns Brustwarzen zwischen den Fingern. Und die, die sie angelächelt hat, küßt sie jetzt wieder, und als Karyn deren Zunge fühlt und mit der eigenen antwortet, scheint ihr ganzer Körper in Stücke zu reißen. Es ist, als ob sie gerade zu zwei Personen geworden wäre oder zu zwei Hälften desselben Körpers. Aber es ist einfach nur ihr Orgasmus, ein heftiger Orgasmus, der sie durchschaudert und der kein Ende zu nehmen scheint, während sie in diese fremden Augen starrt.

„Die Flut kommt", sagt sie schließlich.

Zuerst hört Karyn sie gar nicht. Sie registriert die Worte erst, als ein paar Sekunden vergangen sind und die schäumende Brandung schließlich nahe genug kommt, um Karyns Zehen zu küssen. Sie sitzen im Sand, nur ein paar Meter vom Pier entfernt. Der Himmel färbt sich rosig, ein zu Rot verblassendes Violett. Bald wird die Sonne aufgehen. Karyn stößt einen langen Seufzer aus.

Die Frau heißt Irma. Selbst in diesem Licht findet Karyn, daß sie phantastisch aussieht. Sie ist kein Kind, kein Mädchen wie die anderen unter dem Pier. Sie muß etwa in Karyns Alter sein, ein bißchen jünger vielleicht.

„Ich muß zurück", erklärt Irma. „Meine Frau wird schon warten."

Karyn sieht sie an. „Weiß sie ...?"

„Ja, na klar." Irma streckt sich. Sie ist bestimmt keine Zahnärztin, sie arbeitet nicht mit dem Kopf. Vielleicht arbeitet sie in einer Fabrik oder an einer Tankstelle, oder vielleicht als Kellnerin. Karyn lächelt. Sie mag diese Frau, sehr sogar.

„Du kannst unglaublich gut küssen", sagt Karyn.

Irma lächelt. „Du bist auch nicht gerade schlecht."

Diese kleine Bestätigung verblüfft Karyn, baut sie mehr auf als alles, was sie je gehört hat. Sie fühlt sich wie Greta, die über einer Maus sitzt und sich triumphierend umsieht. Sie fühlt sich wie Georgeann, die auf der Terrasse zuviel lacht. Sie fühlt sich wie Aimee, die ihre Hose aufknöpft und sagt: „Iß mich."

„Vielleicht sehen wir uns wieder", meint Karyn noch, als sie im Morgengrauen aufsteht.

Irma zwinkert ihr zu. „Das will ich doch hoffen. Hier vielleicht?"

Karyn lacht. Das glaubt sie eigentlich nicht. Trotzdem zuckt sie mit den Schultern, als ob sie die Möglichkeit nicht ausschließen wolle.

Sie geht zum Haus zurück, ohne ihr T-Shirt wieder anzuziehen, damit die kühle Luft ihre wunden Titten besänftigt. Sie hinterläßt eine lange, unregelmäßige Spur von Fußabdrücken im Sand. Bis die Sonne aufgegangen ist, hat die Flut sie längst weggespült.

Ibiza

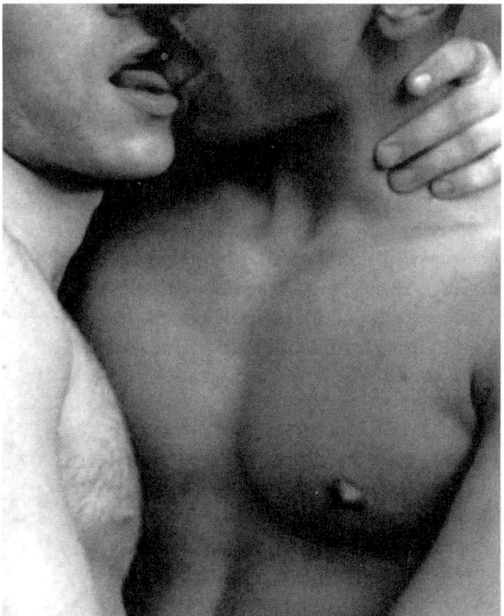

Barbara Krantz

Was ist so spannend an anonymem Sex? Auch Barbara Krantz hat sich diese Frage gestellt und ihren Urlaub genutzt, um Feldstudien zu betreiben. *Ibiza* entstand also an Originalschauplätzen; anonymer Sex bekommt hier einen Namen.

Krantz lebt seit 1985 in den Niederlanden, wo sie als Musiktherapeutin und Feministische Frauentherapeutin in einer psychiatrischen Klinik arbeitet. Vor einigen Jahren entdeckte sie außerdem ihre Lust an der Schriftstellerei. 1998 erschien ihre Erzählung *Eva* in der Anthologie *Verführungen* (Krug & Schadenberg).

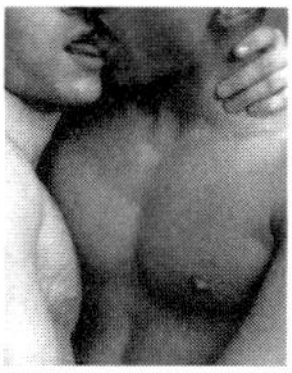

Es war der letzte Urlaub mit Paul. Ich hatte mir allerhand Mühe geben müssen, um ihn noch einmal zum Mitkommen zu überreden.

„Es ist aber wirklich das allerletzte Mal", hatte er streng gesagt.

„Ja, ja", war meine Antwort gewesen. In Gedanken war ich bereits damit beschäftigt, die Koffer zu packen. Ich konnte ja nicht wissen, daß er es diesmal tatsächlich ernst meinte.

Der Strand, der mich interessierte, liegt am südlichsten Zipfel der Insel, hinter den Salinenfeldern. Die Straße dorthin ist ziemlich öde. Am ersten Tag hatte ich mir ein Fahrrad geliehen, und auf dem Hinweg begann ich schon zu stöhnen. Sollte ich mich jetzt zwei Wochen lang täglich dermaßen abstrampeln?

„Nun stell dich nicht so an", ermahnte mich Paul. „Du wirst schon sehen, es lohnt sich. Dort liegen haufenweise hübsche, braungebrannte Spanier und warten nur darauf, daß du kommst, um dich mit ihnen zu amüsieren."

Den Eindruck hatte ich allerdings nicht. Am Strand gab es so gut wie gar keinen Platz mehr für mich, und statt der versprochenen dunkelhäutigen Spanier erblickte ich vor allem bleiche

Deutsche. Die Typen hatten sich nicht einmal die Mühe gemacht, vor dem Urlaub ins Sonnenstudio zu gehen!

„Du doch auch nicht", wies mich Paul zurecht.

„Ich bin ja auch nicht so ein Typ", versuchte ich mich zu verteidigen. „Aalglatt und nur auf Sex bedacht."

„Ach nein?" sagte Paul. „Du siehst aber verdammt danach aus, und wenn ich mich nicht irre, hast du die ganze Tasche voller Kondome."

Ich hätte ihn doch zu Hause lassen sollen.

„Und außerdem", fuhr Paul unbeirrt fort, „außerdem, finde ich, ist es höchste Zeit, daß du so ein Typ wirst. Das ist ja nicht mit anzusehen!"

„Was?" entfuhr es mir.

„Na, dein Sexleben ist doch wirklich erbärmlich. Erst lebst du jahrelang monogam, und seit ich nicht mehr bei dir bin, gehst du mit überhaupt niemandem mehr ins Bett. Und auch nicht in die Büsche, nebenbei bemerkt. Das ist nicht normal. Du bist doch jung und kerngesund!"

„Ich vermisse dich, Paul."

„Papperlapapp, nun übertreib mal nicht so. Daß du trauerst, ist in Ordnung, aber nach zwanzig Monaten muß auch mal Schluß sein."

„Im übrigen stimmt es nicht, daß ich gar keinen Sex mehr habe."

Paul ging mir langsam auf die Nerven. Jetzt fing er auch noch an, höhnisch zu lachen.

„Ach Junge, das willst du doch wohl nicht Sex nennen, wenn du allabendlich das Fotoalbum durchblätterst und dir bei jeder alten Aufnahme von mir einen runterholst?" Er wieherte. Ich schwieg.

Er hatte gut reden. Er war ja auch nicht derjenige, der zurückgeblieben war. Er hätte mal die ersten Tage, Wochen und Monate nach seinem Tod erleben sollen. Seine Verwandtschaft war eine echte Katastrophe. Ich erinnere mich an die besorgten Blicke all der Leute, die „es" anrüchig fanden, aber interessant. An die Augenpaare, die mich neugierig anschauten, als warteten sie nur darauf, daß auch bei mir erste Krankheitszeichen auftauchten. An die überraschten Gesichter der Deppen, die es jetzt erst kapierten. Besser selbst über den Jordan gehen, als als Witwer zurückbleiben.

„Komm, komm", sagte Paul, „bloß kein Selbstmitleid. Du bist noch am anderen Ufer, und du sollst deinen Spaß haben. Vergiß nicht, daß du deshalb hier bist."

Ich seufzte und breitete mein Handtuch aus. Ich hatte mich für einen Streifen Sand zwischen einer Fraktion aus Hamburg und einem Pärchen aus Fürstenfeldbruck entschieden. Womit ich so ungefähr die gesamte Bundesrepublik annektiert hätte, dachte ich, schneuzte mir die Nase, setzte die Sonnenbrille auf und sah mich um.

Paul ließ kein Gras über die Sache wachsen. Er spähte über den Strand und stieß Begeisterungsrufe aus.

„Schau mal, der da hinten mit der schwarzen Badehose und den blondierten Haaren. Ist der nicht süß?"

In meinem Blickfeld befanden sich mindestens zwanzig junge Männer mit schwarzen Badehosen und blondierten Haaren.

„Der mit dem Nabelpiercing", ergänzte Paul.

Die Zahl der möglichen Kandidaten verringerte sich auf zehn.

„Welcher denn?" Ich reckte den Hals.

„Hurra, du wirst wenigstens neugierig. Es ist noch nicht alles verloren." Paul kicherte. „Ist doch egal, welcher. Die sind doch einfach alle süß, findest du nicht? Also, welchen nimmst du?"

„Keinen", fauchte ich. „Die sind mir sowieso zu jung."

„Entschuldige, ich vergaß, daß du auf reifere Herren stehst. Aber der väterliche Typ ist hier auch vertreten. Da hinten liegt einer, der sieht ganz nett aus."

Ich griff mir mein Buch. Paul ist wirklich gemein. Erst haut er ab ins Jenseits, und wenn ich dann so freundlich bin, ihn trotzdem mit in den Urlaub zu nehmen, nervt er nur. Er hat überhaupt kein Verständnis für meine Einstellung, und das war schon zu seinen Lebzeiten so. Er hat pausenlos mit anderen Männern geschlafen. Er hat sie in den Kneipen aufgelesen und mit in seine Wohnung gebracht. Er kannte alle Parks, und in den Darkrooms war er ständiger Gast.

Wenn ich mich über sein Verhalten beklagt habe, hat er mich bloß ausgelacht. Wir haben uns unaufhörlich darüber gestritten.

„Was ist denn so spannend an anonymem Sex?" habe ich ihn immer wieder gefragt.

„Eben daß er anonym ist. Du weißt nicht, was passieren wird, und trotzdem gibst du dich ganz und gar."

Er meinte, ich sollte es doch auch einmal ausprobieren, aber mir wurde schon bei dem bloßen Gedanken schlecht. Ich wollte das nicht. Ich wollte einfach nur Paul.

Knapp zwei Jahre nach seinem Tod war das unverändert so. Ich schielte über den Buchrand. Vor mir lag ein Mann, der mich ansah, seine Zunge zwischen die Lippen schob und demonstrativ in seine Badehose griff. Ich fragte mich, was ich hier eigentlich machte.

„Was du hier machst?" Das war Paul. „Du bist gerade dabei, ein Buch auf dem Kopf zu lesen."

„Scher dich zum Teufel!"
„Da bin ich schon."
Den Rest des Tages ließ er sich nicht mehr blicken.

In der Nacht floß mir der Schweiß in Strömen. Es war schrecklich drückend im Zimmer. Ich warf mich im Bett hin und her und konnte nicht schlafen. Paul war nicht da, und ich fühlte mich einsam. Aus dem Nebenzimmer hörte ich alle Viertelstunde eine Tür quietschen und knallen. Ob es die Toilettentür war? Ich mußte pinkeln und stellte fest, daß meine Badezimmertür genauso quietschte. Während ich auf der Klobrille hockte – nachts spare ich mir das Stehen – hörte ich nebenan einen Wasserfall rauschen. Das war nicht die Spülung. *Oh, là, là!* Ich hörte genauer hin. Ein kehliges Räuspern ließ sich vernehmen. Mein Zimmernachbar war eindeutig ein Mann.

Ich schlief unruhig und träumte von einem Erdbeben. Ich wurde wach und stellte fest, daß mein Bett tatsächlich wackelte. Von nebenan hörte ich Ächzen und Stöhnen. Mein Nachbar? Ich brauchte diesmal nicht genauer hinzuhören, um zu kapieren, was da vor sich ging. Er besorgte es sich. Und zwar heftig.

Ich griff mir selber zwischen die Beine. Das ist so tröstlich und vertraut. Die Bewegungen gehen von selbst. Du streichelst und reibst, und dein edles Teil wird steif. Seit frühester Jugend habe ich das geübt. Du mußt aufpassen, daß es dir nicht zu schnell kommt. Sonst hast du keine Zeit, dir etwas vorzustellen. Ich stelle mir immer vor, daß Paul mich berührt. Er drückt mich ins Kissen und beginnt, mich zu küssen. Seine Hand packt meinen Schwanz. Er streichelt und reibt und paßt auf, daß ich nicht zu schnell komme. Es wird heiß in meinem Bauch, und dann läßt er plötzlich los. Er dreht mich um und massiert meine Öffnung, und langsam, langsam dringt er in mich ein. Das stelle ich mir vor, und plötzlich bin ich weg. Ich sitze zu Hause am Küchentisch oder bin sonstwo. Ich habe die komischsten Gedanken. Er dringt in mich ein, und ich bin gar nicht da. Dann zieht es in meinem Bauch, und ich bin wieder zur Stelle. Die erste Welle kommt, und dann die zweite, und beim dritten Mal ist es meistens schon passiert. Ich komme. Im selben Augenblick machte sich Enttäuschung in mir breit. Paul war nicht da, und sollte das etwa schon alles gewesen sein? Mein Nachbar quietschte mit seiner Tür.

Am nächsten Tag lag ich am Strand neben zwei älteren Herrschaften aus Recklinghausen. Sie lasen die *Westfälische Zeitung*. Am Kiosk hier gibt es wirklich alles.

Paul war wieder aufgetaucht und erkundete den Strand. Immer wieder kam er, um mir zu berichten, was er alles entdeckt hatte. Die niedlichsten Jungs.

„Wahrscheinlich alle blondiert und mit Nabelpiercing“, bemerkte ich.

Ich blätterte in meinem Reiseführer. Die Einwohner von Ibiza haben sich jahrhundertelang gegen Piraten zur Wehr setzen müssen. Sie haben an strategischen Punkten entlang der Küste Türme errichtet, auf denen sie Wache hielten. Wenn Piratenschiffe in Sicht kamen, zündeten sie auf den Türmen Feuer an, um die Bevölkerung zu warnen. Einige Türme sind heute noch erhalten. Einer von ihnen, die *Torre de ses Portes*, liegt nur einen Kilometer hinter dem Salinenstrand.

Es gab mittlerweile keinen Zentimeter Haut mehr auf meinem Körper, der nicht von Anliegern und Vorbeigängern begutachtet worden war. Ich hatte mich systematisch alle Viertelstunde halb umgedreht. Linke Seite, Bauch, rechte Seite, Rücken. Es war mir nicht entgangen, daß sich mehrere Augenpaare wiederholt auf mich gerichtet hatten. Linke Seite: ein Mann mit blauen Augen und starkem Brusthaar. Bauch: ein schwarzer Junge, der den ganzen Tag an einem Tisch in der Strandbar herumhing und mir jedesmal zuzwinkerte, wenn unsere Blicke sich kreuzten. Rechte Seite: zwei Typen mit Tätowierungen. Rücken: die Sonne. Linke Seite: Das Brusthaar des Mannes wurde bereits grau, oder kam mir das nur so vor, weil er so braungebrannt war? Er hatte einen breiten Oberkörper und kräftige Beine.

„Na, was meinst du“, sagte Paul, „väterlich genug?“

Ich ging schwimmen und trank eine Cola an der Strandbar. Ich leerte das Glas in einem Zug. Im selben Moment, in dem ich das Glas zurück auf den Tresen stellte, ließ ich einen knallenden Rülpser los. Das passiert mir immer, wenn ich Kohlensäure trinke. Ich zwinkerte dem jungen Schwarzen zu und drehte mich um. Wer wollte behaupten, mein roter Kopf käme von etwas anderem als der Sonne?

Es wurde Zeit für Kultur und Tourismus. Auf zum Piratenturm! Ich packte meine Sachen und lief den Küstenpfad entlang. Der Weg führt über die Felsen. Rechts ist das Meer, und links stehen Büsche und Pinienwäldchen. Immer wieder kamen Männer aus dem Gestrüpp hervor. Einer blieb breitbeinig vor mir stehen, mit den Händen auf den Hüften und einem breiten Grinsen im Gesicht. Er hob fragend eine Augenbraue. Ich schüttelte den Kopf.

„Warum versuchst du es nicht?“ fragte Paul.

„Weil mich keiner von denen wirklich interessiert.“

Der Ausblick vom Piratenturm ist wirklich atemberaubend. Du siehst die ganze Insel und das Meer. Gegenüber liegt Formentera. Es scheint zum Greifen nah. Als könntest du zu Fuß hinüberspazieren. For-men-tera klingt wie das Paradies für Männer. Als hätte es der Himmel auf Erden sein können, nur für Paul und mich.

Ich setzte mich hin und starrte hinüber. „Paul", sagte ich, „was soll ich denn tun?"

„Are you okay?" ertönte eine Stimme hinter mir. Ich erschrak. Es war der Mann mit den blauen Augen. Er setzte sich neben mich und schwieg.

„Formentera", sagte er dann und zeigte hinüber.

Ich nickte.

Sein Brusthaar war wirklich grau, beinahe weiß. Er trug eine Badehose und dunkelblaue Schuhe aus Segeltuch. Er roch nach Leder und Sonnenöl, und ein bißchen nach Knoblauch und Schweiß. Ich ließ mich nach hinten auf die Ellbogen fallen und schloß die Augen. Die Sonne stand tief, brannte aber immer noch heiß. Er legte sich auf den Rücken. Seine Schulter berührte meinen Arm. Die Härchen auf meinem Unterarm richteten sich auf. Mir wurde schwindelig, ich holte tief Luft und gab dabei ein pfeifendes Geräusch von mir. Er öffnete die Augen und blinzelte.

Ich richtete mich auf. *„I have to go."*

Er nickte.

Auf dem Rückweg lief ich mitten durch die Büsche. Ich lief schnell, aber ich schaute mich dabei um. Immer wieder entdeckte ich Gestalten, halb von Sträuchern verdeckt, die sich gegenseitig betasteten, die ihre Hände und Münder um Geschlechtsteile legten, die keuchten, wollüstig stöhnten, die sich gebückt und gegen einen Baum gelehnt ficken ließen und seufzten. Ich spürte ein Ziehen in meinem Bauch, mir wurde gleichzeitig heiß und kalt. Ich rannte schneller, ich wollte weg hier. Ein Mann versuchte, mich am Arm festzuhalten. Ich schüttelte ihn ab. Ich keuchte, als ich endlich wieder bei der Strandbar war, und mußte mich beinahe übergeben.

In der darauffolgenden Nacht träumte ich von Piratentürmen, die wie Pilze in Pinienwäldern wuchsen. Ich wollte sie sammeln, aber jedesmal, wenn ich zugriff, lösten sie sich in Luft auf. Ich jagte ihnen nach, doch ich konnte sie nicht erwischen. Die Türme wurden zu Paul, der vor mir weglief. Ich versuchte, ihn einzuholen. Ich rannte schneller und schneller durch den Wald. Paul gewann immer mehr an Vorsprung. Ich schrie ihm hinterher: „Paul, warte auf mich!“ Er schüttelte den Kopf. Er wurde kleiner und kleiner. Wütend und erschöpft blieb ich stehen. Ich heulte. „Paul! Warte!“ Es klopfte.

Ich erschrak. Es klopfte wieder.

Eine Stimme vor der Zimmertür fragte: *„Are you okay?“*

Ich griff nach der Nachttischlampe, hatte statt dessen aber eine Unterhose in der Hand. Auch praktisch. Ich schlüpfte hinein und lief zur Tür. Im schwachen Licht des nächtlichen Flures stand mein Nachbar, wie ich in Unterhose. Er trug dunkelblaue Schuhe aus Segeltuch.

„Are you okay?“ fragte er erneut. Er schaute mich an. Seine Augen waren blau, sein Brusthaar beinahe weiß. Er hatte einen breiten Oberkörper und kräftige Beine.

Ich nickte.

„Come in“, sagte ich.

„Are you sure?“

Ich ließ ihn eintreten. Die Tür fiel hinter ihm ins Schloß. Wir standen im Dunkeln. Ich streckte meine Hand aus, um ihn zu berühren. Er griff nach mir, zog mich an sich und umarmte mich. Er war stark. Er hielt mich fest. Ich atmete seinen Duft. Leder und Sonnenöl, und ein bißchen Knoblauch und Schweiß. Er drückte mich an sich und ließ seine Lippen über mein Gesicht wandern. Ich spürte seinen Atem auf meinen Augenlidern, im Ohr, auf den Wangen. Er preßte seinen Mund auf meinen und drängte seine Zunge zwischen meine Zähne. Er bahnte sich einen Weg in mich hinein.

Ich ließ meine Hände über seinen Rücken gleiten, griff in seinen Nacken und beantwortete den Kuß. Ich ließ los und zog mit meiner Zunge eine Spur über seinen Hals hinunter zur Brust. Die Haare kitzelten mich. Sie fühlten sich an wie dichtes Gestrüpp. Als ich gefunden hatte, wonach ich suchte, umkreiste ich seine Brustwarze und biß dann vorsichtig hinein. Er schnappte nach Luft.

Ich glitt tiefer und kniete mich vor ihn. Ich griff in seine Unterhose und befreite den Piratenturm. Meine Augen hatten sich an das Dunkel gewöhnt. Der Ausblick war wirklich atemberaubend. Ich leckte daran auf und ab, und dann nahm ich ihn in den Mund. Er fühlte sich groß an und mächtig, aber gleichzeitig auch empfindsam. Er reagierte auf jede Bewegung meiner Zunge. Er kam in Wellenbewegungen, bei der dritten Welle spritzte er los. Ich behielt seinen Schwanz tief in meinem Mund. Ich schluckte. Und noch mal. Und noch mal. Als er fertig war, ließ ich einen knallenden Rülpser los. Das passiert mir immer. Er lachte.

Er zog mich an sich, drückte mich dann zu Boden und griff nach meinem Schwanz. Ich spürte ein Ziehen in meinem Bauch. Es wurde heiß. Er packte kräftig zu und bewegte seine Hand. Ich stöhnte. Er rieb schneller und schneller auf und ab. Als ich beinahe kam, ließ er plötzlich los. Der Druck in meinem Schwanz war unvorstellbar. Er drehte mich auf den Bauch und steckte seine Hand zwischen meine Pobacken. Seine Finger fanden meine Öffnung. Ich zuckte zusammen, als er sie berührte. Er zögerte. Ich nickte. Du weißt nicht, was passieren wird, und trotzdem gibst du dich ganz und gar. Er massierte mich weiter, wurde fordernd und hart.

Die Badetasche stand neben mir. Ich griff in ein Seitenfach und tastete nach den Päckchen. Ich reichte ihm eines. Er nahm es. Ich hörte ein Rascheln. Er mußte es wohl einhändig machen, denn eine Hand behielt er nach wie vor zwischen meinen Beinen. Er legte sich halb auf mich. Sein Geschlecht pochte gegen mein Gesäß. Ich öffnete die Beine.

„Come in“, sagte ich.

„Are you sure?“

Er packte mich bei den Hüften und zog mich an sich. Er war stark, er hielt mich fest, und dann drang er langsam, langsam in mich ein.

Und plötzlich war ich weg. Ich saß zusammen mit Paul zu Hause am Küchentisch. Paul stand gerade auf, um wegzugehen.

„Paul, warte auf mich!“

Er schüttelte den Kopf.

„Dann bleib wenigstens noch diese eine Nacht.“

Er setzte sich wieder. „Okay“, sagte er. „Es ist aber wirklich das allerletzte Mal.“

Als ich kam, schien alles wegzufließen, mein Sperma, meine Tränen, mein Leben, mein Schweiß. Es war nicht aufzuhalten. Es strömte in Wellen aus mir heraus. Die Hitze verschwand. Ich begann mit den Zähnen zu klappern. Er zog das Laken vom Bett und deckte mich zu. Dann tastete er nach dem Nachttisch und knipste das Licht an. Wir blinzelten beide in die plötzliche Helligkeit. Wir sahen einander an.

„What's your name?“ fragte ich.

Er schien überrascht. *„I thought you knew“*, antwortete er. *„I thought you knew my name was Paul.“*

Trockenlauf

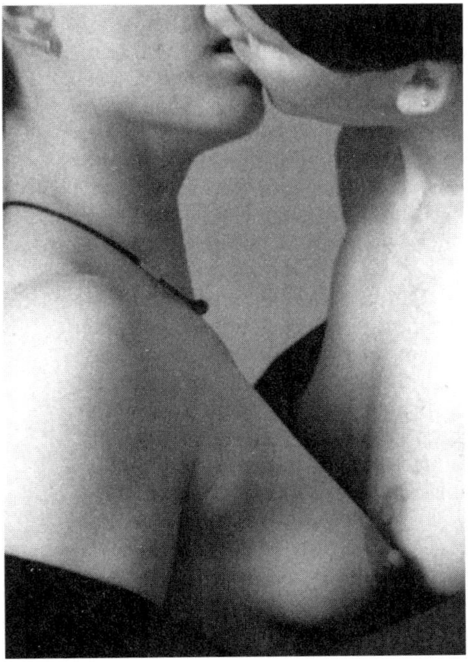

Lawrence Schimel

Lawrence Schimel verknüpft einen ungewöhnlichen Fall erotischer Obsession mit einem gängigeren Thema: künstliche Insemination bei Lesben. In *Trockenlauf* gibt es zwar kein Baby, aber die Bratenspritze, die Ericas Kind zeugen könnte, spielt eine Hauptrolle. Schimels Geschichte ist besonders bemerkenswert im Hinblick auf die Faszination, die Kinderkriegen auf viele Schwule ausübt, und angesichts der Kreativität, die Lesben und Schwule an den Tag legen, um gemeinsam Familien zu gründen.

Schimels Geschichten und Gedichte sind in über achtzig Anthologien erschienen, darunter *Dark Angels: Lesbian Vampire Stories, Ritual Sex, Queer View Mirror* und vielen anderen, außerdem in zahlreichen Zeitungen und Zeitschriften.

Als David Laurents hat er einige schwule Erotikanthologien herausgegeben, von denen *Auf Hochtouren* auch auf deutsch erschienen ist (Bruno Gmünder). Ebenfalls in deutscher Übersetzung liegt *I love you* (Albino) vor, Liebesgeschichten schwuler Paare, die er zusammen mit Michael Lassell gesammelt hat.

Er lebt in Manhattan und Madrid.

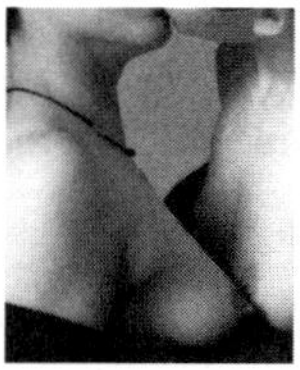

Natürlich war sie gewarnt worden, aber Erica hatte geglaubt, ihr könnte das nie passieren. War sie dagegen nicht immun, seit sie Sex mit Männern aufgegeben hatte?

Sie preßte sich die Aktentasche in den Schoß und ließ eine Faust in den Schritt ihrer Jeans gleiten, drückte sie fest gegen ihre Klit und betete, daß niemand merken würde, was sie da machte. Das Kleinkind auf dem Schoß der stämmigen Frau, die ihr im Bus gegenübersaß, war der einzige Zuschauer, als die nächste Hitzewelle durch Erica ging.

Für die Wechseljahre ist es noch zu früh, sagte sich Erica und versuchte herauszufinden, was sie so seltsam angetörnt hatte; bis dahin sind's noch mindestens drei Jahre. Das hier konnte jedenfalls keine Hitzewallung sein.

Die stämmige Frau auf der anderen Seite des Gangs war eigentlich nicht so ganz ihr Typ, obwohl Erica doch irgendwas an ihr attraktiv fand: ihre grundsolide Art, wie sie mit beiden Beinen auf dem Boden zu stehen schien, ihre nicht zu übersehende Fruchtbarkeit.

Erica wurde plötzlich klar, daß es an dem Baby lag. Ihre Möse reagierte auf das Baby.

„Das ist krank", murmelte sie vor sich hin und richtete den Blick nach vorne in den Bus, dann aus dem Fenster auf die vorbeiziehenden Schaufenster, überallhin, nur nicht auf die Frau mit dem Kleinkind auf dem Schoß. Den nächsten Gedanken sprach sie lieber nicht aus: Ich werde auf meine alten Tage noch pädophil!

Aber das traf es nicht ganz, wurde Erika klar, als sie weiter darüber nachdachte, was sie so feucht werden ließ: Es war der Gedanke an Babys, daran, Babys zu machen, der ihre Klit zum Zucken brachte.

Urplötzlich hatte Erikas biologischer Wecker angefangen zu klingeln.

Sui Mon hatte wie üblich ihr köstliches Ende-der-Einkaufswoche-Wunder aus den Lebensmitteln zusammengewürfelt, die sie noch im Haus hatten: Graupen, rosafarbene Kidneybohnen, gedämpfte Karotten mit einem Pfefferöl, das auf der Zunge brannte. Obwohl sie wußte, daß diese Gerichte nahrhaft waren, überraschte es Erica jedesmal, wie gut so ein Mischmasch zusammenpassen konnte.

Sie aßen in nahezu völliger Stille. Sui Mon wollte während der Mahlzeiten aus Überzeugung nicht sprechen, um ganz im Akt des Essens gegründet zu sein; sie glaubte fest daran, daß dies der Verdauung zuträglich sei und es erlaube, den Geschmack ohne zerstreuende Konversation intensiver zu genießen. Aber für Erica schmeckte heute sowieso alles gleich, denn sie konnte es kaum erwarten, Sui Mon zu fragen, was sie von Kindern hielt – insbesondere von einem gemeinsamen Kind.

Eigentlich sehnte Erica sich gar nicht nach einem Baby. Zwar hatte sie Kinder gerne, aber sie wollte kein eigenes, für das sie die ganze Zeit sorgen müßte. Die körperliche Tortur von Schwangerschaft und Wehen sollte frau sich lieber ersparen, wenn sie das Endergebnis, nämlich Kinder, nicht wirklich wollte. Erica hatte geglaubt, daß Lesbe zu werden ein großartiger Weg sei, ihrer biologischen Uhr ein Schnippchen zu schlagen, aber ihr Körper belehrte sie jetzt eines Besseren. Es war wirklich verwirrend. Die Vorstellung, ein Baby zu bekommen, machte sie an.

Plötzlich erschien ihr alles rund um Mutterschaft und die Sorge für ein Kind zutiefst erotisch. Nuckelfläschchen und Schühchen und Hochstühle und Lätzchen übten samt und sonders fetischistischen Reiz auf sie aus. Sie wollte nicht Sex mit Babys haben oder so was, aber jetzt hätte sie sich gerne ins Schlafzimmer zurückgezogen und zu Literatur für werdende Mütter masturbiert, was sie nicht weniger alarmierend fand.

In ihren Phantasien kam auch Sex vor, und Erica stellte erleichtert fest, daß sie sich um Frauen drehten – meistens Sui, aber manchmal auch andere –, daß die Sehnsucht ihres Körpers nach Babys nicht zugleich mit einem biologischen Impuls zu Heterosexualität einherging. Ihre Weltsicht war bereits genug erschüttert. Mit Babys an sich hatten ihre Tagträume eigentlich wenig zu tun, sie gaben eher den Anlaß. Mütterliche Tätigkeiten und die Vorstellung, Mutter zu sein, törnten sie an. Ihre Phantasien handelten von Sex mit Sui Mon in der Küche, wo sie eben noch Windeln gewaschen hatte, während ein Säugling im Zimmer nebenan schrie. Oder davon, wie sie ein Kinderzimmer einrichtete und dann mit ihrem Vibrator in das Gitterbettchen kletterte, wo sie sich sanft zum Orgasmus wiegte und schließlich unter einem Mobile mit Beatrix-Potter-Figuren einschlief. In einer anderen Phantasie war sie schwanger, und Sui fistete sie sanft, langte in ihr hinauf, um das Baby zu halten, während es noch in ihr war.

„Was möchtest du zum Nachtisch?“ fragte Sui Mon und lenkte damit Ericas Aufmerksamkeit wieder auf das Essen.

„Saure Gurken“, erwiderte Erica, ohne nachzudenken. „Mit Vanilleeis.“

Die große Drei mit der Null hinten dran war gekommen und ohne Hinweis auf Babywahn wieder gegangen. Dann zog die fünfunddreißig ohne besondere Vorkommnisse vorüber. Und jetzt, mit siebenunddreißig, ohne jede Vorwarnung, war ihr Körper plötzlich völlig verrückt danach, Leben hervorzubringen. Gäbe es zu Ericas Dasein einen Soundtrack, fände sie derzeit Donna Summers *Last Chance* passend.

Sie und Sui hatten darüber diskutiert, ob Erica schwanger werden sollte, die Möglichkeit aber verworfen. Ihre Libido blieb trotzdem auf Babys programmiert. Also stattete Erica in der Mittagspause der Klinik für Familienplanung in Yale-New Haven einen Besuch ab, um etwas über Beratungsangebote und Seminare zu künstlicher Befruchtung herauszubekommen. Fast alle Frauen im Wartezimmer waren weiß, was sie nicht sonderlich überraschte, aber nur die Hälfte von ihnen lesbisch, was sie dann doch verblüffte. Offensichtlich hielten mehr und mehr Frauen künstliche Befruchtung für eine akzeptable Alternative. Erica kannte sogar eine der Frauen aus der Unibibliothek. Während der nächsten anderthalb Stunden erfuhr sie, daß eine Handvoll alleinstehender, berufstätiger Frauen sich entschlossen hatte, auf eigene Faust Kinder zu bekommen, und daß ein Gutteil der anderen heterosexuellen Frauen es mit ihren Partnern auf altmodischem Weg erfolglos versucht hatte und sich nun hilfesuchend an die moderne Medizin wandte.

Sie lauschte Diskussionen über all die verschiedenen Möglichkeiten, wie z.B. Vor- und Nachteile eines bekannten gegenüber einem anonymen Spender und von Selbstinsemination gegenüber der durch einen Arzt. Sie erfuhr, wie sie ihre Temperatur und ihren Cervixschleim kontrollieren mußte, um den Eisprung zu bestimmen, und wie mit einem Schwangerschaftstest umzugehen war. Sie hörte von den rechtlichen Konsequenzen künstlicher Befruchtung und wie ein alleinerziehender Elternteil offiziell auf der Geburtsurkunde aufgeführt werden konnte. Von alledem drehte sich ihr der Kopf.

Und es machte sie so geil, daß sie sich einer Ohnmacht nahe fühlte.

Erica wurde von diesen Frauen willkommen geheißen, die sich Babys wünschten, und sie fand dieses gemeinsame Verlangen äußerst anziehend. Sie hätte gerne jeder einzelnen dieser eifrigen werdenden Mütter – oder noch besser: allen – die Kleider vom Leib gerissen und gleich hier im Krankenhaus mit ihnen Sex gehabt. Wie könnte man sich die Zeit im Wartezimmer angenehmer vertreiben, dachte sie, als damit, vor einer Frau auf die Knie zu gehen und das Gesicht zwischen ihren gespreizten Schenkeln zu versenken? Sich mit der Zunge einen Weg vom Nabel zur Möse zu bahnen, ihre Labien zu öffnen und ihre Säfte wie eine Katze aufzulecken. Ihre Klit mit winzigen Bissen zu kitzeln.

Erica bekam nur die Hälfte der Informationen mit, weil sie sich in Phantasien über die Frauen oder auch die Beraterinnen verlor, die mit ihr im Raum waren.

Ansonsten fühlte sie sich wie eine Hochstaplerin. Sie hatte gar nicht die Absicht, schwanger zu werden. Sie verschwendete die Zeit dieser Fachleute, hielt sie davon ab, sich um die Frauen zu kümmern, die wirklich Babys haben wollten.

„Da hat Gott sich einen kleinen Scherz erlaubt", vertraute ihr eine ältere Lesbe an, die als Freiwillige für das Beratungszentrum arbeitete. „Bratenspritzen machen Babys."

Als sie nicht länger stillsitzen konnte, ging Erica auf die Toilette und schloß sich in einer Kabine ein. Sie knöpfte sich die Hosen auf, und noch bevor sie es fertigbrachte, sie wenigstens runterzuziehen, hatte sie schon eine Hand im Höschen und umfaßte ihren Venushügel. Sie rieb daran rauf und runter, ihre Finger teilten und preßten sich auf ihre Schamlippen, schoben sich in sie rein. Sie war so heiß, daß sie ein Thermometer hätte platzen lassen können, wenn sie jetzt wie gerade gelernt ihre Temperatur gemessen hätte. Aber sie wollte keinen dünnen Glasstab, sie wollte Sui Mons schmales Handgelenk tief in sich drin, Finger, die nach oben auf Ericas Herz zeigten. Sie stützte sich mit den Beinen an den Toilettenwänden ab und beugte sich vor, um die Finger weiter in sich reinzukriegen. Sie mußte sich fühlen, als ob sie ein Baby bekäme, ihre unteren Lippen weit gedehnt, damit der Kopf Platz und hinaus in die Welt fände, wo das Kind den ersten Atemzug tun und schreien könnte.

Jetzt aber war es Erica, die laut aufschrie, als sie plötzlich kam; ihre Möse schloß sich eng um ihre Hand, ihre Schenkel zuckten und preßten sich zusammen. Sie biß sich auf die Lippe, um nicht zuviel Lärm zu machen. Sie wollte nicht die Aufmerksamkeit einer Krankenschwester auf sich lenken, die ihren lustvollen Ausbruch versehentlich für einen Schmerzensschrei halten könnte. Sie ließ sich auf die Klobrille fallen, streichelte sich noch immer und zog einen Finger durch die feuchte Wärme ihrer Vulva.

Auf dem Weg zurück zur Arbeit – sie war so spät dran, daß es sie schon nicht mehr kümmerte – kam Erica an einer Frau vorbei, die ihr schreiendes Kind zu beruhigen versuchte; es hatte offensichtlich große Angst vor dem Krankenhaus. Schließlich steckte die Frau dem Gör einen Schnuller in den Mund und brachte es so zum Schweigen.

So was bräuchte ich auch, dachte Erica bei sich, während sie durch die Glastür in die frische Herbstluft hinaustrat. Einen Schnuller, um ihrer Möse das Maul zu stopfen, um diese brennende Sehnsucht nach Kinderkriegen abzustellen.

Sui hatte donnerstags frei, also holte sie ihre Geliebte nach dem wöchentlichen Einkauf von der Arbeit ab. Ihr kleiner weißer Volvo hielt vor dem Kline Biology Tower, wo Erica in der Bibliothek arbeitete. Erica stieg ein, küßte Sui und legte den Sicherheitsgurt an, während sie schon in Richtung Hamden, ihrem Zuhause, losfuhren. Erica griff nach Suis Hand, die auf dem Schaltknüppel lag, eine stille Geste, mit der sie ihrer Freude darüber Ausdruck verlieh, daß sie zusammen waren.

„Was ist das?“ fragte Erica.

Sui legte beide Hände auf das Lenkrad und gab ihr so die Gelegenheit, den Knüppel zu untersuchen, den Erica noch immer in der Hand hielt. Ein orangefarbener Gummiball war über die Gangschaltung gestülpt. „Ist das etwa ein ...? Du hast es dir also anders überlegt!“

Je länger Ericas Körper verrückt nach Babys war, desto fester glaubte sie, daß sie wirklich eins bekommen wollte, daß sie das alles nicht nur auf eine Hormonschwankung schieben konnte. Sie fing an, einem Kleinkind nicht unähnlich, darüber zu plappern, wie glücklich sie war, daß Sui sich schließlich doch entschieden hatte, mit ihr ein Kind aufzuziehen, und fragte sich, wie es heißen sollte, was sie machen würden, wenn es ein Junge und kein Mädchen wäre, welches Zimmer es bekommen sollte und ob sie in ein größeres Haus würden umziehen müssen und wen sie als Babysitter engagieren könnten, damit sie wenigstens noch den Anschein eines Privatlebens hätten, besonders wenn das Baby erst älter wäre und sie und Sui mit dem Kind in der Nähe nicht mehr so unbefangen Sex haben könnten ...

Sui parkte das Auto und stellte den Motor ab.

„Was ist los?“ fragte Erica, sah sich um und versuchte herauszufinden, warum sie nicht zu Hause waren, wo sie sofort anfangen wollte, Pläne für das Kinderzimmer zu schmieden, sondern oben am East Rock Park. Sui hatte also genau die entgegengesetzte Richtung eingeschlagen.

„Wir kriegen jetzt kein Kind“, erklärte Sui, schnallte sich ab und beugte sich quer über Erica, um das Handschuhfach zu öffnen. „Wir haben jetzt Sex.“ Im Handschuhfach lag die andere Hälfte der Bratenspritze, noch immer in ihrer Plastikverpackung, und daneben eine neue Flasche Gleitmittel.

Als Erica die Bratenspritze sah, fing ihre Klit sofort an zu zucken. Ohne daß es ihr bewußt gewesen war, hatte sie sich mit ihrem Geplapper über das Baby selbst aufgepeitscht und verspürte nun das verzweifelte Verlangen, auf der Stelle gefickt zu werden.

„Hinten“, sagte Sui und deutete mit dem Kopf auf den Rücksitz. Ohne zu zögern, kletterte Erica zwischen den Sitzen hindurch. Sui grapschte Erica an den Hintern, als die auf halbem Weg zwischen Vorder- und Rücksitz ihre Beine an dem Schaltknüppel mit dem Gummiball vorbeizog. Sui strich durch die Leinenhose über Ericas Venushügel und drückte dann das Gesicht zwischen Ericas Beine, atmete warm und schwer durch den Stoff – feuchter Atem an weichem, empfindsamem Fleisch. Erica wand und schlängelte sich, bis sie es endlich auf den Rücksitz geschafft hatte, und Sui, die mit ihrem zierlichen Körperbau leicht zwischen den Sitzen hindurchschlüpfen konnte, kam hinterher.

Ericas Hosen und Höschen hingen ihr bereits um die Knöchel, als Sui sich zu ihr gesellte.

„Das machst du offensichtlich nicht zum ersten Mal“, bemerkte Sui.

Erica errötete, lachte dann, zog Sui an sich und küßte sie, um jeden weiteren Kommentar zu ersticken. „Fick mich einfach“, bettelte sie, befreite ein Bein aus den Kleidungsstücken, in denen sie sich verheddert hatte, legte es über die Lehne eines Vordersitzes und entblößte so ihre Möse. Sui bewunderte das rosafarbene Fleisch inmitten des blonden Haarschopfs, sehnte sich nach ihr, wollte sie. Auf der engen Rückbank kniete sie sich hin und beugte sich vor, um die zarten Falten mit der Zunge zu teilen. Suis Finger ließen das Plastik los, das sie sich zwischen die Beine geklemmt hatte, und spreizten statt dessen die Labien, um ihrer Zunge so den Spielraum zu verschaffen, tief einzudringen, Ericas begierige Nässe zu schmecken, sie aufzulecken, aufzuschlürfen. Ihre Zunge schlängelte nach oben, um Ericas Klit zu liebkosen, sie nuckelte an dem empfindlichen Knopf, bis Erica laut keuchte und ihre Beine unkontrolliert zitterten.

Mit dem Daumen vergewisserte sich Sui, daß Erica soweit war, indem sie ihn in die feuchte, warme Höhle ihrer Vagina schob. Sie drückte fester zu und öffnete sie langsam mit noch einem Finger. Sui schraubte das Gleitmittel auf, goß sich etwas davon in die Hände und rieb sie gegeneinander, um das kalte Gel aufzuwärmen. Dann fing sie an, Ericas Möse beidhändig zu bearbeiten, ließ erst die Finger der Rechten, dann die der Linken hineingleiten, tief in sie hinein. Nur ein Finger auf einmal, dann zwei, dann drei, und schließlich verschwand ihre ganze kleine Hand in Erica, elektrisierte sie.

„Das hat eine lange Tradition", sagte Sui schließlich und ließ ihre Hand in Erica, als sie sich vorbeugte, um ihre Geliebte zu küssen. Mit der anderen schälte sie das Plastikrohr der Bratenspritze aus der Verpackung. Sie rieb es über ihren Arm, um sicherzugehen, daß die Nähte glatt waren. Mit dem Ergebnis zufrieden, klemmte Sui sich das Rohr zwischen die Beine, als wäre es ein Umschnalldildo, und öffnete wieder das Gleitmittel. Sie spritzte einen großen Klecks auf die Bratenspritze und schmierte damit die hohle Plastikröhre ein, die sie noch immer zwischen ihren Schenkeln hielt.

„Denk einfach an all die Frauen, die auf Autorücksitzen schwanger geworden sind", fuhr Sui fort und ließ die Spitze in Ericas Vagina gleiten, während sie gleichzeitig ihre Finger zurückzog. Erica stöhnte, wobei Sui nicht sagen konnte, ob in Erwartung der Bratenspritze oder weil sie die Hand nicht mehr spürte. Sie schob den Kolben tiefer rein, und Ericas Stöhnen wurde lauter. Das war es endlich, wonach sie sich so verzweifelt gesehnt hatte: Sie machten ein Baby, auch wenn es kein Sperma gab, mit dem sie ein Kind hätten zeugen können. Erica zerrte sich das Hemd bis zum Hals hoch und zwirbelte an ihren Brustwarzen, als Sui die Bratenspritze weiter in sie eindringen und sanft rotieren ließ. Sui holte das Küchengerät wieder soweit hervor, daß nur noch die Spitze zwischen Ericas Mösenlippen lag, beugte sich dann runter, blies sanft hinein und sandte damit einen kitzeligen Luftstoß über Ericas Vulva. Sui pustete weiter in das Rohr, als ob sie schnorcheln würde, bugsierte die Spitze mit der Nase durch den dicken Busch Schamhaar und zielte direkt auf Ericas Klit.

Dann tauchte sie wieder in Ericas Möse, schob das Rohr tief in sie rein und zog es wieder raus. „Wir machen ein Baby", krächzte Erica mit vor Glückseligkeit verzerrtem Gesicht. Mit jedem Stoß grunzte sie jetzt leise, während Sui mit der freien Hand mit sich selbst spielte, mit ihren Fingern über ihre eigene Klit fuhr, als ob sie über die Saiten einer Harfe streichen würde – flüchtige Berührungen, die ihr einen angenehmen Ton entlockten, der dann wieder verklang, crescendo, decrescendo, crescendo, decrescendo. Erica streckte plötzlich die Arme aus und packte Sui an den Schultern, riß sie zu sich herunter und küßte sie so wild, daß ihre Zunge ebenso tief in Suis Mund zu stoßen schien wie der Kolben in Ericas Möse.

Als sie schließlich innehielten, um nach Luft zu schnappen, griff Sui zwischen die Sitze und zog den orangefarbenen Ball vom Schaltknüppel. Sie fummelte ihn wieder auf das Ende der Bratenspritze, die noch immer in Erica steckte. Ericas Orgasmus würde nicht mehr lange auf sich warten lassen, und Sui wollte, daß alles stimmte. Erica war vom Beratungszentrum nach Hause gekommen und hatte erzählt, daß kurz vor dem Orgasmus inseminiert werden müsse, und Sui wünschte sich, daß dieser Trockenlauf genauso ablief, als würden sie tatsächlich ein Baby machen. In den fünf Jahren, die sie jetzt schon ein Paar waren, hatte Sui zu erkennen gelernt, wann Ericas Höhepunkt kurz bevorstand.

„Gleich machen wir unser Baby", sagte Sui, dann preßte sie den Ball zusammen und sandte einen Luftstoß in Ericas Möse. Damit fing Erica an zu kommen, ihr Körper reagierte auf die Schlüsselreize, die sie in ihrer Phantasie aufgebaut hatte. Sie schrie auf, trat mit dem rechten Bein in die Luft; ihre Möse schloß sich fest um die Röhre und versuchte dann, sie rauszustoßen. Sui hielt den Plastikkolben fest, während Ericas Orgasmus um ihn herum brandete, und wartete ab, bis sie wieder zur Ruhe gekommen war, bevor sie die Plastikspritze langsam rauszog.

Nach einer kurzen Verschnaufpause drehte Erica sich um, so daß sie ihren Kopf in Suis Schoß legen konnte. Dabei fiel die Spritze zu Boden, aber keine kümmerte sich darum. Sui streichelte Ericas Bauch, ihre Brüste, ihren Venushügel und flüsterte: „Mein Baby, mein süßes Baby".

„Du bist zu gut zu mir", seufzte Erica verträumt, als sie sich genug erholt hatte, um zu sprechen. „Du weißt immer ganz genau, was ich will."

Nach einer Weile lehnte sich Erica zwischen die Sitze und holte ihre Aktentasche auf die Rückbank. Sie ließ das Schloß aufspringen und holte eine neue, noch verpackte Bratenspritze hervor.

„Die hab ich in der Mittagspause gekauft", erklärte sie und schmiß ihre Aktentasche zurück auf den Vordersitz. Sie zog Sui an sich, küßte sie tief und griff dann über sie hinweg nach dem Gleitmittel. Sie fing an, Suis Bluse aufzuknöpfen und ihre Brüste zu liebkosen. „Wo wir schon mal hier hinten sitzen, laß uns noch ein Baby machen."

Winteraugen

Antje Wagner

„Genießt das Leben in vollen Zügen!" lautet der Ratschlag Antje Wagners an ihre Leserinnen und Leser. Zwar werden sich viele scheuen, sie beim Wort zu nehmen, doch zumindest den Traum vom Quickie an einem ausgefallenen Ort dürften Lesben und Schwule – und angeblich sogar Heterosexuelle – gemein haben. In *Winteraugen* begegneten sich ursprünglich zwei Lesben, bis die Autorin feststellte, daß die Geschichte erst mit Schwulen richtig funktioniert.

Wagner ist Anglistin und Germanistin. Sie bekennt, schon früh von ihren Eltern verkorkst worden zu sein, die sie anstandslos die Kinderzimmertapete bemalen ließen, sich Märchen ausdachten und sie ihr gnadenlos vorsangen und -spielten, so daß ihre Kreativität einfach nicht zur Ruhe kam. Niedergeschlagen hat sich das u.a. in der Kurzgeschichte *Freitagabend*, die 1998 in *lespress* erschien.

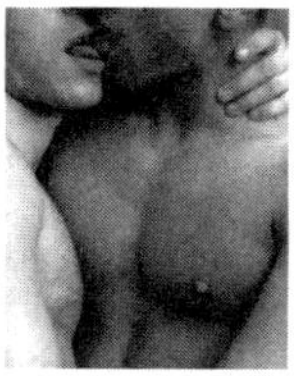

Der Wind hat sich gedreht. Er kommt jetzt von Osten und bringt eine Kälte mit sich, die die Finger in den Handschuhen erstarren läßt und das Blut kalt und dünn macht. Ich warte auf meine Bahn und bewege vorsichtig die eisigen Zehen in den Stiefeln. Ich will nur nach Hause, meine Füße an der Heizung wärmen und einen heißen Tee trinken. Als die Bahn kommt, zwänge ich mich ins Feierabendgedränge. Die Einsteigenden nach mir schieben mich vorwärts, bis in die Ecke neben der Tür. Es ist entsetzlich voll. Ich stehe mit dem Rücken zur Wand und spüre ganz nah hinter mir einen Körper. Eigentlich hasse ich das Eingekeiltsein zwischen den Leibern, wenn man nirgendwo mehr einen Halt findet und von allen Seiten Haut und Ermüdung riecht. Heute bin ich dankbar für die Enge. Sie verspricht ein wenig Wärme.

Dein Körper hinter mir bewegt sich. Dicht an meinem Ohr vernehme ich ein Räuspern. Ich nehme eine etwas verkrampfte Haltung ein, die sagen will: „Tut mir leid, aber ich kann nicht ausweichen. Ich bin selbst eingezwängt." Ich spüre deine Augen in meinem Rücken. Sie wandern die Wirbelsäule hoch und streichen über meinen Nacken. Sie bewegen sich durch mein Haar, hinter den Ohren entlang, und mich fröstelt. Es muß die Kälte sein. Von einem Tag auf den anderen ist die Temperatur auf zehn Grad unter Null gefallen.

Nächste Station.

Der Zug hält ruckartig, und ich stolpere nach hinten, gegen deinen Körper. Dein Arm fängt mich auf und schiebt sich dann wie selbstverständlich um meine Hüfte. Mein Gott, es ist so eng im Zug. Eigentlich ist mir der Arm ja nicht unangenehm, aber ich mache eine schnelle Bewegung, um ihn wieder abzustreifen. Wir sind hier schließlich in einer Bahn! Doch der Arm läßt sich nicht abstreifen. Zufall? Er hält mich fest und erlaubt mir nicht, mich von dir zu entfernen. Mein Mund wird plötzlich trocken. Ich kann dich noch immer nicht sehen. Menschen steigen aus, neue ein, und für kurze Zeit ist etwas Luft im Zug. Jetzt will ich mich umdrehen, doch der Arm hält mich weiterhin fest gegen deinen Körper gepreßt und verbietet mir, mich zu bewegen. Die Bahn wird noch voller als zuvor. Die Leiber drängen sich aneinander und schieben mich weiter an dich heran. Dein Atem spielt mit den Haaren über meinem Ohr. Ich mache mich steif. Das ist eine Bahn!

Es ist ein Freitagabend im Februar, und ich fahre im Feierabendgedränge nach Hause. Es hat keine Bedeutung, daß wir so nah beieinander stehen. Es hat keine Bedeutung, daß deine Hand unter meinen Pullover rutscht. Es hat keine Bedeutung, daß dein Daumen über meine Hüfte streift.

Oder etwa doch?

Mein Körper weicht zurück, aber er kann nicht fort. Alles ist ein Versehen, denke ich und versuche, mich aus deinem Griff zu winden. Doch da ziehst du mich abrupt wieder zu dir hin, preßt meinen Rücken gegen deinen Oberkörper und legst den Mund an mein Ohr. „Laß dich fallen. Entspann dich." Diese Stimme. Sie klingt nach Nacht und feuchter Hitze und etwas Fremdem. Sie macht mich schwach, weil sie so nah an meinem Ohr ist. So nah, daß dein Atem sich wie ein dunkles Tier in meine Ohrmuschel hineinschlängelt. Deine Hand wandert höher, und mein Körper schmiegt sich in deine Berührungen.

All die Leiber um mich her schützen mich. Sie lenken ab von der Röte in meinem Gesicht. Hier sind so viele Körper dichtgedrängt, daß mein eigener williger Leib nicht auffällt, so viele Gerüche in der Luft, daß der verräterische Geruch meiner Lust unbemerkt bleibt.

Dein Daumen berührt meine Brust. Mir wird heiß. Meine Haut hat den Winter vergessen, sie erwacht aus ihrer Betäubung und klopft blutvoll, wo deine Finger sie berühren.

Nächste Station.

Ein Ruck, und die Bahn steht. Die Erschütterung reißt mich aus meiner Schwäche. Menschen steigen aus und ein, und ich verstehe plötzlich nicht mehr, was passiert ist. Wie konnte ich nur? Ich nutze das allgemeine Gedränge und winde mich aus deinem Griff. Verlegen drehe ich mich zu dir um. Mein Lächeln splittert.

Deine Augen.

Winteraugen – grau und weiß, zwei frostharte Seen, und in jedem lockt ein schwarzes Loch. Pupillenloch, in die Iris geschlagen, das meinen Blick ruft und packt und fortzieht aus meinem Gesicht, auf die Spiegelfläche deiner Iris und der Öffnung entgegen. Eisloch, dem ich zutaumle. Mein Blick balanciert über den scharfkantigen Rand, der eine Silberkorona ist, zittert und stürzt, stürzt, stürzt in das Loch hinein, in die Wasser, die über ihm zusammenschlagen – eisgrau. Die Tiefe zieht meinen Blick hinab. Ich tauche in deine Winteraugen, und die Kälte lähmt mich.

Hilfe –

Wann hast du mich gegen die Wand gedrängt? Ich kann mich nicht daran erinnern, und doch bin ich es jetzt, der mit dem Rücken an der Wand steht, und du vor mir. Ich starre immer noch in deine eisgrauen Augen.

Du hast mich an dich gezogen. Dein Mantel liegt um uns. Riesig, wie Flügel. Niemand sieht, was unter dem Mantel geschieht. Niemand bemerkt, wie deine Finger meine Jacke öffnen und meinen Pullover nach oben schieben, wie deine Daumen meine Brustwarzen berühren. Ich weiche zurück, doch da ist die Wand. Mit Daumen und Zeigefinger kneifst du zugleich in beide Brustwarzen, und ein lustvoller Schmerz schießt mir direkt in die Lenden. Beinah hätte ich gestöhnt. Aber erschrocken ersticke ich den Laut. Mein Schwanz wächst, ohne daß ich es will.

Mein Gott, was soll das? Das ist eine Bahn! Um uns herum stehen ungefähr vierzig Leute, und Augen gibt es, Augen überall. Die werden was merken! Mir bricht der Schweiß aus. Ich sehe dich an, ein markantes Gesicht, das wie ein Raubvogelkopf aus den Mantelflügeln herauswächst. Kantige Züge. Und immer noch keine Regung und kein Wort. Die Bahn hält.

Jemand steht mit dem Rücken zu dir, und als die Bahn wieder anrollt, stolpert er, und der Stoß drückt dich gegen mich. Dein Knie schiebt sich zwischen meine Beine, und ich spüre deinen Oberschenkel genau an meinem Schritt. O mein Gott, beinah hätte ich begonnen, mich an dir zu reiben! Deine Hände kommen wieder unter meinem Pullover hervor und suchen nach meiner rechten Hand. Der Mantel ist wie ein Zelt, denke ich. Es wird heiß darin. Du greifst nach meiner Hand, die dir immer wieder entschlüpft. Reflexartig balle ich sie zusammen. Mit Leichtigkeit öffnest du sie wieder und streichst mit dem Daumen über den Handteller. Du siehst mir dabei genau in die Augen, und deine Berührung läßt mich erschaudern. Dann hältst du meine Rechte nur noch mit einer Hand und führst sie in Zeitlupe an deinem Körper entlang nach unten. Ich starre in deine Augen. Hypnose, denke ich. Hypnose. Da ist keine Regung in deinem Gesicht, nur das Eis in deinen Augen funkelt.

An meinen Fingerspitzen spüre ich den Stoff deines Hemdes. Langsam führst du meine Hand die Knopfleiste hinunter, schiebst sie tiefer, da ist schon die Gürtelschnalle, noch tiefer, und ich höre nur noch das Blut in meinen Ohren rauschen. Deine Hand leitet meine bestimmt, aber irgendwie sanft. Wenn ich wollte, könnte ich sie wegziehen, denke ich, doch schon wird dein Griff unnachgiebig und preßt meinen ganzen Handteller genau auf deinen Schritt. Deine Hand liegt sehr fest auf meiner, und ich spüre etwas Hartes, Heißes, etwas, das sich gegen meine Finger preßt, und viel zu eng erscheint mir der Stoff deiner Hose. Du bewegst den Unterkörper kurz nach vorn, und dein pralles Paket reibt einmal an meiner Hand rauf und runter. Mir stockt der Atem. Wie kann jemand mit so eisigen Augen einen so heißen Schwanz haben?

Deine andere Hand – ich hatte sie vergessen – liegt plötzlich zwischen meinen Beinen und nestelt geübt an Knopf und Reißverschluß. Ein kurzer Ratsch, und meine Hose ist offen. Das alles ist so schnell passiert, daß ich gar nicht reagieren konnte. Nur mein Schwanz hat reagiert. Er wächst aus dem Stoff heraus und schreit nach deiner Hand. Du ziehst die Hose ein Stück nach unten, und nun bin ich vollends schutzlos unter deinem Mantel. Sehen sie schon alle her? Bemerkt denn niemand etwas?

Wieder hält die Bahn.

Alles ist in Bewegung, nur wir stehen still. Als die Bahn anrollt, greifst du nach meinem Schwanz, und ich beiße mir auf die Lippen. Ich stöhne innerlich. Ich will deine Hose ebenfalls öffnen, ich will dich spüren, ich möchte dein heißes Fleisch aus der Enge befreien, aber das läßt du nicht zu. Du bedeutest mir aufzuhören, als ich die Knöpfe an deiner Hose öffnen will. Dein Daumen fährt meinen Schaft entlang, und schließlich liegt er genau auf der Spitze und umkreist sie. Meine Knie sind weich. Da packst du mich mit der anderen Hand im Genick und hältst mich gegen die Wand und an dich gepreßt. Ich lasse den Kopf nach hinten gegen die Wand sinken.

„Nein – sieh mich an."

Ein Flüstern nur, doch der befehlende Ton läßt mich sofort gehorchen. Ich öffne die Augen und sehe dir ins Gesicht. Ich sehe in deine eisgrauen Augen, während deine Hand meinen

Schwanz massiert, nach hinten fährt und meine Eier umfaßt. Dein Gesicht kommt mir sehr nah, und mein Schwanz beginnt bereits zu zucken. Schneller. Schneller. Reib schneller! Und als könntest du meine Gedanken lesen, fliegt deine Hand hin und her.

Die Bahn rollt und rollt. Das ist die längste Strecke zwischen zwei Stationen. Die Bahn beschleunigt und wird immer schneller und lauter. Deine Hand – so hart und so schnell wie das Rattern der Räder.

Mein Atem geht lauter. Schweiß tritt mir aus allen Poren. Sie werden es merken. Sie werden es merken! Egal. Weiter. Weiter.

Mein Mund öffnet sich zum Schrei. Das Leben schießt meinen Schwanz hoch und heraus, heraus aus mir, und ich berste. Mein Schrei – da hat sich bereits dein Mund auf meine Lippen gelegt, gerade als ich zu schreien beginnen muß, und als meine weiße, kraftvolle Lust mit Macht aus mir herausspritzt. Und der Schrei versinkt in dir, denn du schluckst ihn, diesen Schrei, der wie Schmerz ist.

Die Bahn wird langsamer. Du schließt meine Hose, genauso schnell, wie du sie geöffnet hast, und dann stehen wir noch für einen Augenblick unter dem Mantel. Eingehüllt, beide.

Die Bahn hält.

Du bewegst dich rückwärts, und dein Mantel fällt von mir ab, deine Flügel umhüllen mich nicht länger, und bevor du mich ganz verläßt, streift dein Mund noch einmal meine Lippen. Ruhig trittst du durch die Tür ins Freie. Als die Bahn anrollt, sehe ich dir nach.

„Die haben sich geküßt, Papa, hast du gesehen?"

Ich drehe mich zu dem Kind um und lächle.

Großstadtdschungel

Lutz van Dijk

Mit Lutz van Dijk betreten wir sexperimentelles Neuland, denn *Großstadtdschungel* spielt als einziger Beitrag zu *Sexperimente* zumindest zum Teil außerhalb der „schönen queeren Welt“ Nordamerikas und Westeuropas. Van Dijks Ich-Erzählerin findet für ihre venezolanische Geliebte einen Weg zurück in die Heimat – und nimmt uns ein Stückchen mit.

Van Dijks Thema wird diejenigen nicht überraschen, die *Coming out – Schwule und Lesben aus aller Welt* (Patmos) gelesen haben. Zu seinen weiteren Veröffentlichungen zählen *Verdammt starke Liebe* und *„Ein erfülltes Leben – trotzdem ...“ – Erinnerungen Homosexueller 1933-45* (beide Rowohlt). Aus Anlaß der Gay Games entstand 1998 *At Home in Amsterdam* (Verlag rosa Winkel), ein Band mit Photoporträts schwuler Männer, die, wie van Dijk selbst, Amsterdam zu ihrer Heimat gemacht haben.

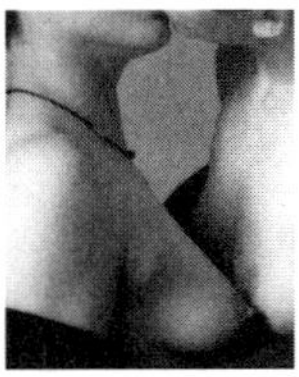

Antonias Haut ist eine Landschaft. Warm, braun, weich, mit sanften Hügeln und weiten Tälern, am Horizont die dichten Wälder ihrer kräftigen, dunklen Schamhaare. Meine Lippen umspielen ihre linke Brust, fest und rund, und gleiten in kreisenden Bewegungen rauf zu ihrer kastanienfarbenen Brustwarze. Die ist so groß, daß ich den Mund weit öffnen muß, um sie ganz aufnehmen zu können, um an ihr zu saugen, zu lecken, um zwischen den Zähnen zu spüren, wie sie langsam härter wird und sich aufzurichten beginnt.

Sonntagnachmittag, wir haben beide frei, müssen nicht ins Büro und in die alberne Boutique, wo Antonia seit kurzem jobbt. Diese Stunden am Sonntag, eigentlich die beste Zeit in der Woche, wenn die ersten Küsse noch nach Kaffee und zuviel Kuchen schmecken. Im Grunde könnte es uns nicht besser gehen. Draußen herrscht norddeutsches Hundewetter. Doch bei uns ist es warm, die Heizung höher als normal gestellt, um mitten im Winter nackt sein zu können, in unserer Höhle von Schlafzimmer, wo nichts weiter steht als ein Riesenbett mit einer Decke und den zahllosen Kissen, die wir teils hier gekauft und teils von Reisen mitgebracht haben.

Kleine Kuschelkissen, traditionelles Bettzeug mit Gänsedaunen, orientalische Sitzkissen aus Ägypten vom letzten Osterurlaub und dazwischen immer wieder die in mühevoller Handarbeit bunt bestickten aus Venezuela, die meisten aus Maracaibo, wo Antonia geboren wurde und der größte Teil ihrer Familie noch heute lebt, und ein paar fabrikmäßig gefertigte für die Touristen aus Caracas, die wir von Freunden als Mitbringsel bekommen haben.

Antonia und ich lieben uns, ab und zu gibt es andere Frauen, aber das ist eben so in einer Großstadt, und Antonia ist eine unglaubliche Schönheit, nach der sich einfach alle – Frauen wie Männer – umdrehen. Ich weiß, daß Antonia mich liebt. Ich spüre es mitten in der Nacht, wenn sie sich an mich klammert, und manchmal am Tag, wenn sie in ihrer knappen Mittagspause zu mir ins Büro gerast kommt mit meinem Lieblingssalat im Winter oder einem Erdbeereis im Sommer. Meine Kolleginnen in der Firma wissen, daß Antonia nicht irgendeine Freundin ist, sondern meine Frau. Für Antonia bleibt das ein Wunder. Niemand lacht, niemand verspottet uns oder ruft gar die Polizei.

In Maracaibo wurde sie einmal verhaftet. Nicht um sie selbst ging es dabei, sondern um ihren besten Freund seit Kindertagen – Pedro Arévalo. Als er siebzehn war, beschimpften ihn Mitschüler als *maricón* und verprügelten ihn so schlimm, daß er eine Woche im Krankenhaus zubringen mußte. Eine Narbe über dem linken Auge ist für immer geblieben. Pedro weigerte sich, den Macho zu spielen. Er war lieber mit Mädchen zusammen, am liebsten mit Antonia. Mit zwanzig holte ihn die Polizei, nachdem Nachbarn ihn angezeigt hatten.

Da es kein Gesetz gegen Schwule und Lesben in Venezuela gibt, wird die *Ley Sobre Vagos y Maleantes* mißbraucht – das Gesetz gegen Landstreicher und Gauner. Allen, die sich nicht an die öffentlich gepredigte Moral halten, drohen hiernach mehrjährige Gefängnisstrafen. Pedro kam schon nach sechs Monaten wieder raus, abgemagert und an einer unbestimmten Hautkrankheit leidend. Da ihn seine Familie nicht mehr aufnahm und Antonia gerade ein Zimmer im Studentenwohnheim gefunden hatte, versteckte sie ihn eine Weile in einem der Kellerräume des Gebäudes.

Viel hat Antonia nie über ihr Verhör bei der Polizei erzählt, selbst mir nicht. Von einem der Polizisten wurde sie vergewaltigt, nachts in einer Einzelzelle. Nicht einmal einen Arzt durfte sie am nächsten Tag sehen, von einer Anzeige ihrerseits ganz zu schweigen. Danach studierte sie nicht weiter. Pedro und

Antonia zogen zusammen nach Caracas. Nachdem seine Hautkrankheit ausgeheilt war, ging Pedro für beide auf den Strich. Antonia litt monatelang an schweren Depressionen und war zu keiner normalen Arbeit in der Lage.

Erst nach gut einem Jahr fand sie eine Stelle als Verkäuferin in einem großen Warenhaus und konnte zu ihrem gemeinsamen Leben beitragen. Sie hatten sich gerade die ersten Möbel fürs Wohnzimmer gekauft, als Pedro erneut verhaftet wurde. Seitdem ist er verschwunden. Nicht einmal verabschieden konnten sich die beiden. Das Frühstück hatte Antonia wie meist im Stehen eingenommen, den Kaffee runtergekippt und Pedro, der noch müde von der Nachtarbeit auf der Couch lag, nur einen flüchtigen Gruß zugerufen, bevor sie die Tür ihres kleinen Apartments ins Schloß warf.

Über Pedros Festnahme informierte eine Nachbarin sie telefonisch kurz vor Ladenschluß. Ohne noch einmal nach Hause zu gehen, suchte sie am selben Abend Zuflucht bei einer Arbeitskollegin. Sie rief ihren Vater an und bat ihn um Geld, um das Land verlassen zu können. Sie flehte und bettelte, drohte schließlich mit Selbstmord. Ihr Vater, ein einfacher Handwerker aus Maracaibo, lieh sich den nötigen Betrag von einem Schwager, der einen eigenen Laden besitzt, und sandte den jüngsten Bruder nach Caracas. Über Panama gelang es Antonia, mit gefälschten Papieren nach Spanien zu kommen. Dort traf ich sie einen Monat später, auf einem Vorortbahnhof von Barcelona, am Ende eines unglücklichen Urlaubs mit Silvia, die nach einem heftigen Streit bereits drei Tage vorher zurück nach Hamburg geflogen war.

Seitdem leben Antonia und ich zusammen. Mehr als zwei Jahre lang war sie illegal in Deutschland. Dann heiratete sie einen unserer schwulen Bekannten und hat nun endlich eine Aufenthaltsgenehmigung. Pedro wird inzwischen von *Amnesty International* betreut, eine konkrete Hoffnung auf Freilassung besteht bis heute nicht.

Soviel haben wir schon gemeinsam durchgestanden. Aber wenn Antonia Heimweh hat, kann ich kaum etwas dagegen tun. Hinzu kommt in dieser Jahreszeit die Kälte und langanhaltende Dunkelheit draußen. Antonia klagt nicht, doch es geht ihr dann einfach miserabel. So wie jetzt. Alle meine Küsse und wilden Zärtlichkeiten erreichen gerade ihre Haut, aber dringen nicht tiefer. Sie dreht mir den Kopf zu, und ich sehe, daß sie geweint hat, während ich ihre Brustwarze liebkose. „Komm, wir gehen raus!“ rufe ich, werfe ihr den dicksten Pullover zu und ziehe unsere Fellmützen aus dem Schrank. Heimweh ist schlimmer als Lungenentzündung. Es kann zu innerer Lähmung führen, zur Lähmung der Seele. Wir müssen nach draußen, jetzt sofort, uns bewegen um jeden Preis, auch wenn es noch so lausekalt ist auf der Straße.

Die Gehwege sind matschig von dreckigem Schnee, der seit ein paar Stunden angefangen hat zu tauen. Hier und da kratzen ein paar Hausmeister die klumpigen Haufen an den Rand. Neuer Frost ist angekündigt. Wir laufen schweigend nebeneinander her, ohne eine bestimmte Richtung, ziellos wie die diffuse Angst, die aus den unverarbeiteten Schrecken der Vergangenheit stammt. Antonia bestimmt das Tempo, sie treibt uns an, als müßten wir irgendwo zu einem festgelegten Zeitpunkt sein. Es beginnt zu dämmern, jetzt schon, obwohl es noch Nachmittag ist. Meistens irren wir auf diese Weise durch die Stadt, bis eine von uns beiden nicht mehr kann oder wir uns verlaufen haben oder es langsam ruhiger wird in ihr, was natürlich das Beste ist, aber längst nicht jedesmal gelingt.

Wie läßt sich nur ein Ausdruck für all die entsetzlichen Erlebnisse finden? Was vermißt Antonia am meisten von daheim – ihre Familie, das schöne Wetter, die Sprache, das Leben auf der Straße ... oder Pedro, vor allem Pedro?

Wenn wir heute darüber sprechen, wie es an jenem Nachmittag genau begonnen hat, behauptet Antonia immer, es sei kein Zufall gewesen. Ich glaube weniger an mystische Zusammenhänge. Jedenfalls sind wir irgendwann in den großen Park am Fernsehturm eingebogen, obwohl es dort nach Einbruch der Dunkelheit gerade für Frauen keineswegs sicher sein soll. An dem leeren Fischbassin vorbei steuern wir plötzlich wie magnetisch angezogen auf das große Gewächshaus zu, ein Komplex aus mehreren Hallen, vom tropischen Regenwald bis zu kakteenbewachsenen Wüstenlandschaften. Es mag zunächst die schlichte Hoffnung gewesen sein, uns dort aufwärmen zu können. Vor dem Hauptportal angekommen, belehrt uns ein unübersehbares Schild, daß die Anlage bereits seit einer Stunde geschlossen ist.

„Ich will da rein!" zischt mir Antonia zu, und mir kommt keine Sekunde der Gedanke an die Unmöglichkeit ihres Wunsches. Es wird uns guttun, diese Herausforderung anzunehmen, ganz gleich, wie es ausgeht. Wie zwei professionelle Einbrecherinnen umkreisen wir die verschiedenen Hallen, lassen unsere Blicke an den hohen Glaswänden entlangschweifen, suchen nach möglichen Luken oder gar Fenstern, die einen Einstieg zulassen könnten. Außer uns ist anscheinend niemand mehr hier. Drinnen verbreiten zahlreiche Lampen ein die Pflanzen nährendes, blauviolettes Licht, was aber sicher mittels Zeitschaltuhren geregelt wird, ohne daß dafür noch jemand anwesend sein muß.

Gleichzeitig entdecken wir schließlich am Dach der Tropenwald-Halle eine Lüftungsklappe, durch die warmer Dampf in unregelmäßigen Wolken nach draußen strömt. Wir stoßen einander in die Seiten und grinsen diebisch. „Viel zu hoch", lacht Antonia. „Total unmöglich", stimme ich zu. Dabei sind es höchstens vier Meter. Vielleicht gibt es hier in der Nähe irgendeinen Gegenstand, den wir als Leiter benutzen können. Antonia sucht links von der Luke, ich gehe ein Stück zurück Richtung Eingang. Nach ein paar Minuten treffen wir wieder aufeinander. Nichts. Da es draußen mittlerweile richtig dunkel ist, reflektieren die Pflanzenleuchten durch die beschlagenen Scheiben noch stärker. Noch einmal gehen wir zu zweit um den gesamten Gebäudekomplex. Hinter der Kakteenabteilung liegen abgedeckte Parkbänke übereingestapelt. Warum kommen wir erst jetzt darauf?

Antonia löst das Band ihrer Fellmütze und schlägt den Schal zurück. Zu zweit packen wir erst eine Bank, dann noch eine, und schleppen sie bis unter die Lüftungsklappe. Wir stellen sie hochkant gegeneinander auf, wodurch sie sogar ziemlich stabil zu stehen scheinen. Bis zu unserer Luke sind es jetzt noch ungefähr anderthalb Meter. „Du zuerst?" fragt mich Antonia. „Du!" entgegne ich.

Und schon klimmt sie an den Trägern der Bank nach oben, während ich die eigenartige Konstruktion von unten festhalte, was sich aber als überflüssig erweist. Wir könnten ein Patent mit unserer Leiterbank anmelden, nichts wackelt. „Und?" flüstere ich fragend von unten, als würde mir erst jetzt der kriminelle Anteil unseres Vorhabens bewußt.

„*Perfectamente!*" ruft Antonia aufgeregt, mit beinahe kindlicher Begeisterung in der Stimme. Sie stößt die Klappe nach hinten auf und schwingt sich über den Rand der Öffnung. Einen Moment lang ist nichts zu hören, schließlich ein Schrei, dann ein dumpfer Fall. „Antonia?" rufe ich so laut ich kann. Keine Antwort. Erschrocken stelle ich mir vor, daß sie drinnen vier Meter in die Tiefe gestürzt und auf irgendeinen tropischen Ast gekracht ist.

Eine Sekunde später wischt eine vertraute braune Hand die Scheibe direkt vor mir klar, und eine fröhlich hüpfende Antonia winkt von drinnen, ruft irgend etwas, das ich nicht verstehe, dessen Botschaft jedoch eindeutig ist. Ohne weiter zu zögern, klettere auch ich an unseren Bänken nach oben. Ich bin so viel schwerer als Antonia und schaffe es kaum, mich über die Brüstung zu hieven. Zum Glück ragt ein kräftiger Baum mit starken Zweigen bis unmittelbar unter das Dach der Halle. Ich kann mich an einem Ast nach innen ziehen und dann langsam nach unten hangeln.

Auf dem weichen Boden angekommen, sehe ich zunächst gar nichts, weil von der feuchten Wärme beide Brillengläser sofort beschlagen. Noch bevor ich sie abnehmen und putzen kann, spüre ich Antonias weiche Lippen auf meinen. Sie stößt mit ihrer heißen Zunge in meinen Mund und atmet dabei so in mich rein, daß ich meinen Atem dem ihren unwillkürlich anpasse, um nicht zu ersticken. Als ich mit meinen noch klammen Händen nach ihr taste, fühle ich nichts als vibrierende Haut unter meinen Fingern, ihren Hals, die zarten Schultern. Meine Hände gleiten nach vorne zu ihren festen Brüsten. Antonia hat sich in den wenigen Minuten, die ich gebraucht habe, um raufzuklettern, völlig ausgezogen. Durch verschmierte Brillengläser erkenne ich im blauvioletten Licht, daß ihre Kleider verstreut auf dem Boden liegen und sie barfuß im torfigen Erdboden des künstlichen Tropenwaldes steht.

Vorsichtig nimmt mir Antonia die Brille von der Nase, spült sie in einem kleinen Teich und setzt sie mir dann wieder auf. Meine Fellmütze wirft sie in hohem Bogen auf einen der palmenartigen Zweige. Behutsam streift sie mir zuerst die Jacke ab, den Pullover, schließlich das Unterhemd. Auch meine Haut beginnt nach dem schnellen Temperaturwechsel zu glühen. Ich ziehe Antonia zu mir ran, aber sie windet sich frei und übernimmt die Führung, während sie mir wilde Liebkosungen auf Spanisch ins Ohr flüstert.

Antonia schiebt mich zu einem Stamm mit einer hellgrünen Rinde, an den ich mich lehne, woraufhin sie mir die Stiefel und Hosen auszieht. Mein Slip zerreißt, als sie ihn mit einem Ruck packt. Ich schließe die Augen und fühle ihre heiße Zunge über meine Brustwarzen und meinen Bauch nach unten gleiten. An meinem Bauchnabel verweilt sie mit kreisenden Bewegungen und viel Speichel, den ihre Hände verteilen und benutzen, um meine ohnehin schon feucht gewordenen Schamlippen einzureiben und mit meiner Klitoris zu spielen.

Keine von uns denkt noch darüber nach, ob uns jemand von draußen beobachten könnte. Durch die beschlagenen Scheiben dürfte das kaum möglich sein, wie wir uns später gegenseitig versichern. So entsteht durch die gleichzeitige Vertrautheit unserer nackten Körper und die Fremdheit dieser verboten-exotischen Umgebung eine ekstatische Ausgelassenheit, wie wir sie vielleicht noch nie erlebt haben. Antonias Zunge leckt und spielt mit meiner heißgewordenen *chucha*, bis ich es kaum noch aushalten kann. Meine Finger massieren ihre aufgerichteten Brustwarzen, und auch ihr lustvolles Stöhnen nimmt zu.

Kurz bevor wir beide unseren Orgasmus erreichen, richtet sie sich plötzlich auf und tritt zwei Schritte zurück zu einem strauchähnlichen Gewächs, an dem leuchtendgelbe Blüten nach unten hängen. Vorsichtig zupft sie drei oder vier davon ab und schiebt sie zuerst sich und dann mir rein. Bei der ersten Berührung mit den Blättern dieser Blüte entfährt mir ein Schrei, weil es sich keineswegs angenehm anfühlt, sondern brennend wie ein scharfes Gewürz. Aber schon einen Augenblick später verschwindet der Schmerz, und eine wahnsinnig erregende Wärme erfüllt mich und läßt alles in mir vibrieren. In dem Moment, da Antonia und ich einander erneut berühren, kommen wir gleichzeitig mit solcher Intensität, daß wir uns nicht mehr aufrecht halten können, sondern zitternd und aneinander geklammert zu Boden sinken. Der weiche Torfboden fühlt sich gut und vertraut an wie unser großes Bett daheim.

Die Erregung ist danach keineswegs verschwunden. Nach einigen Minuten tiefen Atemholens fängt Antonia an, meinen Körper mit dem feuchten Torf einzureiben. Wie in einem rituellen Akt streifen wir am Boden liegende Blätter und Erde über unsere Haut, stecken einander Blumen in alle Körperöffnungen und zerdrücken auf unseren Brüsten kleine, rote Beeren, deren blutfarbener Saft an uns runterläuft und sich mit dem Grün der Blätter und dem Braun des Torfs vermischt. Mit der hohlen Hand schöpft Antonia warmes Wasser aus dem kleinen Teich und reibt damit einfühlsam meine Klitoris sauber, um sie danach wieder zwischen ihre Lippen zu nehmen. Diesmal komme ich zuerst, mit einem tiefen, beglückenden Beben. Dann schenke ich ihr das gleiche Küssen und Lecken, bis sie mit wilden Schreien explodiert. Erschöpft und von unendlicher Ruhe erfüllt, bleiben wir eine Weile neben dem kleinen Teich liegen. Ich habe Antonias Seele erreicht, ich sehe es in der Tiefe ihrer wunderschönen, dunklen Augen.

Nach einer Ewigkeit spülen wir einander mit einem Schlauch sauber, der in einer Ecke der Halle an einen Warmwasserhahn angeschlossen ist, und trocknen uns danach mit unseren Unterhemden ab. Nur ganz langsam ziehen wir uns wieder die dicken Wintersachen an. Danach stromern wir noch durch zwei oder drei der anderen Hallen, bevor wir den Ort unseres Abenteuers durch die Luke verlassen. Ausgestattet mit neuer

Energie, tragen wir die Bänke an ihren Platz zurück und schlendern danach langsam nach Hause.

Die Kälte prallt ab an unseren noch immer glühenden Körpern.

Selbst ist der Mann

Carol Queen

Carol Queen beschreibt ein etwas anderes „erstes Mal" und erinnert uns daran, daß es viele verschiedene Arten von Jungfräulichkeit gibt – manche sitzen hauptsächlich zwischen den Ohren, andere zwischen den Beinen. Ihr Protagonist in *Selbst ist der Mann* ist so out, wie's nur geht, und praktiziert ganz ohne Zweifel schwulen Sex, aber mit einer kleinen Besonderheit. Christophers Gespräch mit Elissa und Kerry ist übrigens nicht erfunden; es hat 1982 zwischen Queen, ihrer Geliebten und dem schwulen Mitbewohner der beiden stattgefunden.

Queens erstes Buch war *Exhibitionism for the Shy* (Down There Press). Sie lebt in San Francisco, wo sie auch Mitbetreiberin von *Good Vibrations* ist, und promoviert in Sexologie über erotisches *cross-writing.*

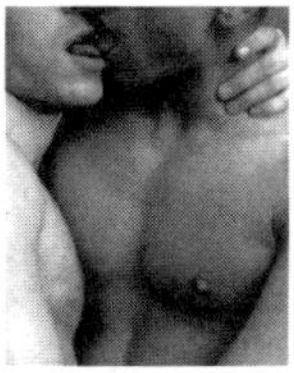

Alle meine Freundinnen und Freunde finden, ich bin ein richtiger Vorzeige-Schwuler. Ich bin gegenüber allen und jedem out. Meinen Eltern hab ich's erzählt, da war ich gerade mal vierzehn, und jetzt veranstalten sie bei sich zu Hause Gruppentreffen der *Eltern schwuler und lesbischer Kinder*. Ich war der einzige, der sich bereiterklärte, für das Begleitphoto zu einem Artikel über die LesBiSchwule-Unigruppe zu posieren. Danach haben mir so einige Verbindungsjungs einen geblasen. Ich bin Stammgast in der angesagtesten schwulen Disco der Stadt und arbeite für die Pressestelle von *Human Rights for Everyone*. Ich habe fast immer einen festen Freund (obwohl wir natürlich versuchen, einander nicht einzuengen) und gehe nie ohne Kondome aus dem Haus.

Aber ich habe ein schmutziges kleines Geheimnis. Vielleicht liegt das daran, daß ich mein Coming-out im Zeitalter von Aids hatte. Oder vielleicht ist meine Einstellung zu Sex insgeheim doch nicht so positiv, wie ich gerne behaupte. Ich bin noch nie gefickt worden. Bislang hat mir niemand auch nur einen Finger in den Arsch gesteckt. Wenn man von meiner sexuellen Erfahrung ausginge, könnte man nicht mal sagen, ob ich überhaupt ein Arschloch habe. Und mittlerweile – ich meine, ich bin schließlich ein Vorzeige-Schwuler! – kann ich nicht mal mehr irgendwem davon erzählen. Wer würde mir das glauben? Ich habe im schwulen Anzeigenblättchen alle zwei Wochen eine Kondomtest-Kolumne!

Als wir auf der Highschool waren, erzählte mir meine Schwester immer von den Pyjamapartys bei ihrer Freundin. Natürlich redeten sie über nichts anderes als Sex. Bevor sie alle so um die Vierzehn waren, hätte keine zugegeben, mehr mit Jungs zu machen, als nur rumzuknutschen – und mit Mädchen schon gar nicht, obwohl zu diesen Partys immer mindestens zwei Pärchen kamen. Kaum daß sie ihren vierzehnten Geburtstag gefeiert hatten, gaben sie alle ununterbrochen damit an, wie erfahren sie doch seien. Die Mädchen, die noch gar nichts gemacht hatten, wurden links liegengelassen. Die fingen dann an, ausgeklügelte Geschichten über die Freunde ihrer Cousins von außerhalb zu erfinden, die sie zum Tanz ausgeführt und im Auto ihres Onkels angefummelt hatten. So ungefähr liegt die Sache auch bei mir. Ich lüge niemanden wirklich an, aber wenn die Leute meinen, daß ich Erfahrung habe, lasse ich sie einfach in dem Glauben. Ich fühle mich verdammt noch mal wie eine Jungfrau! Und um eins klarzustellen: In meinem Bekanntenkreis gewinnt man keinen Blumentopf damit, seine Unschuld zu bewahren.

Ich weiß, was ihr jetzt denkt: Ist dieser Typ vielleicht potthäßlich? Wie kommt es, daß ihm niemand Avancen gemacht hat? Nun, da gab es schon einige. Ein paar Typen habe ich einen Korb gegeben, weil sie einfach nicht die richtigen waren, um meine Jungfräulichkeit an sie zu verlieren. Aber Vorzeige-Schwuler hin oder her, im Leben ist es nicht immer so, wie's in den Pornogeschichten steht. Ich glaube, heutzutage fürchten sich viele von uns davor. Deshalb kommt's oft gar nicht erst dazu – zum Ficken, meine ich. Wir machen nur den ganzen anderen Kram aus den *Safe Sex is Hot Sex*-Broschüren.

Aber ich muß die ganze Zeit daran denken. Ich besitze die umfangreichste Sammlung von Pornovideos, die man sich vorstellen kann, fast alle mit Analszenen, und ich muß mir nicht zweimal überlegen, ob ich zwölf Dollar für ein eingeschweißtes Magazin hinblättere, auf dem „Anal Total!" prangt. Ich schäme mich wirklich zuzugeben, wie geil ich davon werde, obwohl in den meisten nicht mal safe gefickt wird. Doch in einem meiner Hefte benutzen die Models Gummis, und ich versuche mir wenigstens einmal die Woche dazu einen runterzuholen. Ich habe

Schiß, daß all der unsafe Sex, den ich durch meine Pornos konsumiere, irgendwie einen schlechten Einfluß auf mich ausübt, und ich hoffe, daß sich das damit vielleicht neutralisieren läßt.

Ich mache mir auch Sorgen, daß es weh tun könnte. Ich stehe nicht auf harte Sachen, und in den meisten Pornogeschichten hört es sich schmerzhaft an, zumindest am Anfang. Und glaubt ihr nicht, daß es irgendwie ... ihr wißt schon, eine Schweinerei wäre? Obwohl, in den Filmen gibt es eigentlich keine großen Schweinereien. Ich wünschte, ich könnte einfach aufhören, darüber nachzudenken, auch wenn ich mich dann damit abfinden müßte, mir wie eine vierzehnjährige Jungfrau auf einer Pyjamaparty vorzukommen. Aber mein Schwanz erinnert mich ständig daran, wie sehr ich mir jemanden wünsche, der mich flachlegt, mir einen Finger in mein Loch steckt und mich mit einem dick mit Gleitmittel eingeschmierten Schwanz öffnet. Jedesmal, wenn ich einen Typen mit einem sexy Hintern oder diesen „Anal Total!"-Aufkleber auf einem Heft oder Videocover sehe, fängt mein Schwanz an zu pochen und steif zu werden. Und, ja – in meinem Arsch pocht es auch.

Irgendwann war ich so verzweifelt, daß ich unbedingt jemanden zum Reden brauchte, und natürlich konnte ich es keinem aus meinem Bekanntenkreis erzählen, weil niemand wußte, daß ich dieses Problem überhaupt hatte – mein Schweigen war Teil des Problems. Ich dachte sogar darüber nach, mir einen Therapeuten zu suchen, aber ich wollte nur zu einem Schwulen gehen und konnte keinen ausfindig machen.

Hilfe kam schließlich von ganz unerwarteter Seite – von meiner alten College-Freundin Elissa und ihrer Geliebten Kerry.

Die beiden waren ein paar Tage bei mir zu Besuch, und nachdem wir uns in der Disco ausgetobt hatten und bei mir zu Hause um meinen Küchentisch saßen, Kekse futterten und ein bißchen lästerten, kam die Rede auf Sex. Ist das nicht immer so? Die Pyjamapartys sind nur die Generalprobe für die Kaffeekränzchen, auf denen wir später als Erwachsene tratschen.

Kerry prahlte damit, wie sie durch die Highschool gekommen war, ohne ihre Jungfräulichkeit zu verlieren. Angesichts meines Dilemmas hielt ich das nicht gerade für rühmenswert – aber ich sagte erst mal nichts dazu.

Kerry war damals beileibe keine Nonne. Nicht nur, daß sie auf der Highschool mit zwei Mädchen rumgemacht hatte (eine davon eine Pyjamaparty-Eroberung), sie hing auch mit einer Menge Jungs rum. Sie war eine totale Schwanzfopperin. „Meistens ging ich mit meiner ganzen Clique nach dem Kino oder so noch irgendwohin auf eine Cola. Ich hab mir dann einen von den Typen rausgepickt, heimlich meine Schuhe ausgezogen und angefangen, ihm unterm Tisch einen zu rubbeln. Die saßen immer wie versteinert da und haben nie auch nur ein Wort gesagt! Obwohl mich natürlich jeder, mit dem ich dieses Spielchen getrieben habe, danach anflehte, mich ficken zu dürfen. Aber ich hab sie nie rangelassen."

„Gott sei Dank hab ich mich auf der Highschool nie mit Mädchen abgegeben!" sagte ich, ein wenig schockiert von ihrem Verhalten.

„So fies war ich gar nicht!" protestierte sie. „Wenn ich einen Typen wirklich mochte, bin ich mit ihm ausgegangen und hab mich an ihm gerieben, oder ich hab's ihm mit der Hand gemacht oder ihm einen geblasen."

„Sehr großzügig, Kerry!" lachte Elissa.

„Aber ich hatte mit keinem einzigen Typen Sex."

„Moment mal!" schrie ich. „Weißt du eigentlich, was du da sagst? Lecken und Blasen und Wichsen – das ist mein ganzes Repertoire!"

„'tschuldigung", sagte Kerry, „ich wollte dir nicht zu nahe treten."

Der Kragen war mir doch ziemlich eng geworden, und es dauerte eine Weile, bis meine Wut auf Kerry sich legte. Sie entschuldigte sich ganz ehrlich und meinte, so rum habe sie das noch nie betrachtet, weil für sie Homo-Sex und Hetero-Sex immer zwei Paar Stiefel waren. Aber sie konnte verstehen, daß ich das nicht so sehe, wenn ich die ganze Zeit genau das machte, was sie da beschrieb.

Elissa schaute mich neugierig an. „Und wie steht's mit Analsex, Christopher?"

Auf diese Frage hin sprudelte die ganze Geschichte einfach aus mir raus. Elissa war eine alte Freundin und lebte außerdem nicht in der Stadt – sie würde also niemandem mein Geheimnis verraten. Und irgendwie fiel es mir auch leichter, mit Lesben darüber zu reden, als ob ich ihnen gegenüber nicht soviel zu verlieren hätte, wenn ich sie hinter die Fassade des Vorzeige-Schwulen blicken ließ. Als ich auf meine Angst vor Schmerz zu sprechen kam, beugte sich Elissa über den Tisch und legte ihre Hand auf meinen Arm. „Christopher", sagte sie, „Analsex tut nicht immer weh. Es muß überhaupt nicht weh tun."

„Woher willst du das denn wissen?" fragte ich ein bißchen zickig; ich fühlte mich ziemlich verwundbar.

Elissa johlte belustigt, aber diesmal war es Kerry, die Dampf ablassen mußte – meinetwegen. „Christopher, ich versichere dir, ihr Schwuchteln seid auf der Welt nicht die einzigen mit Arschlöchern!"

Das war eigentlich nichts Neues, obwohl ich die Tragweite zugegebenermaßen noch nie bedacht hatte. Kerry faßte es für mich in Worte. „Wir mögen Arschficken auch ganz gerne, weißt du."

„Was meinst du mit ‚auch'? Ich hab das noch nie gemacht!" heulte ich. „Das ist ja das ganze Problem!"

„Na, dann unternimm was dagegen! Warum kaufst du dir nicht einfach einen Dildo?"

„Einen Dildo?" Ich war schockiert.

„Genau", fiel Elissa mit ein. „Auf die Art kannst du dir soviel Zeit lassen, wie du brauchst, und du kannst die Größe aussuchen, die du willst. Oder gleich zwei kaufen, dann fängst du einfach mit einem kleinen an und steigerst dich dann."

„Und wo um Himmels willen soll ich den herkriegen? Die in dem Pornoladen, wo ich meine Hefte kaufe, finde ich ganz furchtbar." Ich mußte zugeben, die häßlichen Gummischwengel dort hatte ich schon oft in Augenschein genommen. Aber ich hatte nie daran gedacht, selbst einen zu benutzen.

Elissa holte sich einen Stift und einen Briefumschlag, der auf der Anrichte neben dem Telefon lag. Sie kritzelte eine Nummer darauf. „Ruf morgen da an und laß dir einen Katalog schicken", sagte sie. „Und besorg dir einen Dildo aus Silikon. Diese Gummidinger sind so was von ekelhaft. Wirklich unglaublich, wie man diese Farbe als ‚Hautton' bezeichnen kann."

Am nächsten Morgen packten Kerry und Elissa ihr Zeug zusammen und fuhren weiter, und nachdem ich ihnen so lange nachgewinkt hatte, bis sie verschwunden waren, ging ich zurück in die Küche und sah mir den Zettel an. Elissa hatte mir die Nummer aufgeschrieben und noch einen Kommentar hinzugefügt: „Selbst ist der Mann!"

Lesben, dachte ich. Man muß sie einfach lieben. Ich nahm den Hörer ab.

Die Frau, die sich meldete, klang vollkommen ruhig und freundlich. Ich erzählte ihr, eine Freundin habe mir einen Silikondildo empfohlen, und bat sie um einen Katalog.

„Möchten Sie auch unseren Bücherkatalog?"

„Ja, gern."

„Soll das als Eilbestellung laufen?"

„Ähm ... ja."

Sie sagte, sie wolle zusehen, daß ich die Kataloge im Laufe der Woche bekomme.

In der Zwischenzeit suchte ich aus meinen Pornovideos die Dildoszenen raus. In jeder zweiten kam dieses furchtbare Jeff-Stryker-Modell vor – Gott, war das beängstigend! Irgendwie konnte ich mir eher vorstellen, Jeff Strykers echten Schwanz im Arsch zu haben, als dieses Plastikteil darin unterzubringen. Doch in ein paar Filmen gab es nette Szenen mit ein bißchen weniger furchteinflößenden Geräten. Dazu holte ich mir jeden Tag einen runter, bis die Kataloge kamen. Ich blätterte sie sorgfältig durch, zückte dann meine Kreditkarte und wählte die Nummer.

„Ich muß gestehen, daß ich noch nie eins von diesen Dingern benutzt habe", vertraute ich der Versandmitarbeiterin am anderen Ende der Leitung an. „Es soll für mich sein, ich meine, für den analen Gebrauch, und ich habe das noch nie gemacht und ..." Ich hatte mir fest vorgenommen, mich nicht zu verhaspeln, aber einer völlig Unbekannten zu erzählen, daß ich noch nie was in meinem Hintern gehabt hatte, war doch reichlich seltsam.

„Schon okay", ermutigte sie mich. „Ich kriege solche Anrufe jeden Tag. Sagen Sie mir einfach, ob ich Ihnen irgendwelche Fragen beantworten kann."

„Ähm ... mit welcher Größe soll ich anfangen? Die Freundin, von der ich diese Nummer habe, meinte, ich sollte gleich zwei kaufen."

„Warum suchen Sie sich nicht einen kleineren aus und einen, der ein bißchen größer ist?" Sie las mir die Katalognummern der Anfängermodelle vor und fügte hinzu: „Wollen Sie einen *Realistic*?"

„Einen was?"

„Einen, der wie ein Penis aussieht", erklärte sie. „Wir haben welche, die so aussehen und welche, die nicht so aussehen."

Ich suchte mir einen kleinen, lebensechten aus und bat sie, mir zu sagen, welche wohl einem durchschnittlich großen Schwanz entsprechen würden. Das tat sie, und ich traf meine Wahl.

„Brauchen Sie noch Gleitmittel dazu?" fragte sie.

„Ja, glaub schon."

„Wenn das alles neu für Sie ist, nehmen Sie besser eine große Flasche. Soll ich unser kostenloses Analsex-Faltblatt dazutun?"

Was für ein Service!

„Klar!" sagte ich und gab ihr meine Kreditkartennummer. „Eilbestellung", fügte ich hinzu.

Als das Päckchen ankam, ging ich in mein Schlafzimmer und schloß die Tür. Jetzt hatte ich endlich Sextoys zum Spielen. Ich kam mir ein bißchen blöd vor, weil ich nicht von selbst darauf gekommen war. Was das anbelangte, hatte ich kaum mal mein Arschloch beim Wichsen angefaßt. Hatte ich wirklich eine so drakonische Sauberkeitserziehung gehabt, oder was? Ich hielt es für nicht ganz passend, meiner Mutter diese Frage zu stellen, also beschloß ich, einfach nur in die Zukunft zu blicken und nicht in die Vergangenheit. Ich las erst mal das Faltblatt durch und bekam eine Vorstellung davon, wie ich's anfangen sollte. Darin stand, daß keine größere Sauerei zu erwarten sei, wenn man am gleichen Tag schon mal ordentlich auf dem Klo gewesen war, was ich wirklich beruhigend fand.

Kaum hatte ich den ersten Dildo berührt – ein bißchen kleiner als die Schwänze der Typen, mit denen ich bislang gespielt hatte –, fing mein Schwanz auch schon an, zu pochen und sich mit Blut zu füllen. Der Dildo war ungefähr zehn Zentimeter lang und ziemlich dünn – nicht unbedingt ein sexy Stück Männerfleisch –, aber der Gedanke daran, wo er hin sollte, törnte mich unheimlich an. Ich legte mich aufs Bett, ließ die beste Dildoszene aus meiner Pornosammlung laufen und goß mir Gleitmittel auf die Finger der linken Hand.

Ich griff zwischen meinen Beinen hindurch, an den Eiern vorbei, und dort fand ich das Loch, dessen Unerfahrenheit mich so sehr frustrierte. Als ich das Gel in winzigen Kreisen verteilte, so daß ich den Bruchteil eines Zentimeters weit hineinkam, richtete sich mein Schwanz zu seiner vollen Größe auf. Es war wie in meinen Fickphantasien: Er wollte zweifellos mit von der Partie sein.

Der dünne Dildo entsprach im Umfang ungefähr meinem Finger, deshalb ließ ich versuchsweise einen Finger tiefer hineingleiten. Der Druck auf mein Loch fühlte sich großartig an, und mein Schwanz zuckte ein bißchen vor Freude. Ich preßte ein paar Sekunden und nahm mir die Zeit, mich zu entspannen und zu öffnen, und schließlich gab mein Arschloch genug nach, um meinen Finger ganz aufzunehmen. Wow! Das Reingleiten war einfach unglaublich – warum hatte ich das nicht schon vor Jahren probiert? Ich erkundete das unbekannte Terrain ein bißchen, versuchte, meine Prostata zu finden, und obwohl ich die Bewegung geil fand, spürte ich nichts, was ich als Reaktion meiner Prostata hätte erkennen können. Mir ist immer erzählt worden, daß Prostatastimulation auf jeden Fall zum Orgasmus führt, doch bei mir passierte nichts dergleichen.

Als ich jedoch meinen Finger durch den Dildo ersetzte, gestaltete sich die Sache etwas interessanter. Er war ein paar Zentimeter länger, und seine Spitze stupste gerade eben an eine Stelle ganz oben in meinem Arsch, gegen die ich sofort fester stoßen wollte, als ich das mit dem kurzen Spielzeug schaffte. Aber schon der leichte Reiz, den ich bewirken konnte, verzückte mich völlig, und ich weiß nicht, wieviel Zeit ich damit verbrachte, mich auf dem Dildo zu winden, bis ich dieses gesteigerte Vergnügen nicht mehr aushielt – ich *mußte* einfach kommen, und mit ein paarmal Auf und Ab über mein hartes Fleisch schoß ich mir eine wirklich sehr befriedigende Ladung auf den Bauch. Erst als die letzten Schauer abebbten, ließ ich die Hand locker, die den kleinen Dildo so tief in meinen Arsch drückte, wie es nur ging.

In der Szene bekamen sie mich eine Weile kaum noch zu Gesicht, denn jetzt, wo ich dieses neue Vergnügen erforschen wollte, sah ich keinen Sinn darin, meine Zeit mit etwas anderem zu verschwenden. Abgesehen davon hatte ich ein Ziel: Ich wollte mich zu dem mittelgroßen Dildo vorarbeiten. Er war nicht nur ungefähr ebenso groß wie die meisten mir bekannten Schwänze, sondern auch mehr als fünf Zentimeter länger als der kleine. Damit käme ich ganz bestimmt bis an meine Prostata.

Mein ständiger Begleiter, während ich mich zu dem größeren Toy vorarbeitete, wurde ein süßer, junger Typ aus meinem Lieblingsvideo, der eine Soloszene hatte. Er bearbeitete seinen Schwanz, der, wie praktisch alle Pornoschwänze, groß und dick war – oder sind diese ganzen Typen einfach unheimlich klein und ihre Schwanzgröße nur eine optische Täuschung? Irgendwie hoffte ich auf letzteres, weil ich mich immer noch davor fürchtete, etwas Stryker-Großes in meinem Hintern zu haben. Der Typ sah sexy aus, wie er sich da einen runterholte. In der Szene, die mir am besten gefiel, nahm er einen Doppeldildo und schob sich das eine Ende in den Arsch, ließ ihn mit dem Blick in die Kamera richtig langsam reingleiten, als ob er mich durch die Mattscheibe hindurch sehen könnte und von mir im Gegenzug auch eine Show erwarten würde.

An dem Tag, als ich schließlich den größeren Dildo ausprobierte, stellte ich mir vor, daß mich dieser Typ dabei beobachtete. Ich ließ mir Zeit und spielte erst mit dem kleinen. Ich hatte mich unterdessen an das Gefühl in meinem Hintern gewöhnt, an diesen Kitzel, den ich so geil fand, daß ich mehr davon wollte – statt zu kommen, während er in mir drin war, schmierte ich diesmal den großen ein.

Das Dehnen, als ich mich dagegen drängte, fühlte sich wirklich scharf an. Ich fürchtete mich nicht mehr davor, mir weh zu tun, so daß diese Empfindung, die an Schmerz grenzte, aber nicht wirklich Schmerz war, nur besagte, daß mein Arsch gerade etwas Großes aufnahm. Und genau das erklärte ich dem Typ auf dem Bildschirm: „Ich schiebe mir diesen Riesendildo in den Arsch." So riesengroß war der Dildo eigentlich gar nicht, nur groß für meine Verhältnisse, aber als ich das laut aussprach, zuckte mein Schwanz heftig, und ich spürte einen Blitz der Erregung, der ebensosehr vom *dirty talk* wie vom Gleiten des Silikons auf meinem feuchten, empfindsamen Arschfleisch herrührte. Ich zog den Dildo fast ganz raus und spritzte noch mehr Gleitmittel darauf, bevor ich ihn mit einer langsamen, pumpenden Bewegung ganz allmählich tiefer und tiefer in mir versenkte. „Ich ficke mich mit diesem Schwanz", sagte ich zu meinem Mattscheibenliebhaber. „Schau her, wie ich ihn mir reinramme, bis zum Anschlag!" – *fick, fick, fick* mit dem Dildo, und während ich redete, fing ich an zu keuchen – „Ich brauche jemanden, der mir das Loch stopft, ich halt's nicht mehr aus." Der Kerl auf dem Bildschirm sah mich mit brennenden Augen an, während er mit dem Doppeldildo in seinen eigenen Arsch pumpte. Wie meiner, zitterte und pochte auch sein Schwanz, obwohl er ihn nicht mal berührte.

Kein Wunder, daß ich immer über dieses Gefühl phantasiert hatte. Wie hatte ich ohne es leben können? Warum hatte mir Elissa nicht geraten, einen Dildo zu kaufen, als wir noch zur Schule gingen? Ich stützte meine weitgespreizten Beine am Fußende des Betts ab und fickte mich noch schneller und tiefer. Der Dildo berührte schon fast meine Prostata. Mit der freien Hand drückte ich meine Eier und meinen steifen Schwanz zur Seite, damit sie nicht im Weg waren, während ich ihn mir reinstopfte. „Ich muß den Punkt treffen", stöhnte ich dem Mann auf der Mattscheibe entgegen, „O Gott, ich bin so scharf darauf. Bitte, fick mich, *fick* ..."

Ich glaubte eigentlich, ich sei dafür bereit, aber als der lange, feste Silikonschaft schließlich auf meine Prostata stieß, schrie ich gellend auf, so intensiv war das Gefühl. Ich dachte, ich würde auf der Stelle abspritzen, doch das wollte ich nicht. Ich wollte, daß dieser Fick, mein erster richtiger Fick überhaupt, weiter und immer weiterging. Also zog ich den Dildo wieder ein Stückchen raus und setzte den nächsten Stoß ein wenig anders an, damit der Reiz nicht ganz so heftig wäre. So ließ ich mich auf dieser Woge der Lust treiben und konzentrierte mich auf meinen neuen Liebsten, der sein Arschloch bereits so voll hatte, daß er träumerisch und entrückt aussah.

„Ja, Mann, tiefer, tiefer! Fick dich richtig hart, ich seh dir dabei zu, ich seh dir zu, wie du's dir besorgst! Wir spritzen zusammen ab, versprich's mir! Laß uns zusammen arschficken, komm schon, schieb ihn rein ..." Soviel hatte ich mit meinen Liebhabern nie geredet. Nicht, daß ich maulfaul gewesen wäre, aber ob ich mich alleine einfach ungehemmter fühlte oder ob es daran lag, daß mein Arschloch vollgestopft und gefickt wurde, jedenfalls war ich richtig redselig.

Jeder Stoß brachte mich näher an einen größeren Orgasmus, als ich je erlebt hatte. Das wußte ich lange, bevor es mich überkam, weil ich einfach immer weiter aufstieg und mich atemlos und geil immer fester fickte. Ich brauchte meinen Schwanz überhaupt nicht anzufassen, außer um ihn beiseite zu halten, um besser an mein Arschloch zu kommen. *Das* war jetzt meine erogene Zone.

Kurz bevor ich kam, wurde mein ganzer Körper steif vor lauter Spannung, die sich seit dem Augenblick aufgebaut hatte, in dem ich mit dem Ficken anfing. Ich konnte kaum mehr klar sehen, aber ich versuchte mein Bestes und hielt die Augen starr auf den Bildschirm gerichtet.

Volltreffer: Als der letzte Stoß gegen meine Prostata mich in den Orgasmus katapultierte, sah ich, wie auch mein Partner abspritzte, den Kopf in einem stummen Schrei zurückwarf, für den ich die Synchronstimme lieferte. Wir beide schossen weiße Fäden in die Luft, und als wären wir jeweils das Spiegelbild des anderen, fielen sie runter und regneten auf unsere Bäuche. Um genau zu sein, landeten meine ersten beiden Spritzer sogar hinter mir. Ich verschmierte die Wichse in den Haaren auf meinem Bauch und ließ meine spermafeuchte Hand auf meinem langsam erschlaffenden Schwanz ruhen. Während ich in den Nachbeben lag, wurde der Bildschirm blau. Mein Liebhaber war verschwunden, und ich hatte nicht mal den Nachspann mitgekriegt, um herauszufinden, wie er hieß.

„Toy-Versand, guten Tag“, meldete sie sich nach dem zweiten Klingeln. Ich gab ihr meine Kundennummer, die auf der Rechnung für die ersten beiden Dildos stand.

„So bald schon der nächste Anruf?“ fragte sie, als mein Name auf ihrem Monitor erschien. „War mit Ihrer Lieferung alles in Ordnung?“

„Oh, mehr als in Ordnung“, versicherte ich ihr, noch ein wenig weichgespült nach der Dusche. Ich hatte gerade erst die zweite Verabredung mit dem größeren Dildo hinter mir – und mit Damien, dessen Namen im Abspann zu finden mir diesmal gelungen war. „Aber ich habe irgendwie das Gefühl, daß ich bei Ihnen Stammkunde werde.“

Angel

Stephan Niederwieser

Mit Stephan Niederwiesers *Angel* betritt eine Figur unser Sexperimentierfeld, die in all ihrer jugendlichen Unschuld und stilisierten Anmut so recht einem *Bel Ami*-Bildband entsprungen sein könnte – wenn das Objekt der Begierde nicht eine Frau und Lesbe wäre. In der Begegnung mit Lucy, die nicht weniger als Angel und doch aus ganz anderen Gründen die Blicke aller auf sich zieht, lernt sie sich selbst neu kennen.

Der Wahlmünchner Niederwieser wuchs in Berlin und New York auf. Er ist ausgebildeter Heilpraktiker und Psychotherapeut, arbeitete als freiberuflicher Redakteur für Magazine wie *Vogue* und *Ambiente* und schreibt mittlerweile Sachbücher über Natur- und Alternativmedizin. 1998 erschien im Querverlag sein erster Roman, *An einem Mittwoch im September*. Der zweite ist in Arbeit.

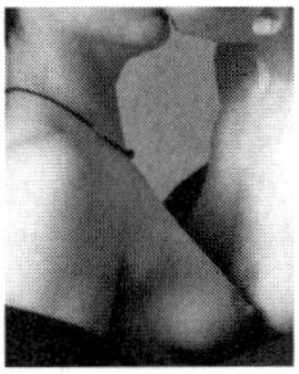

„Angel!" – Alle Frauen nennen sie Angel. Nicht nur wegen ihres lockigen Haars, das golden schimmert und im Wind den Eindruck erweckt, Angel schwebe auf Flügeln einher. Auch ihre Bewegungen sind übernatürlich anmutig, und mit jedem ihrer Schritte scheint sie Stille zu verbreiten.

Angel heißt Christa. Die meisten wissen das, aber sie Angel zu nennen ist viel stimmiger. Angel klingt leicht und verführerisch, Christa nicht. Angel zergeht auf der Zunge, Christa nicht. Angel beschreibt Christas Schönheit und Erscheinung besser als jeder andere Name.

Christa geht nie in die Szene, sie schwebt immer nur an ihr vorüber, nahe zwar, aber nie nah genug. Wenn Christa die Straße hinuntergleitet, verstummen die Gespräche der Frauen. Augen schließen sich angesichts ihrer Anmut, Nasen recken sich in den Wind, in der Hoffnung, wenigstens einen Hauch von ihr einzufangen. Aber selbst dafür bleibt sie stets zu weit entfernt. Unerreichbar scheint sie, ja fast unwirklich – jedenfalls unwirklich genug, um Frauen zu verleiten, von Christa, nein, von Angel die Erfüllung all ihrer Sehnsüchte zu erwarten.

Doch es gibt auch andere Frauen. Sie rümpfen die Nase, wenn sie Christa sehen, sie wenden sich ab und verlieren gar böse Worte über sie. Sie schimpfen Christa arrogant. Christa spiele mit den Gefühlen der Frauen, sagen sie ihr nach. Es sei bekannt, daß sie zuerst wild herumflirte, nur um die aufwallenden Gemüter dann mit Frost zu bedecken. Außerdem bilde sich Christa etwas auf ihr Aussehen ein, aber auf Äußerlichkeiten komme es doch gar nicht an. Und überhaupt, auch darüber sind sie sich einig, Christa ist im Bett 'ne Niete. Aber die, die Christa begehren, kümmern die Gerüchte wenig.

Christas Wohnung liegt mitten im Szeneviertel. Das hat sie nicht gewußt, als sie in die Stadt gezogen ist. Jetzt muß sie jedesmal, wenn sie das Haus verläßt, an all den Kneipen und Straßencafés vorbei, an all den Frauen mit den neugierigen, bohrenden, taxierenden und hungrigen Blicken. Sie kommt sich dabei vor wie auf einem Spießrutenlauf.

An einem Abend im Hochsommer will die Hitze nicht nachlassen. Die Luft ist dick und schwer; man könnte eine Frau anhand der Spur verfolgen, die ihr Parfüm hinterläßt. Den ganzen Abend lang hat Christa nackt auf ihrem Fensterbrett gesessen und hinuntergeschaut auf die Stadt und die Menschen, denen sie sich so fern fühlt; jetzt macht sie sich auf den Weg. Als sie an den Kneipen vorbeikommt, starrt sie in die Ferne, um nicht im Blick einer der Frauen hängenzubleiben, und sie singt innerlich ein Kinderlied, um das Getuschel zu übertönen, das immer stärker anschwillt. Aber es will ihr nicht ganz gelingen. Auf dem großen Platz, an dem gleich drei Bars um die Gunst der nächtlichen Besucherinnen buhlen, sieht sie, wie eine Rollstuhlfahrerin jäh bremst und sie schon von weitem mustert. Angestarrt zu werden ist Christa schon unangenehm genug, von einer Behinderten aber geradezu unerträglich. Sichtlich verunsichert geht sie weiter, steckt ihre Nase in die Luft und hebt gerade an, zu den Sternen zu entfliehen, da wird sie von einer energischen, aber einfühlsamen Stimme auf die Erde zurückgeholt: „Es ist schwer, immer so angestarrt zu werden, nicht wahr?"

Christa verlangsamt ihren Schritt, sucht erschrocken nach der Quelle dieser Störung.

„Hier unten, Kleines", hört Christa, und es klingt noch eine Nuance weicher. „Planet Erde."

Vorsichtig beugt sie ihren langen, grazilen Nacken, wobei ihr das Haar wie Honig über die Schultern fließt, und sieht vor sich das Mädchen im Rollstuhl: Es hat den Kopf voller wilder, pechschwarzer Locken mit rot schillernden Strähnen. Die Augen funkeln beschwörend, der Mund ist breit und von vollen Lippen umrahmt. Unter dem knappen T-Shirt zeichnen sich ein üppiger Busen und spitze Brustwarzen ab, die extrem schlanken Beine verjüngen sich zu bildschönen Füßen. Eine unbändige Kraft spielt direkt unter der Haut des Mädchens; es ist von einer magischen Aura umgeben, einer seltenen Schönheit, die ihren Anblick für Christa noch bedauernswerter erscheinen läßt.

Christa wird unruhig. Sie will weitergehen, weil die Augen der Barbesucherinnen ihr schon im Rücken brennen, aber sie kann nicht. Das Rollstuhlmädchen hat Christa mit einem weichen, verständnisvollen Blick gebannt. Zum ersten Mal fühlt sich Christa von einer anderen Frau nicht angestarrt, sondern wirklich gesehen, sie fühlt sich Mensch, nicht Fleisch, lebendig, nicht mehr wie eine Statue. Eine Sehnsucht meldet sich in ihr zu Wort, die sie bisher geflissentlich überhört hat, und wird so laut, daß sie das Gemurmel um Christa herum übertönt.

„Komm mal her, Kleines", sagt das Mädchen und breitet die Arme aus. Christa schaut auf sie herab. In die Arme einer Behinderten? Sie zögert – zu lange, denn schon dringt das Getuschel wieder an ihr Ohr, und das Stechen, das sie am ganzen Körper spürt, verrät ihr, daß sie von den Blicken der umherstehenden Frauen geradezu durchbohrt wird. Christa spricht mit einer Rollilesbe; sie kann sich nicht auch noch von ihr umarmen lassen.

„Nimm mich mit!" schreit Christas Sehnsucht, aber ihr Verstand filtert die Worte, läßt sie andere hervorpressen, gestammelt, brüchig: „Was willst du von mir?"

„Ich wollte dir nur sagen, daß ich dein Leid kenne", antwortet das Mädchen im Rollstuhl ruhig. „Ich werde auch immer angestarrt, und keine von denen sieht mich so, wie ich wirklich bin."

Lucys Worte legen sich wie ein Kamillenpflaster auf Christas wunde Seele. Am liebsten würde sie sich an dem Mädchen festhalten, aber das ging doch nicht. Statt dessen reicht Christa der Fremden die Hand – wie um diese Wahrheit stumm zu besiegeln.

Die kleine Pause droht, zu einem Abschied zu werden, da stammelt Christa schnell noch etwas: „Möchtest du eine Tasse Schokolade mit mir trinken?"

„Gern", antwortet das Mädchen. „Aber ich will in keine dieser ... Kneipen."

„Ich verstehe", sagt Christa und lächelt schwach. Dann schiebt sie das Mädchen vom Platz.

„Ich heiße Lucy, mein Engelchen, und du?"
„Christa. Einfach nur Christa."

„Möchtest du wirklich eine Schokolade oder nicht doch lieber was Kaltes?" fragt Lucy. „Bei der Hitze." Sie wischt sich den Schweiß von der Stirn, manövriert dann flink und behende den Rollstuhl durch die kleine Wohnung. Sie öffnet die Vorhänge, um die kühle Nachtluft hereinzulassen, legt eine Platte auf und zündet Kerzen an.

Christa, die an der Wohnungstür stehengeblieben ist, zuckt verloren mit den Schultern. Lucy wartet. Als die Antwort ausbleibt, fährt sie scharf an Christa heran, berührt sie sanft am Kinn, streicht ihr liebevoll über Brust und Bauch. Dabei behält sie den blonden Engel genau im Auge.

Aber Christa will sich nichts anmerken lassen. Lucy soll die eigenartige Aufregung nicht sehen, von der sie in diesem Augenblick erfaßt wird: Fiebern und Herzflattern, so als hätte sie zuviel Kaffee getrunken.

Christa will etwas sagen, aber sie bringt kein Wort über die Lippen. Da nimmt Lucy sie bei der Hand und zieht sie langsam hinter sich her ins Schlafzimmer. Dort bringt Lucy den Rollstuhl neben dem Bett in Position. Christa starrt sie regungslos an.

„Was ist, mein Engel? Hat man dir die Flügelchen gestutzt?" fragt Lucy, stemmt sich hoch und läßt sich ins Bett fallen.

Nein, Angel mag Flügel haben, Christa nicht. Christa hat noch nie welche besessen, und deshalb kann sie jetzt auch nicht fliegen, obwohl sie sich ganz leicht fühlt, so als würde sie jeden Moment abheben. Es ist ein Gefühl, das sie bisher nicht gekannt hat: Der Anblick der lahmen Beine, die Gegenwart dieser behinderten Frau lassen sie ihre Angst vergessen. Mutig beugt sie sich über das Fußende des Betts, um besser sehen zu können – Lucy versucht gerade, sich die ausgefransten Jeansshorts auszuziehen.

„Kannst du mir mal helfen?" bittet Lucy. Da legt ihr Christa geistesabwesend eine Hand aufs Bein. Es fühlt sich warm an, aber irgendwie tot. Ihre Hand wird plötzlich ganz heiß; es ist, als unterhielten sie sich miteinander, die Hand und das Bein.

Derweil sieht Lucy Christa an, scheint ihre Gedanken lesen zu wollen, aber das gelingt ihr nicht. So tut sie, was naheliegt. Langsam zieht sie sich das T-Shirt über den Kopf, als bürge eine schnelle Bewegung die Gefahr, Christa zu verschrecken. Dann nimmt sie vorsichtig Christas Hand von ihrem Bein und legt sie sich auf die Brust.

Christas Knie werden weich, sie sinkt aufs Bett, und Lucy streicht ihr das goldene Haar aus dem Gesicht, zeichnet mit den Fingern die bezaubernden Konturen ihrer Wangenknochen nach.

„Komm her“, flüstert Lucy, „komm her“, und lockt mit dem Finger. Christa gibt ihr den ersten Kuß. Er schmeckt wie Pfirsichgelee, dick und süß, fast ein wenig klebrig, aber ganz himmlisch. Sie schaut kurz auf, in Lucys große, freundliche Augen, will sich gleich wieder gierig auf ihre Lippen stürzen, da schiebt Lucy sie jäh von sich.

„Zieh dich aus!“ befiehlt sie leise aber bestimmt. „Zieh dich aus!“

Christa erschrickt fast ein wenig, steht auf und verschränkt die Arme vor der Brust. Lucy nutzt den Moment, sich von ihrem Schlüpfer zu befreien. Geheimnisvoll zwinkert Christa eine Möse zu, deren schwarzes Schamhaar zu einem Herzen rasiert ist; die Schamlippen züngeln verführerisch hervor. Und plötzlich wird die Luft im Zimmer unerträglich heiß, sie macht Christa so benommen, daß sie um ihr Gleichgewicht ringen muß.

„Na, mach schon!“ befiehlt Lucy, lauter und ungeduldiger, und wie in Trance knöpft sich Christa die Hose auf. Der Kegel der Nachttischlampe ruht auf ihrem Schritt.

„Dreh dich um!“ sagt Lucy verheißungsvoll, und wieder verharrt Christa wie erschrocken. „Na los. Dreh dich um, und zieh dich weiter aus!“

Christa tut, wie ihr geheißen. Sobald sie sich bückt, um Hose und Schlüpfer hinunterzuschieben, spürt sie ein wohliges Kribbeln zwischen den Beinen. „Ahhh ...“ Lucys Finger bohrt sich kühl und flink in sie hinein. Nein, der Finger ist gar nicht kühl, Christas Möse nur so überhitzt, daß ihr der Finger kühl erscheint. Gierig drängt er sich in sie, ungeduldig gräbt er sich tiefer, als käme es darauf an, keine Zeit zu verlieren. Wie ein professioneller Einbrecher geht er zu Werke, öffnet genau die richtigen Schubladen, greift nach den größten Schätzen, vermeidet dabei die Alarmanlagen und hinterläßt keine Spuren.

Kollegen eilen ihm zu Hilfe, erst einer, dann zwei und drei. Christa hat sich gerade an ihre Gesellschaft gewöhnt, da sind sie auch schon wieder verschwunden. Aber noch bevor das wohlige Gefühl, das sie hinterlassen haben, abgeklungen ist, packen Lucys kräftige Hände Christa bei den Hüften und ziehen sie nach hinten. Christa strauchelt, verliert das Gleichgewicht und findet sich Bruchteile von Sekunden später auf Lucys Gesicht sitzend wieder. Ein Schrei entfährt ihrer Kehle, als sie die rauhe, gierige Zunge wie eine Schlange in sich eindringen fühlt; dann schnappt sie nur noch nach Luft.

Lucy ergreift Christas Kopf und drückt ihn sich zwischen die Beine. Christa fragt sich, was sie dort soll, doch da regt sich in ihr schon das unwiderstehliche Bedürfnis, dieses unbekannte Terrain mit der Zunge zu erkunden. Vorsichtig leckt sie zunächst um die zuckende Möse herum, die leicht salzig, aber angenehm frisch schmeckt. Und schon wird sie von einem Sog erfaßt, der ihre Zunge, ihre Lippen, ihre Nase in die wohlig warme Tiefe lockt. Dort umgarnt sie etwas, ganz sanft, wie der Liebesbeweis einer blutjungen Katze.

„Ah! Ah! Ah!" stöhnt Lucy, und mit jedem Stöhnen taucht Christa tiefer in sie ein, wird ihre Zunge schneller und wilder. Je tiefer Christa bohrt, je fester sie leckt, desto stärker schwellen Lucys Schreie an. „Ahh! Ahhh! Ahhhhhh!" ächzt sie immer lauter. Bald ist ihr ganzer Körper von einer Wellenbewegung erfüllt, ja, er wird zu einer sich stetig aufschaukelnden Woge, die dann mit einem Mal überschwappt – und das im wahrsten Sinne des Wortes: Denn kaum entfährt Lucys Kehle ein heller, fast glockenreiner Schrei, spritzt auch schon eine Fontäne klarer, heißer Flüssigkeit aus ihrer Möse.

Es tropft von Christas Gesicht, als sie sich zu Lucy umdreht; Staunen ist in ihren Augen zu lesen. „Was war das?" scheint sie fragen zu wollen, zu perplex, um auch nur den Mund zu öffnen.

Um Lucys Lippen spielt ein entspanntes Lächeln. „Das kannst du auch", flüstert sie bestimmt. Christa schüttelt nur ungläubig den Kopf.

„Wollen wir wetten?" Lucy klemmt sich Christas Kopf wieder zwischen die Beine. Dann schiebt sie Finger in Christas Möse, zuerst einen, dann zwei und bald darauf einen dritten.

„Entspann dich", sagt sie in ruhigem, verführerischem Ton. „Stell dir vor, du fällst von einem hohen Gebäude." Christa zuckt bei dieser Vorstellung zusammen. „Du kriegst Panik, du verspannst dich, weil du Angst hast, am Boden aufzuschlagen." Lucy macht eine bedeutsame Pause. „Merkst du's?" fragt sie dann.

„Was?" entgegnet Christa.

„Du schlägst nicht auf, verstehst du? Du wirst nie aufschlagen, nie, nie, nie. Du wirst ewig weiterfallen und dir nie wehtun." Sanft streichelt Lucy bei diesen Worten Christas Möse, steckt einen vierten Finger hinein, zieht ihn schnell wieder heraus. „Spürst du, wie leicht dein Körper wird? Du mußt nichts mehr festhalten, alles flattert. Du wirst leicht wie der Wind, der an dir vorüberzieht. Bald löst du dich in ihm auf, bis du selbst nur noch der Wind bist. Deine Muskeln, deine Knochen, deine Glieder, alles ist Wind."

Aber Christa schafft es nicht, ganz loszulassen. Im Gegenteil, sie verspannt sich, und ihre Möse wird trockener. Sie glaubt zu sehr daran, doch irgendwann aufzuprallen oder aufzuwachen und festzustellen, daß sie das alles nur geträumt hat.

So nimmt Lucy eine Flasche Öl vom Nachttisch und gießt sich etwas davon in die Hände.

„Zieh dein T-Shirt aus", sagt sie, und Christa pariert. Dann greift Lucy unter ihr hindurch bis weit hinauf zum Kinn. Langsam ölt sie Christa ein, den Hals, die Brust, den Bauch, den Rücken. Zuerst knetet sie mit langsamem, festem Griff, aber schon bald werden ihre Bewegungen leichter und schneller, bis nur noch ein sanftes, flinkes Kitzeln über Christas Körper huscht.

Gleichzeitig streichelt sie Christas Damm, gleitet hinauf zur Rosette, massiert diese, bis Christa lacht, und wendet sich wieder der Muschi zu. Sanft dringt sie mit der einen Hand in sie ein, während die andere weiter ihre Brüste liebkost. Lucy zieht die Hand heraus, schiebt sie wieder hinein. „Pflock, pflock, pflock." Das Geräusch erfüllt den Raum, und trotzdem breitet sich langsam eine fast sakrale Stille aus.

In Lucys Händen hat Christa ihre Angst verloren, und ihre gefesselte Lust befreit sich nun mit Gewalt: Kraftvoll stößt Christa ihren Unterleib gegen Lucys Hand, die inzwischen schon bis zum Gelenk in ihr steckt. Immer heftiger werden ihre Stöße, sie beginnt zu hecheln, schneller und schneller, ein leises, hungriges Wimmern mischt sich in den sich steigernden Rhythmus. Und dann, als Christa bereits den warmen Energieschwall des Orgasmus in sich aufsteigen spürt, packt Lucy sie an der Kehle, so fest, daß ihr die Luft wegbleibt und sich grenzenlose Panik in ihre Lust mischt. Gerade noch hat sich Christa wie ein Wildbach gefühlt, der eiligst auf die Wasserfälle zuströmt, plötzlich wird sie gestaut. Aber nur für Sekunden, denn dann läßt Lucy Christas Hals los, und sie rauscht mit um so größerer Wucht in die Tiefe. Kurz bevor sich der Strom in die Fluten ergießt, zwirbelt Lucy noch Christas Kitzler.

Christa kommt, sekundenlang, minutenlang. Heiße und kalte Schauer durchzucken sie, mit einem Mal brennen ihre Glieder, krampfen sich zusammen, nur um im nächsten Moment zu erschlaffen und, wie es scheint, sich völlig aufzulösen, leicht zu werden wie der Wind. Erschöpft bricht sie zusammen, hört auf zu atmen, wähnt sich tot, kommt wieder zu Bewußtsein, schnappt nach Luft.

Minuten später entwirrt sie ihre Arme und Beine von denen Lucys, dreht sich um und blickt in ein zufriedenes Gesicht. Da entdeckt sie, daß die Brust des Mädchens von einem seltsamen Glanz überzogen ist. Christa fährt mit der Hand über Lucys Busen und spürt Feuchtigkeit.

„War ich das?“ fragt sie fassungslos. Lucy nickt. „Wow!“ Christa sinkt zurück aufs Bett, gluckst erfreut und befreit, greift nach der Decke, um ihre Scham zu verbergen, die im Schatten des Glücks Parade steht. Übermutig umarmt sie Lucys Bein; es fühlt sich tot an, aber irgendwie warm. Jetzt versteht sie, warum sie mit Lucy mitgegangen ist.

Langsam rappelt sie sich hoch, sammelt ihre Klamotten ein und geht. Doch an der Schlafzimmertür bleibt sie stehen, wie von einem unsichtbaren Seil gehalten. Sie dreht sich um und schaut Lucy noch einmal an: Sie liegt auf dem Rücken, die eine Hand über den Brüsten, die andere auf ihrem Schoß. Ihre Augen sind geschlossen. Der Schein der Nachttischlampe breitet ein seidig weiches Licht über ihre schneeweiße Haut. Wäre Christa eine Künstlerin, würde sie Lucy jetzt malen, denn was sie sieht, ist Schönheit, nichts als pure Schönheit.

Einen Moment lang fragt sie sich, ob sie zurückgehen, zu Lucy unter die Bettdecke schlüpfen soll. Vielleicht könnten sie sogar ein Paar werden, Verbündete sein. Sie würden sich bestimmt gut verstehen.

Da dreht ihr Lucy den Kopf zu. „Ciao“, flüstert sie kaum hörbar – die Bewegung ihrer Lippen scheint wie der Segen einer Madonna. Plötzlich muß Christa an all die begehrenden Blicke in den Bars denken, sie jagen ihr ein kühles Kitzeln über den Körper. Und sie hört ihren Namen rufen, aus den Mündern von tausend Frauen: „Angel, Angel, Angel, Angel, Angel ...“ Es klingt wie ein Engels-Chor.

„Ciao“, antwortet Angel und wirft Lucy einen liebevollen Kuß zu. Dann fliegt sie lachend hinaus in die Nacht.

Raubtiere

Wickie Stamps

Wickie Stamps wagt sich in *Raubtiere* an ein Tabuthema: Vergewaltigungsphantasien. Ihr Protagonist hat eine Schwäche für *rough trade*: gefährlichen, brutalen Sex, oft für Geld und oft zwischen Angehörigen verschiedener Klassen. Jamie erfährt den Unterschied zwischen Phantasie und Realität am eigenen Leib. Die Figuren des Aggressors und des Opfers bilden eine Parallele zu anderen Paaren polarisierter erotischer Rollen: Top und Bottom, Daddy und Boy, Butch und Femme.

Stamps' Essays und Kurzgeschichten sind in Anthologien wie *Sister and Brother*, *Leatherfolk*, *The Best Gay Male Erotic Writing of 1995*, *Looking for Mr. Preston* und in zahlreichen Zeitschriften erschienen, darunter *Advocate*, *On Our Backs* und *Bad Attitude*.

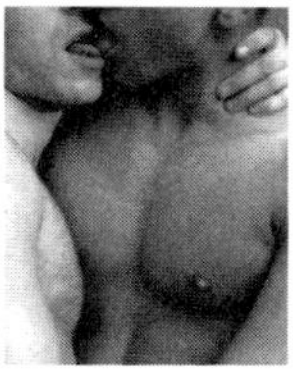

„Natürlich wußte ich, daß er gefährlich war", sagte Jamie, als er für einen Moment den Strohhalm aus dem Mund nahm. „Deshalb bin ich ja hinter ihm her in die Seitenstraße." Jamie war an diesem Abend ganz besonders ungeduldig mit Brian.

Wenn jemand über das Verlangen nach *rough trade* Bescheid wissen sollte, dann Brian. Nach einem kurzen, verärgerten Blick in Brians Richtung wandte Jamie sich wieder seinem Milchshake zu. St. Patrick's Day stand vor der Tür, und so servierten sie im *Micky D's* grüne Milchshakes.

Jamie seufzte. „Ich weiß, daß er betrunken war", erwiderte er auf einen blöden Kommentar von Brian. „Sonst wär der Scheißkerl nicht im *1010* gewesen." Er hatte gute Lust, einfach aufzustehen und zu gehen. Anders als Jamie wollte Brian von der Straße runter, und deshalb ließ er ihn alle Nase lang wissen, wie wenig er davon hielt, daß Jamie immer noch auf den Strich ging. Langsam entwickelte er sich damit zu einer echten Nervensäge.

„Ich war's übrigens auch", fügte Jamie hinzu, als Brian zu ihrem Platz zurückkam und ihm einen Cheeseburger vorsetzte.

„Was?" fragte Brian völlig verwirrt.

„Besoffen." Jamie nahm einen Riesenbiß von seinem köstlichen Burger. „Und ziemlich voll mit Speed." Er wußte, daß diese kleine Information Brian in Rage bringen würde, denn er hatte ihm versprochen, die Finger von Speed zu lassen.

„Der Sex war jedenfalls oberaffengeil", sagte er und drückte etwas Ketchup in den Deckel der Cheeseburgerschachtel. Er tauchte gerade seine Pommes in die Ketchuppfütze, als Brian zu einer Standpauke über den Strich im allgemeinen und *rough trade* im besonderen ansetzte. Nach etwa fünf Minuten dieses Vortrags reichte es Jamie. Er wußte, wie sehr es Brian erst nerven würde, wenn er alles über seine Nummer erfuhr. Er und Brian hatten sich in der Haight Ashbury Free Clinic kennengelernt, waren Freunde geworden und fickten jetzt schon eine ganze Weile miteinander rum; es brachte Brian jedesmal auf die Palme, von Jamies Freiern zu hören.

„O ja, ich war wirklich sturzbesoffen", wiederholte Jamie und wischte sich die Finger an seiner Serviette ab. Er rutschte in die Ecke der Sitzbank zurück, machte seine Jacke auf, zog ein Knie an und spreizte die Beine weit auseinander. Die zusammengeknüllte Serviette warf er auf den Tisch.

„Wir sind kaum in der Seitenstraße, da packt mich dieser Bastard", sagte Jamie und öffnete seine Jacke weiter, so daß Brian möglichst viel von seiner Brust zu sehen bekam. „Er packt mich hinten an der Jacke und knallt mich einfach gegen die Wand. Dann tritt er mir die Eier zu Brei." Jamie langte nach unten und rieb sich den Schritt. „Und ich krümme mich vor Schmerz", fügte Jamie hinzu, beugte sich vor und tat so, als hätte ihm gerade jemand in die Eier getreten. „Der Scheißkerl steht einfach über mir, wankt, wischt sich den Sabber aus dem Gesicht und reibt sich dabei den Schwanz.

Ich hab ihn natürlich gehaßt, diesen stinkenden Bastard. Und ja, ja, ja, noch mehr hab ich mich selbst dafür gehaßt, daß ich überhaupt dort war", gab Jamie auf Brians dämliche Frage zurück. „Aber sein Schwanz, Mann! Dieser Scheißschwanz war riesig!" Jamie beugte sich vor, angelte sich eine Fritte, rollte sie kurz zwischen den Fingern und schob sie sich halb in den Mund. „Mann, als er seinen Bolzen rausgeholt hat, konnt ich einfach nicht anders, als auf die Knie zu fallen und mein Gesicht in seinen Schritt zu stecken." Das Kartoffelstäbchen verschwand langsam zwischen Jamies Lippen. Er mußte lachen, verschluckte sich, zog die Jacke über den Kopf, als Brian eine zerknüllte Serviette nach ihm warf, und rutschte von der Bank runter. „Echt riesig", zischte er unter seiner Jacke hervor, fing an zu kichern und wich den Fritten aus, die auf ihn niederprasselten. Unterdessen war Jamie auf den Knien unter dem Tisch. Er streckte den Kopf hoch, um zu prüfen, ob die Luft rein war, und setzte sich wieder hin, als er sich in Sicherheit glaubte. Nachdem er sich noch schnell umgesehen hatte, ob der Geschäftsleitung dieses Affentheater nicht langsam zuviel wurde, untersuchte Jamie seine Jacke auf Ketchupspritzer. Die Jacke mit dem Emblem der *San Francisco 49ers* war ein Geschenk von Brian.

„Du weißt, daß du tief in der Scheiße steckst, wenn du meine Jacke versaut hast“, sagte Jamie, während er die Ärmel begutachtete. „Irgendwas auf dem Rücken?“ fragte er und verrenkte sich, um selbst nachzusehen. Brian stand auf, warf einen Blick drauf, und nachdem er Jamie die Mütze über die Augen gezogen und ihm versichert hatte, daß da keine Flecken waren, setzte er sich wieder seinem Freund gegenüber.

„Wie ich schon sagte, ich bin auf die Knie gegangen und hab mein Gesicht in seinen Schritt gesteckt. Ich atme also seinen muffigen Geruch ein und fange an, ihm durch die Jeans die Eier zu lutschen. In dem Moment schmettert er mich gegen die Mauer“, fuhr Jamie fort, während er seine Jacke halbherzig weiter auf Ketchup untersuchte. „Ich krieche vorwärts, kralle mir seinen dreckverkrusteten Stiefel und fang an zu lecken.“ Jamie sah Brian an. „Der Typ ist total drauf abgefahren – sein Schwanz war auf einmal hart wie Granit. Er will den Stiefel zurückziehen, aber dabei stolpert er in die Mülltonnen hinter uns. Ich halte mich immer noch fest, fahre mit der Hand über den Stiefelschaft und klammere mich an seine haarigen Beine.“ Jamie lächelte. Brian nippte gequält an seinem Kaffee, aber an dem Ausdruck in seinen Augen erkannte Jamie, daß er ihn am Haken hatte. Jamie lächelte noch einmal und machte es sich auf der Bank etwas bequemer. Mit ein paar saftigen Einzelheiten kriegte man Brian immer: Wie Jamie ließ auch er nichts anbrennen. Jamie streckte den Rücken durch, beugte sich vor und erzählte Brian die nächsten zehn Minuten ohne Unterbrechung jedes schmutzige Detail seiner Geschichte:

„‚Bitte‘, sag ich, als ich den Griff um seinen Stiefel lockere. Der Bastard versucht immer noch, sein Gleichgewicht zurückzugewinnen. Ich kralle mich in sein Hosenbein. ‚Bitte‘, sag ich noch mal. Völlig klar, dieser Mistkerl will einen geblasen bekommen, aber ich bin mir nicht sicher, ob er genug intus hat, um mich ranzulassen.

Ich nutze sein Zögern aus, lange hoch, greife ihm hinten in die Hose und ziehe ihn zurück zwischen die Mülltonnen. Er stolpert mir hinterher. Ich stoße ihn gegen die Mauer. Da steht so 'n großer Müllcontainer, hinter dem wir so gut wie nicht zu sehen sind.

Der Kerl langt in seine hintere Hosentasche, kramt einen Flachmann raus und nimmt erst mal 'nen kräftigen Schluck. Dann macht er die Augen zu und lehnt sich an die Mauer. Ich zieh mich auf die Knie hoch, knöpfe ihm fix die Jeans auf und hole seinen Schwanz raus. Und dann leg ich meine Lippen um dieses Monster.

Plötzlich hör ich jemanden hinter uns. Ich mach mir fast in die Hosen vor Angst. ‚Was zum Teufel ...‘, hör ich jemanden sagen. Aber es stellt sich raus, daß es ein Kumpel von ihm ist, die beiden sind wohl zusammen unterwegs gewesen. ‚Verfluchte Scheiße‘, sagt der Typ. ‚Mike, was zum Teufel machst du da?‘ Er will mich von seinem Kumpel Mike wegziehen, aber ich halte mich fest, packe mir mit der Linken die Eier von diesem zweiten Typ und drücke zu. ‚Verfluchte Scheiße‘, sagt er noch mal, aber ich weiß, daß es ihm gefällt, weil seine Stimme diesen geilen ‚Besorg's mir‘-Unterton hat.

Dieser zweite Kerl kuckt kurz nach links und rechts und kommt dann näher, packt sich meine Hand und spreizt die Beine, damit ich besser mit seinen Eiern spielen kann. Ich sag's dir, die ganze Szene war verdammt geil.“ Jamie ließ eine Hand zu seinen Eiern runtergleiten. Nur vom Erzählen dieser Geschichte bekam er einen Ständer. „Der zweite stützt sich mit der freien Hand am Müllcontainer ab und stößt mir seinen Stiefel zwischen die Beine und reibt ihn dann fest an meinen Eiern und meinem Schwanz. Ich denke da schon, mir geht gleich einer ab. Statt dessen – ich lutsche und lecke immer noch Mikes Schwanz – fange ich an, den Stiefel dieses zweiten Typs zu rammeln. Die Schnalle an seinem Stiefel kratzt mir an den Eiern, und ich bleibe mit den Haaren drin hängen. Da hab ich's natürlich nur noch fester gemacht. Du weißt, wie ich auf diesen Schmerz abfahre“, sagte Jamie und unterbrach sich einen Moment, um einen Schluck von seinem Shake zu nehmen. Er holte tief Luft und fuhr fort:

„Also, stell dir vor, ich reite den Stiefel von diesem Kerl und lutsche Mikes Schwanz. Unterdessen stößt Mike mir seinen Prügel richtig tief in den Rachen. Ich geb mir Mühe, nicht zu würgen, aber das ist gar nicht so einfach. Noch dazu tut's ziemlich im Kiefer weh. Außerdem sind mittlerweile meine Jeans hinüber, das hab ich aber erst gemerkt, als mir das Kopfsteinpflaster in die Knie geschnitten hat.“ Jamie sah zu Brian rüber, der ganz glasige Augen hatte. Es war so gut wie sicher, daß Brian, wenn Jamie mit seiner Geschichte fertig wäre, Lust auf ein bißchen geilen, handfesten Sex haben würde.

„Der andere Typ steckt seinen Schwanz in mein Ohr und zieht ihn mir dann durchs Gesicht. Ich greife ihn mir und wichse ihn, während ich Mike immer noch einen blase. Aber da zerrt er meine Hand von seinem Schwanz weg, packt meinen Hosenlatz, reißt die Jeans auf und zieht sie mir bis zu den Knien runter. Er hebt meinen Arsch hoch, tastet nach meinem Arschloch, spuckt sich in die Hand, schmiert die Spucke auf mein Loch und rammt mir seinen Schwanz rein, dabei hält er mich an den Gürtelschlaufen fest. Dann langt er um mich rum, greift sich meinen Schwanz und fängt mit so 'ner festen, pumpenden Bewegung an. Ich stöhne, schlucke kurz und lutsche weiter an Mike rum.

‚Du dreckiger Wichser, du nichtsnutzige, schwanzlutschende Schwuchtel', lallt Mike, als er mir in den Mund spritzt. Der Typ hinter mir rammt sein Ding so fest in mich rein, daß ich mit dem Kopf in Mikes Wampe stoße.

‚Runter von mir, du verfickte Sau!' brüllt Mike noch mal und stößt mich von seinem Schwanz weg. Ich rutsche aus und lande auf allen vieren. Der Typ hinter mir gibt's mir einfach weiter in den Arsch, so fest, daß ich Mike übers Bein pisse. Mike flucht und tritt mir in den prallen Schwanz. Der Mistkerl hinter mir fickt mich einfach weiter. Mein Kopf rutscht abwärts und zwischen Mikes Beine und knallt gegen die Wand. Der Typ hinter mir kniet sich hin und stößt weiter zu. Mein Gesicht schmiert an der Mauer ab bis runter auf Mikes Stiefel. Der flucht weiter und tritt mich. Ich streck die Hand aus, leg sie um seine Stiefel und fang wieder an zu lecken und zu saugen. Diesmal spritzt Mike sich quer über die Stiefel.

‚Du Ficker, du dreckige schwule Sau!' kommt's von dem Typen hinter mir. Er stöhnt auf und schießt seine Ladung tief in meinen Arsch. Dann stößt er mich von seinem Dicken, und ich falle mit der Schnauze mitten in den Dreck.

Als nächstes hol ich mir einen runter. Ich komme flach auf 'm Bauch mit breit gespreizten Beinen, mein Gesicht auf Mikes pisse- und spermatriefenden Stiefeln. Ich lieg in dieser Seitenstraße, völlig durchtränkt mit Pisse und Wichse und die Hosen in den Kniekehlen." Jamie machte eine Pause, lang genug, damit Brian die Details der Geschichte sacken lassen konnte. Mit einer schnellen Handbewegung schnappte er sich die letzten Fritten und tunkte sie in den Ketchup. „Und dann bin ich natürlich hierhergekommen", sagte er und stopfte sich schnell die Pommes in den Mund.

Die nächste Stunde bummelten Jamie und Brian durch die Mission und sahen sich die Abendkleider in den Schaufenstern an. Während ihres Spaziergangs quälte Jamie Brian unbarmherzig mit seiner Geschichte, bei der es sich, wie Brian beschlossen hatte, um nichts anderes als ein Produkt von Jamies überschäumender Phantasie handelte. Gegen neun Uhr abends trennten sie sich.

Etwa zwei Stunden später rief Jamie Brian kurz an und ging dann ins *1010*. Wie gewöhnlich blieb er nah an der Wand und hielt sich im Schatten, während er sich seinen Weg durch den Raum bahnte. Als er die Ecke mit dem Münztelephon erreichte, drehte Jamie sich um und lehnte sich an die Wand, nachdem er kurz überprüft hatte, daß sie nicht dreckig war. Er schob die Hände in die Hosentaschen und fischte Zigaretten und Feuerzeug heraus. Während er sich eine anzündete, musterte er die Gäste. Abgesehen von Ratina, der Strichertranse in diesem Viertel, waren von der Stammkundschaft des *1010* nur die Säufer und Loser anwesend, in der Regel mittellose Heteros aus den Absteigen schräg gegenüber. Ratina saß an der Bar und umgarnte irgendeinen armen Schlucker; ihre Hand lag bereits auf seinem Schenkel. Jamie, den Ratinas Aussehen und Mut faszinierten, nahm noch einen tiefen Zug an seiner Zigarette und studierte, wie sie ihren potentiellen Kunden bearbeitete.

Ratina ließ gerade eine Hand in den Schritt des Typen wandern, als Jamie das Feuerzeug zurück in die Hosentasche schob. Seine Finger stießen dabei auf einen kleinen, festen und ihm unvertrauten Gegenstand. Nach einem weiteren tiefen Zug an seiner Zigarette holte er ihn raus und warf, seine Augen kurz von Ratina wendend, einen schnellen Blick darauf. Lächelnd schüttelte er den Kopf und kicherte tonlos. In seiner Hand lag die winzige, glatzköpfige Plüschmaus, die Brian ihm geschenkt hatte, bevor sie getrennter Wege gegangen waren. Das Tierchen maß knappe drei Zentimeter und hieß laut Brian Melinda. Sie hatte eine leuchtend rote Nase und trug eine winzige Lederweste mit einer Kette über der Brust. Ihr fehlte ein Fuß, und sie war voller Fussel und Tabakkrümel, so daß das arme Ding wirklich mitleiderregend aussah. Bevor sie sich verabschiedeten, hatte Brian Melinda aus der oberen Tasche seiner Lederjacke gezogen und sie in der hohlen Hand gehalten. Er hatte Jamie erst raten lassen, was er da versteckte, und Melinda dann in Jamies ausgestreckte Handfläche gelegt.

„Sie wird dir Gesellschaft leisten, wenn du da draußen bist", sagte Brian. „Sie bekommt's ziemlich schnell mit der Angst zu tun, also bring sie nicht in irgendwelche gefährlichen Situationen", fügte er hinzu, während er Jamies Jackenkragen glattstrich.

Die Bartür öffnete sich und riß Jamie aus seinen Gedanken. Er steckte Melinda wieder in die Tasche und sah auf. Ein bulliger Mann trat in den schwach beleuchteten Eingang. Jamie schätzte ihn auf ungefähr 1,88 und über hundert Kilo. Todsicher hetero. So wie er schwankte, mußte er außerdem reichlich blau sein. Der Typ grub seine Taschen um und zog ein Bündel zerknüllter Scheine raus; offensichtlich beruhigt, daß er noch Geld hatte, blickte er hoch, entdeckte den Tresen, ging steifbeinig rüber und setzte sich hin.

Jamie schaute auf seine Uhr. Halb zwölf. Er hatte Brian versprochen, ihn anzurufen, wenn er noch einen Freier aufgabeln sollte. Scheiße, es wäre jetzt wirklich zu kompliziert, Brian anzupiepen. Zumal der Barmann nicht gerade begeistert war, wenn Gäste sich auf seinem Münzapparat anrufen ließen. Jamie sah sich im Raum um. Der Barmann stellte dem Fremden einen Whiskey und ein Bier hin. Jamie spielte gedankenverloren mit der kleinen Maus in seiner Tasche und beobachtete, wie der Typ seinen Drink runterkippte und sich mit dem Handrücken den Bourbon abwischte, der ihm das Gesicht runtertröpfelte.

„Dreckiger Mistkerl", flüsterte Jamie, während er den Mann anstarrte. An der Art, wie der Wichser sich im Raum umschaute, konnte Jamie erkennen, daß er Schwuchteln haßte – haßte, was er brauchte, um abzuspritzen.

Jamie ließ seine Zigarette zu Boden fallen und trat sie mit dem Stiefel aus. Als er aufblickte, glotzte der Typ ihn an und rieb sich den Schwanz. Jamie wußte, daß dieser Bastard seinen stinkenden Schwanz gelutscht haben wollte. Und nach seinem Alkoholpegel und dem Bündel Geldscheine zu urteilen, das er rausgezogen hatte, als er reingewankt kam, würde er leicht rumzukriegen sein.

Und deshalb folgte er dem Bastard zuerst in Richtung Klo und dann raus in die Seitenstraße.

Sobald die Tür sich hinter Jamie schloß, packte der Fremde ihn hinten an der Jacke und knallte ihn gegen die Mauer. Dann trat er ihm die Eier zu Brei. Jamie krümmte sich vor Schmerz. Der Mann stand über ihm und schwankte, so besoffen war er. Er stand einfach da und wischte sich den Sabber aus dem Gesicht. Dann packte er Jamie wieder und schmetterte ihn gegen die Ziegelmauer. Als er erneut zum Schlag ausholte, rutschte er auf dem feuchten Kopfsteinpflaster aus.

„Dreckiger, kleiner Schwanzlutscher!" zischte der Fremde; kaum daß er sein Gleichgewicht zurückgewonnen hatte, trat er noch einmal zu. Jamie klappte zusammen, diesmal schützte er seinen Kopf. Er glitt an der Mauer runter und fiel in die Mülltonnen, die entlang der Wand aufgereiht waren.

„Du dreckiger, kleiner, schwanzlutschender ...", lallte der Mann, trat die Mülltonnen beiseite und ging wieder auf Jamie los.

„Bitte nicht", flehte Jamie, als er, jetzt wieder auf den Beinen, die Gasse hinunterstolperte. Aber er rutschte im Dreck aus. Der Mann griff Jamie hinten in die Hose und zog ihn zurück zu den Mülltonnen. Dann drückte er ihn an die Wand und hielt ihn fest.

Jamie schloß die Augen und versuchte, zu Atem zu kommen. Im gleichen Moment ging ein Sperrfeuer von Schlägen auf ihn nieder. Der Mann trat Jamie wieder und wieder. Jamies Körper schlug wie ein nasser Sack gegen die Mauer.

„Du nichtsnutziger, schwanzlutschender, kleiner Arschficker“, brüllte der Mann, als er ihn am Kragen zurückriß und gegen die Mauer schmetterte. Jamie spürte sein Gesicht gegen die feuchte Mauer krachen und winselte vor Schmerz.

„Bitte nicht, Mister“, flehte er wieder. Der Mann packte Jamies Hosenlatz, riß die Jeans auf und zog sie dem Jungen bis zu den Knien runter.

„Du dreckiges, kleines Stück Scheiße. Du stehst auf Schwänze? Jetzt kriegst du einen.“ Der Mann faßte Jamie um die Hüften, hob den Arsch des Jungen hoch und schob seinen Ständer gegen Jamies trockenes Arschloch.

„Du dreckiger Arschficker, du miese, schwanzlutschende Schwuchtel!“ Mit jedem Wort rammte der Fremde seinen harten, trockenen Schwanz so brutal gegen Jamies Loch, daß Jamies Kopf an die Mauer schlug.

„Du verdammter Spermaschlucker“, ächzte der Mann, als sein Schwanz in Jamies Arsch knallte. Er packte Jamie an der Kehle und nutzte diese Haltung, um sich abzustützen. „Du Wichser, du beschissener, dreckiger ...“, stöhnte der Fremde, während er ihn fickte. Alles, was Jamie hören konnte, war das Grunzen und Keuchen des Mannes. Dann schoß der Fremde seine Ladung tief in Jamies Arsch.

Ein Moment der Stille folgte. Der Mann lockerte den Griff um Jamies Hals und ließ den Körper des Jungen an der Wand hinabgleiten. Als Jamie, die Hosen in den Kniekehlen, erledigt an der Wand lag, konnte er spüren, wie der Mann ihn anstarrte. Dann fühlte er warme Pisse auf seinen zitternden Körper pladdern. Bevor der Fremde aus der Seitenstraße verschwand, trat er Jamie noch einmal hart in die Eier.

Lange war Jamie unfähig, sich zu rühren. Während er dalag, konnte er an nichts anderes denken als an Melinda. Er hatte Brian doch versprochen, Melinda nicht in irgendwelche gefährlichen Situationen zu bringen. Jamie versuchte, sich nicht zuviel zu bewegen, ließ seine Hand vorsichtig in die Hosentasche gleiten, fand die kleine Maus und nestelte sie Stückchen für Stückchen heraus. Er hob sie hoch, so daß er die winzige Kreatur sehen konnte. „Es tut mir leid“, sagte er zu ihr und begann zu schluchzen. Dann rollte sich Jamie wie ein Fötus zusammen und preßte Melinda eng an seinen Bauch. Er wünschte sich so verzweifelt, daß Melinda in Sicherheit wäre.

So lag Jamie immer noch, als Ratina und Brian ihn einige Stunden später fanden.

100% biologisch abbaubar

D. Travers Scott

Nur wenige unserer Leserinnen und Leser sind vermutlich - wie der Autor der nächsten Geschichte - an der nördlichen Pazifikküste der USA aufgewachsen, doch auch wer mit der heimischen Ökoszene vertraut ist, wird in *Matinee* das Müsli förmlich knuspern hören.

Scott ist nicht nur Schriftsteller, sondern auch Performance-Künstler. Für seine erotische Novelle *Fugitive Fuckboy* (erschienen in der Anthologie *Stallions and Other Studs*) gewann er den alljährlichen Porn Press Award.

Er lebt in Portland/Oregon.

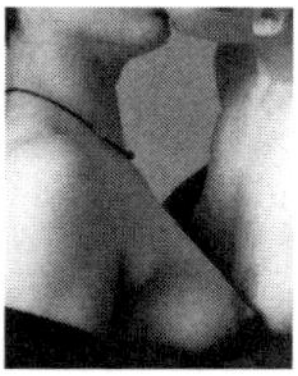

„Wenn mich noch so eine Müsli-Lesbe fragt, ob wir Yogi-Tee haben, schiebe ich ihr eine Bratwurst in den Rachen." Bek wedelte drohend mit einem fettigen, braunen Würstchen, bevor sie es an Mike weiterreichte.

Ihr Kollege kicherte. „Das würde in diesem Viertel sicher unheimlich gut ankommen."

„Ganz bestimmt", grummelte sie. „Warte mal!" Bek schmierte sich die blau-grünen Ponysträhnen mit dem Würstchenfett an ihren Fingern zu einem Mittelscheitel.

„Oh, Augenblick noch ..." Bek stürzte in die andere Ecke der Küche und griff nach einem großen Mehlsack. Sie stopfte sich eine Ecke des rauhen Sackleinens in den Ausschnitt ihres abgerissenen *Fifth Column*-T-Shirts und kam damit einem Stück Naturfaserkleidung sehr nahe.

Mit einem zur Grimasse verzogenen Gesicht sah Bek auf Mike herab. „Entschuldige", hauchte sie zickig, „ich hätte gerne einmal Ambrosia-Garten-Pie mit Reismehlkruste und Sojakäse, aber laß die Oliven weg, ich unterstütze nämlich den Boykott. Und bitte keine Pappteller oder Papierservietten, gib mir lieber einen Porzellanteller und richtiges Besteck, vorausgesetzt, ihr wascht das Geschirr mit phosphatfreiem Spülmittel ab."

Bek beugte sich zu Mikes kicherndem bärtigen Gesicht hinunter und drückte ihre Nase auf seine. „Ich will es unbefleckt von patriarchalen Fingern und ausschließlich von als Frau geborenen Frauen hergestellt, die sich als Lesbe identifizieren, gewerkschaftlich organisiert und krankenversichert sind und denen ein betriebseigener Kindergarten zur Verfügung steht."

Beks strenger Ernst verwandelte sich in boshafte Raserei. „Stell es auf das Strohtablett auf meinem Rollstuhl und trag mich dann zu den Tischen auf der Balustrade hoch! Und sag bitte allen, die da oben sitzen, sie sollen Platz für meine Freundin und ihre Gebärdendolmetscherin machen!"

Mike versuchte, sein Kichern zu unterdrücken, und puderte dabei seinen buschigen Schnurrbart mit Mehl ein.

„Oh, und wo wir gerade dabei sind", fügte Bek, plötzlich völlig entrückt und zuckersüß, hinzu, „habt ihr Yogi-Tee?"

Mike verdrehte die Augen und lachte: „Du scheinst mit Frauen ungefähr soviel Glück zu haben wie ich."

Bek riß sich den Sack runter und wuschelte ihre Haare wieder durcheinander. „Die sind hier alle so was von Seventies. Manchmal würde ich einfach gerne ausgehen, mir ein paar Bands anhören und dann zur Sache kommen ..."

„Ganz meine Meinung!"

„... statt Stunden damit zu verbringen, über ökologischen Hausbau zu debattieren und Näheprobleme durchzukauen." Sie grunzte und verdrehte die funkelnden blauen Augen. „Die Frauen in dieser Stadt sind so ätzend fürsorglich. Die finden doch eine Tasse Yogi-Tee besser als Sex."

„Was ist das überhaupt für 'n Zeug? Ich hab das jetzt schon überall auf den Getränkekarten gesehen."

„Das ist so 'n Gewürztee mit Milch. Du trinkst ihn, und dein Geist wird ganz batikumnebelt, und du hast nur noch total positive Gedanken."

„Du kennst wirklich kein Erbarmen." Mike schüttelte den Kopf. „Ich glaube, du solltest dich deinen Phobien stellen und diesen Sommer mit mir zu einem Regenbogentreffen fahren."

„Hör auf, mich zu verscheißern!"

„Na, jedenfalls solltest du zumindest an den Tresen gehen. Es ist schon Einlaß für die Matinee."

„Scheiße. Was läuft denn dieses Wochenende?"

„*Der dunkle Kristall.*"

„Super. Lesben mit Gören." Sie spuckte in die Recyclingtonne und schlenderte zu ihrem Posten hinüber.

Selbstgefärbtes strömte durch die Türen des *Baghdad – Kino & Kneipe*, in allen Spektralfarben gestreifte Baumwolle und bequeme Hanfkleidung drapierte und wickelte sich meterweise um ein Heer spießiger weißer Mittelstandsfamilien. Bek nickte, verteilte Pizzastücke und leitete vegane und makrobiotische Sonderwünsche an die Küche weiter. Sie gab sich keinerlei Mühe, dabei ein fröhliches Gesicht zu machen.

Gott sei Dank finden die sich hier in Portland mit beschissenem Service ab, dachte sie. Glaub kaum, daß ich jemals wieder dieses Fließbandlächeln für die Jobs in Boston aufsetzen könnte.

Bek stierte ein Paar an, das Brillengläser dick wie Aschenbecher trug und zu sehr damit beschäftigt war, den Bezug des Films zur Mythologie von Atlantis und Lemuria zu diskutieren, um zu bestellen. Dem Mann klebte Popcorn im Bart. Bek wurde übel.

„He!“ bellte sie. „Euer Kind kriegt langsam Hunger.“

„Was?“ Aufgeschreckt drehten sich die beiden zu ihr um. „Wir haben gar keine Kinder. Wir hätten gerne einen Krug Schwarzkirschen-Ale.“

„Oh, das tut mir leid“, säuselte Bek süßlich. „Getränke müßt ihr da drüben bestellen.“ Ihre Stimme wurde säuerlich. „Da bei dem ‚Getränke‘-Schild.“

Bek schüttelte den Kopf, als das ratlose Paar davonwatschelte. Sich Ponysträhnen aus den Augen pustend, sah sie auf und in ein Gesicht, dessen Anblick wie ein Blitz in sie fuhr.

Kohlrabenschwarzes Haar umrahmte ein blasses, kantiges Gesicht und leuchtendgrüne Augen. Das schwarze Haar und die grünen Augen hoben sich von der bleichen, flachsgelben Farbe eines weiten Hemds und einer Tunnelzughose ab, beide aus dickem Hanfstoff. Die Frau lächelte Bek an.

„Danke. Unserem Kind knurrt schon langsam der Magen, und dieses Atlantis-Geseiher war doch ein bißchen viel.“

„Mir hast du ja verschwiegen, daß das so ’n New-Age-Streifen ist“, beschwerte sich die Frau neben der grünäugigen Schönheit, offensichtlich ihre Geliebte, eine stattliche, kurzgeschorene Rothaarige in Jeans und einer weiten Patchworkjacke aus Cord. Sie seufzte und hob ihren kleinen Sohn hoch, damit er das Pizzakarussel sehen konnte.

Bek und die grünäugige Frau konnten den Blick nicht voneinander wenden. Die Frau hielt mit leicht geöffnetem Mund inne. „Ich dachte, es gibt die Muppets“, sagte sie. Sie lächelte langsam und neigte den Kopf so, daß eine lange, weiße Halsbeuge mit köstlichen Sehnen sich vor Bek wie eine Katze in der Sonne streckte.

„Geht es wirklich um Atlantis?“ fragte sie Bek und sah ihr dabei in die Augen.

Mit trockenem Mund griff Bek nach ihrem Augenbrauenpiercing und fummelte nervös daran rum. „So ungefähr", murmelte sie.

„Klingt nicht sonderlich aufregend", raunte die Frau.

Bek schluckte. „Ja, dann, ähm, solltet ihr euch vielleicht einen Krug Starkbier bei dem Typen da drüben holen."

„Ja", meinte die Frau entschieden. Sie warf ihr Haar über die Schulter und schenkte ihrer Partnerin ein kurzes Lächeln.

„Und ein Stück Pizza Hawaii für Isaac!"

„Und eine Hawaii!" verlangte die Kohlen-Smaragd-Frau.

Bek nahm das Geld entgegen, und dabei piekten ihr die Fingernägel der Frau wie winzige Eiswürfel in die Handfläche. Dünne Armreifen aus Kupfer, Türkisen und Silber klimperten eigentlich nur leise am Handgelenk der Kundin, aber das Geräusch dröhnte in Beks Ohren. Schaudernd wandte sie sich ab, um die Pizza zu holen.

„Oh! Noch was ..."

Bek drehte sich um. Die dunkelhaarige Frau lächelte entschuldigend, doch in ihrem Blick lag eine sexuelle Spannung, die Bek ganz schwach machte.

„Ja?"

„Habt ihr Yogi-Tee?"

„Nein!" preßte Bek zwischen den Zähnen hervor.

Die Streuer mit Brauhefe, Parmesan, Oregano und Chilipulver waren alle aufgefüllt, die nächsten Runden Pie fertig. Mike hing an der Bar rum und flirtete mit einer Lieferantin.

Der Film würde noch eine Stunde dauern. Bek stahl sich davon.

Die Toiletten im *Baghdad* befanden sich ungünstigerweise im Keller. Schon ein ganzes Jahr lang schob der Eigentümer es vor sich her, Toilettenschilder in demselben arabischen Stil anfertigen zu lassen, in dem der ganze Laden gehalten war.

Beks orange- und lilafarbene Turnschuhe polterten die gewundene Treppe hinunter, übersprangen ganze Stufen. Sie schlüpfte in die Damentoilette und seufzte erleichtert darüber, daß sonst niemand dort war.

In einer der Kabinen setzte sie sich hin und rollte den Kopf, um den Streß in ihrem Nacken loszuwerden. Sie hob das Becken und schob sich ihre abgeschnittenen Hosen und die karierten Boxershorts herunter, die sie einem ehemaligen Mitbewohner geklaut hatte. Mit einem Fuß schlüpfte sie aus beiden, wobei der abgetragene Baumwollstoff leicht an den schwarzen Haaren ihrer Wade ziepte und das Gummiband sich bedenklich über ihrem Schuh dehnte.

Jetzt hatte sie ein Bein frei, streckte die Füße weit auseinander und genoß die Entlastung, nachdem sie den ganzen Morgen lang nur gestanden hatte. In der kühlen Luft hier unten fühlten sich ihre Beine weich und glatt an, eine zärtliche Berührung kroch ihre Schenkel hoch, tausend mikroskopisch kleine Finger krabbelten durch ihren dichten Busch, um ihre Möse zu kitzeln und zu kühlen. Sie seufzte wohlig, hob beide Füße vom Boden und spannte Schenkel und Waden an, fühlte, wie sich die Muskeln unter ihrer Haut dehnten.

Vielleicht fahre ich nach der Arbeit zum Forest Park rauf, dachte sie, wenn sie da nicht gerade wieder irgend so ein verdammtes heidnisches Tittenschwingritual auf der Wiese abhalten.

Sie stützte sich mit den Füßen an den Kabinenwänden ab, drückte leicht dagegen und genoß den Widerstand, das Spannen und Dehnen ihrer Beinmuskulatur. Den Kopf an die Kachelwand gelehnt, strich Bek mit den Handflächen über die Innenseiten ihrer Schenkel. Ihre rechte Hand fuhr weiter nach oben, wanderte über den glatten Bauch, über die spärlichen schwarzen Haare um ihren Nabel, das Xylophon der Rippen unter der Haut. Sie spürte das harte Kalzium unter ihren Fingerspitzen, nur von einer dünnen, fast schon zu vernachlässigenden Schicht Gewebes überdeckt, und stellte sich vor, wie sie ihren Rippen die Hände schüttelte, ihre Finger durch das Fleisch steckte, um sie unter den Rippenknochen ineinanderzuflechten. Sie malte sich aus, wie ihre Hände an beiden Seiten hineinschlüpften und sich zwischen all den Knochen verschränkten. Das schien ihr eine behagliche und sichere Möglichkeit, sich selbst im Arm zu halten, so wie mit untergeschlagenen Beinen zu sitzen oder sich wie ein Fötus zusammenzurollen.

Ihre Rechte verließ die Rippen-Phantasie und legte sich auf eine ihrer Brüste, deren Wölbung gerade ihre Handfläche ausfüllte; die harte Brustwarze bohrte sich mitten hinein, wie die blitzenden Kristalle in *Flucht ins 23. Jahrhundert* (und Farrah hatte diesen silbernen Minirock an, mmh ...) oder – igitt! – wie Wundmale oder wie bei einer Kreuzigung!

Ich frage mich, ob das in *Flucht ins 23. Jahrhundert* eine absichtliche Anspielung auf die Bibel war; wie geschmacklos ...

Bek schweifte gedanklich in die Popkultur ab, stellte sich Farrah vor, wie sie in dieser großen, silbernen Hand gehalten wurde, und Jessica Lange in King Kongs haariger Pfote ... eine Frau in der Hand, zwei Frauen in der Hand, eine Hand im Busch, Hände im Busch zweier Frauen – Bek preßte die Knie fest gegen die Klowände. Sie drückte ihren Zeigefinger auf die Stelle zwischen Arschloch und Möse, ihr Daumen schnellte über die Außenseiten ihrer Schamlippen. Sie schob ihn dazwischen, auf ihre Klit, spürte kalt und hart das Vorhautpiercing unter glitschigem Schleim. Sie ließ zwei Finger hineingleiten, Metallfinger, Affenfinger, Farrah-Finger, und fickte ihre bebende, tropfende Pussy.

Die Eingangstür fiel ins Schloß.

Scheiße! Hatte sie das Schild nicht rausgehängt?

Bek hielt den Atem an und horchte auf das Stoffgeraschel und Schmuckgeklimper einer Frau, die vor dem Spiegel herumfuhrwerkte.

Sie weiß nicht, daß ich hier drin bin, dachte sie. Sie kann meine Füße nicht sehen – sie denkt, sie ist allein.

Mit erhobenen Füßen blieb Bek bewegungslos, als die Frau sich zu den Kabinen wandte. Birkenstocks mit weichen Sohlen schlappten näher, immer näher auf die Kabine zu, in der Bek mit den Beinen in der Luft und weit gespreizter, nasser Möse saß.

Die Tür neben ihr wurde geöffnet und wieder geschlossen. Weicher Stoff raschelte und fiel zu Boden. Ein tiefer, zufriedener Seufzer.

Vorsichtig drehte Bek den Kopf zur Seite. Sie drückte ihr Gesicht an die Wand, die kalten Keramikfliesen prägten ein Muster auf ihre Wange. Angestrengt schielte sie durch eine Lücke zwischen den Trennwänden und erhaschte einen Blick auf Wogen von kohlrabenschwarzem Haar. Bek lief das Wasser im Munde zusammen. Sie biß sich auf die Lippe.

Die Frau seufzte noch einmal und begann zu pissen.

Bek ließ ihre Füße auf den Boden poltern und hörte eine erstaunte Unterbrechung im Plätschern nebenan. Ein Kichern verschluckend, zog sie ihre Shorts hoch, trat die Kabinentür auf und ging zum Waschbecken.

Die Frau pißte zu Ende.

Bek blieb an der Tür stehen und schaute zur geschlossenen Kabine rüber. Sie öffnete die Abstellkammer und holte das „Vorübergehend geschlossen"-Schild hervor. Am Waschbecken machte sie ein bißchen Krach, drehte die Wasserhähne auf und wieder zu und drückte auf den Händetrockner.

Im Schutz des Lärms öffnete sie die Tür, hängte das Schild an die Klinke und schlich zurück zum Waschbecken. Sie zog ihr Hemd aus und band es sich um die Hüften, die kühle Luft fuhr durch die abgeschnittenen Ärmel ihres T-Shirts und kühlte die feuchten Haarbüschel unter ihren Achseln. Mit hochgezogenen Knien setzte sie sich auf den Waschtisch und lehnte sich gerade bequem an die Wand, als das Heißluftgebläse ausging.

Einen Moment Stille. Noch einer. Die Toilettenspülung rauschte zaghaft, Kleider raschelten. Die Klotür wurde entriegelt, und heraus trat die schwarzhaarige Frau.

Als sie sah, daß Bek noch da war, hielt Kohlrabe erstaunt inne. Sie sammelte sich, legte den Kopf auf eigenartige Weise schief und ging rasch zum Waschbecken hinüber.

„Verzeihung", sagte sie in gemessenem Tonfall.

Bek winkelte die Knie etwas weiter an, blieb aber auf dem Waschtisch sitzen. Die Frau zwängte sich neben sie und drehte das Wasser auf.

„Ich muß hier saubermachen, wenn du fertig bist", erklärte Bek. „Aber laß dich nicht hetzen."

„Tu ich schon nicht", erwiderte die Frau.

Bek lächelte und hob einen Arm über den Kopf. Sie drehte sich ein wenig in den Hüften, so daß durch die weite Öffnung des abgeschnittenen Ärmels ihre Brust zu sehen war.

Die Frau beäugte sie mißtrauisch, von ihrem Gesicht tropfte das Wasser. Ihre grünen Augen blitzten Bek vorwurfsvoll an.

Bek streckte das linke Bein quer über den Waschtisch direkt vor die Frau.

Kohlrabe legte eine tropfnasse Hand auf Beks Wade, das Wasser perlte an der Wölbung des Muskels ab. Die nassen Finger wanderten nach oben und schlüpften in das ausgefranste Ende des Hosenbeins.

Bek umschlang Kohlrabes Taille mit einem Bein und zog sie näher. Sie stieß sich von der Wand ab und rutschte in die Mitte des Waschtischs, streckte auch das andere Bein aus und schloß beide fest um den Hintern der Frau.

Sie näherten sich einander erst langsam, dann küßten sie sich ungeduldig, züngelten, schnappten, bissen, kauten an Lippen, Zähne schlugen aneinander. Bek fuhr mit ihrem Zungenpiercing über den Gaumen der Frau, drückte den Stahlknopf weiter raus und gegen die Zunge der anderen, ließ ihn an die Zähne klicken, erforschte die Lippen mit dem glatten, runden Metall.

Die Frau zog sich zurück und leckte an Beks Hals hoch bis zum Ohr, kostete fieberhaft Salz, Hefe, Mehl und Schweiß. Bek warf den Kopf nach hinten und preßte die Schenkel fest zusammen, rieb ihren Schritt an dem der Frau. Beks Hände schlüpften unter den Saum von Kohlrabes Bluse, packten sie an den Seiten, ihre Daumen kneteten und drückten sich in die Bauchmuskeln, ihre Finger gruben sich in den Rücken der Schwarzhaarigen.

Kohlrabe schob Bek das T-Shirt hoch und leckte zwischen ihren Brüsten, drückte ihr Gesicht dagegen. Sie saugte erst an dem einen, dann an dem anderen Nippel, preßte die fleischige

Kirsche mit der Zunge an ihre Zähne. Mit ihrem Mund erzeugte sie ein Vakuum und dehnte die Brustwarze, beförderte das Blut an die Oberfläche, verschlang es förmlich. Ihre Finger wanderten nach unten, rissen Beks Shorts auf, gruben sich in die Möse, kniffen in die geschwollenen Lippen, Nägel fuhren über die Klit, schnellten über das Piercing, dann drängte sich die ganze Hand auf Beks heiße, fleischige Falten.

Bek bog den Rücken durch, löste ihre Beine von den Hüften der Frau und ließ die Shorts auf den Boden fallen. Ihre Hand krallte sich in den fremden Nacken, kämmte durch die Wellen pechschwarzen Haars, die sich an der Schädelbasis kräuselten, schmiegte sich an den Kopf und hielt ihn schließlich in der Handfläche und drückte ihn runter, runter zu ihrem brennenden Schoß.

„Nicht so schnell!" bellte plötzlich eine Stimme.

In der Tür stand mit verschränkten Armen Kohlrabes Geliebte. „Abschließen ist unheimlich praktisch", bemerkte sie höhnisch.

Kohlrabe grinste Bek mit glühenden Augen an und richtete sich auf.

Bek spielte die Obercoole. „Mein Chef hat so was nicht besonders gerne", entgegnete sie der feuerköpfigen Freundin, winkelte ein Knie wieder an und spielte träge mit ihrer nassen Möse.

Die Geliebte verriegelte die Tür. „Tja, was jetzt kommt, wird ihm noch viel weniger gefallen."

Sie marschierte zu den beiden Frauen hin. Kohlrabe warf ihr Haar zurück und sah sie verschmitzt an. Rotschopf grapschte sich Kohlrabes Arsch mit der Rechten und schob ihr die Linke ins Höschen. Sie beugte sich vor und küßte ihre Freundin derb. Kohlrabe lächelte verträumt, als sie ihre Lippen voneinander lösten, und Rotschopf wandte sich an Bek.

„Verdammt, wie's scheint, hast du meine Freundin ziemlich naß gemacht. Da muß ich mich wohl drum kümmern."

Kohlrabe hob fragend eine Augenbraue.

„Oh", sagte Rotschopf, „der Kleine hat sich bei diesem Scheißfilm gelangweilt. Wir haben dich gesucht und Windsong und Terry und Jonelle im Foyer getroffen; sie haben ihn mit ins *Coffee People* genommen. Wir sollen auf einen Yogi-Tee nachkommen."

Kohlrabe nickte. Bek grunzte angewidert.

Als Antwort darauf landete Rotschopfs Handrücken laut klatschend in Beks Gesicht. Bek war völlig perplex, und ehe ihr noch eine Erwiderung einfiel, packte Rotschopf sie schon im Genick und riß sie vom Waschtisch runter.

„Ich hatte zwar noch nicht das Vergnügen, davon persönlich eine Kostprobe zu kriegen", knurrte die Butch und schubste Bek vor den Spiegel, „aber ich gehe jede Wette ein, daß du eine wirklich große Klappe hast.“

Kohlrabe erstickte ein Kichern und lehnte sich gegen den Waschtisch. Sie schüttelte den Kopf und schnürte ihre Hosen auf. Reine Naturfasern fielen zu Boden.

„Und jetzt“, sagte Rotschopf gedehnt, „will ich sehen, wie du was Sinnvolles damit anstellst.“

Mit diesen Worten drückte Rotschopf Beks Kopf grob zu Kohlrabes Schritt runter und schob sie mit dem Gesicht hinein; Kohlrabe stand einfach nur mit verschränkten Armen da.

Bek rieb ihre Nase an einem weißen Baumwollhöschen, das ganz feucht war von Kohlrabes Moschussäften. Sie leckte am Saum entlang, ihre Zunge scheuerte über hervorlugende Schamhaare. Sie kaute an dem weichen Stoff, preßte ihre Zunge dagegen, durchtränkte ihn mit ihrer Spucke.

Rotschopf riß Bek wieder zurück; Bek schaute auf und sah, wie die beiden Frauen sich hitzig küßten. Rotschopf zog ihrer Freundin die Unterhose runter und stieß Beks Kopf wieder zwischen ihre Beine.

Kohlrabes heiße Düfte und Flüssigkeiten umströmten Bek, hüllten sie ein, machten sie benommen. Sie hockte sich in eine stabilere Position und schlang ihre Arme um Kohlrabes Beine. Rotschopfs Druck auf ihren Schädel ließ keinen Moment nach. Sie leckte an der Klit und ließ ihre Zunge darüberschnellen, steckte sie so weit hinein, wie es ging. Sabber und Schleim tropften ihr übers Kinn, an ihren Seiten lief der Schweiß herunter.

Rotschopfs Stiefel gab Beks Arsch zuerst einen leichten, dann einen nachdrücklicheren Tritt, während ihre Hand sie weiter unten hielt. Es kostete Bek ein paar unbeholfene Korrekturen ihrer Haltung und einige Klapse von Rotschopf, bis sie herausbekam, welche Position von ihr verlangt wurde: Ihr Kopf blieb in Kohlrabes Pussy vergraben, aber sie stand mit gespreizten Beinen und hochgerecktem Arsch da.

Rotschopfs Hand ließ ihr Genick los, nicht ohne ihr noch einen anständigen Klaps zu verpassen.

„Bleib so“, befahl Rotschopf. Sie stellte sich hinter Bek, eine Hand fuhr derb über deren samtige Arschbacken und glitt in die Spalte. Rotschopf spuckte geräuschvoll und schob einen ausreichend benetzten Finger durch den heißen Schließmuskel rein und raus, und Bek krümmte sich vor Entzücken, während sie Kohlrabes Klit küßte. Rotschopfs andere Hand wanderte nach vorne, kroch in Beks Möse, wand sich in ihr und überzog sich mit ihrer Nässe, schlängelte sich hinein.

Die Hand verschwand, aber Bek war zu verzückt, um sich darum zu kümmern. Als sie die nächste Berührung spürte, dachte sie schon, die Hand sei zurückgekehrt, aber diesmal war es etwas Größeres, Glatteres, Härteres.

Kohlrabe kicherte über ihr. „Oh, Süße, den hast du heute dabei?"

„Scht ...", zischte Rotschopf.

Bek konnte durch ihr Schmatzen ein Klicken und Schnappen hören.

„Ich wollte dich eigentlich erst später damit überraschen, aber ob jetzt oder wann anders, ist eigentlich auch egal", flüsterte Rotschopf.

Kohlrabe gluckste und schüttelte liebevoll den Kopf.

„Und du da unten, sieh zu, daß du meine Frau glücklich machst mit deiner großen Klappe, du Schlampe!" knurrte Rotschopf.

Rotschopf ging ein wenig in die Knie und hob Beks Arsch in die Höhe. Der Dildo preßte sich fest gegen Beks Möse, erforschte, neckte sie.

„Und halt gefälligst still, wenn ich dir meinen Schwanz reinschiebe."

Wieder ging Rotschopf in die Knie und schob ihn Bek rein.

Die stöhnte, völlig überschwemmt von den Empfindungen an beiden Enden ihres Körpers. Rotschopfs Schwanz fuhr in sie hinein und wieder raus, heiß und geschmeidig, füllte sie ganz aus.

„Es braucht schon zwei Frauen, um dich zu beschäftigen, hm, du kleines Luder? Du kleines, geiles Luder!"

Beks Ellenbogen schmerzten vom Druck auf das Waschbecken, an dem sie sich abstützte. Kohlrabe und Rotschopf strichen mit den Händen ihren Rücken hoch und runter, zwanzig Fingerspitzen, zwanzig Nägel trommelten, kratzten, kniffen.

„Sie ist schon ein heißer kleiner Fick, was?" murmelte Rotschopf.

„Mm-hm", stöhnte Kohlrabe.

Jeder Quadratzentimeter von Beks Haut glühte, prickelnde Hitze strömte von ihrem Innersten nach außen, erfüllte ihre Beine, Arme und ihren Bauch wie einen Ballon mit heißer Melasse.

„Sag mir, wie gut dir das gefällt, du kleines Luder. Na? Sag mir, wie sehr du das brauchst." Rotschopf rammte ihr den Schwanz rein.

Bek schnappte nach Luft.

Rotschopf gab ihr einen Klaps auf den Hintern.

„Sag, daß du es willst, du kleine Fotze. Sag, daß du meinen Schwanz in deiner Möse willst. Sag, daß du ihre Möse in deinem Gesicht willst."

Bek war wie betäubt, trieb in einem rhythmisch wogenden Meer aus Mösenmoschus, nichts als vor und wieder zurück, innen und außen, der Dildo füllte und dehnte sie, fuhr ihr in den Kopf hoch und zum Mund heraus, Rotschopfs Dildo war Beks Zunge, die zwischen ihren Lippen hindurch tief in Kohlrabes Möse schoß.

„Ja, ich will es", keuchte Bek.

Piep-piep piep piep-piep!

„Stop! Alle mal aufhören!" Rotschopf wurde langsamer und zog sich aus Bek heraus. Sie machte einen Schritt rückwärts, der Dildo ragte noch immer einsatzbereit in die Höhe und tropfte von Beks Säften.

Rotschopf griff in ihre Jackentasche und holte einen Pieper hervor.

„O Scheiße", murrte sie. „Das ist Skyler. Tut mir leid, Schätzchen!" Sie verpaßte Beks gerötetem Arsch einen letzten festen Klaps und zerrte sich die Jeans hoch.

Bek richtete sich schnaufend auf. Kohlrabe lächelte entschuldigend. „Skyler ist ihr anderer Sohn", erklärte sie und band sich die Hose zu. „Er ist gerade mal alt genug, um allein zu Hause zu bleiben. Wahrscheinlich ist gar nichts passiert, aber wir versuchen immer, sofort auf seine Nachrichten zu reagieren."

„Er hat immer noch mit diesen ganzen Verlustängsten zu kämpfen, weil sein Alter auf und davon ist", fügte Rotschopf hinzu und wandte sich zum Becken, um sich die Hände zu waschen.

„Wir können ihn vom *Coffee People* aus anrufen", schlug Kohlrabe vor. „Wir müssen sowieso langsam mal zu Windsong und den anderen."

„Stimmt, hast recht."

Bek knöpfte ihre Shorts zu und fühlte sich plötzlich ziemlich fehl am Platze.

Kohlrabe wandte sich ihr freundlich zu. „Du bist süß." Sie berührte Beks verfilzte, bunte Locken. „Willst du nicht mitkommen? Auf eine Tasse Yogi-Tee vielleicht?"

Beks Gesicht verfinsterte sich. Entschlossen zog sie sich das Hemd runter. „Ich muß zurück an die Arbeit", knurrte sie.

„Hm, das seh ich aber ganz anders", schnaubte Rotschopf. „Ich finde, die kleine Schönheit hier kann einfach auf ihrem heißen Fötzchen sitzenbleiben, bis wir Lust haben, wiederzukommen und sie zu besuchen!" Sie knuffte Bek kumpelhaft in den Arm. „Was meinst du dazu, hm?"

Kohlrabe musterte Bek. „Wenn wir irgendwann mal wieder herkommen, wirst du dann hier sein?"

Bek verschränkte die Arme und wandte frech den Kopf ab. Sie schürzte die Lippen und dachte nach.

Rotschopf packte sich durch das T-Shirt einen von Beks Nippeln und zwirbelte daran. „Wann hast du Feierabend?“ bellte sie.

Bek fiel die Kinnlade runter. „Um acht“, murmelte sie.

Die beiden Frauen lächelten und gingen.

Bek lehnte sich ans Waschbecken und hielt den Kopf unter den Wasserhahn; das eisige Wasser wusch die Verspannungen aus ihrem Nacken.

Sören

Stephanie Kuhnen

Alle, die in den Achtzigern ihr Coming-out in einer Kleinstadt hatten, werden wissen, was Stephanie Kuhnens Dirk durchlitten hat. In *Sören* erzählt sie die Geschichte einer späten Rache für einen Verrat.

Kuhnen ist die Herausgeberin der Anthologie *Butch/Femme – eine erotische Kultur* (Querverlag). Das sexuelle Gebahren der modernen Lesbe hat sie u.a. in *Gerätepark*, ihrem Beitrag zu *Mein lesbisches Auge* (konkursbuch) persifliert. Sie lebt als freie Journalistin und Autorin in Berlin und schreibt regelmäßig für *Vary!* und *lespress*.

mit Dank an Pansy Division

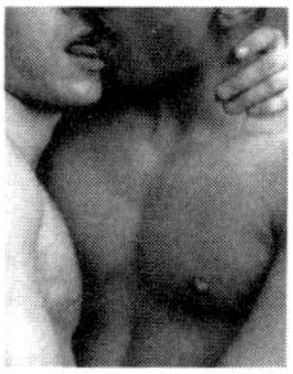

„O mein Gott, ich faß es nicht. Siehst du den Typen da drüben?"

„Ich seh ungefähr fünfzig." Jürgen ist brummelig. Eigentlich mag er die Szene nicht. Aber weil ich mehr der Ausgehmensch bin und mir zur Zeit keine Kneipenexzesse leisten kann, hat er mich auf ein paar Bierchen eingeladen. Er möchte mal wieder unter Menschen, hat er gesagt. Das war eigentlich gelogen, aber lieb von ihm. Denn wir sind Freunde, sehr gute Freunde. Bei unserer Trennung vor zwei Jahren haben wir uns auf das gemeinsame Sorgerecht für unsere beiden Kater geeinigt, die bei ihm leben – so was bindet.

„Den großen in dem ärmellosen Karohemd?" Mit dem Zeigefinger fuchtle ich aufgeregt in seine Richtung.

„Das engt den Kreis auf ungefähr vierzig ein." Jürgen hegt einen tiefen Groll gegen die Kendroiden, wie er sie nennt. Doch er bemüht sich immer redlich, meine Interessen fleischlicher Natur nachzuvollziehen.

„Na, den da, der sich gerade mit der Ledertrine unterhält. Da hinten auf der Bank."

Jetzt hat auch er ihn im Halbdunkel der Straßenlaterne ausfindig gemacht. „Lecker", räumt er ein, wenn auch halbherzig und mit seinem typischen ironischen Unterton. „Wer ist das?"

„Hab ich dir nie von meinem Fuckbuddy in der Schule erzählt? Dem Basketballspieler?"

Sören aus dem Sport-LK. Verdammt, ist das lange her. Sören, der feuchte Traum aller Mädchen in meiner Heimatstadt. Mein feuchter Traum während der langen Stunden im Unterricht, während der langen Nächte im Reihenhaus meiner Eltern. Gott, wie oft habe ich mir beim Gedanken an seinen Körper einen runtergeholt. Wie sehr habe ich die Mädchen beneidet, die er gebumst hat. Auch wenn sie eigentlich nicht zu beneiden waren. Sören wollte keine feste Beziehung. Er sei noch zu jung dazu, bügelte er knapp jede ab, die Anspruch auf ihn erhob. In der ganzen Stadt lagen verheulte Mädchen in ihren Kinderzimmern und schworen, nie wieder einen anderen Mann zu lieben. Mir ging es nicht besser. Ich war ja auch in Sören verknallt. Nicht so sehr in Sören, dem es genügte, alphabetisiert worden zu sein. Sondern in Sören, das virile Sport-As mit dem drahtigen Körper.

Er war so ein Sunnyboy, der die Beine über Kreuz schlägt und sich dabei das Gehirn quetscht. Aber das machte mir nichts aus. Ich wollte von ihm gefickt werden, nicht seine Ansichten zu Abrüstung, der Startbahn West oder dem Hungerstreik der politischen Gefangenen hören. Dafür hatte ich meine Freunde und Freundinnen von der Schülerzeitung. Ich wollte eine derjenigen sein, die er auf den Wohnzimmerpartys von Schulkameraden mit auf den ausgebauten Dachboden nahm. Zahllose Gabis, Susis und Kerstins wurden von ihm dort öffentlichkeitswirksam beglückt. Wie die gevögelten Hennen saßen sie danach auf der Wohnzimmercouch und kicherten debil in ihren Batida-Kirsch. Sören interessierte sich dann nicht weiter für sie. Er lümmelte mit den anderen Jungs auf dem Teppich rum und fachsimpelte über die NBA oder seinen C64. Eigentlich verabscheute ich die miesen Prahlereien und die hämischen Kommentare über irgendein Mädchen, das wieder nach Holland hatte fahren müssen, um einen kleinen Volker, Torben oder Sören abzutreiben. Dennoch klebte ich an seiner Aura aus purem Testosteron, fasziniert und geil.

Ich war mehr der Typ, der nach der Schule in Plattenläden abhing oder mit meiner besten Freundin stundenlang über Sartre und Beauvoir diskutierte. Heike schnallte auch als erste, was mit mir los war. Spätestens auf dem *Smiths*-Konzert, als ich ohnmächtig zu Boden sank, nachdem Morrissey mir eine Blume zugeworfen hatte. Sie schleppte mich vor die Tür und ohrfeigte mich wieder zurück auf den harten Boden der verdammten Klausuren, der vergeblichen Pollutionen und des zu knappen Taschengelds. Dann boxte sie mir aufmunternd in die Seite und meinte: „Mach dir keine Sorgen. Du wirst gewinnen. Weil nämlich Oscar Wilde auf deiner Seite ist.“ Zwei Wochenenden später mußte dann auch ich meine Füße von der langen Leitung nehmen. Auf das *Dead Can Dance*-Konzert im Münster hatten wir uns bereits monatelang im voraus gefreut. Den ganzen Abend saßen wir wie hypnotisiert in dieser arschkalten Kirche. Heike war wie in Trance. Bei der zweiten Zugabe, als die überirdische Lisa Gerrard *Song To The Siren*, unser beider Lieblingslied, sang, raunte sie mir zu: „Meinst du, es wäre unpassend, jetzt meinen Schlüpfer auf die Bühne zu schmeißen?“

Heike war es auch, die mich auf die Idee brachte, vom Schwimmteam in die Basketballmannschaft zu wechseln, damit meine kleine schwule Seele endlich Ruhe finden konnte. Das Schuljahr näherte sich dem Ende, und es war mir ein Leichtes, Sportlehrer Jensen von einer beginnenden Chlorallergie und meiner Begeisterung für Basketball zu überzeugen. Und weil ich einiges an Trainingseinheiten aufzuholen hatte, ordnete Jensen an, daß ich nach dem regulären Unterricht mit dem besten Spieler des Teams trainieren sollte. Mit Sören.

Auf die erste Sportstunde der Jahrgangsstufe 12 freute ich mich wie eine Schneekönigin in der Brunft. Mit meinem nagelneuen Outfit aus Nike-Schuhen, Kappa-Trainigshose und einem eher vermessenen Harlem-Globetrotters-Shirt hatte ich mich rausgeputzt wie eine Debütantin. Meinen ersten Ball paßte ich jedoch einem Gegenspieler zu, und nach fünf Schrittfehlern mußte ich auf die Bank, wo ich den Rest der Stunde auf meinen Favoriten wartete.

Nachdem sich die anderen Jungs in die Umkleidekabinen verzogen hatten und man bald das Knattern der Achtziger hören konnte, die den Parkplatz vor der Turnhalle verließen, stand er endlich vor mir. Sören war immer noch total verschwitzt. Seine stoppelkurzen Haare standen in kleinen Zacken vom Kopf, dunkelgraue Schweißflecken musterten sein T-Shirt. Breitbeinig und den Ball auf einer Hand balancierend, lächelte er mir gutgelaunt zu.

„So, du willst also ins Dream Team.“

Gott, er sah so ungeheuer sexy aus in seiner kurzen, blauen Adidas-Sporthose.

„Klar. Deswegen bin ich ja hier." Ich sprang von der Holzbank auf.

„Okay, dann lernen wir heute erst mal Manndeckung."

Fast hätte ich mich sofort wieder hingesetzt, um nicht vor ihm auf die Knie zu sinken und „Ja, deck mich gleich hier!" zu schreien.

Eine geschlagene Stunde scheuchte Sören mich von einem Ende der Turnhalle zum anderen. Immer wenn ich ausnahmsweise mal den Ball hatte, war er schon hinter mir und ruderte mit seinen langen Armen vor meinem Oberkörper rum. Beim Dribbling, in gebückter Haltung, nutzte ich jede Situation schamlos aus und ging jedesmal einen Schritt zurück, um meinen Hintern gegen ihn zu pressen. Für den kurzen Augenblick, in dem eine meiner Arschbacken das Vergnügen hatte, durch den Stoff der Sportbekleidung seine Geschlechtsteile zu berühren, stand mein Herz still.

„Na, na, na", tadelte er mich, „Basketball ist ein körperloser Sport."

Doch nach dem zehnten Mal oder so, als ich wieder hinterrücks gegen ihn stieß, fühlte sich das, was ich da zu berühren versuchte, schon härter an.

„Fickst du sie?" Er dribbelte leichtfüßig um mich herum.

„Wen denn?" keuchte ich, während ich versuchte, ihm den Ball aus der Hand zu schlagen.

„Na, Heike. Du hängst doch ständig mit ihr rum."

„Nein. Sie ist eine gute Freundin. Mehr nicht." Was sollte das?

„Hätte mich auch gewundert. Sie ist eine fette Lesbe. Die kriegt doch nie einen rein." Elegant und mit der Sprungkraft einer Katze versenkte er mit einem Slamdunk den Ball im Korb.

„Laß sie in Ruhe. Sie ist okay. Sie ist eben mehr die Intellektuelle." Insgeheim machte mich sein Gerede über Heike sauer. Aber ich war so hoffnungslos triebgesteuert, daß meine Loyalität in meinen eigenen Hormonen ersoff.

Endlich war die Stunde um, und ich fieberte dem eigentlichen Höhepunkt entgegen. Es begann relativ harmlos im Duschraum. Wir alberten herum. Sören machte Witze über die berühmte Seife, nach der sich Schwuchteln bücken. Ich schmiß ihm mein Duschgel vor die Füße, nur so zum Spaß natürlich. Er lachte und machte eine huschige Handbewegung, die eigentlich mehr wie ein angedeuteter Korbleger aussah. Splitterfasernackt rannten wir durch die Dusche und spielten Manndeckung mit der Duschdas-Flasche. Nachdem Sören sie im Papierkorb neben dem Waschbecken versenkt hatte, baute er sich plötzlich vor mir auf und starrte mir ungeniert zwischen die Beine.

„Mann, nicht schlecht, dein Schwanz."
Er fand meinen Schwanz toll. Ich war so entzückt über dieses Kompliment, daß ich am liebsten mit demselben gewedelt hätte.
„Wie lang ist er, wenn er steht?"
„Weiß nicht. Hab ich noch nie nachgemessen", log ich und hielt mich für furchtbar schlau. Auch wenn Sören jetzt nur die sportliche Herausforderung witterte, war mir das piepegal. Ich konnte meinen Schwanz sowieso nicht mehr unter Kontrolle halten.
„Na, dann wollen wir doch mal sehen. Hol ihn hoch!" forderte er mich auf.
Ich faßte mir ein Herz und meinen Schwanz. Es bedurfte nur zwei kleinerer Auf-und-Ab-Bewegungen, dann war Sören beeindruckt. Das konnte er natürlich nicht auf sich sitzen lassen. Ebenso schnell stand sein Schwanz wie eine Eins. Dabei konnte ich es wiederum nicht belassen. Ich hatte davon gehört, daß einige der Jungs zusammen auf dem Schulklo wichsten. Heike hatte mir davon erzählt. Sie hatte die Zeiten gestoppt.
„Wie lange brauchst du?" fragte ich ihn.
„Wofür?"
„Um abzuspritzen, natürlich."
Aber da hatte Sören bereits angefangen zu wichsen. Sein Schwanz lag schwer in seiner Hand. Dabei schaute er mir in die Augen. Er atmete schwer. Ich machte mit, wich aber seinem Blick aus. Wenn dies ein pubertäres Jungsspiel war, wollte ich es nicht damit gefährden, daß er das Begehren in meinen Augen sehen konnte. Also starrte ich auf seine schaukelnden Eier, seinen stämmigen Schwanz, auf die dunkelrote Eichel, auf das kleine Loch in der Mitte und wartete. Als es ihm kam, grunzte er: „Weg da!" Ich sprang automatisch einen Schritt zur Seite. Zwei dicke, weiße Tropfen klatschten direkt neben mir an die Wand. Bei diesem Geräusch schoß auch aus meinem Schwanz das Sperma in den Raum. Wir glitten beide erschöpft und lachend zu Boden.
Mein Blick fiel auf sein Sperma, das langsam die Kacheln herablief. Am liebsten wäre ich auf allen vieren hingekrochen und hätte es von der Wand geleckt.
„Wir müssen die Sauerei noch wegmachen", unterbrach Sören die Stille, die Raucher gewöhnlich für die Zigarette danach nutzen. Er drückte auf den Duschknopf und lenkte den Wasserstrahl erst auf den Boden, wo ich zerflossen war, dann gegen die Wand. Ich duschte mich gerade noch mal kurz ab, als Sören plötzlich dicht hinter mir stand. Wieder dieses Gefühl eines prallharten Schwanzes an meinem Arsch, nur jetzt ohne hinderlichen

Stoff dazwischen. Ich hatte gar keine Zeit mehr, überrumpelt zu tun, weil Sören mich bereits mit dem linken Arm um meine Taille an sich zog und mit der rechten Hand nach vorne beugte. Sofort meldete sich wieder mein Schwanz zum Appell. Ich spürte, wie Sörens Eichel gegen mein Arschloch preßte und preßte. Dann war einen Augenblick Ruhe. Das heißt, ich bekam nicht mit, was hinter mir passierte, weil mir das niederprasselnde Wasser in Augen und Ohren lief. Im nächsten Augenblick wurden meine Arschbacken abrupt geteilt, seine Eichel stieß diesmal etwas weicher gegen mein Loch, ich kam ihm gierig entgegen, und dann lief mir die Geilheit von den unteren Gedärmen bis hinter die Stirn und zirkulierte wieder zurück. Sören war in mir. In meinem Arsch. Und er stieß zu, zog seinen Schwanz wieder zurück und stieß wieder und wieder zu. Durch die heftigen Fickbewegungen trommelte mein Schwanz wie wild gegen meinen Bauch und rieb sich dabei rhythmisch an meiner Haut. Sören fickte mich wie ein Berserker mit schnellen Beckenstößen in den Arsch. Seine Stöße wurden immer heftiger, so daß ich, obwohl ich mich an der Duschstange abstütze, ein paarmal mit dem Kopf gegen die Kacheln schlug. Der Schmerz gab mir zusätzliche Kicks. Ich wurde von beiden Seiten gebumst. Unterdessen prasselte unablässig warmes Wasser auf meinen Rücken und versetzte mich in einen bisher für unmöglich gehaltenen Rausch. Meine Meditation fand ein Ende, als mir mein Saft heiß aus dem Schwanz schoß. Meine Hoden nahmen gerade erneut Anlauf zu einem weiteren Spritzer, als auch Sören kam. Seine Lenden zuckten an meinen Arschbacken, und ich spritzte nochmals gewaltig.

Danach redeten wir nicht viel. Nur so Sachen wie „Gib mir mal das Handtuch!“ oder „Wo ist denn die verdammte Uhr?“

Bevor wir gingen, wollte ich aber eins noch wissen. „Wie bist du eigentlich so schnell reingekommen? Das lief ja wie geschmiert.“

„Duschdas“, antwortete er knapp und brach in schallendes Gelächter aus, als ich puterrot anlief. Dann verließen wir die Turnhalle.

Während er seinen Motorradhelm aufsetzte und ich gerade im Begriff war, mich über die Stange meines Rennrads zu schwingen, flüsterte er mir mit samtweicher Stimme zu: „He, Dirk, das hat Spaß gemacht. Laß uns das bei Gelegenheit wiederholen.“ Ich war im Himmel.

Fast ein Jahr ging das so weiter. Nach dem Schulsport bliesen, fickten und wichsten wir wie die Weltmeister. Am Wochenende vögelte er pro forma eine Birte, Dörte oder Maike. Unter der Woche war ich die gevögelte Henne. Aber nichts hält ewig.

Heike und ich hatten begonnen, uns in der Lesben- und Schwulenszene umzusehen. An einem Freitagabend gab es vor der Homodisco, in der wir gerade waren, eine Schlägerei mit ein paar besoffenen Idioten, die uns als schwule Säue beschimpften. Heike polterte als erste zurück und packte sich einen der Typen. Der wiederum fackelte nicht lange und schlug ihr mit der Faust ins Gesicht. „Dreckige Votze!" gröhlte er. Und bereits im nächsten Augenblick kämpften fünf Lesben und ein Schwuler gegen sieben ziemlich durchtrainierte junge Kerle. Ich packte mir einen von ihnen, und gerade als ich ihm mit Schmackes in die Eier treten wollte, erkannte ich Torben, unseren Klassensprecher. Er nutzte den kurzen Augenblick meiner Verwirrung. „Du bist ein toter Mann, Dirk!" schrie er mir noch zu, bevor die ganze Truppe wegrannte, denn mittlerweile hatte eine Trine endlich die Röcke gerafft, um die Bullen zu holen. Mit Blaulicht und quietschenden Reifen fuhren sie vor, sprangen aus dem Wagen und kontrollierten zackig unsere Personalien. Heike, mich und noch ein paar andere nahmen sie mit, weil wir noch keine achtzehn waren. Meine Eltern haben mir das bis heute nicht verziehen. Am Montag wußte es die ganze Schule noch vor der großen Pause. Nicht, daß wir Opfer eines homophoben Überfalls geworden waren, daß Heikes Nasenbein gebrochen war und daß die Polizei die Täter hatte wegrennen lassen. Nein, sie wußten, daß Heike eine fette Lesbe war und ich ein tuntiger Schwanzlutscher. Nach der letzten Stunde wußten alle, daß sie das schon immer gewußt hatten. Und am Dienstag nach der ersten Stunde machten sich die Katjas, Heidis und Trixis große Sorgen, ob ich Sören vielleicht ans andere Ufer gelockt hatte. Ich selbst sah ihn erst beim Training wieder. Danach trafen wir uns wie gewohnt in der verlassenen Umkleidekabine. Ich wollte mit ihm reden. Heike hatte ihre Coming-out-Gruppe im Frauenzentrum. Ich hatte niemanden.

Das kleine Häufchen Elend Dirk wollte auch nicht durch eine Turnhalle hetzen, als wäre nichts geschehen. Wir blieben vor unseren Spinden sitzen. Sören nahm mich in den Arm und sprach ein paar Worte, die er in dieser Situation wohl für angemessen hielt, aber er klang teilnahmslos. „He, das ist nächste Woche schon wieder vergessen. Sag doch einfach, du gehst mit Heike und ihr seid da irgendwie reingeraten." Kein guter Vorschlag, fand ich. Doch Sören interessierte mein Gejammer nicht die Bohne. Deswegen war er nicht gekommen.

Er schob einfach seine Hand unter meine Jogginghose und streichelte meinen Schwanz, der an ihm hochsprang wie ein Köter an seinem Herrn. Mir war nicht nach Sex. Mir war nach

Heulen. Aber bitte sehr, dachte ich, ein bißchen Entspannung kann vielleicht nicht schaden. Gerade als Sören aufstand, um sich die Shorts runterzuziehen und mir den Mund zu stopfen, flog die Tür der Umkleidekabine auf und Torben und ein paar seiner Schläger standen in der Tür. Sören war mindestens so erschrocken wie ich.

„Na, ihr zwei Turteltäubchen. Wir stören euch hoffentlich."

Sören fuhr zu ihnen herum. Eben noch hatte ich sein angsterfülltes Gesicht gesehen. Um so mehr schockierte mich, daß er in Sekundenschnelle die Seiten wechseln konnte.

„Mensch, Torben, bin ich froh, euch zu sehen. Die perverse Schwuchtel hat mich gerade angemacht. Sitzt plötzlich da und fängt an, sich einen zu schrubben." Dann trat er einen Schritt zur Seite und gab den Blick auf mich frei.

Ich war starr vor Schreck, und es schien mir sinnlos, dem etwas entgegenzusetzen. Ich war sowieso der Spermaschlucker. Außerdem saß ja ich mit entblößter Latte auf der Bank, während Sören noch völlig bekleidet dastand. Als sie mich verprügelten, trat auch Sören zu.

Das letzte Jahr auf der Penne war die Hölle. Dauernd warfen mir die Jungs Kußhändchen zu, machten Witze, kreischten „Ihhh, eine Frau!", wenn ich ins Klo kam. Ich flog aus dem Basketballteam, und Sören sprach nie wieder ein Wort mit mir. Nur die Claudias, Giselas und Julianes fanden mich irgendwie exotisch und luden mich auf ihre albernen kleinen Mädchenpartys ein. Ich ging nie hin. Heike verschwand in einer festen Beziehung mit einem Mädchen von außerhalb der Schule. Nach dem Abitur verschlug uns die ZVS an verschiedene Unis. Wir haben seitdem nichts mehr voneinander gehört. Meine Mutter erzählte mir zwei Jahre nach dem Schulabschluß in einem ihrer larmoyanten Anrufe, daß der Sören Vater wird und jetzt in der Bundesliga Basketball spielt. Es hat mich nicht mehr interessiert.

Wie ein Film hat sich das alles noch mal in meinem Kopf abgespielt, während ich auf Sören zugehe.

Dann stehe ich vor ihm. Nach zwölf Jahren stehe ich wieder vor Sören.

„Mann, Dirk, so eine Überraschung. Wir haben uns ja ewig nicht gesehen. Gut siehst du aus." Sören strahlt mich an. Die Überraschung zumindest ist echt.

„Zu wievielen hübschen Mädchen hast du das heute schon gesagt?" frotzele ich mit theatralischem Augenklimpern. Aber vielleicht hat Ken ja seine Pflichtbarbie schon hinter sich.

„Keiner natürlich. Ich bin ein verheirateter Mann." Er gibt sich entrüstet.

„Oh", sage ich, „ist *er* hier?"

„Nein", flüstert er und fügt mit einem kleinen Räuspern hinzu: „*Sie* ist zu Hause. Ich bin übers Wochenende hier, zu einem Freundschaftsspiel."

Freundschaftsspiel – das hast du schön gesagt, mein Lieber.

„Wir haben die Weicheier natürlich geschlagen. Mensch, Dirk! Was machst du hier? Erzähl mal." Lässig lehnt er da an der Wand zwischen den beiden Szenekneipen, sein Bier auf dem rechten Oberschenkel abgestellt. Scheinbar gedankenverloren umfaßt seine schaufelgroße Hand den Flaschenhals und fährt an ihm hoch und runter. Durch die enge 501 kann ich seine Oberschenkelmuskulatur erkennen. Sören wirkt kompakter. Der jahrelange Leistungssport hat einen schmalen, aber maßgeschneiderten Adonis aus ihm gemacht. Nicht zu viele Muskeln, dafür aber an den richtigen Stellen. Er hat nicht diese geklonte Figur wie die meisten hier. Natürlich entgeht ihm nicht, daß ich ihn mit Blicken verschlinge. Er weiß, daß er toll aussieht, und er läßt es mich wissen, indem er jetzt einen Fuß gegen die Wand stemmt und sein Becken vorstreckt. Souverän, lässig. Der Hosenbund spannt über seiner Männlichkeit. Und ohne Unterbrechung macht er diese Sache mit der Bierflasche. Nach dem Einatmen muß man ausatmen, denke ich. Ich wünschte mir, das Glas wäre Fleisch. Meins oder seins.

„Ach, weißt du, Sören", säusle ich eine Oktave tiefer, „ich mache hier, was alle Huschen in diesen Kneipen tun. Ich suche nach einem Traumprinzen."

Er lächelt wissend und legt den Kopf ein bißchen schief. Sören ist so simpel, aber so verdammt attraktiv. Das hat sich wirklich nicht geändert.

„Ich meine, was hast du gemacht seitdem?"

Ich lehne mich mit der linken Schulter an die Wand, ganz dicht an ihn dran. Meine Lippen berühren fast seinen Hals. Ich ziehe seine Pheromone in die Nase wie die meisten hier Poppers, werde dabei genauso high. Er läßt es geschehen.

„Seit dem Abi oder seit du mich im Umkleideraum verraten und verkauft hast? Jesus hat wenigstens noch einen Kuß von Judas bekommen, bevor sie ihn ans Kreuz genagelt haben."

Ein kleines Zucken läuft über sein Gesicht. Das hat gesessen. Einen kurzen Moment schaut er unangenehm berührt zu Boden. Dann verändert sich sein Gesichtsausdruck. Dramatisch wendet er mir das makellose, kantige Gesicht zu. Mit weit aufgerissenen Augen schaut er mich eine Weile an. Dann sagt Sören endlich etwas.

„Seit dem Abi, meine ich. Hör mal, Dirk, das ist so verdammt lang her. Ich hab damals tierischen Scheiß gebaut. Es tut mir leid, ehrlich. Aber ich hab mich verändert."

Natürlich, denke ich. Mit dem Zeigefinger fahre ich spielerisch über seinen sehnigen Halswendemuskel in Richtung Schlüsselbein. Er soll meine Antwort haben.

„Nach dem Abi habe ich meine Sachen gepackt und bin in eine Stadt gezogen, wo ich ungestört homosexuell sein kann, wo ich im schwulen Buchladen schwule Bücher kaufen kann, wo es schwule Anti-Gewaltgruppen gibt, wo ich schwule Jungs zu schwulen Männern heranwachsen sehe, wo wir stolz auf das sind, was wir sind."

Aber er hört mir gar nicht mehr zu. Er steht direkt vor mir und lächelt mich unmißverständlich an. Da ist er wieder, dieser Geruch aus Teenie-Tagen: Linoleumfußböden, das Gummi der Bälle, der säuerliche Schweiß pubertierender Pennäler, sein Geruch. Ich bekomme weiche Knie. Ganz zu schweigen davon, was sich in meiner Hose abspielt. Siegessicher, mit diesem Lächeln, mit diesen perfekten, weißen Zähnen, mit dem halboffenen Hemd drängt er mich immer näher an die Hauswand.

„Weißt du, ich bin eigentlich nicht der Typ für eine schnelle Nummer. Das ist nicht mein Stil. Aber was ist? Gehen wir noch auf einen Kaffee in mein Hotelzimmer?"

Darauf habe ich gewartet, das muß ich zugeben. Meine Hand, die sich in der Zwischenzeit weiter nach unten gearbeitet hat, gleitet von seiner schmalen Hüfte wie von selbst zu seinem Schritt, ruht für einen Augenblick auf dieser wunderbaren Beule zwischen seinen Beinen. Er hat einen Ständer. Ich auch, aber das kann er nicht spüren, denn ich halte mir immer noch die Bierflasche vor den Hosenlatz. Meine rechte Hand massiert seine Eier durch die Jeans. Sören grunzt behaglich.

Dann packe ich so fest zu, wie ich kann, und lasse nicht mehr los. Für den Bruchteil einer Sekunde sehe ich die Überraschung in seinen großen blauen Jungenaugen. Dann den Zweifel, ob ich etwa eher auf harte Nummern stehe. Bevor er auf die Knie geht, preßt er ein „Scheiße. Verdammt, du tust mir weh!" hervor.

„Hör mal, Schätzchen, du hast vor langer Zeit eine kleine Prinzessin sehr unglücklich gemacht. Und heute gibt dir eine Königin einen Korb."

Mit einem divenhaften Hüftschwung räume ich das Schlachtfeld und lasse Sören stehen. Dieses Mal lasse ich ihn einfach stehen. Dieses Mal liegt er mit blauen Eiern am Boden.

Die anderen Jungs um uns herum starren uns nur verständnislos an. Ihre Blicke sind erst auf den Zwei-Meter-Mann gerichtet, der sich die Eier hält und ächzend am Boden kauert. Dann schauen sie mir hinterher, wie ich triumphierend an ihnen vorbeistolziere, sehen, daß keine Gefahr von mir ausgeht, und wenden sich wieder ihren Balzritualen zu. Mein alter Platz auf der Bank ist noch frei. Jürgen, der Gute, hat ihn mir die ganze Zeit freigehalten.

„Holla, was ist denn mit dir los? Du läßt diese schweinegeile Schnitte einfach mit umgedrehten Klöten stehen?"

„Hab ich nie erwähnt, daß er ein schleimiger Opportunist ist? Eine hintervotzige Klemmschwester?"

Jetzt fällt bei ihm der Groschen.

„Ah, *der* Sören!"

Jürgen ist stolz auf mich. Das kann ich in seinem mir so vertrauten Gesicht lesen. Ein bißchen verloren sitze ich wieder auf der Holzbank und fühle mich so einsam wie der letzte Soldat auf dem Schlachtfeld, dem keiner mehr sagen kann, daß der Krieg vorbei ist. Jürgen legt mir seinen starken, behaarten Arm um die Schulter wie einen Gluckenflügel. Seine rechte Hand liegt wie eine dicke, freundliche Hummel auf meinem Knie. Wie immer ist er bei mir, wenn ich etwas hinter mich gebracht habe. Ich kuschle meinen Kopf in seine warme Armbeuge. Bei ihm bin ich sicher.

„Das hast du gut gemacht, Kleiner. Und nicht ein Stäubchen unterm Fingernagel."

Es tut gut, das zu hören.

„Jürgen?" piepse ich aus seiner Achselhöhle hervor. Ich bin immer noch scharf und aufgewühlt zugleich.

„Was ist, Dirk?"

„Kannst du mir einen runterholen?"

Jürgen lächelt, zum ersten Mal, seit wir vor dieser Kneipe sitzen.

„Wenn du morgen früh Kirk und Spock fütterst und das Katzenklo saubermachst, kannst du das ganze Programm haben. Mit hartgekochten Eiern, so wie du sie eigentlich magst."

I Fucked a Girl

Matthew Rettenmund

Wenn eine Frau Mitte zwanzig sich selbst für stock-heterosexuell hält, aber unablässig Jill Sobules *I Kissed a Girl* vor sich hinsummt, sollte ihr das vielleicht zu denken geben. Matthew Rettenmund stellt uns in seiner Coming-out-Geschichte *I Fucked a Girl* eine solche junge Frau vor, die nicht nur denkt, sondern auch handelt.

Rettenmunds Roman *Boy Culture* ist auf deutsch im Bruno Gmünder Verlag erschienen. Seine erotischen Kurzgeschichten finden sich in zahlreichen Zeitschriften und Anthologien, darunter auch der Sammlung *Auf Hochtouren.*

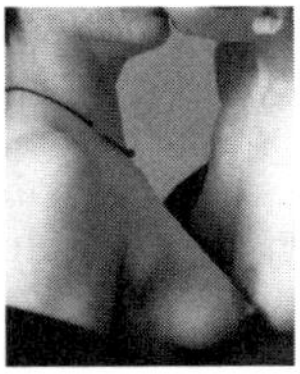

Mir will einfach dieses MTV-Lied nicht aus dem Kopf, wo's darum geht, eine Frau zu küssen, und wo die Sängerin sagt, es ist, wie sich selbst zu küssen, nur besser.

Ich bin sechsundzwanzig – alt und schlau genug, meine sexuelle Orientierung nicht mehr in Frage zu stellen. Sex mit Typen hat mir schließlich immer Spaß gemacht, oder etwa nicht? Glaub ich jedenfalls. Orgasmen hatte ich auch mit den meisten.

Trotzdem bringt's mein derzeitiger Freund irgendwie nicht so richtig. Er ist wirklich unheimlich süß, so niedlich, daß meine Ma mich gefragt hat, ob ich mir denn sicher sei, daß er nicht schwul ist. Aber seit unserem ersten Date ist er so scharf auf mich, daß ich nur kichern und zurückhaltend die Augenbrauen heben und ihr versichern konnte, daß er's nicht ist. So läuft das zwischen meiner Mutter und mir – sie nimmt kein Blatt vor den Mund, ich bin zurückhaltend. Ich habe keine Ahnung, woran das liegt.

Tony ist nicht besonders groß, aber sehr kräftig gebaut, kompakt wie ein Pitbull, aber zum Knuddeln wie Toto, der Hund aus dem *Zauberer von Oz*. Tatsächlich nenne ich ihn manchmal „Toto", worauf er meistens mit einem Knurren antwortet. Er hat schwarzes, welliges Haar, das vor lauter Gel glänzt und deshalb so aussieht, als ob es an einigen Stellen schon grau wäre. Er hat ein Tony-Curtis-Gesicht, Burt-Lancaster-Schultern und ein Hugh-Grant-Lächeln. Im Bett ist er Warren Beatty: zielstrebig und unersättlich. Ich bin auch unersättlich, im wahrsten Sinne des Wortes. Ich kann deshalb nicht genug bekommen, weil sich nur sehr wenig daran besonders toll anfühlt. Wir reden nicht allzuviel, und wenn doch, sind wir für gewöhnlich nicht einer Meinung.

Ein Beispiel: Erst drängelt er mich, mit ihm ins Kino zu gehen und Filme mit irgendwelchen schnuckeligen Häschen zu sehen, und dann ist er sauer, wenn sich rausstellt, daß das Schnuckelhäschen tatsächlich die eine oder andere Zeile zu sprechen hat und es durch einen anderthalbstündigen Film schafft, ohne die Titten zu zeigen. Ich versuche oft, ihn dazu zu überreden, mich in ein Off-Kino zu begleiten, nur mal so zur Abwechslung, aber er nimmt mich einfach nicht ernst. Ich bin immer diejenige, die nachgibt. Ich habe auch keine Ahnung, woran das liegt.

Aber in letzter Zeit lief's bei mir irgendwie seltsam. Ich habe viel über meine lesbische Freundin, Terry, nachgedacht, die wie k.d. lang aussieht, nur in blond. Ihr wißt schon, die Sorte Lesbe, in die sogar Heteras sich verknallen würden. Ich bin nicht in Terry verknallt – sie hat Ansichten, über die ich mich nur ärgern kann, und wer auch immer ihr erzählt hat, ihr Deo würde nur ihren süßen natürlichen Duft überdecken, hat ganz frech gelogen. Aber wenn ich sie zuerst in die Wanne stecken dürfte, hab ich mir gedacht, würde ich sie liebend gerne ficken. „Ich würde sie liebend gerne ficken", denke ich. *Sie.*

Tony und ich bei einer unserer typischen Verabredungen: Wir essen mal wieder in unserem Lieblingsrestaurant (manche würden das vielleicht Beziehungstrott nennen), im *Angie's*, wo es bessere Pizza gibt als im *John's* und wo sie, anders als im *Suzette's*, kostenlos nachschenken. Warum nennen Leute ihre Restaurants bloß nach sich selbst, wenn sie einem da sowieso nur den gleichen fettigen Fraß vorsetzen wie überall? Wo bleibt da ihr Stolz?

Tony ist ein Lackaffe. Das ist okay, ich erlaube ihm das. Ich sehe ihm gerne zu, wie er für mich die Muskeln spielen läßt und sich in die Brust wirft. Ich glaube, es ist sein Selbstbewußtsein, das mich anzieht, sein Vertrauen in die eigene Libido – etwas, das er mit Terry gemein hat. Wenn eine Frau auf seine aggressive Art zu flirten eingehen würde, wäre er immer bereit, es auch zu Ende zu bringen. Sie zu einer Eroberung zu machen. Ich frage mich, ob er mich auch jetzt noch als Eroberung betrachtet, obwohl das mit uns schon drei Monate läuft, und ob er in letzter Zeit andere gehabt hat. Ich bin mir nicht hundertprozentig sicher, ob mir das was ausmachen würde, aber ich glaube schon.

Unsere Kellnerin ist subversiv. Meine Einschätzung basiert auf der Tatsache, daß sie als einzige keine Uniform trägt; ihr Namensschild verkündet den offensichtlich selbstgewählten Namen „ZiZi“, und ihre Haare sind sehr kurz und sehr orange. Das einzige Zugeständnis an die Konvention ist ihr Make-up – tatsächlich ein bißchen zuviel des Guten; sie sieht aus wie für die Kamera zurechtgemacht. Sie hat einen karierten Rock an, den meine Mutter 1973 getragen hätte, um hip auszusehen, und ein weißes Männerunterhemd, das an den Hüften locker und um die Titten straff sitzt. Ich summe dieses MTV-Lied, als sie ganz kühl um unsere Bestellung bittet.

„Burger, Cheddar, alles außer Zwiebeln“, sagt Tony, ohne sie überhaupt anzusehen. Er beugt sich halb über den Tisch zu mir rüber, sieht aber auch mich nicht an, nur meine Brüste. Er hat's mit meinen Brüsten. Tony „steht auf Möpse“, für ihn sind sie „ein Wunder“, wie er mir immer mal wieder lächelnd versichert, und zwar für gewöhnlich dann, wenn er sich zwanzig Minuten lang zwischen ihnen gesuhlt hat. Und was bin ich dann? Ein Paar Möpse? Ein Busenwunder? Zumindest letzteres würde ich auch ganz gerne mal erleben, falls ihr versteht, was ich meine.

Meine Brüste sind echt. Sie sind nicht ganz so groß, daß man sie für falsch halten könnte, aber üppig und ausladend genug, daß sie immer Halt brauchen. Wenn ich sie beim Joggen nicht mit einem Sport-BH in Form quetschen würde, wären sie bald so wund, daß man sie eine ganze Woche lang nicht anfassen könnte. Ich bin dankbar, daß Schlauchoberteile out sind, und habe daran gedacht, sie verkleinern zu lassen, denn dann wären sie besser zu handhaben und nicht so eine Last in der Sommerhitze. Aber ich glaube, dazu mag ich sie zu sehr. Ich mag es, wie sie Tony aufregen, seinen jungenhaften Übereifer, wenn er sie drückt, knetet, ausprobiert. Ich mag es, wenn nervöse Spinner verstohlen einen Blick darauf werfen, und wie Terry sie jedesmal taxiert, wenn wir uns auf der Straße begegnen.

„Und ich nehme einen Milchshake“, sage ich und erkenne meine eigene Stimme nicht wieder. Ich klinge wie eine alberne Komikerin aus *Saturday Night Live* oder wie Julie Brown aus *Clueless* oder als ob ich flirte. Mit unserer Kellnerin.

ZiZi schaut von ihrem Block hoch, und ich kann sehen, daß sie ohne das kleinste bißchen Make-up mindestens genauso hübsch wäre. Sie hat die richtige Gesichtsform, ausgeprägte Wangenknochen und dunkelbraune Augen – alles, was eine Frau braucht, um ungeschminkt rumzulaufen. Ich mag ihre Augenbrauen, die sie zu einem gleichmäßigen Bogen gezupft hat.

Ich weiß einfach, daß sie eine Lesbe ist, selbst ohne offensichtlichere Kennzeichen. Zum Beispiel schreibt sie meine Bestellung nicht auf, sie tut nur so, und sie starrt mich an wie eine Katze, die ein Goldfischglas beäugt.

Ich lächle übers ganze Gesicht, und Tony fragt mich, warum ich einen Milchshake nehme und kein richtiges Essen.

„Ein Milchshake ist richtiges Essen", protestiert ZiZi. „Dein Burgertyp stellt ja reichlich hohe Ansprüche."

„Danke", denke ich und lächle sie richtig breit an.

ZiZi zwinkert mir zu und geht weg, um unser Essen zu holen; sie wackelt mit dem Hintern, und zwar, glaube ich, in meine Richtung. Mir wird klar, daß ich mich deutlich mehr für sie interessiere als für den Milchshake, den ich bestellt habe. Ich finde es ein bißchen erschreckend, wie scharf ich auf sie bin, auf eine Frau, und dann auch noch so plötzlich. Über so was habe ich zwar ziemlich lange nachgedacht, aber denken und tun ist eben zweierlei ...

Tony fängt an, über seine Arbeit zu reden, beschwert sich über all die gestreßten Leute im Büro. Er läßt es sich nicht nehmen, mir zu erzählen, daß sein Chef ihn jetzt schon zwei Tage hintereinander über den grünen Klee gelobt hat, und macht sich ein besonderes Vergnügen daraus, mir mitzuteilen, daß er in der Kabine auf dem Männerklo unter den vielen Graffiti seinen Namen entdeckt hat. Das weckt mein Interesse, lenkt mich davon ab, mir vorzustellen, eine Frau mit Make-up zu küssen. Ich bin ein bißchen überrascht, Tony so erfreut darüber zu sehen, daß sein Name im Männerklo steht.

„Ja", sagt er, zuckt mit den Schultern und grinst. „Irgend so 'n Schwuler hat geschrieben: ‚Ist dieser Tony nicht so rattengeil, daß einem die Worte fehlen?', und ein anderer hat drunter geschrieben: ‚Und wie, aber hetero.' Ist das nicht irre?"

Ich trinke einen Schluck Wasser, um die Zeit zu überbrücken, bis ich meinen wundervollen Shake bekomme. „Es stört dich nicht, daß schwule Jungs so über dich denken?"

„Nee", sagt er. „Die Typen im Büro sind doch alle schwul. Herrgott noch mal, ich arbeite schließlich in der Grafikabteilung. Die sind alle ganz in Ordnung. Mir macht's nichts aus, solange sie mich nicht antatschen oder so was."

Tonys Homophobie, die er, wenn auch nur hin und wieder, an den Tag legt, ist mir nicht entgangen. Aber sein Ego, wird mir jetzt klar, ist derartig aufgebläht, daß er glatt darüber hinwegsehen kann.

Ich muß daran denken, wie ich zum ersten Mal einer Lesbe begegnet bin, auf dem College. Ich war vielleicht neunzehn und verbrachte den Abend mit zwei Freundinnen in einem abgewrackten, „alternativen“ Schuppen. Die eine kann ich nicht mehr leiden, und an die andere erinnere ich mich kaum noch. Wir standen in dieser Bar rum, nickten zu was auch immer mit den Köpfen, New Order vielleicht, als eine von beiden sagte: „Die Frau, die da eben vorbeiging, ist eine Lesbe!“

In der Schule hat man mich mal als Lesbe bezeichnet, weil ich eine kurze Dauerwelle trug und Leichtathletik machte, deshalb reagierte ich hypersensibel, wenn jemand bloß wegen eines Haarschnitts abgestempelt wurde. Daß ich damals tatsächlich insgeheim in ein anderes Mädchen verknallt war, machte mich nicht weniger sauer auf die Leute, die mich „Lesbe“ nannten. Eigentlich brachte es mich sogar erst richtig auf, weil ich zu der Zeit vermutete, daß sie womöglich recht hatten.

„Komm schon“, schimpfte ich. „Woher willst du wissen, daß sie Lesbe ist?“

„Weil auf ihrem T-Shirt stand: ICH BIN EINE LESBE.“

Eine kaum von der Hand zu weisende Logik.

Den Rest des Abends verbrachte ich damit, mich unauffällig an sie ranzupirschen, jede ihrer Bewegungen zu beobachten. Ich sah ihr zu, wie sie sich zu anderen Frauen stellte, sich kurz mit ihnen unterhielt. Sie war nicht zum Tanzen da. Sie war auf der Jagd.

Ich erklärte meinen Freundinnen, ich bräuchte eine Cola, und ließ mir ihre Getränkewünsche sagen, machte mich dicht an die Lesbe ran und tat so, als würde ich sie gar nicht beachten. Ich stellte sie mir richtig schroff vor, wie diese Pseudo-Lesben aus den alten Hollywoodschinken, raffiniert, raubtierhaft und hart.

Statt dessen wandte sie mir ein herzförmiges und über und über mit Sommersprossen gesprenkeltes Gesicht zu und zwitscherte: „Was für 'ne tolle Frisur!“

Damals trug ich das Haar lang, eigentlich wirklich ganz hübsch, obwohl es seitdem an Attraktivität verloren hat, wie auch meine Hände und Füße. Ich dankte ihr und suchte in ihren Augen nach einer Spur des Lesbischseins, etwas, das ich identifizieren und wonach ich dann in mir selbst fahnden könnte. Aber sie sah einfach nur aus wie das schwarze Schaf aus einer Vorabendserie über eine kinderreiche Familie. Verwirrt ließ ich sie stehen und versuchte, mir ganz bewußt den Gedanken an Sex mit Frauen aus dem Kopf zu schlagen. Bis zur Tony-Ära hatte das auch funktioniert.

„Hau rein."

Ich schrecke hoch, als ZiZi mir einen riesenhaften Schokoladenshake und einen blanken Behälter mit genug Zeug für einen weiteren vor die Nase stellt. Nonchalant reicht sie Tony seinen Burger und fragt, ob wir noch irgendwas möchten.

„Nö."

Sie schlendert zurück und läßt sich an der Bar nieder, schlägt die nackten Beine unter ihrem kurzen Rock übereinander (meinetwegen?) und tut so, als würde sie Zeitung lesen. Mir ist völlig klar, daß sie versucht, meinen Blick auf sich zu lenken.

Tony stopft sich seinen Burger rein, und ich nuckle geduldig an meinem Strohhalm. Meine Augen sind an ihre Knie geheftet. Sie schaut auf, vergewissert sich, daß sie meine Aufmerksamkeit hat, schlägt dann die Beine andersrum über, setzt sich weiter zurück und gewährt mir einen direkten Blick auf das Dreieck eines weißen Höschens auf dem Vinylhocker. Plötzlich bin ich tropfnaß und fühle mich unwohl, als ob Tony oder einer der anderen Kunden mitkriegen könnte, was los ist, und dann durchdrehen, mich eine Lesbe nennen und mich meiner anbetungswürdigen Elfe mit den geschwungenen Brauen ausliefern würde, die jetzt irgendwas auf ihren Block kritzelt. Ohne besonderen Grund weiß ich, daß der Zettel für mich ist.

Als wir aufgegessen haben, kriegen wir die Rechnung, und ich schnappe sie Tony aus den Flossen – „Das geht auf mich!" –, gerade noch rechtzeitig, um festzustellen, daß sie den Zettel ziemlich leichtsinnig an unsere Rechnung geheftet hat. Was, wenn Tony das gesehen hätte? Was hätte er wohl dazu gesagt? Die ganze Szene fühlt sich ... unanständig an.

Auf dem Zettel steht: „Schick den Typ in die Wüste. Laß uns spielen gehen."

Gerade habe ich die Chance meines Lebens bekommen; sie wird mir auf einem silbernen Tablett serviert – von keiner geringeren als einer Kellnerin. Ich wollte schon immer mal mit einer Frau schlafen, erlaube ich mir selbst zu denken, und meine eigene Unverblümtheit läßt mich erschaudern. Meine neue Freundin schüchtert mich vielleicht ein, aber diese Gelegenheit lasse ich mir bestimmt nicht entgehen.

„Tony", sage ich reichlich unterkühlt und reserviert. „Ich glaube, ich möchte jetzt gehen."

Ihm fällt der Unterkiefer runter. „Wir haben gerade erst aufgegessen! Schon mal was von Kaffee gehört?"

„Schon mal was von Fick-dich-ins-Knie gehört?“ Ich bin so bissig wie ein Schoßhündchen mit dem Geschmack von blutigem Fleisch im Maul: Meins, meins, meins! „Ich hab dir gesagt, ich will gehen, und jetzt geh ich. Ich fühl mich nicht gut. Bis dann.“

Er stolpert bei dem Versuch, mich einzuholen, wirft ZiZi einen Zehner zu und folgt mir zur Tür hinaus. Er ist es nicht gewöhnt, mir hinterherzurennen, es verwirrt ihn. Als wir vor dem Restaurant stehen, fehlen ihm die Worte.

„Tut mir leid“, sage ich wenig überzeugend, „aber ich nehm jetzt ein Taxi. Wir sehn uns.“ Ich strecke die Hand in die Luft, und ungefähr vierzehn Taxis überschlagen sich förmlich, um mich als erstes aufzugabeln; die Taxizentrale liegt gleich um die Ecke.

Ich steige beim Sieger ein, winke Tony zum Abschied über die Schulter und weise meinen Taxifahrer an, fünf Minuten durch die Gegend und dann zurückzufahren. Der Taxifahrer ist überglücklich, mir diesen Wunsch zu erfüllen, und scheint dabei einen Heidenspaß zu haben. Er kommt mir vor wie einer von denen, die endlose Nächte lang hoffen, daß jemand zu ihnen ins Taxi springt und ruft: „Folgen Sie dem Wagen!“

Als wir wieder beim Restaurant halten, ist Tony schon Schnee von gestern. Ich vermute, er wird schmollen, die zehn Blocks bis zu seiner Wohnung latschen und versuchen rauszufinden, was er gesagt hat, um mich zu verärgern. Ich werde mich irgendwann bei ihm entschuldigen müssen, aber jetzt habe ich nur eins im Kopf, und das hat kurze orangefarbene Haare.

Als ich reinkomme, geht ZiZi fast an die Decke, so überrascht ist sie.

„Hi“, sagt sie lasziv.

„Hallo“, antworte ich, erwartungsvoll, gespannt, verängstigt.

„Ich dachte, du würdest mit deinem Freund nach Hause eilen und dich erst mal wegen dem Zettel aufregen. Ich hab nicht erwartet, daß du zurückkommst.“

Ich gehe nicht drauf ein. „Was ist mit deiner Kundschaft?“ Einige Gäste sind noch im Laden, und zumindest ein paar davon dürften ahnen, was hier läuft. An einem Tisch sitzen zwei Frauen, die mit ihren dauergewellten Strähnchenfrisuren irgendwie aussehen wie Muttis aus dem Elternbeirat, aber ihre lächelnden Augen sagen mir, daß sie die Show genießen und keinerlei Schwierigkeiten haben, der Handlung zu folgen.

ZiZi gibt einer korpulenten Frau in einem stramm sitzenden Kellnerinnendreß hinter der Theke ein Zeichen. Ich hatte sie bislang nicht bemerkt.

„Ich hab Feierabend. Claudia ist da. Laß uns gehen, okay?“

Wir sind in ZiZis Wohnung, die meiner Vorstellung von einer Lesbenwohnung ziemlich nahekommt. An der Wand hängt ein Cathérine-Deneuve-Poster, das jeder Beschreibung spottet, ein Stapel schwul-lesbischer Politmagazine türmt sich auf dem Couchtisch, und ein Paar Hanteln liegen in der Gegend rum. Das Poster ist ZiZi peinlich.

„Das gehört meiner Mitbewohnerin", sagt sie errötend.

„Schon in Ordnung", meine ich, „ich fand *Begierde* immer ganz toll."

„Ich auch, aber ...", einen Moment lang fehlen ihr die Worte, „aber es ist so, so ... ein Klischee. Wie wenn du zum Beispiel in die Wohnung von deinem kleinen Freund kommst, und da hängt ein Pamela-Anderson-Poster."

„Laß uns nicht über meinen Freund reden", warne ich sie und stehe immer noch stocksteif in der Tür. „Und genaugenommen ist er mein Liebhaber."

Mir wird ein bißchen schwindlig. Wenn ich jetzt die Beine in die Hand nehme, sehe ich wie eine Idiotin aus. Wenn ich bleibe, wird mir das hier vielleicht eine Nummer zu groß. Kann ich wirklich eine Frau küssen? Ihre Brüste berühren? Kann ich meine Zunge *in* eine Frau stecken? Diese Fragen entfachen ein Feuer in mir, machen mich unglaublich heiß. Ich fühle mich, als ob ich im Regenmantel in einem Raum stehe, in dem Spaghetti gekocht werden, was mir tatsächlich schon einmal passiert ist.

„Paß auf", sage ich mit erhobenen Händen zum Zeichen, daß ich mit offenen Karten spiele. „Ich bin mitgekommen, weil ich dich sehr attraktiv finde und weil ich mich schon immer gefragt habe ..."

Ihre Augenbrauen zucken zwar nur, aber der ausgezupfte Bogen läßt es so aussehen, als wäre sie schockiert. „O mein Gott!" ruft sie leise aus. „Eine *Jungfrau*?" Sie saugt ihre Backen ein und kommt, die Hände in die Hüften gestemmt, zu mir rüber. „Nein, ist schon okay", flüstert sie. „Ich habe mich auch gefragt, wie es mit dir wäre."

Und dann küsse ich sie, und es ist *nicht,* wie mich selbst zu küssen, es ist, wie eine andere *Frau* zu küssen, und ich schmecke ihren Lippenstift und spüre, wie ihre weiche Zunge meine Unterlippe kitzelt, und dann umarme ich ihre schmale Taille, damit ich einen besseren Halt finde, und kann ihren Mund ganz mit meiner Zunge ausfüllen. Es fühlt sich so ähnlich an, wie Tony zu küssen, außer daß ich diejenige bin, die das Küssen übernimmt, und ihre Lippen sind weich und geschmeidig, wie die meiner Schwester, wenn wir uns zur Begrüßung küssen. Und irgendwie ist das ja auch ein Begrüßungskuß.

Ich fühle mich, als hätte ich einen Feuerwerkskörper in mir, an dem langsam die Lunte abbrennt, als ob ich in ein paar Sekunden explodieren würde. Aber dieses Gefühl soll nicht aufhören, also gehe ich einen Schritt weiter. Ich hebe die Hand, um ihre kleine Brust zu umfassen, und sie haucht mir einen Seufzer ins Gesicht, als ich ihre harte Brustwarze finde. Ich rolle sie zwischen meinen Fingern, nur die Nippel, nicht die Brüste. Ich ziehe leicht daran und küsse diese Frau tiefer, als ich jemals glaubte, küssen zu können.

Sie streift mir das Hemd über den Kopf, betastet mit festem Griff meine Schultern und fährt mit den Fingerspitzen über mein blasses Brustbein. Sie berührt durch den BH meine Brustwarzen, bearbeitet sie solange, bis sie genauso hart sind wie ihre. Als sie das geschafft hat, hält sie meine Brüste in ihren Händen und hakt sorgfältig den BH auf. Meine Brüste kommen mir in der Hand eines Mannes immer verletzlich vor, aber jetzt fühlen sie sich kraftvoll an wie die stramme Brust eines Soldaten in Habachtstellung. Ich strecke sie raus, und sie küßt eine rosafarbene Lippenstiftspur darüber, laute, schmatzende Küsse, und dieses Geräusch macht mich scharf. Als ihre winzigen Lippen meinen linken Nippel umschließen, ihre Zähne sanft an der Spitze knabbern, fange ich an zu reden.

„Das fühlt sich so gut an", murmle ich. „Saug dran."

Sie fährt mit der Zunge über meine empfindlichen Knospen, bis ich heftig keuche, vergräbt dann ihr Gesicht in meinen Brüsten, reibt ihre weichen Wangen daran, darüber, um sie herum. Wir landen auf dem Sofa, sie auf mir drauf, meine Brüste in ihren aufmerksamen Händen. „Ich liebe deine Brüste", sagt sie ernsthaft und kichert, und es ist ein großer Unterschied zwischen ihren Worten und Tonys „Ich steh auf deine Möpse!", und ich bin so unglaublich froh, daß sie das nicht gesagt hat.

Gemeinsam befreien wir sie von ihrem T-Shirt.

Sie hält mir die Hände über meinem Kopf fest und setzt sich rittlings auf meinen nackten Oberschenkel. Ich kann ihr feuchtes Höschen auf meiner Haut spüren und sehe, wie sich ihre kleinen Brüste meinen entgegenrecken. Mit ein bißchen Anstrengung kann ich meinen Rücken genug durchbiegen, um meine Brüste an ihren zu reiben, meine spuckebedeckten Spitzen wie glitschiges Gummi an ihren Höfen.

Sie wetzt ihr Becken an meinem Schenkel, und die feuchte Reibung kommt meiner brennenden Möse immer näher. Ich habe jetzt schmutzige Gedanken, und das passiert mir nur, wenn ich richtig in Fick-Ekstase verfalle. Ich muß sehr bald spüren, wie sie mich dort berührt, oder ich sterbe.

Wie auf ein Stichwort legt sie ihre Hand in meinen Schritt, betastet meine Lippen geradewegs durch meinen Schlüpfer.

„O Gott, ja!" sage ich, dränge mich diesen gewandten Fingern entgegen. Sie zieht an meinen Lippen und übt Druck auf mein Loch aus, schiebt die Spitze ihres kleinen Fingers durch den Stoff hindurch in mich rein.

„Spiel mit mir!" belle ich. „Faß mich an!"

Sie greift in mein Höschen und spießt mich geschickt mit ihren Fingern auf, öffnet mich auf angenehme Weise, so daß sich ihr Daumen meiner Klit widmen kann. Ich fühle mich jetzt im besten Sinne wie eine totale Schlampe, spreize meine Beine so weit auseinander, daß meine Hüften vor Spannung schmerzen. Ich will ihr ganzes Gesicht zwischen meinen Beinen, ich will spüren, wie sie meine Möse ißt.

„Ich will dich", sagt sie, als sie runtergleitet, um mir dieses Vergnügen zu bereiten. Ich bin jetzt im siebten Himmel, denn Oralsex ist für mich das Größte überhaupt.

Dann wird mir schwarz vor Augen. Ich fürchte, ich werde ohnmächtig, und meine Vagina fühlt sich erst unglaublich wund an und dann brennend heiß, und dann kommt es mir vor, als ob irgendwas in meinem Kopf explodiert, ein warmes Licht, als ob ein Sack Samenkörner über meinem Becken verschüttet wird.

Erst einen Moment später wird mir klar, daß ich beim bloßen Gedanken daran, wie ZiZi mich leckt, gekommen bin.

Ich kann's nicht glauben, und in meinem Schock ist mir die Tatsache entgangen, daß ihre Zunge jetzt mit meinen unteren Lippen spielt.

„Iß mich ...", stöhne ich und lege ihr eine Hand auf den Kopf. Es ist aufregend, meine weißen Finger auf ihrem orangefarbenen Haar zu sehen. Ich stelle mir vor, wie unsere Mösen sich aneinanderpressen.

Sie leckt an mir wie ein Hund, umgeht dabei aber geschickt meine Klit, macht mich heiß und gierig, aber behält alles unter Kontrolle. Als sie schließlich doch meinen Knopf mit der Zungenspitze anstupst, dränge ich mich gegen ihr Gesicht. Ich kann sie „Mmmm!" gurren hören, aber gerade mal so, denn ich selbst stöhne und bettle, daß sie nicht aufhören soll. Sie saugt mit erschreckender Präzision an meiner Klit, und ich sehe nur noch Sternchen. Nein, ich sehe Sonnenblumen. Hinter meinen Lidern wird ein Werbespot für Multivitaminsaft gedreht, und meine Pussy fühlt sich an, als ob sie zum ersten Mal in meinem Leben dazu benutzt wird, wofür sie gedacht ist.

Wieder komme ich, weine fast, so gut fühlt es sich an.

Ehe ich mich erholen kann, steht sie neben mir, zieht sich die tropfnasse Unterhose aus und schmeißt sie in die Küche. Was, wenn ihre Mitbewohnerin zurückkommt und mitten in diese Leckorgie platzt? Ich wünsche mir fast, daß das passiert. Ich bin so weit, daß ich mich am Tag meiner lesbischen Sexpremiere auch auf meinen ersten lesbischen Dreier einlassen würde.

Sie stellt ihren linken Fuß über meiner Schulter auf die Couch und präsentiert mir ihre rasierte, rosafarbene Pussy. Ich habe noch nie eine unbehaarte Vulva gesehen, außer bei Krabbelkindern, und da hat es mich nicht so besonders interessiert. Sie ist faszinierend, so sauber und so makellos. „Jetzt mach's mir“, sagt sie und hockt sich so hin, daß ihre Lippen genau über meinem Gesicht sind.

Ohne jedes angewiderte Zögern und mit Bedauern, daß ich mir das jahrelang hab entgehen lassen, fahre ich mit der Zunge ihre haarlose Spalte rauf und runter und lasse mir ihren Moschusduft und den scharfen Geschmack ihres Saftes auf der Zunge zergehen. Das erinnert mich an die wollüstigen Augenblicke, in denen ich von meinem eigenen Finger gekostet habe, nachdem ich ihn tief in mich hineingetaucht hatte, aber das hier ist noch viel besser, denn ihre Falten schmecken noch viel köstlicher und süßer.

„Uuuh“, sagt sie leise, fast mädchenhaft. „Das gefällt mir. Leck mich, leck mich.“

Ich stoße meine Zunge erst zaghaft in sie rein, dann tiefer und tiefer, bis ich sie wild mit der Zunge ficke. Meinen Daumen lege ich fest auf ihre Klit und massiere sie synchron zu meinen Stößen und weiß, daß sie es genießt, weil sie sich die Brüste knetet und ihr volles Körpergewicht auf meiner Brust ruhen läßt – offenbar versagen ihr die Knie. Ich reibe mein Gesicht mit Hingabe in ihrer Möse, will sie lecken, wie sie's noch nie im Leben gekriegt hat, wie es noch keine von uns beiden je erlebt hat.

Schließlich das Schärfste. Sie sitzt auf meiner Brust, ihre Füße hinter meinen Ohren; sie lehnt sich zurück und stützt sich auf die Hände, spreizt ihre Mösenlippen und schiebt sich in mein Gesicht. Diese Stellung ist so geil, daß ich schon wieder aufs Höchste erregt bin, und ich verliere alle Hemmungen, als ich sie auseinanderfalte und mit meinen beiden Zeigefingern kleine Kreise in ihr beschreibe, die Muskeln so dehne, daß es für sie ein kleines bißchen brennt. Ich glaube, ich würde auch gerne ihr Arschloch lecken, aber davor habe ich zuviel Schiß. Wird sie das schockieren? Wird sie mich wegstoßen, als ob ich irgendwie pervers bin? Es wird eine Gelegenheit geben, das rauszufinden, beim nächsten Mal, hoffe ich.

Doch mehr ist gar nicht nötig. Sie kommt, schreit aus vollen Lungen, und Honigsaft rinnt mir die Finger runter und über meine Handfläche. Nie hätte ich mir einen so nassen Orgasmus vorstellen können. Ich küsse sie ein letztes Mal zwischen die Beine, bevor ich lockerlasse und meinem Hals eine Ruhepause gönne. Wir keuchen beide, Schweißperlen kullern uns wie Babyspinnen im Zickzack die Seiten runter.

Sie läßt sich auf mich fallen, liegt so auf mir drauf, daß ich immer noch ihr geöffnetes Geschlecht sehen kann, das vor Erregung schimmert. Sie fängt an zu kichern, und ich auch, als ob wir zwei unschuldige Mädchen wären, die fälschlicherweise denken, sie hätten irgendwas Aufsässiges getan, bloß daß das alles wirklich und wahrhaftig passiert ist.

„O mein Gott", wispere ich zwischen meinem Kichern. „Ja", sagt sie, rollt sich sachte von mir runter und schüttelt zum Spaß den Kopf. „Ich hab bislang noch nicht mal eine Frau geküßt", sage ich. Sie legt den Kopf schief und lächelt teuflisch. „Tja, jetzt schon."

Ich bin so was von total lesbisch. Und ich hab noch einiges nachzuholen.

Geballte Lust,
oder:
Des Mannes beste Freunde

Corinna Gekeler

Corinna Gekeler wirft einen Blick in eine Zukunft, in der uns bekannte heterosexuelle Normen überwunden sind und primäre und sekundäre Geschlechtsorgane ein ganz anderes Ansehen genießen. Augenzwinkernd erzählt sie uns von ihrem Protagonisten, der seine „Balls" über alles liebt und Frauenbrüste glühend bewundert.

Gekeler ist Politologin und lebt als Publizistin und freie Journalistin in Amsterdam und Köln. Themenschwerpunkte ihrer Vorträge und Artikel sind geschlechtliche und sexuelle Identitäten, Aids, schwul-lesbische Lebensformen und *sexual politics*. Ihre deutschen Arbeiten erscheinen regelmäßig in *MännerAktuell*, *Queer* und anderen Magazinen.

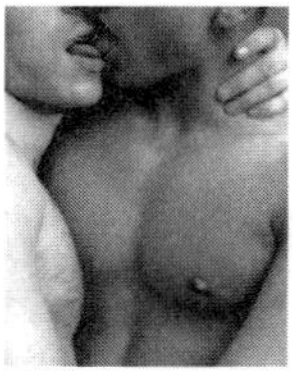

Schon das Aufwachen war eine Freude, spürte ich doch meine prallen Balls, wie ich meine Eier nach amerikanischer Art zu nennen pflege. Eingebettet zwischen meine behaarten, kräftigen Oberschenkel schienen sie vorwitzig zu lauern, bereit, die Abenteuer eines neuen Tages auszukosten, ganz so, als wären sie sich sicher, daß sie darin wieder mal die Hauptrolle spielen würden. Um ihnen dies zu bestätigen, packte ich sie trotz meiner morgendlichen Müdigkeit so hart mit der Rechten, daß ich sogar die winzig kurzen Haarstoppeln fühlen konnte, die seit der gründlichen Rasur von vorgestern gesprossen waren. Dieser Griff sollte mich den ganzen Tag hindurch begleiten. Dafür schätzen mich meine Liebhaber, so herrlich dosiere ich den Schmerz beim schnellen, zielsicheren und etwas zu kräftigen Zupacken, das immer genau soviel zu lange dauert, daß das langsame Loslassen erneut zur Qual wird.

„Falls es mir gelingt, Rinaldo heute ähnlich nachhaltig in die Finger zu kriegen, werde ich ihm seine Grobheiten von letzter Woche verzeihen“, dachte ich, während ich in eine meiner engsten Satinhosen schlüpfte, selbstverständlich ohne Slip. Genüßlich verstaute ich mit geübter Hand meine Balls so, daß die extrem enge Schrittnaht genau zwischen den beiden zu liegen kam, wodurch sie auf ihr ruhten beziehungsweise beim Schließen der Knöpfe auf sie gepreßt wurden. Obwohl ich das Wort ‚pressen' nicht leiden kann, da ich dabei immer an das Auspressen von Zitronen denken muß, vermag ich diesen Zustand bis ins Detail auszukosten.

Ich war kurz davor zu jauchzen und wollte die Gelegenheit nutzen, neue Spielideen auszuprobieren. Also stellte beziehungsweise positionierte ich mich vor den dreiteiligen Klappspiegel, der mich mannshoch in drei Perspektiven wiedergibt. Als Vorspiel plagte ich mich mit dem Versuch, den Blick auf meinen trainierten Bauch, meine behaarte Brust und meinen gepflegten Oberlippen- und Kinnbart zu konzentrieren. Die Spannung wuchs diesmal besonders schnell ins Unerträgliche, und ich konnte nicht länger widerstehen, meine in Satin gehüllten Balls zu bewundern. Ich stellte mir die Szene meines Lieblingspornos vor, in der die schwarzen Augen eines großen Muskelkerls voll Geilheit auf einen anderen Typen starren. Der präsentiert ihm seine Eier, indem er seine recht grobe Hand darunter hält, mit der anderen die Dekoration, also den steifen Schwanz, zur Seite schiebt, damit auch ja kein Millimeter verdeckt bliebe. Je mehr ich mich dem Bild hingab, desto deutlicher konnte ich den Griff spüren, und, was die Spannung immens steigerte, gleichzeitig den Blick des anderen.

Ich beschloß, möglichst bald Rinaldo aufzusuchen, zog mir die Hose noch mal genüßlich langsam aus und ging duschen. Trotz der bereits erlebten Geilheit und der sich steigernden Vorfreude wollte mich mein steifer Schwanz heute nicht so recht dazu ermuntern, mir einen runterzuholen. Weder der extra heiße Wasserstrahl noch der wirklich sehr herbe Geruch der neuen Seife halfen. „Na, dann", sagte ich mir und ließ mich zum Trocknen in der Sonne nieder. „Nichts ist geiler als Sonnenwärme auf den Balls", murmelte ich mit meiner tiefsten, geilsten Stimme, als ob ich mir die Situation erst noch verbal hätte schmackhaft machen müssen. Ich setzte mich so auf die harte Kante des Klappstuhls, daß der hinterste Teil meiner Schwanzwurzel, wie ich das Stück zwischen Sack und Arschloch nenne, ‚ergriffen' war. Meine Hüftbewegungen in dieser Position habe ich im Laufe der Jahre perfektioniert: Der Körper bleibt fast regungslos, aus der Hüfte kommt ein bauchtanzähnlicher Schubser, der gezielt die freihängenden Balls in Schwingung versetzt. Völlig in mein baumelndes Spielzeug versunken, registrierte ich dennoch das Klingeln des Telefons. Ich erreichte es mit Mühe und raunte mit rauher Stimme: „Wer da?" Es war Rinaldo, der geilen Unsinn in den Hörer flüsterte, worauf ich aber nicht so stehe, denn bestimmende Männersprache ist mir lieber. Nachdem wir uns auf ein Treffen in einer Stunde bei ihm geeinigt hatten, gab es für mich kein Halten mehr: Ich streifte mir die Hose wieder über, bewegte einige Male die Hüfte hin und her, und als ich dazu das Wort ‚prall' laut ausstieß, spritzte ich ab. Welch eine Hitze, auf die sonnengewärmten Balls jetzt auch noch der Saft – die Hose saß wirklich verdammt knapp. Ich dachte gar nicht daran, mir eine andere anzuziehen, schließlich bin ich die größte Schlampe im Viertel, und jeder darf das nicht nur sehen, sondern auch riechen. Also, nichts wie raus auf die Straße!

Mein Gott, ich mußte mich wirklich beherrschen, nicht in jeden Schritt zu glotzen, und schielen paßt nun wahrlich nicht zu mir. „Es wird einem ja auch nicht leicht gemacht, seit jeder zweite mit diesen neuen suspenderähnlichen Dingern um seine Teilchen rumläuft und glaubt, der Gott der Balls zu sein", schoß es mir durch den Kopf. „Okay, die Dinger schieben einem die Eier 'nen halben Meter nach vorne und zerren den Schwanz endlich so weit zur Seite, daß er sich nicht dauernd in den Vordergrund drängt. Man denke bloß an die ausgebeulten Jeans von früher, wo die Konturen der Eier nur mit Mühe, und die Art, wie der jeweilige Herr sie zu tragen beziehungsweise zu stimulieren pflegte, schon gar nicht auszumachen waren", philosophierte ich vor mich hin. Und wahrscheinlich nur, um mich abzulenken, führte ich diese Betrachtungen weiter aus: „Aber damit ist seit langem Schluß. Seit Schwule, Bisexuelle, Transen, *gender-blenders* jeglicher Art und sogar die paar übriggebliebenen Heteros wieder in Frieden miteinander leben, gilt das Thema Schwanzlänge nun schon gute zehn Jahre als mega-out. Statt dessen hat es sich durchgesetzt, daß der mit den am geilsten zur Schau gestellten Eiern der King ist", so jedenfalls kam es mir vor. Und ich war natürlich einer der Pioniere gewesen, die sich in möglichst dünnen, möglichst engen Hosen auf die Straße trauten und damit gar nicht anders als breitbeinig und exponierend sitzen konnten. Anfänglich erntete man dafür unglaublich mißgünstige Blicke, entweder weil man für einen Macho gehalten wurde oder weil die ältere Generation von Schwulen fand, man solle doch mal lernen, die Beine übereinanderzuschlagen. Inzwischen gelten die Tucken, die immer noch so dasitzen wie vor zwanzig Jahren, Gott sei Dank als prüde und verklemmt – als wollte man ihnen was abkucken, lächerlich! Okay, es gibt schon manchmal

Formen der Anmache, die selbst mir zu massiv sind, z.B. wenn mir einer in der U-Bahn gegenübersitzt und auf den Sack grinst. Inzwischen stört sich niemand mehr ernsthaft an aufgegeilten Blicken von Mann zu Mann, im Gegenteil. Aber wirklich leiden kann ich das nur, wenn das Gegenüber meinem Blick ebenfalls etwas Interessantes oder zumindest überhaupt etwas zu bieten hat. Jedenfalls finde ich die Kerle, die in Schlabberhosen rumrennen und dann auf meine aufs feinste drapierten edelsten Teile glotzen, das Letzte! Andere verstehen es immerhin, die Spannung zu erhöhen, indem sie die Hände vor ihr Heiligstes legen oder wie ganz aus Versehen einen Jackenzipfel davorschieben. Meinerseits bin ich natürlich Meister darin, die richtige Position einzunehmen, um mir exhibitionistischen Sitzkomfort und dem Betrachter einen optimalen Blickwinkel zu ermöglichen – schließlich verlangt spielerisches Zurschaustellen Raffinesse! In endlosen Studien fand ich raus, wieviele Männer ich gleichzeitig fesseln konnte, indem ich mich in meinen engsten Hosen mit einem leise geseufzten „Autsch" auf einen Barhocker hievte und nicht davon abließ, den sichtlich peinigenden Schnitt im Schritt durch minimalste Bewegungen zu lindern, wobei ich natürlich so tat, als versuchte ich dies so unauffällig wie möglich. Zufrieden gab ich mich meistens erst, wenn Balls und Hose nicht aufgrund der mißlichen Lage, sondern wegen der auf sie gerichteten Blicke aus allen Nähten zu platzen drohten.

Drei Straßenblöcke weiter kam mir eine kleine, unauffällige Frau mit großen und offensichtlich schweren Einkaufstaschen entgegen. Ihre Arme schlingerten beim Laufen so, daß ihre recht großen Brüste unter dem T-Shirt asynchron wippten. Das war's! Die Perfektion! Wenn mir das mit meinen Balls z.B. beim Tanzen gelänge – ich mußte es unbedingt noch heute ausprobieren. Mir wurde klar, daß ich soeben wieder mal etwas von einer Frau gelernt hatte, wie ich überhaupt den Frauen einiges im Umgang mit ihrem Busen abgeschaut habe, das Exhibitionistische, Provozierende, aber auch das kokett Verhaltene. Manches davon gab es zwar schon zu Zeiten, als die öden Heterokerle noch großen Einfluß auf solche Dinge ausübten, aber in den letzten Jahren haben die Frauen doch vieles verfeinert beziehungsweise perfektioniert. Mir kann das nicht so schnell zuviel werden, wohingegen es manche Männer immer noch übertrieben finden, wenn, wie es im Sommer häufig vorkommt, aufgeklebter Pailletten- oder Lamettaschmuck, der gerade mal die Nippel bedeckt, auf großen Busen dargeboten wird.

Jedenfalls steht fest, daß die Männer erst dann und nur aus Sorge, etwas zu verpassen, nachzogen, als die das Straßenbild dominierenden Lesben und Mehrfachgeschlechtlichen immer offensiver mit ihrem Busen umgingen. Schließlich hatte dieses Vorsichhertragen und -zeigen raffiniert geformter, gepreßter und gestützter Körperteile, die auch noch baumelten, wippten, schwangen oder zur Abwechslung ganz straff saßen, nun wirklich etwas, das den meisten Männern bislang an ihrem eigenen Körper entgangen war. Kaum hatten sie entdeckt, wie lustvoll sich das anfühlte und wie leicht sich damit Blicke fangen ließen, entwickelte sich eine ganze Kultur rund ums Exponieren, die der der Frauen inzwischen in nichts mehr nachsteht. Vorläufer dürften wohl die Gummiklamotten gewesen sein, die in Kinky-Zeiten modern waren. Ich bezweifle jedoch, daß man damals zu schätzen wußte, was die Dinger zum Thema ‚Let them swing' zu bieten haben, auch oder gerade, weil sie diesen Effekt so elegant hervorrufen und gleichzeitig verhindern können. Ich befürchte, damals interessierte man sich nur für die Schwanzlänge und hatte kein Auge für derlei Reize, obwohl der Trend zur Eierrasur einige hätte aufrütteln müssen. Aber damals galt ja auch der Dirndleffekt, der heute bei Frauenbrüsten und Männereiern so populär ist, als ordinär – heutzutage ja eher die Betonung der Schwanzgröße. „Schon komisch, wie sich die Dinge ändern", hing ich meinen Gedanken nach.

Mein Blick fiel auf ein riesiges Plakat, auf dem für Körbchenslips geworben wurde, die die Eier zwar wirklich hervorragend präsentieren, mich aber aufgrund der unnatürlichen Formung nicht völlig begeistern. Außer natürlich bei dem Modell, das hier überlebensgroß vor meiner Nase und sonstigen Körperteilen hing. Vielleicht bin ich ja mehr der Typ für die ein wenig aus der Mode geratenen Naturformen. Schließlich fand ich es ja auch schon abwegig, den Sack mit Schnur einzuzurren, obwohl ich es durchaus mag, ab und zu handliche Päckchen daraus zu machen, die man dann an der Strippe hin und her ziehen kann. Aber schön sieht das nicht aus, eher unförmig.

Ich versuchte mir gerade vorzustellen, wie sich Körbchen wohl an Frauenbrüsten anfühlen mögen, als ich mich prompt dabei ertappte, mit einer Trägerin solcher Dinger zu flirten. Mein Blick verriet offensichtlich den studierenden Charakter meines Interesses nicht, und als wir nebeneinander an der Ampel standen, positionierte sie sich genußvoll so, daß ich in aller Ruhe einschätzen konnte, welche Aspekte ihrer Busenform durch die Körbchen geprägt wurden, und, worum es mir eigentlich ging, ob sie das genießen konnte oder ob es eine rein optische Sache blieb. Ihr frivoles Grinsen und die sich immer deutlicher abzeichnenden Nippel überzeugten mich: Ich mußte so einen

Slip ausprobieren. Gleichzeitig wurmte mich das mit den Nippeln wieder mal gewaltig, denn mir steht kein so deutliches Kommunikationsmittel zur Verfügung; außer vielleicht ein steifer Schwanz, aber der befindet sich eben nicht an einer so schön exponierten Stelle, quasi in Augenhöhe – was für eine Ungerechtigkeit!

Das Thema Körbchen ließ mich bis zu Rinaldos Wohnung nicht los, und noch während ich klingelte, überlegte ich, ob sie mir wohl das aufregende Gefühl geben könnten, das mir Rinaldos Lederhose verschaffte. Bereits wenige Sekunden nach der stürmischen Begrüßung löste ich mich aus seinen Armen, um die besagte Lederhose aus dem Schrank zu holen. Sie verströmte wie immer den Geruch hemmungsloser Lust, der sich mit dem meines nicht gerade frischen Sacks mischte. Rinaldo deutete an, sich ebenfalls umziehen zu wollen, und verschwand im Bad. Mich schien also eine Überraschung zu erwarten! Die Lederhose übertraf meine Erinnerungen noch bei weitem: Sie saß exakt so, daß man das Gefühl hatte, jemand greife einem permanent mit fester Pranke gleichzeitig um Arsch, Eier und Schwanz. Vor allem zog sie beim Hinsetzen den gesamten sogenannten Genitalbereich zusammen und nach oben, so daß dieser sich wie ein einziges Organ anfühlte. „Dein Gesamtpaket spannt", nannte Rinaldo seine Beobachtung an mir. Ich mochte diese wörtliche Spannung aus der Lende raus vor allem deshalb, weil sie mich von meinen Balls und meinem Schwanz als Einzelteile ablenkte und ich mich auf das Gesamtpaket konzentrieren konnte.

Inzwischen verursachte der starke Druck der Hose Schmerzen, und ich bebte. Trotzdem versank ich in die Soulmusik und den Sessel und erschrak ein wenig, als Rinaldo mich plötzlich von hinten berührte. Und zwar mit seinem Gesamtpaket, das sich anders anfühlte als sonst. Gerade weil ich neugierig war, drehte ich mich nicht um, sondern versuchte, durch sanftes Hin- und Herrollen des Hinterkopfs rauszufinden, was er sich Neues ausgedacht hatte. Ich spürte seinen Ständer und vermutete, daß der sich unter Stoff befand und eng an seinen Bauch schmiegte. Durch meine Haare hindurch fühlte ich, daß seine Eier nackt waren. Er hatte sich eine Dekolleté-Hose zugelegt, mein schärfster Traum! „Wo hast du die denn gefunden?" fragte ich und drehte mich um. Der Anblick war hinreißend: eine schwarze, gutsitzende Hose und ein Ausschnitt, der nichts als nackte, pralle Eier zeigte.

Rinaldo öffnete die Lederhose und ging mir an die Balls, was Anpacken, Kullernlassen, Stretchen, noch weiter Stretchen, Lecken, Saugen und Schlagen bedeutete. Obwohl es mir schwer fiel, meinen Blick von seinem Dekolleté zu lösen, drehte ich ihm meinen nackten Arsch hin und bot ihm den in verschiedenen Posen an. Er zögerte keine Sekunde, korrigierte meine Position durch einen kurzen, kräftigen Ruck an den Hüften und spuckte etliche Male geräuschvoll auf mein sich darbietendes Arschloch; auf dieses „Ritsch!-Klatsch!" fahren wir beide total ab. Er holte seinen Schwanz hinter dem Gummizug der neuen Hose hervor, rollte genüßlich ein Kondom darüber, schmierte mich mit Gleitcreme ein, spuckte noch ein paarmal ordentlich nach und stieß zu. Kein Vorspiel, sondern hemmungslos rohes Zustoßen, herrlich! Bei dieser Intensität konnte ich trotzdem noch das Umherbaumeln meiner Balls genießen, und ich beugte mich so über das Ledersofa, daß sie „batsch, klatsch" dagegenschlugen. Rinaldo wurde langsamer, tiefer, dann wieder schneller, hielt inne, stieß zu, brüllte unglaublich laut und kam.

Ich drehte mich blitzschnell um und genoß seine Nachbeben, indem ich ihm meinen Schwanz in den Mund schob. Seine noch unkontrollierten Bewegungen – er wollte eigentlich weiter stöhnen und schreien – waren heftig und verspielt zugleich. So liebte ich ihn. Er erschrak leicht, als ich meinen Schwanz zum Abspritzen plötzlich rauszog, und schien langsam wieder zu sich zu kommen. Sein verträumter Blick hellte sich auf, und seine tiefschwarzen Augen glühten mich an. Wir stöhnten und japsten noch eine Weile, eine Art Kommunikation, die größte Zufriedenheit ausdrückt.

Meine Balls taten mir ziemlich weh; wahrscheinlich hatte ich sie doch zu fest gegen das Sofa klatschen lassen. Dieser Gedanke löste ein lustvolles Grinsen aus, das mir allerdings verging, als ich meine Hose anzog. Ich ließ mir nichts anmerken, aber als Rinaldo feixend fragte, ob er etwas zu fest zugestoßen habe, fühlte ich mich ziemlich ertappt. Ich nickte zweideutig, und freute mich, ihm ein Kompliment machen zu können, das zwar unehrlich war, ihm aber durchaus zustand. Er durfte sich ruhig für einen tollen Hengst halten, schließlich war er einer der besten, oder jedenfalls keiner der unnötig Zartfühlenden.

Wieder draußen, sagte ich mir: „Ein Indianer kennt keinen Schmerz!" und versuchte, mit deutlich bescheideneren Schritten der Sache noch ein wenig Lust abzugewinnen. Als mir etwas Interessantes entgegenschlenderte, schaltete ich auf „Jetzt erst recht!" und stellte zur Schau, was die Hose hergab. Aber schon der bloße Anblick der ausladend wippenden Balls meines Gegenübers entlockte mir beinahe ein lautes „Aua!", als diese sich in Griffnähe befanden. Ich konnte es unterdrücken und schlich mich auf die Terrasse des Eiscafés, allerdings mit stolzem, übermütigem Blick ob der bestandenen Abenteuer. Nicht gerade mühelos nahm ich auf einem der Stühlchen Platz und lutschte genüßlich die Sahne von den zwei Eiskugeln in meiner Waffel. Als die Wärme der Sonne meine Balls erreichte, kamen die Kugeln dran. Ein feines Gemisch aus heiß und kalt. Zum Nachglühen und Abkühlen.

die anderin

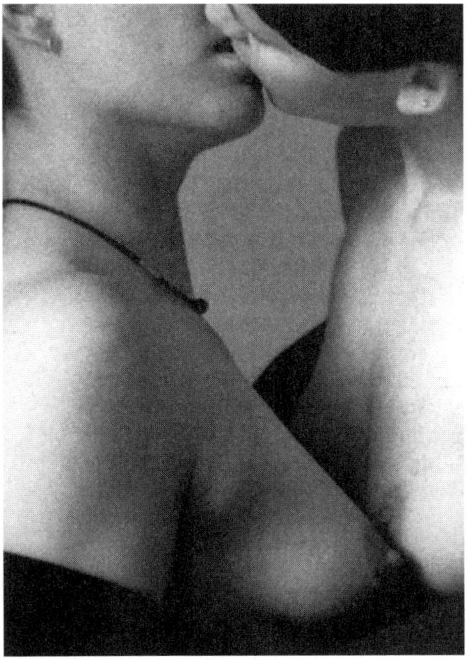

Peter Tschiche

„Liebe kann schön sein“: Wenn frau nur beim Wort genommen wird, hängt ihr der Himmel voller Geigen. Das beweist Peter Tschiches melodiöse Geschichte *die anderin,* deren Titel ja bereits ahnen läßt, was *politcal correctness* wirklich bedeutet – nicht zuletzt Pinkeln im Stehen!

Tschiche arbeitet in der Beratungsstelle des Hamburger Magnus-Hirschfeld-Centrums und freiberuflich als Supervisor. Nachdem er sich lange grafischen Arbeiten gewidmet hat, steht er heute als Peter Primmich auf der Bühne und schreibt. Im MännerschwarmSkript Verlag sind seine Erzählung *Tour de force* in der Anthologie *Grüne Nelken* sowie die Romane *Pariserpark* und *Tschüss, Amigo* erschienen.

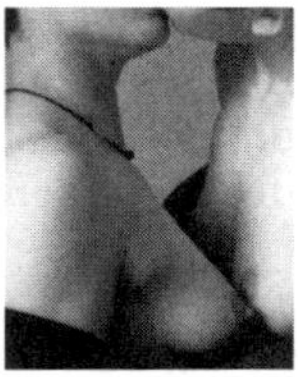

Lisabellissa lernte Melissanina durch einen dummen Zufall kennen oder vielleicht einfach nur aus Dummheit. Melissanina wäre nämlich nie zu dem Konzert gegangen, wenn nicht ihre Freundin Susannadine sie mitgenommen hätte.

Lisabellissa spielte Geige bei *Pubertory*, einer rein schwulen Combo, wenn Lisabellissa nicht gewesen wäre. *Pubertory* machte ein schwules Programm, und Lisabellissa hatte Spaß daran. Als Profimusikerin kannte sie viele Schwule, die Themen waren ihr nicht fremd, sie war Lesbe.

Das neue *Pubertory*-Programm hieß „Liebe kann schön sein". Die Texte stammten von dem Sänger, der sich auf der Bühne Peter Primzahl nannte, die Musik von seinem Begleiter Friede von Hempell, der als Laie so virtuos komponierte und arrangierte, daß Lisabellissa nur staunen konnte. Sie hatte weiß Gott schon Dürftigeres von namhaften Leuten spielen müssen als das, was Friede von Hempell da am Klavier zusammenimprovisierte. Die Musik ging ihr richtig zu Herzen. Schade nur, daß sich damit kein Geld verdienen ließ. Das Programm war ziemlich abgefahren, sie hatte bei so was noch nie mitgewirkt. Ein anderer

Wind als der, der in Orchestergräben weht, tat ihr ganz gut, wenn sie die Gage auch schmerzlich vermißte. Ganz ähnlich erging es dem Fagottisten Dolciano, ebenfalls Profi.

Normalerweise agierten Lisabellissa und Dolciano im Hintergrund, die Laien Primzahl und von Hempell standen im Mittelpunkt. Doch bei „Liebe kann schön sein" wurden die Profis zum ersten Mal in die Moderationen mit einbezogen. Das bedeutete, daß sie ein überraschtes „Ach ja?!" oder ein entsetztes „Aber Herr Primzahl!" aufsagen durften, alberne Kommentare, die sich zu einem Running Gag auswuchsen. Vor der Pause sollte Lisabellissa sogar das letzte Wort haben. Folgendes war geplant:

Friede von Hempell, auf seine verschrobene, etwas naive Art: „Herr Primzahl, wie schaffen Sie es nur, bei jedem Konzert den Lohn dessen zu empfangen, der auf der Bühne alles gibt, nämlich den Applaus des Publikums und den Quicky in der Pause?"

Peter Primzahl antwortet mit einer hinreißenden Rumba und ruft dann, bevor es in die Pause geht, ins Publikum: „Nimm mich!"

Friede von Hempell: „Oder mich!"

Dolciano, der Fagottist: „Oder mich!"

Und Lisabellissa schließlich: „Und die ander*innen* vielleicht mich?!"

Ein wirklich alberner Satz, doch er funktionierte.

Denn als sie das Programm zum ersten Mal brachten, befanden sich tatsächlich auch ein paar Frauen im Zuschauerraum. Die „Nimm mich"-Nummer kam gut an, die Stimmung war dazu angetan, über jeden Blödsinn zu lachen. Die Leute klatschten und gingen an die Bar.

Außer Melissanina. Sie hatte sich zu diesem Konzert von Susannadine überreden lassen, die ihr erst im Saal beichtete, Peter Primzahl sei ihr Schüler und habe sie auf Knien angefleht, zu seinem Auftritt zu kommen. Susannadine gab Gesangsunterricht. Melissaninas erster Gedanke war: Susannadine schämt sich mal wieder ihrer Schülerinnen und Schüler. Warum sonst rückte sie erst jetzt damit heraus, weshalb sie unbedingt zu diesen Nobodys hatte gehen wollen. Und dann dachte Melissanina noch: Aber von ihren Schülern läßt sie sich erweichen. Ihr hatte das Knierutschen nichts genutzt, um Susannadines Herz zu gewinnen. Melissanina fand Susannadine scharf, ihre Altstimme unwiderstehlich, doch Susannadine ließ einfach nicht ab von ihrer Angetrauten, mit der sie anscheinend alt und grau werden wollte. Nach diesen Überlegungen hatte Melissanina eigentlich schon vor Beginn keine Lust mehr auf das Konzert. Doch dann betrat Lisabellissa mit ihrer Geige die Bühne, und Melissanina blieb das Herz stehen. Musikerinnen übten nun mal einen unerklärlichen Zauber auf sie aus.

Lisabellissa sagte: „Und die ander*innen* vielleicht mich!?" und blickte dabei wie blind gegen das Scheinwerferlicht in den Zuschauerraum. Das Publikum lachte, klatschte und stand auf, um an die Bar zu gehen. Lisabellissa packte ihre Geige sorgsam zur Seite, das gute Stück hatte sie ein Vermögen gekostet. Sie liebte ihre Geige. Als sie noch einmal sanft über das alte Holz strich und dann den Geigenkoffer zuklappte, dachte Lisabellissa: „Bis gleich, meine Liebe. Meine einzige." Ihr war seltsam zumute, seit eben, seit sie diesen albernen Satz aufgesagt hatte. Das Lied war aus, das Publikum hatte den Saal verlassen, doch der offene Schlußakkord, die offene Frage rumorten noch in ihrem Herzen. „Und die ander*innen* vielleicht mich!?" Der Satz weckte Sehnsucht in ihr. Sie sehnte sich danach, nicht nur ihre Geige zu streicheln und ihr allein Töne zu entlocken. Das mochte zwar oft sehr tröstlich sein. Doch wollte sie jetzt nicht nur getröstet werden. Sie wollte eine Geliebte aus Fleisch und Blut streicheln und ihr Töne entlocken. Und nicht allein das, sie war auch bereit, sich Töne entlocken, sich streicheln, sich nehmen zu lassen. Lisabellissa hatte Lust auf eine Frau.

Doch nun mußte sie erst mal den Konzertabend hinter sich bringen, und zuallererst mußte sie austreten. Ihre Blase hatte sie, vor lauter Aufregung im Rampenlicht, schon die ganze Zeit geplagt. Wie umständlich, daß sich die Toiletten im Keller befanden.

Wie schön, daß sich die Toiletten im Keller befinden, dachte Melissanina, fernab vom Getümmel. Nach der ersten Programmhälfte empfand sie die Ruhe dort unten als richtig angenehm. Obwohl ihr das Konzert bis dahin zugesagt hatte. Die Lieder waren nicht zu gefällig, mal witzig, mal tragisch, eine schöne Mischung. Und die ungewöhnliche Instrumentierung hatte sie von Anfang an begeistert, besonders die Geige, und ganz besonders die Geigerin. Melissanina wollte nur schnell austreten und dann was trinken gehen. Sie hoffte, daß die Geigerin die Pause nicht in der Garderobe zubringen, sondern sich im Barbereich unter die Leute mischen würde. Dort wollte Melissanina Lisabellissa beim Wort nehmen.

Melissanina hatte es sich angewöhnt, im Stehen zu pinkeln. Wenn es auch nicht schneller ging, so machte es doch mehr Spaß. An öffentlichen Orten, in Kinos, Kneipen oder wo auch immer, suchte sie daher stets die Herrenklos auf. Im Grunde hatte sie nichts gegen Männer, und doch bereitete es ihr Vergnügen, allein durch ihre Anwesenheit die Typen von den Pissoirs zu verscheuchen. Außerdem genoß sie es, die Warteschlangen zu umgehen, die sich gewöhnlich vor Damentoiletten bildeten. Also ging Melissanina auch an diesem Abend gelassen an den Frauen vorbei, die sogar bei dieser schwulen Veranstaltung anstehen mußten, um ihre Notdurft zu verrichten, und vertrieb gleich darauf den Fagottisten von *Pubertory*, der sich auf dem Männerklo aufhielt, allem Anschein nach aber gar nicht mußte. Sie krempelte den Lederrock hoch, streifte den Slip herunter und stellte sich salopp übers Pinkelbecken. Für diese Zwecke trug sie gern hochhackige Schuhe. Als sie sich in Positur gebracht hatte, hörte sie aus der Kabine nebenan ein verdächtiges Geräusch. So pißt kein Mann, schoß es ihr durch den Kopf. Dieses Sprudeln konnte nur von einer Frau stammen. Nun war auch Melissanina trotz voller Blase außerstande zu pinkeln.

Die Kabinentür ging auf. Melissanina, noch mit hochgekrempeltem Ledermini und heruntergestreiftem Slip, traute ihren Augen nicht. Vor ihr stand die Geigerin Lisabellissa und kuckte genauso verblüfft wie sie. Melissanina wollte schon fragen, was Lisabellissa auf der Herrentoilette zu suchen habe, besann sich aber eines Besseren und hauchte: „Ich bin die anderin."

Lisabellissa erwiderte: „Dann nimm mich!"

Melissanina nahm Lisabellissa, und die Minuten, die von der Pause noch verblieben, verflogen im Rausch. Sie packten, umschlangen einander und küßten sich wild. Sie gerieten ins Taumeln, stolperten. Melissanina landete rittlings auf dem Pinkelbecken. Das Wasser rauschte. Doch sie ließen sich nicht abhalten, von nichts und niemandem, weder von den Spuren männlicher Klokultur noch von den Schwulen, die mit bereits offenem Hosenstall hereinplatzten und auf dem Absatz sofort wieder umkehrten. Melissanina und Lisabellissa machten weiter, weil sie aneinander ran wollten, so dicht wie irgend möglich. Aber Melissaninas Slip, der ihr in den Kniekehlen hing, spannte sich zwischen den Frauen wie ein straffes Seil. Je weiter Lisabellissa nach vorne drängte, zu Melissaninas warmer Mitte, desto tiefer schnitt er in Melissaninas Fleisch. Es begann ein blindes, wahlloses Ziehen und Zerren, weil beide nicht voneinander lassen konnten. Schließlich, zuerst mit der Hand, dann mit dem Fuß, gelang es Lisabellissa, Melissaninas Slip ganz hinunterzuschieben. Doch die Bahn war noch immer nicht frei, das Höschen erwies sich nun als Fallstrick, weil es sich in den Riemchen und Schnallen der Stöckelschuhe verheddert hatte und Melissaninas Füße aneinanderfesselte. Beinah wäre Lisabellissa ausgeglitten und hätte Melissanina samt Pissoir zu Boden gerissen. Sie küßten sich weiter, sie gaben nicht auf. Melissanina zappelte und schlenkerte mit allen Gliedern, Lisabellissa nahm manch blauen Fleck in Kauf, sie ächzten und stöhnten, bis es Melissanina endlich gelang, sich freizustrampeln und das Höschen mit der Fußspitze fortzuschleudern. Wie ein Flügeltor öffneten sich jetzt ihre Beine. Lisabellissa riß sich von Melissaninas Lippen los und sank vor ihr auf die Knie.

Glocken! Zimbeln und Schellen! Zuerst ganz leise, dann immer lauter, ein sinnenbetäubendes, ekstatisches Glockengeläut, und das Wasser rauschte zum zweiten Mal.

Als sie die Herrentoilette verließen, mußten sie sich an einer Schar von Männern entlangdrücken, die ungeduldig von einem Bein aufs andere traten und die Luft anhielten. Einer reichte ihnen verlegen ein Damenunterhöschen. Am Fuß der Treppe stand Peter Primzahl mit der Triangel und läutete die Pause aus.

Der zweite Teil der Vorstellung geriet etwas aus den Fugen. Peter Primzahl hatte in der Pause anscheinend ebenso dem Sekt zugesprochen wie Friede von Hempell. Der Sänger hatte nun häufiger einen Hänger, und der Pianist griff mehr als zuvor daneben. Dolciano, der Fagottist, lief während eines seiner Soli sogar von der Bühne in Richtung Toilette. Das Publikum lachte sich schief und fühlte sich bestens unterhalten.

Lisabellissa hingegen wuchs nach der Pause über sich hinaus. Sie spielte geschmeidiger, lasziver, trauriger, je nachdem wie es das Lied erforderte, und erhielt während eines Stücks, in dem gar kein Einsatz für sie eingeplant war, ihren größten Szenenapplaus: Bei dem Gassenhauer „Farbenlehre", in dem Peter Primzahl das Publikum über den Code der schwulen Signaltücher aufklärte, zauberte sie einen Damenslip hervor und schneuzte hinein. Melissanina geriet völlig aus dem Häuschen und pfiff, so daß ihre Sitznachbarin zusammenzuckte. Es war ein verliebter Pfiff, deshalb scherte Susannadine sie in diesem Augenblick auch ganz und gar nicht. Denn da oben auf der Bühne, das war was! Das war ihr Höschen an Lisabellissas Näschen. Dann erschauerte Melissanina, als ihr die Luft im Saal, durch das Klatschen vieler Hände in Bewegung gesetzt, wie eine Liebkosung zwischen die Schenkel fuhr.

Kaum hatten sie ihre Wohnung erreicht, zog Melissanina Lisabellissa ins Bad. Dort fielen sie sofort über ein Gewirr verschiedenartigster Schläuche, und Lisabellissa streckte ihren Geigenkoffer wie ein Neugeborenes von sich, damit ihr Instrument nicht zu Schaden kam. Als sie unter Melissanina hervorkroch und einen Stapel von Wannen in allen erdenklichen Größen erblickte, entfuhr Lisabellissa ein verdutztes „BASF?!“ Der wohnzimmergroße Raum hätte tatsächlich den Charme der Toilette eines Chemiekonzerns gehabt, wäre da nicht der kleine Tresen mit Barhockern gewesen und das geschmackvolle Sortiment an Sektkelchen, die ein blitzblanker Spiegel reflektierte. Auch das Ensemble aus Ledersesseln, Flokati und Beistelltischchen gab dem Interieur eine wohnliche Note und dämpfte zugleich den Hall in dem rundherum weiß gekachelten Raum. Das Sitzklo wirkte wie versteckt in der Ecke neben der Tür. Ganz im Gegensatz zu dem klassischen Pinkelbecken, das in der Mitte der Wand, umgeben von Kandelabern, wie ein Altar aussah. Ein Hindualtar, dachte Lisabellissa, denn über dem Möbel aus Porzellan prangte in barockem Rahmen ein Poster von Vanessa Mae. Das Bild entstammte eindeutig den Händen von Pierre und Gilles. Die Geigerin aus Fernost hielt ihr Instrument wie Gott Shiva seine Sitar, lächelte ebenso verzückt, zeigte allerdings mehr Haut als das religiöse Vorbild. Das alles in den für das französische Kitschkünstlerpaar typischen Bonbonfarben, so daß Lisabellissa Lust bekam, das Bild abzuschlecken. Doch sie ließ es bleiben. Nicht die Nähe zum Pinkelbecken hielt sie ab, sondern die Porträtierte selbst. Lisabellissa konnte Vanessa Mae nicht ausstehen, fühlte sich durch den Superstar korrumpiert. Das Bild in seiner klebrigen Süße, der Rausch des Augenblicks in Melissaninas Umarmung hätten sie um ein Haar ihre Ablehnung vergessen lassen, ihre tiefe Antipathie gegenüber dem Kommerzflittchen, denn nichts anderes vermochte Lisabellissa in der weltweit bestbezahlten Kollegin zu sehen.

Nun hatte sie den Salat. Schon das zweite Stelldichein mit ihrer neuen Geliebten war überschattet. Solange Vanessa Mae in ihrer ikonenhaften Anmaßung über ihr thronte, würde sie trocken bleiben, das war Lisabellissa klar.

Melissanina war klar, daß ihre neue Geliebte Vanessa Mae nicht leiden mochte, so spröde hatte sie sie ja den ganzen Abend noch nicht erlebt. Deshalb rappelte auch sie sich von den Schläuchen hoch, zog Lisabellissa an sich und trug sie unter vorsichtigen Küssen ins Wohnzimmer, wo sie sie vor den Fernseher setzte und einen Lesbenporno in den Rekorder schob. „Bin gleich wieder bei dir.“

Nach einer Weile geleitete Melissanina Lisabellissa zurück ins Bad. Das Bild war verschwunden. Nur noch der riesige Wandhaken erinnerte an den quietschbunten Störenfried von vorhin. Vor dem Pissoir stand ein Tritt. Den hat Melissanina sicher benutzt, um das Bild abzuhängen, und dann vergessen, überlegte Lisabellissa. Und während sie noch die leere Fläche betrachtete und dabei dachte, daß da jetzt eigentlich was fehlte, führte Melissanina sie das Treppchen hinauf, bedeutete ihr, sich auf der obersten Stufe herumzudrehen und rückwärts gerichtet die Füße auf den Rand des Beckens zu setzen. Als das geschehen war, nahm Melissanina den breiten Lederriemen von ihrer Schulter – Lisabellissa bemerkte ihn vor lauter Anspannung und Erregung erst jetzt –, legte ihn ihr wie eine Manschette um die Brust und befestigte ihn mittels Karabinern am Haken in der Wand. Nun hatte Lisabellissa den Platz von Shiva Mae eingenommen, und gehalten durch den Gurt glaubte sie fast, die Anziehungskraft der Erde überwinden zu können. Zuletzt nahm Melissanina die Geige aus dem Koffer, reichte sie Lisabellissa und flüsterte: „Nimm mich!"

Melissanina wäre beinahe ausgetickt. Lisabellissa, auf dem Rand des Pissoirs, fiedelte eine so süße Melodie, daß Melissanina an sich halten mußte, ihr nicht an den Kragen zu gehen. Sie wollte jetzt schräges Liebesspiel, keinen Blümchensex. Sie leckte Lisabellissa die Füße. Deren Note vermischte sich mit dem Geruch, der aus dem Becken aufstieg. Es war eine Qual, diesem Vivaldi, Pachelbel oder wem auch immer zuzuhören. Andererseits genoß Melissanina das Anwachsen der inneren Spannung. Es würde nur eines Fünkchens von außen bedürfen, sie zum Explodieren zu bringen. Ihr wurde zu eng in der Hose. Während sie an Lisabellissas Zehen nagte, pellte sie sich aus ihrer Kleidung und krümmte sich unter der lieblichen Musik. Glitt an Lisabellissas Beinen empor, das rechte Knie bewegte sich im Takt vor und zurück, stieß mit dem Venushügel wohlig ans Pinkelbecken, drückte das Gesicht in Lisabellissas Schoß. Wie gern hätte sie den Kopf zwischen ihre Schenkel gesteckt, um diesen Wohlklang nicht länger ertragen zu müssen. Lisabellissas Hose ließ kaum ein Düftchen entweichen, Melissanina konnte schnüffeln, soviel sie wollte. Während ihre Ohren zuviel kriegten, bekam ihre Nase zuwenig. Der Reißverschluß mußte auf! Melissanina zog mit den Zähnen daran. Luft an Lisabellissas Geschlecht! Duft in meinen Riecher! Dann würde sie den Slip zerreißen. Kaum stand die Hose offen, begann Lisabellissa mit Bartók. Melissanina blickte hoch. Wie der Geigenbogen in die Luft stieß! Unkalkulierbar. Ihre Brustwarzen richteten sich steil auf.

„Ich muß mal." Lisabellissa ließ den Bogen hängen. Stille.

Sie pinkelte, zum ersten Mal in ihrem Leben im Stehen, und zum ersten Mal spielte sie dabei Geige. Melissanina hatte Lisabellissa um Strawinski, Schostakowitsch oder was in der Art gebeten. Und sie solle sich nur recht viel Zeit lassen. Diese Kombination war nicht einfach. Wenn Lisabellissa geigte, geigte sie und tat nichts anderes. Je mehr sie sich aber in der Musik der Russen verlor, desto besser konnte sie entspannen. Die ersten, zögerlichen Tropfen plitscherten ins Becken. Bald wurde der Strahl ergiebiger. Doch sie sollte sich ja Zeit lassen. Also pißte sie, je nachdem wie es zur Phrase paßte, pladdernd auf den Wasserspiegel oder klingelnd auf die Keramik. Melissanina turnte dabei um Lisabellissa herum und kiekste, wann immer sie mit dem Bogen in Berührung kam. Verbunden mit den Pinkelgeräuschen akzentuierten diese spitzen Schreie den Rhythmus von Lisabellissas Geigenspiel. Bei einer schwierigen Passage, die sie nicht sauber zu bewältigen vermochte, verlor sich Lisabellissas Blick im Raum. Dabei sah sie, wie die verschlungenen Schläuche auf dem Boden sich mit Flüssigkeit füllten, was in ihren Augen auch etwas sehr Musikalisches hatte. Als sie nicht mehr konnte, ihre Blase leer war, bat Melissanina um Musik von Reich, Glass oder einem anderen Minimalisten, umfaßte ihre Brüste und preßte sie aneinander. Der Geigenbogen hüpfte nun gleichmäßiger umher, wie die Nadel einer Nähmaschine, nur in wechselnder Stoßrichtung. Häufiger als bei den verstorbenen russischen Komponisten gelang es Melissanina bei den noch lebenden Nordamerikanern, daß der Geigenbogen über ihre Brustwarzen fuhr. Atemlos fragte sie Lisabellissa: „Womit ist dein Bogen bespannt?"

„Mit Roßhaar, weißem Roßhaar."

Melissanina warf sich auf die warmen Schläuche, spreizte die Beine und streckte den Körper. Es strengte sie an, die Erregung in ihrer Stimme zu zügeln, als sie zu Lisabellissa sagte: „Leg die Geige weg, aber nicht den Bogen."

Brian auf der Farm

Laura Antoniou

Laura Antoniou ist vielen vielleicht nur unter ihrem Pseudonym Sara Adamson bekannt, unter dem sie die *Marketplace*-Trilogie – *The Marketplace*, *The Slave* und *The Trainer* (alle Masquerade) – veröffentlicht hat. Eine pansexuelle Arena, in der Sklaven zum Vergnügen ge- und verkauft werden, bildet auch die Kulisse für *Brian auf der Farm*, in der sie ein klassisches S/M-Thema aufgreift: der Top, der sich danach sehnt, flachgelegt zu werden.

Antoniou ist die Herausgeberin zahlreicher Anthologien, darunter *By Her Subdued* und *No Other Tribute* (beide Masquerade), zwei Textsammlungen über submissive beziehungsweise dominante Frauen, und *Looking for Mr. Preston* (Richard Kasak Books). Aus der von ihr edierten und unterdessen drei Bände umfassenden *Leatherwomen*-Reihe (Masquerade) ist der erste als *Lederfrauen* (vbz) auch auf deutsch erschienen. Unter dem Psyeudonym Christopher Morgan hat sie bereits einige schwule Texte veröffentlicht und eine Anthologie herausgegeben, die unter dem Titel *Sportsfreunde* auch auf deutsch erhältlich ist (Bruno Gmünder).

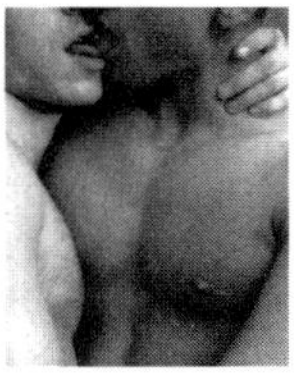

Allem wohnte eine gewisse Symmetrie inne – der immerwährende Rhythmus, den Dichter dem Werk beimessen, das sie nie geschaffen haben, den Historiker als das Schicksal der unsichtbaren Massen ausgeben, die die Pyramiden errichtet, Städte erbaut und sich über die Welt ausgebreitet haben wie eine Decke, die durch größere und bedeutendere Kräfte als der Stoff selbst zerrissen und wieder geflickt wurde.

Andererseits, dachte Brian, während er den Düngersack schulterte und ächzend die Knie durchstreckte, andererseits war dies möglicherweise auch das langweiligste, eintönigste Leben, das ein Mensch überhaupt führen konnte. Man mußte es irgendwie beschönigen, um es nach etwas klingen zu lassen, das es wert war, gelebt zu werden.

„Beweg dich, Sackgesicht! Vor dem Mittagessen muß noch eine ganze Tonne von diesem Scheiß weggeschafft werden!" Der Aufseher lachte zwar, schnippte aber mit den Fingern, und Brian setzte sich in Bewegung. Ross zu verärgern, oder schlimmer noch, bei Ross den Eindruck zu erwecken, man wolle sich drücken, hieß, sich einen Schlag mit dem merkwürdigen Instrument einzuhandeln, mit dem die Farmjungen auf Trab gehalten wurden. Brian hätte nie gedacht, daß er Chris' alten Riemen eines Tages vermissen würde, aber dieses Utensil machte ihm definitiv Lust auf das alte, geölte Leder, das so warm war in der Hand eines Mannes und so tröstlich auf seinem Hintern.

Ross und alle anderen Aufseher auf der Farm hatten so einen Stock mit einem einzelnen dicken Strang aus geflochtenem Leder. Aerodynamisch gesehen taugte das Ding überhaupt nichts; es flog seitwärts und landete mit einem dumpfen Geräusch auf dem Körper. Manchmal wickelte es sich auch um einen Schenkel oder einen Arm oder traf sogar hin und wieder einen zu hoch erhobenen Kopf. Hart angewandt, konnte man damit jemanden zu Boden schlagen. Wurde es leichter geführt, ähnelte der Hieb dem eines geknoteten Seils. Doch das war weder erregend, noch hinterließ es den warmen Eindruck persönlicher Aufmerksamkeit. Der heftige Knall bewirkte nichts, außer dem Schmerz und daß man sich dämlich fühlte.

Erstaunlich, wie sie immer wieder Sachen finden, die mich nicht gerade scharf machen, seufzte Brian.

Aber es funktionierte, oder nicht? Er stemmte den verdammten Mist und bewegte den verdammten Mist und wurde nicht geschlagen – diesmal nicht. Und wenn ein anderer von Ross eins übergezogen bekam, bewegte Brian sich sogar noch schneller, hievte den Sack auf die Karre und rannte zurück, um den nächsten zu holen. Er war ein guter Arbeiter, so stand es in seiner Beurteilung. Viel besser als in den ersten paar Monaten. Schließlich war er nur ein Junge aus der Großstadt, jedenfalls hatte sein Besitzer das gesagt und persönlich den Verstand aus ihm herausgepeitscht, weil er sein Wochenpensum nicht erfüllt hatte. Dachte Brian vielleicht, er würde irgendwo auf einem mit dicken Teppichen ausgelegten Fußboden Schwänze lutschen, parfümiert und mit einem Lederharness herausgeputzt, oder was? „Na, wer weiß, vielleicht ...“, fuhr der Besitzer fort, „vielleicht vermißt er ja die schicken Klamotten.“ „Legt ihm einen Harness an, Jungs“, hatte er im Weggehen noch angeordnet. Brian fiel rückwärts in die Arme des Aufsehers, der lachte, als sie ihn in jener Nacht ins Bett brachten. Da hatte Brian das Gelächter noch nicht ganz verstanden, aber als er am nächsten Tag im Harness vor den Karren gespannt wurde, mit gepolsterten Riemen, damit sie ihm nicht in die schmerzenden Schultern schnitten, haßte er das Echo der Erinnerung an dieses Gelächter, haßte Kalifornien, seine Ausbildung, seinen Besitzer, seinen Verkauf, und am meisten haßte er sich selbst dafür, daß er jemals so bescheuert gewesen war, zu denken, er wolle ein Leben wie dieses.

Heute wurden zwei andere Männer ins Geschirr gespannt. Nachdem der letzte Sack verladen war, pfiff Brian, und die beiden wurden wieder vorgespannt. Der Karren ruckelte durch die Spurrillen der staubigen Straße. Brian gab keinen besonders guten Karrenzieher ab; dazu fehlten ihm die Rücken- und Beinmuskeln. Noch. Aber so, wie seine Muskulatur sich ständig weiter aufbaute, würde er ganz sicher bald in körperlicher Höchstform sein. Er hatte schon früher immer gesund gelebt, war nie zu schwer gewesen und nie zu schwammig. Aber jetzt übertraf seine Form alles, was seine Kumpel aus dem Fitneßstudio zu Hause jemals für möglich gehalten hätten. Seine Brust und seine Oberarme fühlten sich voll und prall an. Seine Taille war schmal, sein Bauch flach und die Wölbung seines Hinterns hart und rund.

Er konnte selbst kaum glauben, daß er derjenige sein sollte, der ihn aus dem Spiegel ansah. Aber daran gab es keinen Zweifel. Mit einem Ring in jeder Brustwarze, einem durch die Eichel und einem hinter den Eiern war er noch immer jeder Zoll der Brian, der New York in Erwartung eines Lebens in sexueller Knechtschaft verlassen hatte.

„Brian! Hör auf, rumzutrödeln, und beweg deinen lahmen Arsch rüber nach Südwest Vier! Die Bewässerungsanlage ist kaputt!"

„Ja, Sir!" bellte Brian und rannte sofort los. Sklaven gingen hier nicht, es sei denn, sie dienten im Haus. Alle, die draußen arbeiteten, trugen schwere Stiefel mit festen Sohlen und dicken Socken, kurze Hosen, aber keine Hemden, außer sie brauchten eine Polsterung zum Tragen oder für die Arbeit im Geschirr. Die schwere Kette um seinen Hals hüpfte nicht mehr so wie anfangs, seit er sie mit dem einzigen Schmuck, den die Sklaven besitzen durften – einem Halstuch mit dem Namen des Weinbergs – umwickelte.

Das hatte er in seiner ersten Woche den erfahreneren Sklaven abgeschaut. Als sie es entdeckten, schleppten sie ihn runter zur Sklavenbaracke und ließen ihn dafür bezahlen, daß er ihren Trick kopierte, ohne sie um Erlaubnis zu fragen. Ein feuchter Traum wurde zu einem seltsamen Alptraum – von einem Haufen gut gebauter, geiler Cowboytypen, die ihn zu Boden drückten, seine Arschbacken spreizten und ihre harten Schwänze wie in ein anonymes Fickloch hineinrammten. Jeder, der fertig war, warf das benutzte Kondom vor Brians Gesicht auf einen Haufen, und er mußte heulen, als er sah, wie die Gummis sich ansammelten.

„Die haben dich ja gut angelernt", polterte einer der Aufseher am nächsten Morgen, als Brian die Frühstücksschlange entlangtorkelte. „Das Video werden wir aufheben, du rotznasiger Großstadtjunge." Am selben Abend entdeckte Brian die Videokameras in jeder Ecke des Schlafraums. Eine Gruppenvergewaltigung nach Feierabend wurde also nicht nur gebilligt, sie stellte offensichtlich sogar einen Teil des Dienstes an seinem Besitzer dar. Diese Erkenntnis war zwar grausam, aber auch irgendwie beruhigend. Irgendwo schauten Männer dabei zu, hielten ihre Schwänze fest in der Hand, lachten oder stöhnten und schossen ihre heiße Ladung auf das Bild von Brians Arsch, der unbarmherzig von seinen Kollegen durchgepflügt wurde.

Und das war in Ordnung so.

Er schwang sich auf einen der Laster, die in Richtung der Sektion fuhren, zu der er geschickt wurde. Zwei Mitfahrende halfen ihm hoch. Das war gestattet, solange man dafür Sorge trug, sich beim Auf- und Abspringen nicht zu verletzen. Eine Verletzung kostete Arbeitszeit und das Privileg, mitfahren zu dürfen. Man lernte schnell, mit der Geschwindigkeit des Lasters mitzuhalten und den richtigen Moment für den Sprung abzupassen. Und man lernte, welche Männer einem wahrscheinlich helfen und welche möglicherweise im letzten Moment die Hand zurückziehen würden, um einen auf die Schnauze fallen zu sehen. Die Politik unter den Farmjungen war ebenso verwickelt wie die im richtigen Leben. Man mußte wissen, wo man stand, nicht nur bezüglich der älteren Sklaven und der Aufseher, sondern aller Männer hier, allen vierzig. Sämtliche niederen Arbeiten auf der Farm wurden von Männern mit Halsband verrichtet. Es war eine Welt wie aus einem Fantasy-Roman, außer daß in solchen Büchern keine Hitzschläge, offenen Wunden, Insekten und Blasen vorkamen, und ... nun ja, der Rest war gar nicht so übel.

„Heut abend gibt's was Gegrilltes“, berichtete einer der Männer und faßte seinen Absprungpunkt ins Auge. „Hühnchen, sieht gut aus. Kommst du nachher schwimmen?“

„Worauf du dich verlassen kannst, Mann!“ lachte Brian. Als der Küchenhelfer absprang, setzte sich Brian in seine Ecke und unterdrückte ein leichtes Hungergefühl. Er hatte oft Hunger, aber eigentlich nicht wirklich. Das kam von der schweren Arbeit. Schon zwei Stunden nach einer guten Mahlzeit konnte der bloße Gedanke an Essen ihm den Mund wäßrig machen.

Er vermißte Naschereien, sehr sogar. Er vermißte Cola und Bier. Man hatte ihm erzählt, daß es einmal im Jahr Bier gebe, wenn die Ernte eingefahren war, auf einer großen Party, auf der die Sklaven sich in Wettkämpfen maßen und für die Arbeit eines Jahres belohnt oder degradiert wurden. Brians erste Ernte stand ihm dieses Jahr bevor. Er freute sich schon darauf, so wie er sich früher auf die Sommerferien gefreut hatte. Er war so aufgeregt bei dem Gedanken, daß er fast den Absprung verpaßte, aber der Lastwagen holperte über eine Bodenwelle, und er wurde aus seinen Träumereien gerissen. Den Rest des Wegs zu seiner nächsten Aufgabe rannte er und schlug sich Essen und Bier aus dem Kopf.

Es war nicht leicht gewesen, das zu lernen. Körperliches Unwohlsein und Strapazen zu ignorieren war eine seiner ersten Lektionen gewesen damals, als er erzogen wurde. Sein Ausbilder, ein kleiner, bulliger Mann namens Chris Parker, reagierte ungehalten auf die kleinsten Anzeichen von Brians Unwillen. Jede Grimasse, jedes Zucken seines Körpers, jeder Hinweis darauf, daß Brian sich seiner Aufgabe nicht völlig hingab, wurde bestraft. Hier auf der Farm war dieses Maß an Kontrolle nicht die ganze Zeit über notwendig. Die Aufseher kannten sich damit aus, wie die Männer auf Schmerz reagierten, mit dem Stöhnen, das ihrer Ankündigung folgte, daß eine Aufgabe noch mal von vorne ausgeführt werden mußte und wie lange sie noch würden schuften müssen. Aber hatte ein Aufseher erst mal eine Abneigung gegen jemanden gefaßt, waren solche Kleinigkeiten Grund genug, denjenigen beiseite zu nehmen und den Riemenstock zu benutzen oder ihm einfach in die Rippen oder in den Hintern zu treten.

Brian schätzte an Bestrafung eher die formale Seite. Das war schon immer so gewesen. Wie sich die Hand eines Mannes auf seinem Hintern anfühlte, wie sich etwas in seinem Bauch zusammenzog, wenn er sich vorbeugte, um die Strafe zu empfangen, wie sein Körper sich in den Erdboden hinein entspannte, wenn die Fesseln festgezurrt wurden - davon träumte er nachts. Daran herrschte hier kein Mangel, aber man mußte sich das mit gutem Benehmen verdienen und durfte keine Scheiße bauen. Die Farm wurde schließlich nicht von Idioten geleitet.

Die Bewässerungsanlagen waren lebensnotwendig und bedurften ständiger Wartung, besonders in Dürrezeiten. Lecks oder Stauungen konnten gleichermaßen gefährlich werden, und wenn man gerufen wurde, um dem Wasserteam zu helfen, mußte man schnell wie der Blitz sein. Sie ließen Brian sofort an die Arbeit gehen. Er ging, wohin sie ihm bedeuteten, hielt, was sie ihm in die Hand drückten, und tat, wie ihm geheißen, bis alle zufrieden grunzten und ihn wieder wegschickten.

Einmal hatte er gefragt, wie die Anlage funktioniere. Ein Mann hatte ihn argwöhnisch angesehen, ein anderer gelacht und ihm gesagt, er solle sich verpissen.

Wer auf der Farm einen guten Job hatte, wollte ihn auch behalten.

Auf dem Rückweg zu den Hauptgebäuden joggte er am Straßenrand entlang. Als eins der Haus-Fahrzeuge an ihm vorüberfuhr, blieb er stehen und verneigte sich. Der Wagen verlangsamte das

Tempo und hielt schließlich an. Den Standardanweisungen gehorchend, lief er hinüber und fiel am Straßenrand auf die Knie, neigte den Kopf und spreizte die Beine weit auseinander. Er sah schlimm aus. Seine Schultern und Arme waren noch immer mit dunklen Schmutzflecken von den Düngersäcken überzogen und seine Shorts schlammig und durchgeweicht. Er war dreckig und stank. Aber wahrscheinlich hielten sie ihn ohnehin für einen anderen. Er wollte eine Fliege von seiner Nase vertreiben, blieb aber in seiner Haltung, als zwei Paar Stiefel vor ihm zum Stillstand kamen.

„Name."

„Sir, Brian, Nummer einhundertneununddreißig, Sir."

„Aus?"

„New York, Sir."

„Ach ja, von der Auktion letztes Jahr. Du warst von Elliot."

Brians Kopf zuckte, und er konnte nicht anders, als einen Blick nach oben zu riskieren.

Vor ihm stand der Master persönlich! Brian schnappte nach Luft und verlor fast das Gleichgewicht. Seit der ersten Woche nach seinem Verkauf hatte er diesen Mann nicht mehr zu Gesicht bekommen. Von Zeit zu Zeit hatte er Bilder von seinem neuen Besitzer gesehen – einem älteren Herrn mit dunkler, honigbrauner Haut, eisgrauem Haar und einem dicken Schnurrbart –, hauptsächlich in den Zeitungen und Weinmagazinen, die die Sklaven sonntags lesen durften. Er wußte, daß sein Besitzer in den Vereinigten Staaten als Sohn einer mexikanischen Mutter zur Welt gekommen und vom Aufseher des Weinbergs zum Eigentümer eines ganzen Weinimperiums aufgestiegen war und daß er eine Frau geheiratet hatte, die einen alten kalifornischen Familiennamen in die Verbindung einbrachte. Er war Multimillionär und außerdem eine Art Einsiedler. Die Weingärten, in denen Touristen von makellos angezogenen jungen Männern durch eine Orgie von Traubenerzeugnissen geführt wurden, lagen weit weg von den Feldern, auf denen halbnackte Sklaven sich zum Vergnügen ihres Besitzers abrackerten.

„Du machst wirklich die seltsamsten Käufe", sagte der andere Mann. „Das ist doch kein Farmhelfer. Lederboy, richtig?"

„Genau. Ein Frischling, richtiges Rohmaterial. Aber er hat's scheinbar doch gepackt, oder nicht, Boy?"

„Ja, Master, vielen Dank, Sir", antwortete Brian sofort.

„Ich mag die Novizen. Das alles hier versetzt sie so in Erstaunen, nicht wahr, Brian? Augen nach oben."

Brian schluckte und sah hinauf in das Gesicht seines Besitzers. Dessen Augen wirkten gütig, was Brian irgendwie furchteinflößender fand, als wenn sie hart und unnachgiebig gewesen wären.

„Ja, Master“, antwortete er schnell. Dann warf er einen Blick auf den anderen, einen blaßgesichtigen Typ in einem eleganten Anzug mit weichen Bundfaltenhosen. Am Kragen seines Seidenhemds zeichneten sich Schweißränder ab, und seine Augen lagen hinter den kobaltblauen Gläsern seiner Sonnenbrille verborgen. Sein Kiefer war lang und kantig, sein Körper schlank. Er sah aus wie ein Plattenproduzent oder ein Koksdealer und hatte einen Ständer, der sein rechtes Hosenbein hinunter ein seidenes Rohr formte. Das schien ihn aber nicht sonderlich zu stören.

„Okay“, sagte der Kobaltblaue mit einem Seufzen. „Ich gebe ihm eine Chance. Aber er sollte vorher gründlich gewaschen werden. Ich stehe nicht auf Dreckspiele.“

„Selbstverständlich! Nicht jeder ist wie Dane!“ Sie lachten, und der Kobaltblaue verzog sich wieder in das komfortable, mit einer Klimaanlage ausgestattete Auto. Brian konnte das Zittern nicht mehr kontrollieren, als sein Besitzer ihm leicht auf den Kopf tippte.

„Melde dich im Haupthaus, und sag ihnen, daß du heute abend für Harrison vorgesehen bist, verstanden?“

„Ja, Master“, würgte Brian hervor. Er neigte den Kopf so tief er konnte, bis seine Stirn den Boden berührte und seine Beine schmerzten. In dieser Haltung verharrte er, bis das Auto davongefahren war. Als er aufstand, bebte er am ganzen Körper.

Noch nie zuvor hatte er das Haupthaus gesehen.

Wie es ihm aufgetragen worden war, meldete er sich zuerst bei Ross. Der schüttelte ungläubig den Kopf und befahl Brian, sich auszuziehen und zu waschen. Die Sklaven mußten sich mit billiger Seife und einer Duschgelegenheit im Freien begnügen, aber die war wenigstens sauber. In frische Shorts und Sandalen gekleidet, sprang Brian auf einen Lastwagen in Richtung Haupthaus. Als er dort eintraf, meldete er sich bei Gregor, dem Butler, und wurde sofort in die Küche geschickt, wo er eine leichte Mahlzeit bekam. Er aß, als wäre er am Verhungern, und genoß den Geschmack von Essen, das für das Haus zubereitet worden war, nicht für das Feld. Nachdem er sich die Lippen geleckt und fast einen ganzen Liter Milch hinuntergespült hatte, brachte man ihn in ein Badezimmer, damit er sich dort unter der Aufsicht des Haussklaven-Aufsehers einer weiteren Reinigung unterzog. Diesmal wurde er mit parfümierten Shampoos und edlen Seifen von innen und außen gesäubert. Er wurde auf Spuren von Haar auf seinem Körper hin inspiziert und sein Militärschnitt für akzeptabel befunden.

Er erinnerte sich plötzlich an die Szene im *Zauberer von Oz*, in der Dorothy und die anderen auf ihrem Weg zum Zauberer durch eine ganze Reihe von Friseursalons getrieben werden. Ihm war nach Singen zumute, doch er unterdrückte den Impuls.

Er war in Panik, daran gab es keinen Zweifel.

„Er ist für Harrison", sagte der Aufseher, als er ihn einem Mann übergab, der ihn die Treppe hinauf und in den Gästeflügel brachte. Schließlich landete er in einem der westlichen Vorführräume. Ohne jede Vorwarnung fühlte er zum ersten Mal seit seiner Anfangszeit auf der Farm wieder die steife Umarmung von Leder um seine Hand- und Fußgelenke. Sie zogen ihm eine Maske über, und er atmete den Geruch anderer Männer ein, Schweiß, Öl und Spuren von Moschus. Seine Augen wurden mit einer gepolsterten Binde verbunden, sein Mund offen gelassen, aber er wußte, daß ein Mundstück schnell bei der Hand wäre. Es könnte eine Stange sein, ein Ball oder etwas, das wie ein Schwanz geformt war. Oder auch ein Ring oder eine Röhre. Wieder zitterte er.

„Armes Ding, frisch von den Feldern. Mach dir keine Sorgen, Harrison wird dir nicht weh tun", hörte er ein Wispern dicht an seinem Ohr. Brian hätte am liebsten geheult – Akte spontaner Freundlichkeit waren hier selten und kostbar. Er fühlte, wie man ihm die Hände an die Seiten fesselte und ihn dazu brachte, auf seinen untergeschlagenen Beinen zu sitzen, die von einem Karabiner zusammengehalten wurden. Irgendwas stand da, worauf er sich mit dem Hintern abstützen konnte – er ließ sich so bequem darauf nieder, wie es ging.

Dann kam ihm der Gedanke, daß sein „Wohltäter" ihn auch dreist belogen haben könnte.

Ich muß verrückt sein, das hier mitzumachen, dachte er bitter. Sie hätten mich am ersten Tag rausschmeißen sollen. Ich muß den Verstand verloren haben.

Aber sein Schwanz war hart.

„Hallo, Farmjunge Brian, welche Nummer auch immer du bist", sagte der Kobaltblaue. (Harrison, dachte Brian, Harrison. Sir.)

„Guten Abend, Sir."

„Farmjunge Brian, bist du ein Schwanzlutscher?"

„Ja, Sir!"

„Ich meine wirklich Schwänze lutschen, Brian, als ob du einen Bus am Auspuff die Straße runterziehst, oder wie ein Ertrinkender, der ein letztes Mal Luft holt?"

„Ja, Sir", schnurrte Brian fast. Es war schon lange her, seit er zuletzt die Gelegenheit bekommen hatte, einen Schwanz richtig zu lutschen. Viel zu oft wurden ihm Schwänze einfach nur in den Mund oder gleich bis in den Hals gestopft. Das letzte Mal, daß er tatsächlich einen gelutscht hatte, liebevoll und mit allen Fertigkeiten, die er besaß, war vor ein paar Monaten gewesen, als ihn einer der Aufseher mit nach Hause genommen hatte, um ihn ganz privat auszuprobieren, und seltsam sanft wurde, sobald sie die Arbeiterbaracke hinter sich ließen.

„Zu schade", seufzte Harrison. „Ihr seid alle so verdammt gute Schwanzlutscher. Ich hatte gehofft, du bist eine Ausnahme."

Die Geräusche schienen darauf hinzuweisen, daß Harrison sich Brian gegenüber hinsetzte, in einen bequemen Ohrensessel, der seinen Schritt für jemanden, der kniete, auf perfekte Schwanzlutschhöhe brachte. Brian wunderte sich über die seltsame Bemerkung und versuchte, eine passende Antwort darauf zu finden.

„Hätten ... hätten Sie es gerne, wenn ... wenn ich schlecht darin wäre, Sir?" fragte er zögerlich.

„Nein, eigentlich nicht. Ich hätte dich nur gerne anders. Ihr gottverdammten Farmboys seid alle gleich. Caesar kauft euch und macht euch zu Klonen. Ich wette, du kannst auch unheimlich gut die Arschmuskeln zusammenpressen. Ein netter, kleiner Handjob? Ich wette, wenn ich dir mit meinem Dicken über den Kopf streiche, dann schnurrst du und reibst dich an mir, bis ich dir den ganzen Hals vollspritze."

Tatsächlich hatte Brian eben das schon mindestens zweimal gemacht. Er entschloß sich, es nicht zu erwähnen. „Sir, ich bin hier, um Ihnen Vergnügen zu bereiten, Sir", sagte er statt dessen.

„Ach ja? Nun, was kannst du denn sonst noch? Was, wenn ich Blowjobs nicht leiden kann? Was, wenn es mich zum Schlappwerden langweilt, schon wieder einen prallen Arsch zu ficken? Was ist, wenn ich gar keine Lust habe, dich durchzunudeln?"

Ja, was dann? Brian wußte, daß den Gästen des Hauses die Dienste eines ausgezeichneten Masseurs zur Verfügung standen, und es gab auch zwei Lustsklavinnen für Männer, die hierherkamen und womöglich auf so was standen. Man ließ sich aus keinem anderen Grund einen Feldsklaven kommen, als ihn ganz simpel zu ficken und zu mißhandeln. Er war nicht ausgebildet worden und vor allem nicht dazu bestimmt, irgend etwas anderes zu tun.

Aber weggeschickt zu werden, ohne befriedigt zu haben – würden sie ihn dann nicht für untauglich halten?

Brian schluckte und räusperte sich und versuchte, sich etwas auszudenken, was er sagen könnte.

„Vergiß es, Farmboy Brian. Ich werde dich schon nicht verpetzen. Ich werde dich sogar losbinden."

Harrisons Berührung kam überraschend, aber Brian hatte sich gut genug im Griff, um nicht zusammenzuzucken. Die Karabiner lösten sich, und vorsichtig streckte Brian die Arme nach vorne und bewegte die überdehnten Muskeln. Er verlagerte sein Gewicht ein wenig, aber dann ging doch ein Ruck durch seinen Körper, als er Harrisons Hand an seiner Kehle spürte.

„Verdammt, beruhige dich. Ich habe nicht vor, dich zu erwürgen. Ich muß nur rausfinden, wie ich dieses Ding hier abkriege." Brian wußte, wie das ging, konnte sich aber nicht dazu entschließen, seine Hilfe anzubieten. Glücklicherweise war es ziemlich einfach, und Harrison lockerte die Maske und überließ es Brian, sich völlig davon zu befreien.

„So, viel besser. Du erinnerst mich schon langsam an irgendeinen billigen, schmierigen Fernsehkrimi." Harrison hatte seinen Hemdkragen geöffnet. Ohne diese verwegene Sonnenbrille sah er entspannter aus. Brian blinzelte in der Spätnachmittagssonne und vermied es, in diese hübschen, hellblauen Augen zu schauen.

„Womit kann ich Ihnen dienen, Sir?" fragte er dümmlich und hoffte, dieser seltsame Mann habe sich etwas überlegt.

„Ja, womit? Komm her und hilf mir, das rauszufinden", sagte Harrison verführerisch. „Laß uns zur Sache kommen, du sensationeller Schwanzlutscher Nummer soundsoviel."

Brian kroch zu ihm und versuchte das Gefühl loszuwerden, daß er irgend etwas Falsches tat. Beim Sessel angelangt, richtete er seinen Oberkörper auf, wobei er es sorgfältig vermied, sich gegen Harrisons Beine zu lehnen, und blies warme Luft über die dicke Beule in der Hose des Mannes. Wenigstens ist er geil, dachte Brian. Um Erlaubnis bittend blickte er hoch, und Harrison legte seinen Kopf zurück und öffnete selbst die Hosen. Gott sei Dank. Levi's aufzuknöpfen war eine Sache, aber Stoffhosen, die von einem nassen, saugenden Mund befleckt und zerknittert werden würden, eine ganz andere.

Sein Schwanz erwies sich als kein bißchen kleiner, als man ihm angepriesen hatte. Er war blaß und beschnitten und dick, zum Blasen wunderbar geeignet. Harrison schnippte ein grünes, eingeschweißtes Kondom in seinen Schoß, und Brian fischte es aus der hellbraunen Schambehaarung. Er packte es vorsichtig aus und setzte es auf die Schwanzspitze, befeuchtete seine Lippen und nahm die Eichel schließlich sanft in den Mund. Er ließ die Zunge darübergleiten und sog liebevoll daran, befreite den Schwanz aus den Falten des leichten Stoffs und umschloß ihn kurz hinter der Eichel mit den Lippen. Mit den Fingern rollte er den Rest des Kondoms sanft über den Schaft hinunter und zog es bis zur Schwanzwurzel.

Diese Technik war sehr beliebt. In den Pornos schluckten die Kerle einfach den ganzen Prügel runter, als wäre er eine Eiswaffel oder so was. Aber manche Männer mochten es, wenn man mit der höchstempfindlichen Eichel spielte, daran knabberte, einzig und allein an ihr saugte. Von Harrison konnte Brian das nur vermuten, aber irgendwo mußte man ja anfangen. Und so, wie der diese Aufmerksamkeit ganz passiv annahm, schien es wenig wahrscheinlich, daß er ihn Brian in den Kopf rammen wollte.

Er fand es wunderbar, den Schwanz eines so passiven Mannes zu bearbeiten, denn das bedeutete, daß der saugende Mund tun konnte, was er wollte, sich hoch- und runterbewegen, um den Schaft kreisen, lecken, den Schwanz erkunden, kennenlernen konnte, bis alles, was den dazugehörigen Kerl scharfmachte, entdeckt und erforscht war. Brian preßte seine Zungenspitze versuchsweise in das Pißloch und schnurrte fast, als der Schwanz ihm mit einem leichten Heben antwortete, ein Zucken, das ihn noch tiefer in seinen Mund brachte. Wieder ließ er seine Zunge kreisen, besänftigend, dann wieder aufpeitschend, saugend. Bald könnte er sich den Schaft hinunterarbeiten. Er fragte sich, ob Harrisons Eier wohl an einer ähnlichen Behandlung Gefallen fänden. Zum Teufel, er würde diesem Mann schon zeigen, was Spaß machte, oder bei dem Versuch zugrundegehen!

Das Kondom war glitschig von seiner Spucke, und der Schwanz dehnte es, bis es sich hauchdünn darüber spannte.

Brian fing an, richtig zu arbeiten, saugte, wie man es ihm beigebracht hatte, wie er wußte, daß Männer es mochten. Und es schien zu funktionieren – Harrison genoß es, oder zumindest sein Schwanz. Da stieß ihn auf einmal eine Hand weg. Der Schwanz ploppte mit einem hörbaren Schmatzen aus seinem Mund, und Brian landete unsanft auf dem Rücken.

Ganz automatisch krabbelte er rückwärts und neigte den Kopf auf den Teppichboden. „Vergebung, Sir", flüsterte er. „Bitte bestrafen Sie mich, Sir!"

„Ach, fick dich doch selbst! Beweg deinen Arsch hier raus! Du bist auch nicht anders als die anderen. Los, hau ab, zurück in deinen Zwinger oder wo ihr Klone sonst schlaft."

Brian hob den Kopf und duckte sich wieder, als Harrison aufstand und sich die Hosen über seiner noch immer vollen Erektion zuknöpfte. Das Kondom segelte auf Brians Schulter, und er schüttelte es ab. Er sah Harrison zu, der sich mit einer Hand durchs Haar fuhr und dann sein Hemd aufzerrte. Er durchquerte den Raum, wand sich aus dem Hemd und ließ es zu Boden fallen. Dann warf er sich aufs Bett.

„Ja, worauf wartest du denn noch? Muß ich dich erst treten? Raus hier, du hast von Tuten und Blasen keine Ahnung, um es mal eindeutig zweideutig zu formulieren.“

Brian richtete sich auf, obwohl das Protokoll vorsah, aus dem Raum zu kriechen. Dann stellte er sich vorsichtig hin. Sein Schwanz war wieder steif, die fehlenden dunklen, lockigen Haare an der Wurzel ließen ihn riesig wirken. Er packte ihn mit einer Hand und bearbeitete ihn verwegen, spreizte ein wenig die Beine und schob das Becken vor.

„Ich blase verdammt gut“, sagte er langsam und molk einen milchig-weißen Tropfen aus seinem Schwanz. „Und wie steht's mit Ihnen?“

„Verdammt, ich dachte schon, du würdest nie fragen“, seufzte Harrison. „Komm rüber, dann zeig ich's dir, Farmboy.“

Brian kletterte auf das Bett, kniete nieder und ließ Harrison auf Händen und Knien zu sich rüberrutschen. Das Kondom mußte über den Ring, denn es war Brian verboten, ihn herauszunehmen, aber in dem Körbchen neben dem Bett fand sich ein extrastarkes. Harrison schien das nichts auszumachen; er fing im selben Moment an zu stöhnen, in dem sein Mund sich um Brians Schaft schloß und seine Zunge das kühle Metall unter der dünnen Latexhülle berührte. Er atmete Brians Schwanz förmlich ein, lutschte daran, gab kleine, geile Laute von sich und umfaßte Brians rasierte Eier, zog sachte an dem Ring dahinter.

Brian ließ den Mann eine Weile machen und legte ihm dann eine Hand auf den Kopf. Als Antwort schaltete Harrison sofort in den nächsten Gang; sein Saugen wurde fester, seine Bewegungen schneller. Seufzend ballte Brian seine Hand in Harrisons Haar zur Faust und gab das Tempo vor.

Der Mann, der hinter den kobaltblauen Brillengläsern so cool ausgesehen hatte, nahm Brians Kontrolle so bereitwillig an wie Sahne zum Kaffee. Bald blies er Brians Schwanz wie jemand, der das viel zu lange hatte entbehren müssen. Beinahe so, dachte sich Brian, als würde er einen Bus am Auspuff die Straße runterziehen oder vor dem Ertrinken ein letztes Mal Luft holen. Um nicht abzuspritzen, lenkte Brian Harrisons Aufmerksamkeit auf seine Eier und stellte fest, daß dem das reichlich gut gefiel. Er fragte sich, ob er den Gast würde ficken müssen, aber Harrison wand sich und saugte, wo immer Brian ihn hindirigierte. Tatsächlich kam er schon, während er Brians Brustwarzen mit Händen bearbeitete, die von seiner eigenen Spucke feucht waren, und einem Mund, der an diesen harten, beringten Nippeln mit der gleichen Leidenschaft saugte, die er Brians Schwanz gewidmet hatte. Er gab laute, schmatzende Geräusche von sich, erschauderte dann, griff nach seinem Schwanz und schoß – die eine Brustwarze in seinem Mund, die andere in seiner linken Hand – seinen Saft quer über Brians Lenden.

„Mann, das war gut", seufzte Harrison, der erste artikulierte Laut, den er seit über einer Stunde von sich gegeben hatte. Brian nickte und sprang schnell aus dem Bett. Er zog das Kondom von seinem schmerzenden Schwanz und sammelte das alte vom Fußboden auf. Er wußte, was als nächstes käme.

„Okay, mach, daß du rauskommst, Farmboy. Und wenn du nur ein Sterbenswörtchen erzählst, komme ich wieder und werde dir persönlich deine Ringe rausreißen, klar?"

„Danke, Sir", war alles, was absurderweise aus Brians Mund kam. Aber Harrison schien das nicht mehr zu hören – er lag ausgestreckt auf dem Bett, einen Arm hinter dem Kopf, den anderen über den Augen. „Sag ihnen, sie sollen mich zum Nachtisch wecken", schnauzte er.

Brian kroch aus dem Zimmer und schloß die Tür fest hinter sich. Er gab Harrisons Botschaft an den Butler weiter, warf die benutzten Kondome weg und durfte mit der ersten Schicht Haussklaven zu Abend essen, bevor er zurück in die Sklavenbaracke mußte. Es gab Gegrilltes, aber Kalbfleisch, gefüllt und saftig. Er bekam sogar eine ganze Dose Cola zu trinken. Niemand sprach mit ihm, aber das war in Ordnung. Sie waren Haussklaven. Er nur ein Farmboy. Da die Nacht schon hereinbrach, wurde er zur Farm gefahren und meldete sich dort bei Ross zurück.

„Na, hat der Gast dich gut durchgepflügt?" fragte Ross abwesend. Er hatte einen der Farmboys unter seinem Stiefel, den ein anderer eifrig polierte.

Brian zuckte mit den Schultern. Es war legitim, nicht über Gäste zu tratschen, also ging er in den Schlafraum und schüttelte seine Decken aus. Zwei Männer befanden sich offenbar in der Endphase einer langen Session gegenseitigen Schwanzlutschens. Er sah eine Weile zu und machte es sich schließlich bequem, als sie sich entknoteten und aneinanderkuschelten. Das Licht ging aus, alle schlüpften unter ihre Decken und ließen sich zur Nacht nieder. Randy, der neben Brian schlief und der Brians erste Wahl für Sex war, wenn sie beide die Kraft dazu hatten, tippte ihm auf die Schulter.

„Und? War er aktiv oder passiv?" flüsterte er.

Einen Augenblick lang war es still, während alle auf Brians Antwort warteten.

„Passiv", seufzte er. Die Männer erstickten ein Kichern und vulgäre Laute in ihren Unterarmen und Decken.

„Jesses, was macht das, sechsundzwanzig von vierzig?"
„Mindestens."
„Schwuchteln! Warum geben sie's nicht einfach zu?"
„Laß sie mal eine Nacht hier bei uns schlafen, dann werden diese Prinzessinnen es sich schon anders überlegen!"
„He! Ruhe hier, sonst bring ich euch mit dem Wasserschlauch zum Schweigen!"
Es wurde ruhig, das Gekicher und Gegrunze verebbte. Brian lag auf dem Rücken und nahm seinen Schwanz in die Hand. Er massierte ihn leicht, und diese Bewegung brachte Randy dazu, sich umzudrehen. Vorsichtig schmiegten sie sich aneinander und packten jeder den Schwanz des anderen. Leise bearbeiteten sie sich und spielten miteinander, und als sie kamen, war die Befriedigung so erlösend, daß Brian fast in Tränen ausbrach. Er drückte seinen Kumpel warmherzig an sich, und noch ganz klebrig schliefen sie ein – hartarbeitende Männer, die sie waren.

Katzenzungen

Peter Hofmann

Daß Katzen die Lieblingskinder der *queer community* sind, hat sich in *Sexperimente* erneut bewiesen – irgendwann haben wir aufgehört, zu zählen, in wie vielen Geschichten sie auftauchen. Peter Hofmanns Protagonistin quält zu guter Letzt auch noch die dazugehörige Allergie, die sie kuriert, indem sie sich eine Lektion in Selbstbehauptung erteilt.

Der aus Thüringen stammende Hofmann arbeitet als freischaffender Rundfunkjournalist und Moderator. 1994 veröffentlichte er den Gedichtband *Hurenherz* (MännerschwarmSkript). Seine Erzählungen sind in den Anthologien *Die Engel sind echt – Einsendungen zum Literaturpreis der schwulen Buchläden 1994* und *Grüne Nelken* (beide MännerschwarmSkript) sowie *Stiefbrüder* und *Lust und Frust der Verführung* (beide Elefantenpress) erschienen.

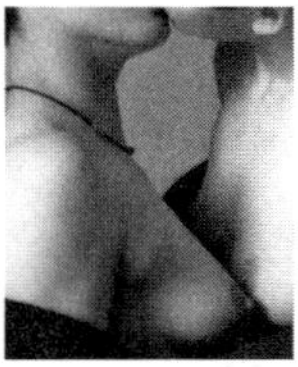

Doris schließt die Wohnungstür auf und niest. Zweimal. Seit Weihnachten ist Räuspertaste im Haus, und ebensolange weiß Doris, daß sie eine Katzenallergie hat. Tom hatte sich das Tier gewünscht. Und da Doris immer meint, zuwenig Zeit für ihren Sohn zu haben, besorgte sie das Kätzchen.

Den Namen Räuspertaste gab Tom der Katze.

Doris hatte ihm mal eine Räuspertaste gezeigt, als er bei ihr im Funkhaus war.

„Siehste, Tommi, das is 'ne Räuspertaste."

Da lachte Tom und kam gar nicht drüber weg.

„Wenn ich mich räuspern muß beim Sprechen – oder ich huste. Dann drück ich da drauf. Da hört das dann niemand vorm Radio."

Tom quiekte weiter. Doris fand nie heraus, warum ihn die Räuspertaste so vergnügt hatte.

Das ist nun Jahre her, aber immer, wenn Tom irgendwas angestellt hat, sauer oder traurig ist, sagt Doris: „Was haste denn, du olle Räuspertaste?"

Meist fängt er dann zu lachen an.

Nun ist klar, die Katze Räuspertaste muß aus dem Haus. Sonst läuft Doris nie mehr ohne rote Nase rum. Oder sie niest sich tot.

Ohne die echte Räuspertaste im Funkhaus könnte Doris nicht mal arbeiten. Am Anfang mußte sie nach jeder Meldung niesen. Jetzt hat sich das etwas beruhigt, obwohl sie noch immer mindestens einmal pro Sendung den Knopf drückt. Aber das Niesen scheint sich an die Nachrichten gewöhnt zu haben, es kommt nie mitten in einer Meldung, immer davor oder danach.

„Schnuffel, ich bin da!"

Toms gelangweiltes „Hallooo" ertönt aus dem Kinderzimmer. Dort bekriegen sich vermutlich gerade hyperintelligente Roboterwesen mit ausklappbaren Düsen und Amphibienfüßen und andere humanoide, flug- und tauchfähige Kriegsmaschinen mit Plastikhelmen.

„Wo issn Räuspertaste?"

Sie stellt die Tüte auf den Küchentisch, räumt die Apfelsaftflaschen in den Kühlschrank, schaut aufs Verfallsdatum der eingeschweißten Käsescheiben, sieht im Vorbeigehen, daß eine Nachricht auf dem Anrufbeantworter ist.

„Ey, Zwerg Nase, ich hab dich was gefragt!"

Aus dem Kinderzimmer dringt ein altkluges Stöhnen: „Im Wohnzimmer wahrscheinlich."

„Ich glaub, ich hab jemanden gefunden. Ich meine, der sie nimmt."

„Wer denn?"

Sie faltet die Tüte zusammen, legt sie auf den Stuhl, sie fällt runter, Doris' Finger fährt kurz über das Display des Anrufbeantworters, sie dreht sich dann aber um in Richtung Tür.

„Kennste nicht!"

Ich auch nicht, denkt sie, ich kenn sie ja auch nicht.

„Ich bin zweiundvierzig, mein Kind denkt, ich bin eine blöde große Schwester, meine Mutter würde verrückt, wenn sie's wüßte, und ich hab keine Lust mehr, verstehste? Ich hab's einfach dick."

Doris verstummt, blickt an Gerlinde vorbei.

Gerlinde schlägt die Beine übereinander, beäugt kurz und mißtrauisch das Rotweinglas, das sie in beiden Händen hält, lehnt sich gemütlich zurück.

„Ich kenne deine Situation. Wenigstens versteckst du dich nicht mehr hinter Tom. Aber ich kann das nicht. Ich bin's einfach nicht, Doris."

Doris fühlt sich unwohl im antiken Ledersessel.

„Ich hätt bloß gern wieder mal geteilt, Gerlinde. Auf die Nerven gehen kann ich mir auch alleine. Und wenn nicht, dann besorgt das Tom, keine Angst. Aber ich hab einfach wieder mal Lust auf ein bißchen mehr."

Gerlinde nimmt einen Schluck Wein. Lächelt nachsichtig, zärtlich und auch ein wenig spöttisch: „Und das soll nun ich sein, das bißchen mehr, oder wie?"

Doris versinkt immer tiefer im Sessel, kommt sich vor wie ein verrenkter Klumpen Fett, stemmt sich mit letzter Kraft aus dem Lederungeheuer hoch, geht zum Fenster.

„Wir gehen zweimal im Monat ins Bett, Tom kann dich leiden, und ich auch. Laß uns doch einfach was probieren. Außerdem ..."

„Nichts außerdem. Ich will das nicht, und fertig. Ich hab mich doch nicht scheiden lassen, um die ganze Prozedur zu wiederholen. Nein, Doris, entweder wir machen das weiter wie bisher, oder gar nicht. Ich sag dir das jetzt so, und das ist ehrlich. Ich will das nicht so nah, damit mußt du dich abfinden. Wenn du mehr willst, dann müssen wir das beenden. So einfach ist das."

Nach einer kurzen Pause setzt Gerlinde hinzu: „Was mir sehr leid täte, Doris, echt."

Doris nippt an ihrem Glas. So einfach ist das – für Gerlinde. Doris würde für einen Tag Tom in die Pfandleihe geben, nur um zu wissen, wie das ist: zu wissen, was man will. Seit einem halben Jahr kennt sie Gerlinde, und niemals gab es bei ihr Zweifel. Sie weiß, was sie kochen soll, findet die passenden Klamotten, plant ihre Termine privat und geschäftlich mit minutiöser Genauigkeit, kann sich ausdrücken, läßt sich nicht gehen, hat zwei Reiki-Grade und lernt nebenbei noch Spanisch.

„Na gut, kannst du mir wenigstens Räuspertaste abnehmen? Hab noch niemanden gefunden. Und Tom hat auch gefragt, ob du sie nicht vielleicht ..."

„Na, das fehlte mir noch! Entschuldige, Doris, aber du weißt ja, wie unregelmäßig ich arbeite. Und dann die Haare und das Katzenklo, nein, das geht nicht. Gebt sie halt ins Tierheim."

„Danke für den Tip."

„Nu sei doch nicht so zickig. Komm mal her."

Sie klopft mit der flachen Hand neben sich, als spielten sie ‚Mein rechter, rechter Platz ist leer'.

Doris will zu ihr gehen, hat aber eigentlich keine Lust. Eigentlich sollte sie jetzt nachdenken, vielleicht weglaufen, Gerlinde nie wiedersehen, einfach stehenbleiben und weinen, das Glas an die Wand werfen und schlimme Worte schreien. Oder zu Gerlinde gehen, jetzt und zweimal im Monat für eine kurze Nacht.

Es klingelt.

Gerlinde erstarrt für eine Sekunde. „Wer kann denn das ..." Sie springt auf, bleibt einen Moment unschlüssig stehen, sieht zu Doris hin, holt Luft, will etwas sagen, läuft aber zur Tür.

Doris dreht sich zum Fenster, lauscht. Die Tür wird geöffnet, eine junge Frauenstimme sagt: „Hi, Schnecke, ich dachte ..." Der Satz wird unterbrochen. Flüstern. Doris sieht sich in der Fensterscheibe. Ein erschrockenes Gesicht. Sie erschrickt vor ihrem eigenen Erschrecken. Das Flüstern bricht ab. Sie hört Gerlinde betont laut und aufgesetzt sagen: „Na, dann komm doch rein, die Doris ist auch da."

Schritte.

„So eine Überraschung!" Sie stehen in der Wohnzimmertür. „Darf ich vorstellen, das ist die Angelika, und das ist Doris."

Doris dreht sich um. Ein Mädchen. Fünfundzwanzig vielleicht. Maximal. Mit einem Arm voll Rosen, roten Backen, in engen Jeans, einer Lederjacke und Plateau-Turnschuhen, die aussehen wie Klumpfüße bei einer Mondlandung.

„Die nehm ich dir besser mal ab." Gerlinde ist verlegen, sucht, die Rosen künstlich bestaunend, nach einer Vase. Ihre Augen glänzen, sie huscht in die Küche.

Angelika hat kurzgeschorene Haare, etliche Ohrringe und Klemmen im linken Ohr, einen Stecker im Nasenflügel und sicher ein Dutzend Silberteile an den Fingern. Unter der Jacke trägt sie ein schwarzes T-Shirt, das sich eng über die kleinen, aber vollen und offensichtlich strammen Brüste spannt. Dazwischen baumelt eine silberne Doppelaxt.

Doris muß schlucken.

Das Mädchen hat dunkle Augen, lange, getuschte Wimpern, kräftig geschwungene, dünne Brauen, etwas abstehende Ohren.

„Hallo. Hab schon viel von dir gehört."

Angelika geht zu Doris und streckt ihr die silbergepanzerte Rechte entgegen. Doris hält sich an ihrem Glas fest, gibt dem Mädchen dann aber doch die Hand. „Ich nicht. Hallo, Angelika."

„Angie, sag einfach Angie." Das Mädchen lächelt.

Gerlinde kommt mit einer Vase voller Rosen aus der Küche, stellt sie auf den Tisch.

„Die sind ja schön. Danke. Äh, setzt euch doch."

Sie setzen sich. Angelika auf die Couch, auf den Platz, der vorhin noch für Doris reserviert schien. Doris, wieder im Ledernen, versucht, aufrecht zu sitzen, wegen ihrer dicken Brüste, wegen ihrer Schwimmreifen und weil sie sich plötzlich noch fetter vorkommt.

Angelika zieht die Jacke aus, ihre Brüste stehen wie eine Eins.

„Nun lernt ihr euch auch mal kennen." Gerlinde macht eine kurze Pause. „Ich find das eigentlich ganz gut", erklärt sie dann, betont locker und bestimmt, holt ein neues Glas aus der Vitrine und schenkt Angie Wein ein. Die beiden lächeln sich an.

Gerlinde setzt sich neben das Mädchen auf die Couch.

Doris rutscht unruhig im Sessel hin und her.

„Äh, bin ich jetzt im Weg, oder was? Ich kann auch gehen."

Die beiden sehen sich an, dann lächeln sie in ihre Richtung. Doris möchte im Erdboden versinken, fünfhundert Jahre jünger sein oder wenigstens eine Waffe haben.

„Quatsch. Erstens fährt jetzt keine Bahn mehr, zweitens bist du nicht im Weg."

Und Gerlinde sieht wieder zu dem jungen Ding hin: „Oder, Angie?"

Angie schüttelt den Kopf, daß alle Ringe wackeln. „Ach wo."

Doris weiß, daß keine S-Bahn mehr fährt.
„Ich kann auch ein Taxi ..."
„Jetzt hör auf."
„Was macht die Katze – Räuspertaste, oder?"
Doris ist baff, starrt das Mädchen an, wirft den nächsten Blick Gerlinde zu, die verdreht die Augen, versucht, die Situation zu retten.
„Angie studiert Kommunikationswissenschaften und kommt aus Göttingen. Sie ist erst seit vier Monaten in Berlin. Wir haben uns im *Berio* getroffen. Und ..."
„Und?" fragt Doris.
„Na ja", das Mädchen spricht weiter, „ich such jetzt 'ne WG oder so. Im Wohnheim isses einfach zu teuer, und da krieg ich auch nichts von der Stadt mit. Außerdem sind die ziemlich taub da und so. Kinderchen aus Wessiland."
„Und du, was bist du denn?" Doris blickt das silberbeschlagene Kind an, unerbittlich und kalt.
„Ich?" Angie ist etwas verwirrt und wird rot.
„Mal sehen, was wir für die Kleine tun können", grinst Gerlinde und ändert die Taktik.
Sie rutscht näher zu Angie. Angie lehnt sich an sie. Sie küssen sich. Nach dem Kuß schauen sie Doris an.
Die versteinert.

Die Küche ist eine Katastrophe. Die Frühstücksteller stehen auf dem Tisch, vollgebröselt, an den Messern klebt Marmelade, an ihrer Tasse ein eingetrockneter Tropfen Kaffee.
„Ich wandere aus", murmelt Doris. Sie setzt sich. Niest. „Scheiße."
Durch die offene Küchentür sieht sie sich im Flurspiegel. Eine mollige Frau im karierten Holzfällerhemd, müde und irgendwie schlecht frisiert.
Nein, sie drückt nicht auf den Knopf. Noch nicht. Sie steht auf, stellt das Geschirr in die Spüle, wischt den Tisch ab, stellt die weiche Butter und das trübe Glas Erdbeerkonfitüre in den Kühlschrank, hebt die verunglückte Kriegsmaschine mit metallenen Flügeln und Armen aus Maschinenpistolen auf und schmeißt sie in den Flur. Dann sagt sie abermals „Scheiße."
Jetzt grinst sie sich im Flurspiegel an. Streckt sich die Zunge raus. Noch nicht, das Blinken muß warten.

Doris küßt Angie, sie liegen nebeneinander, zwischen sich den Kopf von Gerlinde, die sich an vier Titten festsaugt. Angie fährt ihr durchs Haar. Das Bett ächzt.

Gerlinde hat kleine Brüste. Ihre Zitzen sind immer hart, ihr Arsch ist eher flach. Das Haar wuchert ihr bis in die Arschkerbe.

Sie rasiert sich nicht unter den Achseln, sie rasiert sich nicht zwischen den Beinen. Ihr Schweiß riecht herb.

Angie hat rasierte Achseln, die kurzen Stoppeln auf der Kopfhaut kratzen, das ist geil an den Schenkeln oder wenn sie mit dem ganzen Kopf über die Schamlippen reibt. Sie hat pralle, aufrechte Brüste. Unten ist sie rasiert. Es stachelt ein wenig.

Angie leckt jetzt bei Doris. Angie kann lecken. Doris verschwimmt, sie stöhnt, aber der Laut wird von Gerlindes Busch erstickt. Gerlinde hält sich an Doris' Brüsten fest, knetet sie durch, zieht an den Spitzen. Angie lutscht am Zäpfchen, fängt an, mit den Fingern nachzufühlen, reißt Doris mit dem Zeigefinger auf und schiebt fürs erste Zeige- und Mittelfinger rein. Doris ist geil, und trotzdem, obwohl sie ihre Beine auseinanderzieht, obwohl ihre Nippel hungrig sind, obwohl sie Gerlinde gerade den goldfarbenen Stab vom Nachttisch in die Scham schiebt, trotzdem denkt Doris.

Während Angies Finger in ihr wühlen, kommt ihr der Gedanke, daß vielleicht doch ein Ring in ihr stecken bleiben könnte.

Sie kichert und drückt, daß Gerlinde kurz aufschreit, den Stab bis zum Anschlag in sie rein.

„Ich auch", stöhnt Angie zwischen ihren Beinen, und die Stoppeln reiben. Gerlindes Becken wippt leicht, sie schnauft, holt Angies Kopf aus Doris' Dreieck hervor, küßt das Mädchen, das immer noch die Finger in Doris hat, die immer noch am Zäpfchen von Gerlinde leckt, während sie ihr den Stab immer heftiger in die Möse schiebt. Gerlindes Möse schmatzt, und Gerlindes Mund schmatzt auch. Sie leckt Angie das Gesicht ab, leckt ihr über die Haarstoppeln, hinter die Ohren, daß das Silber klingelt, steckt ihr beim Küssen den Daumen in den Mund, küßt den jungen Hals, nimmt das Kinn in den Mund, läßt Angie nicht mehr los. Angie hält mit der freien Hand Gerlindes kleine, harte Brust fest, dreht einen Nippel zwischen Daumen und Zeigefinger. Gerlinde stöhnt, beugt sich nach vorn. Fast rutscht der Stab aus ihr raus, Doris rettet ihn und fickt ihn weiter in die klaffende Gerlinde.

Die ist bei Angies Brüsten, den kleinen, apfelförmigen mit den hellrosa Nippeln. Gerlinde ist gierig, sie will alles an Angie schmecken, hält die Brüste sanft und bestimmt fest, lutscht, saugt, nimmt den Piercingring an der rechten Brust zwischen die Zähne und zieht. „Zeig mir deine Titten!" flüstert sie.

Angie zieht die Hand aus Doris und umfaßt die beiden Äpfel, drückt sie zusammen, hält sie Gerlinde vors Gesicht, präsentiert sie.

Doris wird der Stab in Gerlindes Busch langweilig. Sie läßt ihn einfach stecken und robbt unter den beiden durch, kniet sich hin und streichelt Angie von hinten. Von vorne hängt Gerlinde an ihren Brüsten, von hinten drückt Doris dem Mädchen die flache Hand auf den nassen, rasierten Duft, auf das junge, straffe Früchtchen, drückt die Finger drauf, bis einer darin verschwindet, reibt, beißt ihr von hinten in den Hals, saugt, nimmt die Hand weg und faßt um das Mädchen herum, bearbeitet die kleine, schmale Möse von vorn, preßt ihre saftigen, großen und immer noch festen Brüste an den Rücken von Angie.

Das Gespann bleibt eine Weile zusammen.

Angie macht sich von Gerlinde frei, dreht sich jetzt zu Doris und küßt sie, nimmt dabei ihre schweren Titten in die kleinen Silberhände. Verbirgt das Gesicht zwischen den Brüsten, knetet Doris' üppigen Arsch, zieht ihn auseinander.

Gerlindes Stab ploppt und fällt aufs Laken. Sie nimmt ihn. Sie sieht, wie sich die beiden Frauen vor ihr küssen. Sie sieht zu. Sie atmet schwer, als wäre sie Treppen gestiegen und stünde nun vor der falschen Wohnung.

Doris und Angie blicken sie plötzlich an, Gesicht an Gesicht, halten sich fest und sehen der Älteren zu, wie sie ihnen zusieht. Gerlinde tut so, als lächle sie, doch der Blick tut ihr weh. Dann küssen sich die beiden weiter, ohne von ihrer Angst Notiz zu nehmen.

Wie ein Messer hält Gerlinde den Stab nun in der Hand, dann steckt sie ihn hinterrücks in Angie und sticht zu. Meuchelt die kleine Möse, daß das Mädchen sich aufbäumt und schreit.

Doris niest, geht in die Küche zurück, macht den Kühlschrank zu und kommt wieder am Anrufbeantworter vorbei, sieht im Augenwinkel das ungeduldige Blinken auf dem Display.

Räuspertaste räkelt sich auf der Couch im letzten Fetzen Sonne des Wohnzimmernachmittags. Rostrot getigert, schlitzäugig, schnurrend wie ein Whiskas-Werbespot.

Doris niest und schubst Räuspertaste vom Sofa. Von ihrem Schlafsofa wohlgemerkt, denn den Luxus eines eigenen Zimmers kann in einer Zweizimmerwohnung nur einer genießen. Und das ist Tom. Sie schläft im Wohnzimmer, auch am Tag. Dann hat sie Dienst von fünf bis dreizehn Uhr. Doris liest Nachrichten beim örtlichen Sender. Seit Jahren schon. „Die Zeit – es ist ..."

Es gab Zeiten, da durfte sie sogar den Verkehrsservice lesen.

„Ich bin die einzige in diesem Sender, die regelmäßig Verkehr hat", blökte sie durchs Treppenhaus, wenn sie, lässig mit dem Manuskript wedelnd, ins Studio kam.

Sie garnierte den Verkehrsservice mit kreativen Einsprengseln, wie etwa: „Und jetzt die Baustellencharts."

Doch das war nicht wohlgelitten, der Sender reformierte sich zwei-, dreimal, nun liest sie eben Nachrichten, ohne Wetter und ohne Verkehr. Das erledigen dann Moderatorinnen, meist Frauen um die fünfundzwanzig, blond, mit Wespentaille und nasaler Westaussprache. Menschen ohne Stimmung, die immer gut drauf sind und finden, daß „nett" ein Kompliment ist. Doris haßt die Tussen, die alles mit tiefen Ausschnitten oder nabelfreien Tops wettmachen können.

Sie hat die alte Schule durchlitten. Stimmbildung, Sprecherziehung, hat an ihrem Lippenring gearbeitet, sich die Stütze einbleuen lassen, ihre Atmung gefunden, verloren und wiedergefunden. Ein junges Ding, frisch in Berlin und neugierig. Ganz gutaussehend, und dennoch ließ man sie erst viel später auf Sendung. Sie hat nie tiefe Ausschnitte getragen, zieht heute noch am liebsten karierte Männerhemden an, und kein Chef hat sie je in den Po gekniffen.

Nach zahllosen Blindsendungen, unerträglichen Redaktionseinschätzungen, noch mehr Sprecherziehung, durfte sie auf Sendung. In die Partei mußte sie auch.

Heute ist sie nicht mehr in der Partei. Sie spricht Nachrichten, ist die Beste, will mehr machen, kriegt aber nicht mehr. Das holen sich die Blondchen, die wie eine keimfreie Seuche über den Planeten herfallen, immer mehr, sie werden irgendwo gezüchtet, denkt Doris, dressierte Sprechpuppen aus dem Katalog, mit hellblauer Ersatzflüssigkeit zwischen den Beinen, geruchlose Discount-Fantasien schlappschwänziger Heterochefs.

Doris ist zweiundvierzig und hat ihren Nabel schon seit Jahren nicht mehr zu Gesicht gekriegt. Ihre Hüften sind breit, ihre Brüste werden immer schwerer, und seit vier Jahren trägt sie eine Brille. Nichts mit nabelfrei.

Nachrichten zur vollen Stunde, mit dem Luxus, daß sie ihren Namen wieder nennen darf. Vor kurzem erst hatte die Chefredakteurin verfügt, daß weder der Nachrichtenredakteur noch der Sprecher genannt werden. Es gehe schließlich um die Nachrichten, nicht darum, wer die Nachrichten liest. Der Hörer will unterhalten werden, der Hörer schaltet nach drei Minuten ab, der Hörer will gut verpackte Information – das Zeitalter der nabelfreien Blondchen hatte begonnen. Wen interessiert schon der Name eines Nummerngirls?

Die Chefredakteurin wird von Doris nur Martha Muppert genannt. Eine Frau um die Fünfzig, die ein Faible für ausladende Plisseeröcke hat, Pfeife raucht und der ein verschnörkeltes Brillenmodell vor der Brust baumelt. Martha-Muppert-Brille, Martha-Muppert-Röcke und Martha-Muppert-Sitzungen, in denen alle lieb sein sollen, denn Martha Muppert ist auf Harmonie bedacht. Nett. Im Personalgespräch mit Doris meinte sie, als es um die Reformen ging, plötzlich und unerwartet: „Schöne Schuhe haben Sie an."

Doris fiel nur die Kinnlade runter, sie schluckte, danach rückte Martha mit der Sprache raus. Keine Namen. Drei Minuten, mit einem elektronischen Bums hinter jeder Meldung. Martha Muppert sagt natürlich „Trenner" zu dem Bums, weil sie schließlich professionell ist.

Martha Muppert wollte dann noch essen gehen mit Doris. Irgendwann mal. Sie grinste ihr Katzengrinsen. Daß Martha Muppert was nachgesagt wird, weiß Doris, der nichts nachgesagt wird.

„Warum nicht", log sie, obwohl sie wußte, daß sie nie mit ihrer Chefredakteurin essen gehen würde, jedenfalls nie mit einer Frau, die karierte Plisseeröcke trägt und halbhohe Schuhe mit Schnallen.

Dann beschwerten sich Hörer, nach drei Wochen durfte sie wieder sagen: „Das waren die Nachrichten, gesprochen von Doris Schindler. Es ist fünfzehn Uhr und drei Minuten."

Der Redakteur wird jedoch nicht mehr genannt, die Nachrichten sind von fünf auf drei Minuten zusammengekürzt. Hinter jeder Meldung kommt der Trenner. „Na, wie oft bumst es heute", sagt Doris, und die Redakteure lachen.

„Ich hab dir immer gesagt, daß ich soviel Nähe nicht haben will."

Gerlinde steht auf, geht nackt in die Küche und holt eine Flasche Wein. Doris liegt da und überlegt, ob sie weinen soll. Tränen sind immer gut, wenn man Dingen aus dem Weg gehen will. Tränen schieben auch unangenehme Entscheidungen auf. Tränen werden getröstet und gestreichelt. Aber Doris weint nicht. Gerlinde würde sowieso nur die Luft durch die Nase ausstoßen und mit dem Kopf schütteln. „Mit mir nicht, meine Liebe", würde sie vielleicht noch sagen.

Sie kommt mit dem Wein zurück, bleibt kurz stehen, mit der Haltung einer Diktatorin, sieht Doris an, dann die Weinflasche, dann die Wand.

„Ich will das nicht, und fertig. Vielleicht bin ich auch nicht soweit. Ich weiß nur, daß es mir so besser geht."

„Mit ihr und mit mir und so?"

„Ja, mit dir und mit Angie."

Doris sieht sie an. Gerlinde hat kein Kind, sie ist freischaffend, geschieden, trägt Sackkleider aus edlem Leinen, und wären wir in den Achtzigern, würde sie töpfern. Statt dessen schreibt sie Artikel und Essays, legt manchmal Tarotkarten und arbeitet donnerstags beim *Frauenzentrum Ringelblume* mit. „Für Hexen, Zauberinnen, Lesben und andere Frauen" steht auf den hellgrünen Flyern, die im Flur auf der Kommode liegen. Gerlinde ist heimlich fünfzig geworden und wird auf fünfundvierzig geschätzt. Gerlindes Hals ist schmal, und die Haut spannt um die Sehnen, die hellen Augen blitzen aufmerksam und erbarmungslos, ihre kurzen Haare sind aschblond und frech.

„Hat Angie damit auch kein Problem?"

„Ob sie eins hat oder nicht – das ist nicht meine Sache. Das muß jede selbst wissen."

Gerlinde schenkt ein, bleibt für eine Sekunde auf der Bettkante sitzen, schaut sie an. Ohne ein Wort legt sie sich auf sie. Umfaßt ihre Brust und lutscht an der Warze, greift sich noch die zweite, fängt an, Doris die Titten zu massieren. „Nein, du falsches Stück, mit mir nicht", denkt Doris.

Aber da sie geil ist, läßt sie sich die Beine breitdrücken, knetet Gerlindes Arsch, versucht, mit dem Zeigefinger ihren Busch zu finden, und stöhnt. Gerlinde bearbeitet noch immer ihre Titten. Die Nippel stehen. Doris hat ihre Brüste immer für zu groß gehalten. Gerlinde liebt große Brüste. Und sie kann damit umgehen. Sie hält beide fest und leckt vom Busen zum Nabel, und vom Nabel zieht sie die Zunge weiter nach unten. Doris hat nicht so üppiges Haar wie Gerlinde.

„Dich rasier ich noch mal", hat Gerlinde immer gesagt. Aber jetzt nicht mehr, denn Angie ist ja rasiert. Jetzt leckt sie, schiebt die Zunge dazwischen, spielt mit dem Knopf. Doris stöhnt und bäumt sich ein wenig auf, sie fährt durch Gerlindes Haar. Die läßt eine Brust los und nimmt die Finger dazu. Fühlt in Doris rein, schmiert und leckt, reibt mit den Fingerspitzen. Dann drückt sie ihr Gesicht auf Doris' Mitte und leckt tief hinein.

Gerlinde dreht sich um und schiebt ihr die große Schwarzhaarige vors Gesicht. Doris riecht, zutscht an den fetten Lippen, zwirbelt an Gerlindes Kitzler. Der verträgt ein wenig mehr als ihrer. Gerlinde quietscht und steckt ihr jetzt drei Finger rein.

Doris atmet schon schwer. Sie kümmert sich aber noch um Gerlindes Muschi. Sie sind beide naß wie nasse Katzen. Doris nimmt den Kitzler zwischen die Zähne und steckt jetzt auch die Finger in Gerlinde. Gerlinde hält ihr den Stab hin. Doris leckt ihn ab und reibt die Spitze an Gerlindes haarigem Zwischenraum.

„Komm, ich will deine Titten!" Gerlinde legt sich neben sie auf den Rücken. Doris nimmt Gerlindes Gesicht zwischen die Beine und beugt sich zu ihrer Scham runter, leckt weiter. Gerlinde spielt an ihren Spitzen und hat fast die ganze Zunge in ihrem Loch.

„Gib mir deine Hand", keucht Gerlinde. Immer weiß sie, was sie will, denkt Doris, kichert und fängt an, einen nach dem andern, ihre Finger in der nassen Gerlinde zu verstecken, bis keiner mehr raus will.

Räuspertaste bekommt einen Stups und landet gekonnt auf dem Teppich, blickt arrogant an ihr vorbei und schreitet dann in den Flur, wo sich das Schloß der Gräfin befindet, ein Kratzbaum mit grauplüschiger Katzenwohnung, gleich über dem Katzenklo. „Ziege", murmelt Doris, besieht sich das Fiasko. Die Klamotten von drei Tagen verteilen sich auf zwei Sesseln, einem Stuhl und der Couchlehne. Auf der Glasplatte des Tischs liegt ein gelber Schlüpfer neben der Porzellankatze, eine Ringelsocke hängt schräg und müde über der Leselampe.

„O Gott", denkt Doris und beginnt, wahllos Hemden, Schlüpfer, Socken und Sakkos einzusammeln. Ein Schlag erschüttert das Wohnzimmer, fast fallen ihr die Sachen auf den Teppich. Eine Staubmaus weht aus der Kinderzimmertür, die einen Spalt breit offensteht. Es bumst.

Offensichtlich ist gerade der Kampfstern Galactica explodiert, oder Godzilla ist von einem 127,99 DM teuren Robocop mit Atomsprengkopf unters Hochbett gebombt worden.

„Tom, Mann, merkst du's noch?!"

Sie stößt die Tür auf, immer noch den Berg von Anziehsachen balancierend, und staunt, daß noch mehr Chaos möglich ist.

Tom sitzt unter dem Hochbett, den Spiderman in der Hand, den er gerade zur Spieltruhe fliegen läßt, um den Inhalt von etwa drei Millionen Überraschungseiern mit einer Pumpgun niederzumähen. „Dededededede! Pfffrchh. Dedede. Pffrrch."

„Hat jemand angerufen?"

„Pfffrrrrch, pffffrchchchch ... angerufen? Nö. Pfrrch."

Es klingelt, Doris fährt aus dem Schlaf, sieht auf die Uhr. Halb sechs. Sie tastet blind nach dem Hörer. Murmelt irgendwas.

„So geht das nicht."

Es ist Gerlinde.

„Was geht nicht?"

„Du und Angie, ihr habt euch getroffen, oder wie?"

Kein Traum! Plötzlich ist Doris hellwach, setzt sich auf.

„Was soll das denn jetzt? Wir haben uns nicht getroffen, ich weiß nicht mal, wo deine kleine Sinéad O'Connor wohnt."

Doris hört, wie Gerlinde atmet.

„Ich warne dich, letzte Nacht war sie nicht da ... Ich warne dich, lüg mich ja nicht an. Wenn sie bei dir ist, dann ..."

„Jetzt paß mal auf, du hast mich da reingezogen. Aber du wolltest ja, daß wir alle drei und so."

„Ach ja, ich bin wohl schuld, warst wohl gar nicht geil, hast wohl vorgetäuscht, was?"

„Halt den Rand."

Gerlinde schluchzt, sie weint wie ein kleines Kind.

„Paß auf", Doris spielt die Mütterliche, „wenn sie jetzt bei dir wohnt, dann kommt sie irgendwann. Und dann kannst du dein kleines Buntmetall-Flittchen ja wohl fragen, wo es sich nächtens so rumtreibt."

Gerlinde heult auf.

„Ich warne dich, wenn ich mitkriege, daß ihr ..."

„Wir haben alle, Gerlinde. Alle miteinander."

Wieder ist nur Gerlindes Atmen zu hören, sie zieht den Rotz hoch.

„Ich weiß nicht, was ich machen soll. Sie ist noch so jung, und sie hat ein Zimmer gebraucht ... Ich hab doch nicht gedacht, daß es mich dermaßen erwischt."

Doris fühlt sich plötzlich kalt in ihrem warmen Bett. Nicht unangenehm kalt. Sie bemerkt, daß es ihr irgendwie Vergnügen bereitet, diese Stimme in dieser Verfassung zu hören. Sie stellt sich vor, Gerlinde gegenüberzutreten und ihr Gesicht so zu sehen, verheult, verzweifelt und fünfzigjährig. Jetzt.

„Ich auch nicht, Gerlinde, ich auch nicht. Und wie war das noch mal, mit Nähe und so? Ich hätte keine Angie gebraucht. Das weißt du. Und nu heul mir nicht die Ohren voll, von wegen erwischt und so."

Nun greint Gerlinde: „Du Schlampe, aber gefallen hat's dir, du geiles, billiges Flittchen!"

Doris legt auf. Es ist ihr egal. Gerlinde ist ihr egal, Angie sowieso. Es ist ihr egal, daß sie allein ist, daß sie wahrscheinlich nie wieder so junges Fleisch zwischen die Zähne bekommt, weil sie zweiundvierzig ist, immer fetter wird und niemand weiß, daß sie lesbisch ist, daß sie nicht rauskommt und daß sowieso alles Scheiße ist. Doris legt einfach auf. Und sie merkt, daß es ihr irgendwie besser geht. Trotz der ganzen Scheiße. Gerlinde heult, und Doris lächelt. Sie sind quitt.

He-Man wird von einer MP-Salve durchlöchert, fällt hinter die Spielkiste, eine Batman-Bombe fliegt hinterher. „Pffrch!“

„Haste Brot geholt?“

Tom schaut sie an, wird rot, will protestieren. Doris setzt den Muttiblick auf. Unnahbar und kalt. Etwas anklagend und leidend auch, denn das wirkt. Doris’ Mutter kann das heute noch. Und es wirkt heute noch.

Schuldbewußt läßt Tom Spiderman fallen, schleicht sich in den Flur und nimmt den Leinenbeutel vom Haken. „Bis gleich!“ haucht er und gibt ihr einen Versöhnungskuß. Doris fährt ihm grob durchs Haar.

Es ist zehn vor elf, ihr gegenüber sitzt Reinhard und druckt die Nachrichten aus. Sie muß gleich ins Studio, das Telefon klingelt, Reinhard hebt ab, lauscht, reicht Doris den Hörer: „Da ist eine Angie für dich.“

Doris macht ein dummes Gesicht. Sie nimmt den Hörer, und alles, was sie sagt, klingt wie eine unter Gammastrahlung mutierte Version ihres Namens.

„Ich bin’s, Angie, hab mich durchgefragt bei euch. Gar nicht so einfach.“

Angie kichert. Doris stottert.

„Du, woher hast du ... Ich kann jetzt nicht, ich muß gleich auf Senung. Ich ...“

„Weiß ich doch, schreib dir mal meine Nummer auf.“

Doris nickt abwesend und sagt: „Hm.“

Reinhard zählt die Zettel durch, streicht an einer Meldung rum und sieht sie kurz an. Doris spürt, wie ihr die Röte ins Gesicht schießt.

„Gut. Sag an.“ Ihre Stimme ist plötzlich belegt.

Reinhard legt ihr die Nachrichten hin, Doris nickt und notiert sich die Zahlen auf den Rand der ersten Meldung.

„Danke, ich kann jetzt wirklich nicht. Um eins bin ich fertig. Willste meine Nummer?“

„Klar!“ Angie notiert.

„Haste?“ fragt Doris, nachdem sie die Zahlen wiederholt hat.

„Ich wollt eigentlich nur sagen, wegen der Katze, ich könnt die schon nehmen. Ich hab jetzt eine Wohnung.“

„Woher ... Aber ... Ich mein, das wär schon schön.“

„Okay, ich meld mich.“

Doris legt auf.

„Was ist denn los?“ Reinhard schaut sie an.

„Ich hab jemanden, äh ... Ich mein, die Katze hat, nicht ich. Es geht bloß um die Katze.“

Tom wirft die Wohnungstür zu. Doris zuckt zusammen. „Alter Schwede“, seufzt sie.

Dann läßt sie die Klamotten, die sie auf dem Arm hat, auf den Kriegsschauplatz fallen, rennt zum Anrufbeantworter. Nach einem Moment drückt sie zaghaft die Playtaste.

„Hallo, Gerlinde hier, ich hoff, dir geht's gut. Jedenfalls, ich hab übermorgen ein paar Leute hier. Da dacht ich, du hättest vielleicht Lust. Falls du nicht mehr sauer bist. Bloß ein Glas Wein und reden. Und ... Angelika ist inzwischen ausgezogen. Is ja auch egal. Okay, melde dich. Würd mich freuen, dich wieder mal zu sehen.“ Piep.

Doris' Nase fängt an zu kribbeln.

Sie drückt auf Löschen. Räuspertaste schleicht zwischen ihren Beinen durch, Doris gibt ihr einen kurzen, aber gezielten Tritt, das Tier faucht und rennt in den Flur.

„Blöde Kuh.“

In der Nase sammelt sich ein Gewitter, die Augen tränen.

„Scheiße.“

Doris nimmt den Hörer, staunt, daß sie Gerlindes Nummer noch im Kopf hat, wählt, wartet.

„Du hast die richtige Nummer zur falschen Zeit gewählt, hier ist der Anschluß von Gerlinde Kruptsch-Köhler. Ich bin momentan nicht da oder arbeite. Du kennst ja das Spiel: Bitte hinterlasse nach dem Ton eine Nachricht, ich rufe umgehend zurück.“ Piep:

„Hbtschi!!! Scheiße. Äh, hier ist Doris, äh, ich hab deine Nachricht, und ich ... Entschul ... Mbtschi! Ich wollt dir nur ... Wuschtschi! Verdammt! Ach, weißt du was? Leck mich. Ja, genau. Leck mich einfach.“

Der Hörer fliegt wie von selbst auf die Gabel. Sie holt den Zettel aus der Hosentasche. Sie nimmt den Hörer wieder ab und studiert Angies Nummer, tippt jede Zahl gewissenhaft ein. Ein komisches Gefühl lenkt sie kurz ab. Ihre Nase, irgendwas stimmt mit Doris' Nase nicht. Nein, es ist kein Kitzeln, sie atmet einfach.

Doris grient. Ihre Nase atmet einfach.

„Gibt's eigentlich eine Gerlinde-Allergie?“ murmelt sie und kichert. Dann wählt sie die Nummer auf dem Zettel zu Ende. Das Kichern wird stärker.

Es klingelt zweimal. Doris versucht, das Glucksen in ihrer Gurgel zu verschlucken.

Jemand hebt ab: „Hallo, Angie hier ... He, was ist denn da so lustig?“